HELENA HUNTING
Stand By Me

Helena Hunting

stand by me

Roman

Ins Deutsche übertragen
von Barbara Först

LYX

LYX in der Bastei Lübbe AG
Dieser Titel ist auch als E-Book und als Hörbuch erschienen.

MIX
Papier aus verantwortungsvollen Quellen
FSC® C014496

Die Originalausgabe erschien 2019 unter dem Titel »Meet Cute«
bei Forever, einem Imprint der Hachette Book Group, New York, USA.

Dieses Werk wurde durch die Literarische Agentur
Thomas Schlück GmbH, 30161 Hannover, vermittelt.

Textredaktion: Ulrike Gerstner

Umschlaggestaltung: © Sandra Taufer, München, unter Verwendung
von Motiven von © Zamurovic Photography; ChunnapaStudio;
Julia Poleeva; Taigi; Angie Makes; tomertu / shutterstock
Satz: Greiner & Reichel, Köln
Gesetzt aus der Adobe Caslon
Druck und Verarbeitung: GGP Media GmbH, Pößneck
Printed in Germany
ISBN 978-3-7363-1529-7

1 3 5 7 6 4 2

Sie finden uns im Internet unter lyx-verlag.de
Bitte beachten Sie auch: luebbe.de und lesejury.de

Liebe Leser:innen,

dieses Buch enthält Elemente, die potenziell triggern können. Diese sind:

Beschreibungen des Todes von Familienangehörigen und der Trauer um sie.

Wir wünschen uns für euch alle das bestmögliche Leseerlebnis.

Euer LYX Verlag

PROLOG

Fangirl am Boden

Kailyn
Vor acht Jahren

»Visualisierung ist der Schlüssel zum Erfolg.« Meine ganze Konzentration gilt dieser wohltuenden Stimme, schon allein aus dem Grund, weil ich Ohrhörer trage und alle anderen Geräusche ausgeblendet sind. Ich fühle den Drang, erneut meinen Stundenplan zu checken, kann dem aber widerstehen. Denn ich weiß doch genau, wo sich der Hörsaal befindet – ich bin den Weg gestern schon mal probehalber abgelaufen. Also konzentriere ich mich wieder auf meinen Podcast. Es ist der erste Semestertag im Jurastudium, und ich will mich der Herausforderung mit klarem Kopf stellen. »Schließe die Augen, und stelle dir vor, wie dein Erfolg aussehen wird. Visualisiere den Erfolg.«

»Visualisiere den Erfolg«, murmele ich leise und laufe mit geschlossenen Augen über die Campuswiese. Das ist eine Abkürzung und außerdem der Ort, wo die Studierenden zwischen Kursen abhängen.

»Atme deine Angst aus«, haucht die motivierende Podcast-Frau in meine Ohren. »Und atme den Erfolg ein.« Und damit es auch jeder Depp versteht, atmet sie geräuschvoll ein.

»Atme den Erfolg ein.« Der frische Duft von Gras und Bäumen kitzelt mich in der Nase, und irgendwo in der Nähe hat anscheinend jemand einen angesagten Männerduft benutzt, denn auch den kann ich riechen.

Ich öffne ein Auge und schiele kurz auf den Weg, um nicht in die falsche Richtung zu laufen.

»Wie sieht dein Erfolg aus? Visualisiere ihn. Sprich mir nach …«

Beruhigt mache ich das Auge wieder zu und wiederhole, was die nette Frau mir vorsagt. Ich stelle mir Abschlussprüfungen und Promotion vor, ich sehe mich ein Super-Referendariat ergattern, die Bestnoten meines Jahrgangs und schließlich den höchstdotierten Job. Dieses Mantra wiederhole ich unaufhörlich, während ich über die Wiese laufe und meine Vorfreude auf die erste Vorlesung kaum noch bezähmen kann. Ich werde es ihnen zeigen! Ich werde alle meine Kommilitonen überrunden und die Spitze des Berges erklimmen. Wie der Mount Everest – nur eben nicht so gefährlich.

Ich bin gerade dabei, mir vorzustellen, wie ich meinen ersten Prozess vor Gericht gewinne, als ein lauter Warnruf mich aus meinen Träumen holt. Ich mache die Augen auf und sehe ein Frisbee auf mich zufliegen. Bedrohlicher als das Frisbee ist aber dieser Riese von Kerl, der gerade hochspringt, um es zu fangen – und ich meine: wirklich hoch. Außerdem befindet er sich bedauerlicherweise auf Kollisionskurs mit einem beweglichen Objekt, und dieses Objekt bin ich.

Mein Rucksack rutscht von der Schulter, und im Versuch, entweder dem Frisbee oder dem Kerl auszuweichen, verheddere ich mich in den Trägern. Die Ohrhörer rutschen heraus, und das Mantra in meinen Ohren verstummt.

»Pass auf!«, brüllt jemand.

Panisch fahre ich herum … und stoße natürlich mit dem Riesenkerl zusammen!

»Oh Shit!«, ruft er.

Ich halte mich an seinen Schultern fest, während ich über meinen blöden Rucksack stolpere, und ziehe den Kerl mit zu Boden, wo wir mit einem dumpfen Schmerzenslaut auftreffen. Immer noch in sein T-Shirt verkrallt, überlege ich, wie das bloß passieren konnte – und denke, dass ich mir so etwas ganz bestimmt *nicht* unter Erfolg vorgestellt habe.

»Es tut mir so leid. Alles in Ordnung mit dir?« Er stemmt die Hände in den Boden und drückt sich hoch; es sieht fast so aus, als würde er *über mir* die Plank-Position trainieren. Und das wäre ziemlich beeindruckend, wenn es nicht so furchtbar peinlich wäre.

»Die Leute sollten besser aufpassen, wo sie hinlaufen«, brumme ich, während ich versuche, meine Extremitäten von seinen zu lösen, ohne dass wir dabei zu Schaden kommen. Er liegt quer auf meinem Bein, deshalb sind hastige Bewegungen überhaupt nicht angesagt, sonst würde nämlich mein Knie unsanft in seine edlen Teile treffen. Mir fällt auf, dass er nach sauberer Wäsche, Deo und einem Hauch Rasierwasser riecht, hinzu kommt ein Kaugummi mit Wassermelonengeschmack.

Sein Gesicht schwebt gerade mal fünfzehn Zentimeter über meinem, also gilt sein Stirnrunzeln zweifellos mir. »Du bist doch mitten durch unser Spiel gelaufen!«

Ich linse zu den anderen Frisbee-Spielern hin und sehe, dass er recht hat. Ich war so sehr mit meinem zukünftigen Erfolg beschäftigt, dass ich ihr Spiel gestört habe.

»Tut mir echt leid. Ich hatte mir gerade einen Podca–« Wieder schaue ich zu ihm hoch, und die Erklärung bleibt mir im Hals stecken. Denn jetzt erst sehe ich ihn richtig.

Das Gesicht dieses Mannes hat in den Fantasien meiner Teenagerjahre die Hauptrolle gespielt. In den Jahren danach übrigens auch. Eigentlich muss ich gestehen, dass ich letzte Woche noch von ihm geträumt habe.

Sein leicht angesäuerter Gesichtsausdruck verwandelt sich in Belustigung, während ich offenen Mundes zu ihm hochstarre. Immer noch kralle ich mich in sein Shirt. Immer noch stützt er sich über mir liegend ab. *Daxton Hughes' Schenkel befindet sich zwischen meinen Beinen.*

»Ach du heilige Scheiße!« Meine Stimme klingt viel zu hoch – und viel zu laut, wenn man bedenkt, dass mein Gesicht keine fünfzehn Zentimeter von seinem entfernt ist. Tatsächlich kreische ich wie das elfjährige Fangirl von einst. »Du bist Daxton Hughes! Ich liebe dich!« Dann vergesse ich mich völlig und schlinge die Arme um ihn, worauf er das Gleichgewicht verliert und schwer – sehr schwer – auf mir landet. Das ist mir aber egal, weil unsere Körper sich nun komplett aneinanderschmiegen. Diesen Moment werde ich niemals vergessen: *Daxton Hughes liegt auf mir!* Zu dumm, dass wir uns nicht am Strand befinden und Badesachen anhaben. Oder zusammen im Bett. Mit nichts an.

Ich klammere mich an Daxton, während er mich in eine sitzende Position hievt. Das ist superpeinlich, denn unsere Knie befinden sich gefährlich nahe am Schritt des anderen. Mir fällt auch auf, dass er ziemlich reserviert wirkt. Erst jetzt wird mir klar, was ich gerade eben lautstark von mir gegeben habe und was ich gerade tue. Wir sitzen mitten auf einer Wiese und um uns herum sind jede Menge Leute.

Erschrocken lasse ich Daxton los und bewege mich im Krebsgang rückwärts, wobei ich ihm zu allem Überfluss beinahe noch das Knie zwischen die Beine gerammt hätte. Taumelnd komme ich auf die Füße und weiche einen Schritt zurück, während er sich erhebt und zu seiner vollen Größe aufrichtet. Meine Güte: Er ist größer, als ich gedacht hätte, und breitschultrig noch dazu! Aber ich schätze mal, dass er, seit er in meiner Lieblingsserie spielte, so einiges an Muckis zugelegt hat. Meine Hände wedeln herum. *Warum wedeln meine Hände so dämlich?* Ich muss meinem Körper verbieten, diese seltsamen Sachen zu machen, aber ich kann mich einfach nicht beherrschen und bin total nervös, deshalb benehme ich mich oberpeinlich. Und das alles vor Zeugen.

Seine grünblauen Augen von der Farbe eines Tropenmeeres sind weit aufgerissen, und sein noch vor Kurzem so hinreißendes Lächeln erlischt. Was ich gut verstehen kann, denn ich bin jetzt *so eine*. Was ich nie bin. Außer in diesem Augenblick.

Ich gewinne einigermaßen die Kontrolle über meine Hände zurück und schwäche das Wedeln zu einem unkoordinierten Hinundherdrehen ab, im vergeblichen Versuch, meine Worte ungesagt zu machen. Leider ist es dazu längst zu spät. Ich scheine auch zu nichts anderem fähig zu sein, als ihn mit einem neuerlichen Schwall peinlichen Schwachsinns zu überschütten. »Ich meine, ich habe deine Serie geliebt. Also, total, echt. Es war meine ewige Lieblingsserie. Ich habe sie jahrelang geguckt, jeden Dienstag, während der ganzen Junior High. Und später gab's dann diese *It's My Life*-Wochenend-Marathons, und meine Freundinnen haben bei mir gepennt, und wir haben die ganz Nacht durch die Folgen angesehen. Du warst fantastisch als Dustin! Ich glaube, Staffel drei hab ich am meisten gemocht, oder vielleicht Staffel vier. Oh mein Gott, ich glaub's einfach nicht, dass du jetzt vor mir stehst! Ich fass es nicht, dass ich dich getroffen habe.« *Ich fasse es nicht, dass mein Mund nicht aufhört, diesen Unsinn von sich zu geben.*

Bei jedem meiner überlauten Geständnisse zuckt sein Kiefer – ich weiß nicht, ob vor Scham oder Wut. Vielleicht beides. Ich wünschte, jemand würde mir eins über den Schädel geben, damit diese furchtbare Katastrophe endlich ein Ende nimmt. Ich habe einen hundertprozentigen Fan-Moment, und obwohl ich weiß, dass ich mich komplett zum Narren mache, kann ich nicht aufhören.

»Gibst du mir ein Autogramm? Kannst du meinen Stundenplan signieren? Oder den Campus-Plan? Oh! Jetzt weiß ich's! Du kannst *mich* signieren!« Ich hebe meinen Rucksack auf und ebenso mein Smartphone samt Ohrhörern und stopfe es in meine Jeans. Dann versenke ich meine Hand in die Vordertasche meines Rucksacks und suche nach einem Stift. Ein ganzes Stiftsammelsurium kommt zum Vorschein, darunter ein Highlighter in Hot Pink. »Glaubst du, dass man die Farbe auf der Haut überhaupt sieht? Oh! Wie wär's mit meinem T-Shirt? Ich meine, Pink passt jetzt nicht so unbedingt, aber ist ja eh egal, stimmt's?«

Er legt seine Hand auf meine. *Wieder eine Berührung. Und mit Absicht!* Sein Blick sucht die Umgebung ab, dann beugt er sich zu mir herunter. »Ich signiere dir, was du nur willst, und ich finde deine Begeisterung wirklich toll. Aber ich versuche hier nicht aufzufallen, und du hast eine Lunge wie ein Cheerleader.« Er spricht sehr viel leiser als ich, und mir wird klar, dass er mich dazu bringen will, meine Aufregung zu dämpfen.

Ich lege eine Hand vor den Mund – aber die Worte quellen weiter hervor. »Stimmt. Sorry. Oh mein Gott. Tut mir ja so leid. Das ist sooo peinlich. Ich bin bloß … du hast ja keine Ahnung. Oder vielleicht doch. Ich hab überhaupt nicht gewusst, dass du so groß bist. Und von Nahem siehst du sogar noch besser aus. Ich hab immer gedacht, dass du Kontaktlinsen trägst. Du hast so hübsche Augen.« Auf das Stichwort hin kneife ich meine fest zu. »Ich muss jetzt wirklich die Klappe halten.«

Daxton gluckst leise. »Du hast auch hübsche Augen.«

Ich traue mich, ein Auge einen Spalt aufzumachen. Er grinst schief, nimmt mir einen Edding aus der Hand und kritzelt sein

Autogramm auf meinen Rucksack. Nie im Leben werde ich diesen Rucksack wegwerfen.

»Hughes, wir müssen dann mal …!«, ruft jemand.

Daxton hebt einen Finger zum Zeichen, dass er es gehört hat, dann stülpt er die Kappe auf den Stift und gibt ihn mir zurück. »Ich muss jetzt in die Vorlesung, aber vielleicht sehen wir uns irgendwann.« Er zwinkert mir zu und geht davon, verfällt in Laufschritt, als er einem seiner Freunde die Tasche abnimmt.

»Ich bin Daxton Hughes begegnet, und er hat gesagt, dass ich hübsche Augen habe«, singe ich vor mich hin, während ich den Collegehof überquere. Ein paar Mädels, die unter einem Baum sitzen, schauen mich fragend an, aber das ist mir egal. Das ist überhaupt der allerbeste erste Tag, den es in einem Jurastudium geben kann. Wie peinlich ich mich benommen habe, wird mir erst bewusst, als ich in den Waschraum gehe, um mich vor meiner ersten Vorlesung ein wenig zu beruhigen. Ich habe Daxton Hughes dermaßen angehimmelt, und er war so nett zu mir! Er hat mich sogar berührt.

Ich hatte mir immer vorgestellt, dass ich total cool und lässig bleiben würde, wenn ich einen meiner Lieblingsstars träfe, dass ich sie wie ganz normale Menschen behandeln würde. Das war offenkundig ein Irrtum.

Ich bleibe viel zu lange im Waschraum, um mich wieder halbwegs präsentabel zu machen, und muss daher zum Hörsaalgebäude joggen. Als ich ankomme, bleiben nur noch zwei Minuten bis Vorlesungsbeginn. Das war's dann wohl mit dem guten Platz. Aber ist schon okay. *Visualisiere den Erfolg*.

Ich betrete den Hörsaal durch die Hintertür, damit ich nicht am Prof vorbei muss. Schwitzend und in reichlich derangiertem Zustand sehe ich mich im Saal um. Nur noch wenige Plätze sind frei. Entschuldigungen murmelnd zwänge ich mich durch eine Reihe, und die Leute müssen ihre Füße und Taschen aus dem Weg räumen. Während ich dem letzten freien Platz immer näherkomme, stoße ich gegen ein ausgestrecktes Beinpaar und murmele ein weiteres Mal »Verzeihung«. Mein großartiges Erlebnis hat mich dermaßen beflügelt, dass ich den Gurt der Messenger-Bag völlig übersehe. Ich stolpere *noch einmal* und finde mich quer auf den ausgestreckten Beinen wieder.

»Was zum –« Ein Coffee-to-go-Becher landet auf dem Boden, die enthaltene Flüssigkeit spritzt mir ins Gesicht und aufs T-Shirt, und unter dem Platz, den ich anvisiert habe, bildet sich eine Pfütze.

Ich versuche, mich wieder aufzurichten, ohne die Hand in die Kaffeepfütze zu stemmen. »Oh mein Gott, es tut mir ja so –« Zum zweiten Mal innerhalb von zwanzig Minuten schaue ich in diese meerblauen Augen. »Das ist ja genau wie diese Szene aus der zweiten Staffel!« Ich passe auf, dass meine Stimme diesmal leiser klingt.

Daxton feixt, vielleicht erinnert er sich an die Szene, die ich meine: Wo das Mädchen stolpert und auf seinem Schoß landet, was schließlich dazu führt, dass sie in den nächsten drei Staffeln miteinander ausgehen.

Bevor er etwas sagen kann, meldet sich der Typ neben ihm zu Wort. »Mensch, Hughes, mit dir kann man auch nirgendwo hingehen. Immer kommt so ein Fangirl an und wirft sich dir an den Hals.«

Alle brechen in Gelächter aus. Daxton verdreht die Augen. »Sei nicht so ein Arsch, McQueen, und räum deine verdammte Tasche aus dem Weg. Ist deine Schuld, dass sie gestolpert ist.«

Er sortiert seine langen Beine und hilft mir hoch. Ich sinke auf den Platz neben ihm. Meine Kehle ist zugeschnürt, und meine Wangen brennen dank der zartfühlenden Kommentare seiner Freunde. Es ist zu spät, um einen anderen Platz zu suchen, und ich habe ohnehin schon zu viel Aufmerksamkeit erregt. Die Leute starren zu uns her und kichern. Ich muss meine Füße ausstrecken und meinen Rucksack auf dem Schoß halten, damit er nicht in der Kaffeepfütze versinkt. Zum Glück trage ich meine Haare offen und kann mein Gesicht dahinter verstecken, das so rot geworden ist wie ein Feuermelder.

»Sollen wir 'ne Wette darauf abschließen, wie viele Kontaktverbote du dieses Jahr einreichen musst?«, fragt ein Kumpel unüberhörbar.

Mein Magen dreht sich um, meine Haut fühlt sich heiß und feucht an. Um nicht in Tränen auszubrechen, bohre ich mir die Nägel in die Handteller. Die Sache auf der Wiese war ja schon peinlich genug, aber hier ist es noch schlimmer, denn ich werde in der nächsten Stunde nicht wegkönnen.

Zum Glück bittet der Professor um Ruhe, und das Lachen neben mir verstummt. Am Ende der Vorlesung starre ich stur auf meinen Rucksack, während ich die Bücher darin verstaue. Ein gefalteter Zettel fällt auf mein Pult.

»Bis nächste Woche.« Daxton grinst wieder so schief und schultert seinen Rucksack, dann trottet er seinen Freunden hinterher.

Ich warte, bis alle fort sind, dann entfalte ich den Zettel.

Genau wie in Staffel zwei.;-)

Wie eine liebestrunkene Idiotin trage ich den Zettel das ganze Jahr bei mir und vergrabe ihn später in meiner Wäscheschublade, damit er nur ja nicht verloren geht. Jedes Mal, wenn Daxton mich grüßt, falle ich fast in Ohnmacht. Wenn er später als ich in die Vorlesung kommt, setzt er sich hinter mich, und wenn wir uns auf dem Campus begegnen, lächelt er mich an. Als wir im Seminar mit den Scheinprozessen beginnen, nimmt er stets die Position meines Antagonisten ein. Es fühlt sich im Grunde an wie ein Flirt.

Doch so freundlich diese Konkurrenz auch erscheint – wenn es hart auf hart kommt, ist sich jeder selbst der Nächste. Und als ich Daxton im Abschlussjahr um Hilfe bitte, muss ich zu meiner Bestürzung erfahren, dass er ein falsches Spiel mit mir treibt, um das zu bekommen, wofür ich so hart gearbeitet habe.

Womit bewiesen wäre, dass die ganze Sache mit Visualisierung und Erfolg am Ende umsonst gewesen ist.

1

Überraschung aus der Vergangenheit

Kailyn
Gegenwart

Das Problem mit einer Vertretung ist, dass sie die Regeln nicht kennt. Zum Beispiel Regel Nummer eins: Bevor du einen Termin ausmachst, lass dir den Namen des Klienten geben. Meine Assistentin Cara ist im Urlaub, und ich vermisse sie schon jetzt. Über meinen geheimnisvollen Klienten weiß ich nur, dass es sich um ein Ehepaar handelt, das einen Fonds für seine Tochter auflegen will. Ziemlich umfassendes Vorhaben. Und ich hatte null Zeit, um mich darauf vorzubereiten.

Mein Becher befindet sich auf halbem Weg zum Mund, als Caras Vertretung schwungvoll die Bürotür aufreißt. »Ihre Klienten sind da!«

Eine halbe Sekunde später führt sie ein Paar von Mitte bis Ende fünfzig herein. Wenige Schritte dahinter folgt ein sehr viel jüngerer Mann. Ein Mann, den ich kenne.

Es ist der Mann, dessen Teenager-Konterfei auf meinem *It's My Life*-Becher prangt. Das Bild ist nicht unbedingt schmeichelhaft, da Daxton in Tränen aufgelöst und unter seinem Gesicht der Hashtag #mondayforever zu lesen ist.

Ich bin so erschrocken, dass ich fast meinen Becher fallen lasse. Es schwappt über den Rand und läuft mir über die Hände. Zum Glück ist es nur Wasser … Ja, ich trinke Wasser aus einem Henkelbecher. Ich mag Tassen mit Henkeln. Hastig stelle ich den Becher ab und reibe meine Hände am Rock trocken.

Das Geheimnis um die neuen Klienten ist also gelüftet. »Mr und Mrs Hughes, sehr erfreut, Sie kennenzulernen!« Mist. Ich habe meine Stimme nicht in der Gewalt.

Beim Händeschütteln stellen sie sich als Craig und Evelyn vor. Dann wende ich mich Daxton zu, der mich kaum beachtet und auf seinem Handy herumtippt. Plant wahrscheinlich, wieder mal einen Freund reinzulegen.

Er ist nach wie vor lächerlich gut aussehend, eigentlich ist er fast noch attraktiver als vor fünf Jahren. Die Schlaksigkeit seiner frühen Twen-Jahre ist einem beeindruckend gut gebauten Körper gewichen, den er sicherlich mehrmals in der Woche im Spiegel bewundert, wenn er Gewichte stemmt.

Abgesehen von seinem guten Aussehen hat Daxton diese magnetische Ausstrahlung, die viele Schauspieler besitzen. Das macht ihn zu einem perfekten Anwalt. Sein schönes Gesicht und seine alles beherrschende Präsenz schreien förmlich: *Vertrau mir*. Ich weiß es jedoch besser.

Ich verabscheue mich dafür, dass ich sein gutes Aussehen registriere. Mit einem verhaltenen Anwaltslächeln reiche ich ihm die Hand, obwohl ihn zu berühren das Letzte ist, was ich mir wünsche – okay, das war jetzt gelogen, denn in meinem Magen flattern eine Menge Schmetterlinge auf. Es macht mich rasend.

Während Daxtons Blick langsam über mich gleitet, warte ich darauf, dass er mich wiedererkennt. Seine Augen bleiben kurz an meinen Beinen hängen, wahrscheinlich an meinen auffällig gemusterten Nylons, mit denen ich das steife

Business-Outfit aufpeppe. Als sein Blick endlich zu meinem Gesicht zurückkehrt, runzelt er beim Händedruck die Stirn. »Daxton Hughes. Nett, Sie kennenzulernen.« Dann sieht er den Becher auf meinem Schreibtisch und verzieht feixend das Gesicht. Arschloch. Er erinnert sich überhaupt nicht mehr an mich.

Ich ziehe meine Hand zurück und ärgere mich, weil seine Berührung wie ein Stromstoß durch meinen Arm und von dort weiter in einige unpassende Körperstellen gefahren ist. »Warum nehmen Sie nicht Platz?«, frage ich ein wenig atemlos.

Die Hughes lassen sich in die Sitzgruppe um den Couchtisch sinken. Ich wünschte nur, ich könnte diese verdammte Tasse irgendwie unauffällig machen, aber das Bild prangt unübersehbar auf beiden Seiten.

Daxton streckt seine langen Beine aus und steckt das Handy in die Tasche, worauf das ständige Summen eintreffender Nachrichten nur noch gedämpft zu hören ist.

»Meine Assistentin Laura hat angedeutet, dass Sie auf der Suche nach einem geeigneten Fonds für Ihre Tochter sind.« Ich klappe meinen Laptop auf … und sogleich erklingt die Titelmelodie von *It's My Life*! Das Timing könnte nicht schlechter sein. Meine beste Freundin Holly schickt mir regelmäßig Meme und Videoclips zur Serie. Normalerweise ist das relativ egal, nur eben dann nicht, wenn mir zufällig der Star der Serie mit seinen Eltern gegenübersitzt.

Blind suche ich auf dem Keyboard nach der Mute-Taste, drehe jedoch lediglich die Lautstärke höher, was ein paar peinliche Sekunden lang dauert. »Entschuldigen Sie bitte vielmals.«

Daxton trägt ein amüsiertes Lächeln zur Schau. Vielleicht ist es sogar von Vorteil, dass er sich nicht mehr an mich erinnert. Ich falte die Hände auf dem Schreibtisch und wende mich an seine Eltern. Mein Nacken ist verschwitzt und mein Gesicht feuerrot. »Der Fonds, den Sie für Ihre Tochter auflegen wollen … Wie kann ich Ihnen dabei behilflich sein?«

Mrs Hughes hat ein freundliches Lächeln, ihr ergrauendes Haar ist zu einem stylishen Bob geschnitten. Sie trägt nur wenig und sorgfältig appliziertes Make-up. Keine topmodische, aber eine gut gekleidete Frau. Sie sieht einfach nett aus. Zu schade, dass sie so ein Arschloch zur Welt bringen musste. Ich hoffe, dass ihre Tochter netter ist.

»Wir möchten Emmes Ersparnisse sicher anlegen, und Daxton wollte gerne mitkommen.« Sie tätschelt seine Hand.

Daxton grinst seine Mutter an. »Ich hielt es für eine gute Idee, weil der Anwalt unserer Kanzlei, der sich um Fondsanlagen kümmert, im Urlaub ist, und sie nicht warten wollten.«

»Whitman & Flood ist eine der besten Kanzleien der Stadt. Sie sind hier in guten Händen«, verkünde ich stolz.

Evelyn nickt mit vollstem Einverständnis. »Irgendwie sehe ich sie immer noch als Kind, aber bald wird sie dreizehn, und dann lauern hinter der nächsten Ecke schon die achtzehn, und eh man sich's versieht, sind sie ausgezogen.« Liebevoll schaut sie auf ihren Sohn. »Für Daxton haben wir keinen Fonds aufgelegt, als er in Emmes Alter war, aber das wäre wahrscheinlich für alle Beteiligten besser gewesen.«

»Daxton ist mit seinem Geld immer sehr verantwortungsbewusst umgegangen, abgesehen von diesem ersten Jahr am College«, wirft Mr Hughes ein.

»Dafür kann man ihm doch kaum einen Vorwurf machen. Daxton hat, als er in Emmes Alter war, bereits in einer Fernsehserie gespielt.« Unwillkürlich schielt sie auf meine Henkeltasse.

Daxton errötet leicht. »Mom, wir sind doch nicht hergekommen, um über meine Karr–«

»Ich bin sicher, Miss Flowers kennt sich mit stolzen Eltern bestens aus«, unterbricht ihn Mr Hughes.

Ich lächele zwar, aber seine Bemerkung schneidet mir ins Herz. Es ist ziemlich lange her, seit jemand auf meine Leistungen stolz war. Und ausgerechnet der Mann, der meine größte Leistung gestohlen hat, sitzt hier, in meinem Büro, und erinnert sich nicht mal mehr daran, wie er mich ausgenutzt hat.

»Bitte nennen Sie mich Kailyn«, sage ich mit starrem Lächeln.

Daxton runzelt die Stirn und legt den Kopf schief, während er mich betrachtet.

»Wo haben Sie studiert, Kailyn?«, fragt Evelyn.

»An der UCLA.«

»Ach, tatsächlich? Daxton war auch dort! In welchem Jahr haben Sie Ihren Abschluss gemacht? Lange kann es nicht her sein, Sie sind ja noch so jung.«

Ich muss mich sehr beherrschen, damit meine Hände sich nicht vom Schreibtisch erheben und wild durch die Gegend flattern. »Vor fünf Jahren.«

»Ach, du meine Güte! Daxton!« Sie fasst seinen Arm. »Da warst du auch dort! Habt ihr euch gekannt?«

»Wir sind uns möglicherweise ein- oder zweimal auf dem Campus begegnet.« Ich schaue Daxton an in der Erwartung, dass er meine Aussage bestätigt, dass er sich erinnert. Warte auf ein Zeichen dafür, dass er vielleicht ein wenig Reue zeigt ob der Unverschämtheit, die er sich geleistet hat. Es stimmt schon: Wir waren keine richtigen Freunde, aber wir haben in freundschaftlicher Konkurrenz zueinander gestanden. Wir haben uns im Seminar derart heftige Wortgefechte geliefert, dass der Prof bisweilen ein Machtwort sprechen musste. Damals hat sich das wie eine Art verbales Vorspiel angefühlt. Wir hatten unseren Spaß – so jedenfalls habe ich es gesehen.

Daxton zieht mit einem Mal die Augenbrauen hoch. »Ach du heilige Scheiße!«

»Daxton!« Ein mahnender mütterlicher Klaps auf den Arm.

»Wow. Kailyn. Ich hab dich zuerst gar nicht erkannt.« Er streicht mit dem Finger über seine Unterlippe, während er mich auf eine Weise mustert, die mich stark an damals erinnert. »Du siehst so anders aus. Gut, meine ich. Du siehst toll aus.«

Ich lächele verhalten und rücke meine Brille zurecht, während ich mir wünsche, ich hätte heute die Kontaktlinsen eingesetzt. »Tja, T-Shirts und Jeans haben im Business nichts zu suchen, wie du ja sicher weißt.«

Sein Blick gleitet an mir herab. »Du hast mir gefallen in Jeans und T-Shirt.«

»Hattet ihr Seminare zusammen? Ward ihr befreundet?« Seiner Mutter scheint die Spannung, die zwischen uns herrscht, vollkommen zu entgehen.

»Wir hatten 'ne Menge Seminare zusammen«, erwidert Daxton, während sich unsere Blicke ineinander bohren.

Warum ist es hier auf einmal so heiß? »Aber Freunde waren wir eigentlich nicht.« Ich nehme einen Kugelschreiber zur Hand, damit ich nicht an meinem Blusenkragen herumzerre, der mir plötzlich zu eng vorkommt.

Dax legt den Kopf zur Seite und mustert mich neugierig. »Wir waren freundschaftliche *Rivalen*, oder etwa nicht? Du hast mich stets auf Trab gehalten, du warst den anderen, also auch mir, immer zwei Schritte voraus. War schon heftig, gegen Schönheit *und* Verstand anzutreten.«

Ich stoße ein freudloses Lachen aus. Einst hatte ich fast geglaubt, dass wir Freunde seien, aber da hat mich Daxton rasch eines Besseren belehrt. »Wir waren Rivalen und sonst gar nichts. Freunde tricksen sich am Allgemeinen nicht aus, indem sie einem den Spitzenplatz stehlen, nicht wahr?«

»*Was* hab ich dir gestohlen?« Sein Blick ist finster geworden. »Ich hab mir für diese Position den Arsch aufgerissen. Nach fünf Jahren kannst du doch nicht mehr sauer auf mich sein!«

Das kann ich sehr wohl, besonders weil er so tut, als hätte er besagte Position mit fairen Mitteln ergattert. Während wir unser Duell ausfechten, keimt kurz in mir der Wunsch auf, ich hätte mich nach dem Studium auf Strafrecht gestürzt statt auf Anlagerecht. Dann wüsste ich jetzt, wie ich mit einem Mord durchkommen kann.

Als ich ein Räuspern vernehme, wird mir plötzlich bewusst, dass ich mich total unprofessionell verhalte, und dass dieser kindische Schlagabtausch vor den Augen meiner potenziellen Klienten stattfindet, die zufälligerweise Daxtons Hughes' Eltern sind.

»Also, ihr beide seid schon ein paar Hitzköpfe, was?« Seine Mutter kichert in sich hinein.

Ich will eigentlich nicht zurückstecken. Wenn ich aber so weitermache, könnte es in einer schrecklichen Blamage enden. Außerdem gönne ich Daxton die Genugtuung nicht, dass er merkt, wie sehr er mich aufwühlt. Immer noch. Andererseits wäre dies die erste Gelegenheit seit fünf Jahren, ihn zur Rede zu stellen … Mit einer gewaltigen Anstrengung bezwinge ich meine Wut und setze ein Lächeln auf. »Daxton und ich haben immer um die Spitzenposition im Seminar konkurriert. Am Ende war ich dann die Zweite. Aber Sie sind ja nicht hier, um über unser Studium zu sprechen. Lassen Sie uns über den Fonds für Emme reden und wie Sie ihn aufteilen wollen. Ich bin sicher, wir können einen tollen Plan entwerfen, der es ihrer Tochter ermöglichen wird, ihr Geld während der nächsten Jahre vernünftig zu verwalten.«

In der nächsten Stunde gehe ich die Wahnsinnssummen durch, die dieses knapp dreizehnjährige Mädchen in sechs Jahren beim Werbefilm verdient hat. Ganz, ganz kurz wünsche ich mir, meine Eltern hätten sich mehr in Richtung Hollywood orientiert. Und dann schaue ich Daxton an und weiß wieder, warum es nicht guttut, in diese Falle zu tappen, die dich glauben lässt, du seist über jeden Tadel erhaben. So sehr, dass er völlig davon überzeugt ist, sich alles, was er mir gestohlen hat, aus eigener Kraft erarbeitet zu haben.

Sobald die Eckdaten geklärt sind, teile ich seinen Eltern mit, dass ich ihnen in einigen Wochen die Verträge vorlegen kann.

Auf dem Weg zur Tür nimmt Dax eine meiner Visitenkarten vom Tisch. »Sieht aus, als hättest du dich hier prächtig arrangiert.« Er schaut sich in meinem Büro um.

»Ist eben eine klasse Kanzlei.« Spuren meiner Persönlichkeit lassen sich lediglich an den kuriosen Erinnerungsstücken ablesen, die auf meinem Schreibtisch herumstehen und die Wände verzieren.

»War wirklich nett, dich mal wiederzusehen, Kailyn«, sagt er und schaut dabei nicht die Wände an. Wieder einmal gleitet sein Blick an meinen Beinen herab, an meiner gemusterten Strumpfhose.

»Ebenso«, gebe ich zurück, aber es klingt eher nach: *Verpiss dich.*

Daxton besitzt die Frechheit, mir zuzuzwinkern, während er meine Karte in die Brusttasche schiebt und seinen Eltern folgt. Sobald er fort ist, zeige ich der Wand den Stinkefinger und fluche, was das Zeug hält. Ziemlich unreifes Verhalten. Dieser Mann bringt meine schlechtesten Eigenschaften zum Vorschein. Ich wünschte nur, ich könnte fünf Minuten mit ihm allein verbringen und ihn richtig zur Rede stellen, ihm den Arsch aufreißen für das, was er mir angetan hat.

Dann schaue ich auf die Uhr und muss feststellen, dass ich zu spät zum Lunch dran bin. Normalerweise wäre das kein

Problem, da ich meistens nicht auswärts esse, sondern saure Gummibärchen oder irgendwelchen anderen Naschkram aus meiner Schublade in mich hineinstopfe – was natürlich nicht sonderlich gesundheitsbewusst ist, meine Energiereserven jedoch wieder auflädt, wenn ich keine Lust auf Lunch habe.

Heute treffe ich meine beste Freundin in einem angesagten Bistro, und am Nachmittag habe ich einen Termin nach dem anderen; wenn ich mich verspäte, bleibt mir weniger Zeit mit ihr, und nach dem Meeting mit den Hughes muss ich dringend Dampf ablassen. Ich texte ihr also, dass ich auf dem Weg bin. Holly sitzt schon im Patio, als ich ankomme. Sie drückt sich vom Stuhl hoch und zieht mich an sich. »Schön, dass du Zeit hast.«

Holly fühlt immer den Drang, einen zu umarmen. Obwohl ich das weiß, dauert es einen kleinen Moment, bis ich die Geste erwidere. »Na klar. Für dich doch immer.«

Holly und ich sind Freundinnen, seit ich im Alter von drei Jahren ihre Nachbarin wurde. Abgesehen von der Zeit, als sie in Santa Barbara studierte, haben wir immer in derselben Stadt gelebt.

»Du wirst nicht glauben, wer heute Morgen bei mir im Büro aufgetaucht ist«, sage ich und lasse mich in den anderen Stuhl fallen.

»Soll ich raten?« Holly schmunzelt verschmitzt und zieht fragend die Augenbrauen hoch.

»Du kannst es ja mal versuchen, aber ich glaub nicht, dass du Erfolg haben wirst.«

»Oho, jetzt bin ich aber wirklich gespannt! War es etwa der Typ von der Juristentagung im letzten Monat, der dir an die Anwaltswäsche wollte?«

Ich verdrehe die Augen. »Oh Gott, nein, und außerdem war das ein ganz schlechtes Wortspiel. Versuch's noch mal.«

»Sag es doch einfach. Du bist so zappelig, dass es schon was Besonderes sein muss.« Sie deutet auf meine Hände.

Ich bin dabei, meine Serviette zu etwas zu falten, das starke Ähnlichkeit mit einem Schwert oder Messer hat.

Bevor ich etwas erwidern kann, tritt der Kellner an unseren Tisch. Keine von uns muss einen Blick in die Speisekarte werfen. Wir sind so oft hier, dass wir sie auswendig kennen.

Sobald der Kellner die Bestellung aufgenommen hat, bedeutet Holly mit einer Handbewegung, dass ich fortfahren soll. Erwartungsvoll stützt sie das Kinn auf die Faust.

»Daxton Hughes.« Auf ihr verständnisloses Blinzeln setze ich hinzu: »Du weißt doch, der Kerl aus *It's My Life*. Die Serie, die wir uns als Quasi-Religion jeden Dienstag reingezogen haben, jahrelang.«

»Oh, ich weiß durchaus, wer Daxton Hughes ist. Du hast ja praktisch nonstop von ihm gesprochen während deiner drei Jahre Jura – die zehn Jahre davor übrigens auch.«

»Na ja, und am Ende hat er sich als Arschloch erwiesen, nicht wahr?«, brumme ich. »Und daran hat sich in den vergangenen fünf Jahren nicht das Geringste geändert.«

»Oh? Worum ging's denn? Warum ist er zu dir gekommen? Oooh, ich weiß! Hat er etwa ein illegitimes Kind der Liebe gezeugt, das er vor der Welt geheim halten will?«

Ich schaue mich nervös in dem Restaurant um und bedeute ihr mit einer Handbewegung, etwas *leiser* zu reden. Bei der Besprechung ist es nicht um Daxtons persönliche Belange gegangen, ich kann Holly also ruhig davon berichten – aber ich möchte es nicht unbedingt öffentlich ausrufen. »Nein, er war mit seinen Eltern da. Sie wollen einen Familienfonds einrichten.«

»Das ist allerdings sehr viel weniger aufregend als ein uneheliches Kind«, gibt Holly zu. »Aber irgendwie nett, dass er seinen Eltern dabei zur Seite steht.«

»Nenn Daxton Hughes bloß nicht nett! Er ist das Gegenteil von *nett*.«

Holly muss sich ein Grinsen verkneifen. »Lass es ruhig raus. Du weißt doch, dass du's willst.«

Ich funkele sie wütend an, aber sie hat ja so recht. Und ich bin dermaßen in Rage. »Und weißt du, was noch schlimmer ist? Er hat mich zuerst nicht mal erkannt.« Ich fange an, mit den Armen zu rudern, wie ich es immer tue, wenn ich gereizt bin. »Wir haben drei Jahre lang zusammen Jura studiert.«

»Und das ist fünf Jahre her.«

»Trotzdem meine ich, dass er sich an den Menschen erinnern sollte, den er mit voller Absicht reingelegt hat.« Ich packe die Tischkante und beuge mich nach vorn. »Er wollte nicht glauben, dass ich immer noch wütend bin, weil er mir den Spitzenplatz weggenommen hat!«

Hollys Mundwinkel zuckt leicht belustigt. »Ich bin mir ziemlich sicher, dass du den Spitzenplatz für ewigen Groll bekommen würdest.«

»Das ist nicht lustig! Du sollst Mitleid mit mir haben!«

»Ich habe Mitleid. Aber ihr beide wart, soweit ich mich entsinne, immer im Clinch.«

»Er hat meine Hausarbeit zu spät eingereicht!«

»Warum hast du sie nicht einfach per Mail geschickt?«

»Mein Prof war altmodisch und hatte mit moderner Technologie nichts am Hut. Wenn Daxton sie rechtzeitig eingereicht hätte, wie er es mir versprochen hatte, wären mir keine Punkte wegen Verspätung abgezogen worden, und mein Notendurchschnitt wäre höher gewesen als seiner. Ich habe deswegen sogar beim Prof vorgesprochen, aber er sagte, er könne nichts mehr daran ändern.« Ich lehne mich zurück, als die Speisen vor uns auf den Tisch gestellt werden. Dann wickele ich das Besteck aus und attackiere eine Süßkartoffel-Pommes.

»Weißt du, Kay, vielleicht solltest du dir eine von deinen *It's My Life*-Daxton-Barbiepuppen vornehmen und mit ihr einen Voodoo-Zauber veranstalten. Dann geht's dir vielleicht besser.«

Ich verdrehe die Augen. »Ich habe doch nicht gedacht, dass ich ihn jemals wiedersehe! Und er war so unverschämt und selbstgefällig und hat mich auch noch angeflirtet und … bäh! Und er sieht immer noch so heiß aus und hat nach wie vor alle seine Haare. Ich hasse ihn!«

»Soll das heißen, dass wir am Wochenende die *It's My Life*-Wiederholung ausfallen lassen?«

Ich werfe Holly einen sengenden Blick zu. »Diese Serie wird im Leben nicht mehr geschaut. Ach ja, und vielen Dank für den Clip, den du mir heute Morgen geschickt hast. Er kam gerade in dem Moment an, als die Hughes mein Büro betraten.«

»Oh mein Gott! Wie wahrscheinlich ist das bitte, dass das gerade in dem Moment passiert ist?«

Meine Augen versenden Todesstrahlen. »Ich wäre beinahe vor Scham im Boden versunken.«

»Bist du dir sicher, dass du die Wiederholung nicht schauen willst? Könnte doch heilsam sein, wenn du ihn anschreist, und sei es auf dem Bildschirm.«

»Ha-ha-ha, Holly, ha-ha-ha.« Langsam lasse ich meinen Atem ausströmen und fahre mir mit den Händen über die Beine. Ich muss wirklich runterkommen. »Okay, ich glaube, jetzt hab ich genug Dampf abgelassen. Sorry. Dieser Mann macht mich einfach rasend. Themawechsel. Wie läuft's bei der Arbeit? Was macht dein Adoptionsfall? Alles in Ordnung an *der* Front?«

Holly lächelt, doch es wirkt ein wenig traurig. »Körperlich geht es Hope besser.«

»Oh-oh. Das hört sich nach einem versteckten ›Aber‹ an.« Das ist jetzt genau das, was ich brauche: eine Ablenkung von Daxton Hughes, seinem hinreißenden Grinsen und seiner Arschloch-Attitüde.

»Leider hat sich die biologische Mutter anders besonnen, und nun gibt es ein Problem mit den Adoptionspapieren.«

Ich setze mich kerzengerade hin. Holly ist Sozialarbeiterin und häufig mit Sorgerechtsfällen befasst. »Was für ein Problem?«

»Der Anwalt, der die Verträge aufgesetzt hat, hat dabei so einiges übersehen, und die Adoptiveltern, die Lipsons, haben die Schlupflöcher nicht bemerkt. Es sieht ganz danach aus, als ob die biologische Mutter durchaus das Sorgerecht für Hope bekommen könnte.«

Das klingt gar nicht gut. Hopes Mutter ist eine ehemalige Drogenabhängige, und wenn sie auch während der Schwangerschaft abstinent geblieben ist, so neigt sie doch dazu, aufgrund ihrer langjährigen Sucht wieder in alte Verhaltensmuster zu fallen, wenn der Stress zu groß wird. Und leider, leider geht es ihr beim Sorgerecht für Hope vor allem um die monatliche Sozialhilfe. Das Kind allein aufzuziehen, dazu wird sie nicht in der Lage sein.

Ich trommele auf die Tischkante, während ich die Optionen der Lipsons durchgehe. Da ich selbst im Alter von drei Jahren adoptiert worden bin und aus einer Ursprungsfamilie stamme, wo die Liebe allein dem monatlichen Scheck galt, empfand ich dieses Zerrbild elterlicher Zuneigung als reichlich bittere Pille. »Was, wenn ich den Fall kostenlos übernähme?«

Holly schüttelt den Kopf. »Du strebst doch an, Partner in deiner Kanzlei zu werden. Du hast keine Zeit, auch noch kostenlose Vertretungen zu übernehmen. Außerdem liegt es viel zu nah an den Erfahrungen, die du selber gemacht hast.«

»Was genau der Grund ist, warum ich den Fall übernehmen sollte. Wer wäre denn besser geeignet, die Adoptiveltern zu vertreten, als jemand, der die Lücken im System am eigenen Leib erfahren hat? Außerdem könnte ich mir damit auf lange Sicht die Partnerschaft ergattern. Ich werde mal mit Beverly reden, aber ich glaube schon, dass sie die Vorteile erkennt.«

»Bist du sicher? Ist eine Menge, die du dir da zusätzlich aufladen willst.« Aber Hollys hoffnungsvolle Miene bestärkt mich nur in meiner Entschlossenheit. Zwar habe ich in den letzten Jahren hauptsächlich in der Fondsberatung gearbeitet, dabei aber das Familienrecht nie aus den Augen verloren. Neben meiner Arbeit habe ich zahlreiche Adoptionsverträge und -fälle studiert. Es ist so eine Art Hobby, und das, wie ich mir eingestehen muss, ist ein wenig traurig, denn mein Leben scheint ohnehin nur aus Arbeit zu bestehen.

»Und wenn es bloß dazu führt, dass ein kleines Mädchen in einer liebevollen Familie bleiben kann, dann ist es meinen Einsatz wert. Ich muss nur alle meine Freitagabendverabredungen absagen.« Ich grinse unverschämt und hoffe, die Stimmung ein bisschen gehoben zu haben.

Jetzt ist die Reihe an Holly, ihre Augen zu verdrehen. »Das kannst du doch nicht machen! Dann werde ich total vereinsamen!«

Wir brechen in Lachen aus.

Holly pikt mit ihrem Strohhalm nach der Zitronenscheibe in ihrem Glas. »Aber jetzt mal ernsthaft: Wir sollten mal darüber nachdenken, uns irgendwann mit echten Männern zu verabreden.«

Ich schnaube verächtlich. »Die Typen sind doch viel zu anstrengend. Immer wollen sie etwas von einem, zum Beispiel deine Zeit und deine Energie.«

»Und Blowjobs, nicht zu vergessen.« Holly kichert vor sich hin.

»Ja, all das, was ich nicht übrighabe oder nicht freiwillig geben will. Außerdem bin ich Katzenbesitzerin. Die sind nicht so schwierig im Unterhalt.« Linus und Shirley sind meine beiden süßen Stubentiger. Sie werden nur problematisch, wenn ich Bacon brate, ansonsten benehmen sie sich vorbildlich.

Holly spießt eine Pommes auf und richtet sie auf mich. »Wenn du Daxton jemals wieder über den Weg laufen solltest, könntest du ihm doch ’ne Chance geben. Soweit ich gehört habe, soll das die beste Methode sein, um alter Wut den Garaus zu machen.«

»Da ich nicht vorhabe, ihm jemals wieder über den Weg zu laufen, sieht es so aus, als könnte ich an meiner Wut festhalten.«

2

Waisen

Daxton
Sechs Monate später

Ich starre auf ein dämliches Meme – von mir. Das Bild ist über fünfzehn Jahre alt, kursiert aber immer noch in den Tiefen des Internets. Es ist eines von diesen »Ich hasse Montage«-Memes und zeigt mein flennendes Gesicht, das ziemlich hässlich ist.

Mein Kollege – und enger Freund – hat es mir in aller Frühe geschickt, weshalb es die erste Mail ist, die ich geöffnet habe. Felix McQueen, Strafverteidiger bei Freeman & Partner, sendet mir mindestens einmal im Monat so eine E-Mail, die er mit dem Betreff *Wichtig* tarnt. Wir sind seit der Studienzeit dick befreundet, deshalb lasse ich mir seinen Unsinn gefallen.

Außerdem schickt er wirklich oft wichtige Mails. Felix hält sich für verdammt witzig, doch so eine Mail ist für mich stets eine Mahnung, dass ich meiner Zeit als TV-Kinderstar niemals entkommen werde, egal, was ich seitdem erreicht habe.

Es klopft an meiner Bürotür. Hastig schließe ich die Mail. Nicht, dass es irgendetwas bringen würde. Jeder in der Kanzlei hat das verdammte Meme schon einmal irgendwann gesehen. Felix hat einen Kaffeebecher mit meinem Konterfei bedrucken lassen und trinkt bevorzugt bei Meetings aus dem Ding. Weil er nämlich ein Arsch ist. Aber egal, immerhin bringt mir diese Schmach nach wie vor lukrative Vorteile. Und ich bin gegen diese Art Mobbing immun. Meistens jedenfalls.

Ich grüße Felix, der seinen Kopf zur Tür hereinsteckt, mit dem Stinkefinger. »Danke, dass du so ein Arschloch bist, Arschloch.«

Er zieht ein Gesicht, das ich nicht so recht deuten kann. »Tut mir leid wegen der blöden Mail. Hätte sie gar nicht erst geschickt, wenn ich's gewusst hätte.«

»Wenn du *was* gewusst hättest?«

Er murmelt etwas Unverständliches, seine Miene ist ernst, beinahe schon überzeugend in ihrer Reue. »Ich muss mit dir reden.«

Ich lehne mich zurück und verschränke die Arme vor der Brust. Sorge macht sich in meinem Magen breit, die ich mir nicht erklären kann. Ich versuche, diese Empfindung mit Sarkasmus abzutun. »Ich weiß schon, dass ein Wochenende mit einem Vierundzwanzig-Stunden-Marathon von *It's My Life* bevorsteht. Und nein, bau bloß nicht drauf, dass ich ihn mit dir angucke.«

Felix schließt die Tür und nestelt an seiner Krawatte. So ruhelos kenne ich ihn gar nicht.

»Was ist los? Hast du den Fall Kent verloren?« Die Jury berät sich schon seit zwei Tagen. Bald werden sie eine Entscheidung fällen, aber der Ausgang ist noch völlig offen.

Felix schüttelt den Kopf. Er tritt zu mir hinter den Schreibtisch, wobei er es vermeidet, mir in die Augen zu schauen. »Es geht nicht um einen Fall.«

»Na, um was denn dann? Was soll das?« Ich sehe forschend zu ihm hoch.

Er kratzt sich am Kinn und lässt seinen angehaltenen Atem ausströmen. »Deine Eltern hatten einen Autounfall.«

Unglaube prickelt unter meiner Haut, aber Wut gewinnt die Oberhand über alle anderen Gefühle. »Keine blöden Spielchen, Felix.«

Nervös leckt er sich die Lippen; ich sehe seinen Kehlkopf hüpfen, als er schluckt. »Ich wünschte, es wäre ein Spielchen, aber das ist es nicht, ganz und gar nicht.«

Ich stehe so abrupt auf, dass mein Stuhl rückwärts rollt und gegen das Fenster stößt. »Geht es ihnen gut? In welchem Krankenhaus sind sie? War es ein schlimmer Unfall?«

Die Antwort, die ich nicht hören will, ist Felix bereits vom Gesicht abzulesen. »Er war tödlich. Es tut mir so leid.«

Der Satz saust wie ein Querschläger in meinem Kopf hin und her, das Wort *tödlich* trifft mich mitten ins Herz. »Sie sind … tot? Beide?« Das Blut rauscht so laut in meinen Ohren, dass ich fast nicht mehr hören kann, was er sagt.

»Sie waren auf dem Freeway unterwegs. Ein Sattelschlepper hat sich quergestellt.«

»Woher hast du das? Warum weißt *du* Bescheid?« All das fühlt sich an, als liefe es gleichzeitig in Zeitlupe und schnellem Vorlauf ab. Mir schwindelt, während ich versuche, das Furchtbare zu begreifen.

»Die Polizei ist hier. Ich dachte, es wäre besser, wenn du es von einem Menschen hörst, der dir vertraut ist. Es tut mir so verdammt leid, Dax. Die Polizei sagt, sie seien sofort tot gewesen. Deine Eltern haben nicht leiden müssen.«

Plötzlich geben meine Knie nach. Ich greife hinter mich nach meinem Stuhl und lasse mich schwer hineinfallen. Entsetzt fahre ich mir übers Gesicht, während die Nachricht in meinem Kopf umherschwirrt, ohne wirklich einzusickern. Dann ein bestürzender Gedanke: Dieser Verlust betrifft nicht nur mich. Diese Leere in meiner Brust wird auch ein anderer, schwächerer Mensch erleiden. »Emme?«

»Sie ist in der Schule. Sie weiß es noch nicht.«

Ich wühle in meinem Schreibtisch nach den Autoschlüsseln. »Ich muss … sofort zu ihr. Sie darf es nur von mir erfahren … nicht von einem Fremden.« Arme Emme. Ich bin dreißig Jahre alt und am Boden zerstört. Wie schrecklich wird es erst für meine kleine Schwester sein? Wie soll sie ohne Eltern existieren?

Ich stürze hinter meinem Schreibtisch hervor. Felix stellt sich vor die Tür, versperrt mir den Weg. »Mann, Dax, in dem Zustand kannst du doch nicht fahren!«

Vor Wut fast außer mir, packe ich ihn am Revers. »Sie waren ihr Ein und Alles, ich muss zu ihr, und du gehst mir verdammt noch mal aus dem Weg!«

Felix legt seine Hände auf meine Schultern, begegnet meinem Zorn mit Gelassenheit. »Weiß ich doch, Mann. Ich fahr dich. Du musst einen klaren Kopf behalten, okay? Du bist alles, was deine Schwester noch hat. Wenn du ausrasten musst, dann tu es jetzt, denn wenn sie dich sieht, musst du dich wieder unter Kontrolle haben.«

Er hat recht. Ich bin alles, was Emme noch hat. Und sie ist alles, was ich habe. Ich weiß nicht genau, für wen von uns beiden es schlimmer ist.

Bevor ich mein Bürozimmer verlasse, rede ich noch mit den Cops. Felix lag völlig richtig damit, dass er es mir zuerst gesagt hat. Die Bullen haben apathische Mienen, sie sind es gewohnt, entsetzliche Nachrichten zu überbringen. Ich kotze in den Papierkorb neben meinem Schreibtisch, als ich erfahre, dass der Sattelschlepper ein Tanklaster war, der beim Aufprall explodiert ist. Das ist auch der Moment, in dem ich einen Nervenzusammenbruch habe.

Ich habe keine Erinnerung daran, dass ich mich nach dem Fortgang der Cops im Waschraum gesäubert habe. Ich kann mich nicht erinnern, wie ich mit Felix in den Fahrstuhl gestiegen bin. Oder in seinen Wagen.

Als wir an der Schule ankommen, sage ich Felix, dass er nicht zu warten braucht. Wenn wir einen Wagen benötigen, können wir Uber anfunken. Ich weiß nicht, wie lange es dauern wird, und auch wenn Felix mein bester Freund ist, muss ich zunächst mit Emme allein sein.

Mein ganzer Körper fühlt sich an wie einbetoniert. Es fällt mir so schwer, mich zu bewegen, zu denken. Die Schmerzen in meiner Brust sind teuflisch, und ich schaffe kaum die Treppe zum Hauptportal.

Es ist kurz vor der Mittagspause. Ich sitze neben einem mürrischen Zwölfjährigen, der – nach der Art zu schließen, wie er seine Schultern hochzieht – offensichtlich eine saftige Standpauke erwartet, während Emme aus der Cafeteria geholt wird.

»Daxton? Was machst du denn hier?« Ich schaue auf und sehe Tante Linda, die Schwester meiner Mutter, hinter dem Tisch der Schulsekretärin. Im gleichen Moment schrillt die Pausenglocke. Lindas fragendes Lächeln erlischt, als sie mich genauer in Augenschein nimmt.

Meine Augen sind mit Sicherheit rot gerändert und meine Miene versteinert. Ich drücke mich aus dem Stuhl mit den halb zerfetzten Armlehnen hoch und fahre mir durch die Haare. »Ich muss mit Emme sprechen.«

»Ist alles in Ordnung?«, fragt Linda, plötzlich besorgt.

»Nein. Nichts ist in Ordnung.«

Bevor ich deutlicher werden kann, höre ich Emmes aufgeregte Stimme, und mein Magen zieht sich noch mehr zusammen. »Dax?«

Ich drehe mich um. Sie steht bereits im Raum. Ich wünschte, ich könnte die Freude, die sie momentan empfindet, irgendwie konservieren, denn was ich ihr jetzt zu sagen habe, wird ihr das Lebensglück nehmen. Mit einem strahlenden Lächeln und dunklen Augen, die vor Aufregung funkeln, kommt Emme leichtfüßig auf mich zu und umarmt mich. »Bist du hier, um mit mir essen zu gehen?«

Das verspreche ich meiner kleinen Schwester nämlich jedes Mal, wenn wir uns sonntags zum Mittagessen bei den Eltern sehen, aber aufgrund meiner Arbeit fällt es mir schwer, mein Wort zu halten. Ich mache mir Vorwürfe, dass ich kein sonderlich netter großer Bruder bin – viel zu sehr mit meinem Leben beschäftigt, um außerhalb des Familienkreises von meiner kleinen Schwester Notiz zu nehmen.

Ich drücke sie ganz fest an mich und hasse mich dafür, dass ich im nächsten Augenblick ihre Welt zerstören werde. Mein Schmerz ist jetzt so brutal heftig geworden, dass er am Innern meines Herzens kratzt.

Emme löst sich von mir. Auf ihrem Gesicht steht ein erwartungsfrohes Lächeln. Ich möchte ihr diese Unschuld erhalten, möchte sie noch einige Momente vor der rauen Wirklichkeit der Welt beschützen.

Doch allmählich ändert sich ihr Gesichtsausdruck, und die braunen Augen mustern mich argwöhnisch. »Was hast du?«

Nein, ich kann sie nicht davor schützen. Es gibt nichts, was diesen schweren Schlag mildern kann. »Es ist was mit Mom und Dad.«

»Was?« Emme schaut sich um, als erwarte sie, dass die beiden jeden Augenblick auftauchen.

Meine nächsten Worte werden ihr Leben unwiderruflich verändern. »Sie hatten einen Autounfall.«

Alle Farbe weicht aus ihrem Gesicht. Ich wünschte, wir wären woanders. Egal wo. Wo uns niemand sieht. In einem gemütlichen Zimmer, nur wir beide.

Emme hebt die tiefrot lackierten Nägel an ihren Mund. »Geht es ihnen gut?«

Mein Kopf fühlt sich tonnenschwer an. »Sie sind von uns gegangen, Emme.«

»Gegangen?«, wiederholt sie.

»Sie sind … tot. Sie sind bei dem Unfall gestorben.« Die Worte brechen aus mir hervor wie scharfkantiger Rollsplitt.

Emmes Hand fällt herab und landet auf ihrer Brust. Es sieht aus, als wollte sie ihr Herz am Zerbrechen hindern. »Nein.« Heftig schüttelt sie den Kopf. »Sie haben mich heute Morgen zur Schule gebracht. Ich musste zum Zahnarzt. Sie waren eben hier. Sie waren *eben noch hier!*« Ihre Stimme wird schrill, ihre Angst verwandelt sich in Zorn, als ich den Arm ausstrecke, um sie zu trösten.

»Nein!« Sie schubst mich von sich.

»Emme!« Tante Lindas Augen sind ebenfalls schreckgeweitet.

Ihre Anwesenheit hatte ich ganz vergessen.

»Es tut mir so leid, Em.«

Ich ergreife ihre Fäuste, als sie versucht, mich zu schlagen, und ziehe sie an meine Brust. Ich will Emme vor der Qual bewahren, die in dem Moment, als sie die Wahrheit erkennt, von ihr Besitz ergreift.

»Nein, Dax, nein.« Emmes Widerstand erlischt und sie sackt in meinen Armen zusammen, bricht in Schluchzen aus, schreit ihr Leid in die Welt. »Sie waren doch eben noch da! Sie können nicht weg sein.«

Und ich kann ihr nur sagen, wie leid es mir tut. Immer und immer wieder.

3

Betäubt

Daxton

Die Beerdigung brennt wie Zitronensaft in einer frischen Wunde. Emme ist total durcheinander. Ich bin total durcheinander. Ich versuche, ihr Anker zu sein, der uns beide davor schützen soll, in die stürmische See abzudriften: So überstehen wir den Tag. Wir haben Hunderte von Händen geschüttelt, uns ebenso oft umarmen und kondolieren lassen, doch das Gefühl, dass wir schwimmen und ins Ungewisse treiben, lässt sich nicht abschütteln.

Ich hocke in einem Sitzsack auf dem Boden und starre an Emmes Zimmerdecke, die mit einem fluoreszierenden Sonnensystem verziert ist. Ich frage mich, wie schlimm der Schmerz noch werden kann, bevor es wieder besser wird. Bevor das alles leichter zu ertragen ist.

Emme wälzt sich in ihrem Bett auf die Seite; unter ihrem Kinn steckt das ausgestopfte Lama, das sie seit Jahren nicht mehr angeschaut hat. »Dax?«

Die Nachttischlampe wirft Schatten auf ihr Gesicht, und ihre dunklen Augen liegen wie in tiefen Höhlen. Seit Mom und Dad verstorben sind, kann sie nur noch bei Licht schlafen.

»Was ist, Schwesterherz?«

Schon wieder hat sie die Finger am Mund. Emme hat sich die Nägel bis auf die Haut abgebissen, und nun bluten die Nagelränder. Sie ist so verängstigt, dass sie nicht allein schlafen will.

»Mom musste meinen Zahnarzttermin verschieben, weil ich an dem Morgen ein Referat halten sollte. *Deshalb* haben sie mich zur Schule gefahren!«

»Ach, Em, du kannst dir doch nicht die Schuld dafür geben!«

»Aber sonst wären sie vielleicht noch da. Vielleicht hätten sie dann keinen Unfall gehabt ...« Wieder bricht sie in Tränen aus, wie schon so oft in den letzten Tagen. Mit dem Lama wischt sie sich das Gesicht ab. Emme sieht wieder aus wie das kleine Kind, dessen Kratzer ich vor Jahren gelegentlich verarztet habe. Diese Wunde lässt sich jedoch nicht mit einem Pflaster verschließen – sie ist zu tief.

Ich möchte meine Schwester trösten, ihr sagen, dass sie versuchen soll, nicht nur daran zu denken. Sie soll sich vielmehr an die guten Zeiten erinnern. Doch Emme ist in dieser Hinsicht wie ich. Sie kann nicht aufhören, an das Schreckliche zu denken, und meine Weigerung, darüber zu sprechen, wird ihr auch nicht helfen. Ich streiche ihr die Haare aus dem Gesicht, wie ich es meine Mutter eine Million Mal habe tun sehen. Ich wünschte, ich wüsste die richtigen Worte und könnte Emme so sanft umarmen, wie Mom es einst tat.

»Sie hätten ebenso gut auf dem Weg zum Freeway an einem Café anhalten können, Em. Wenn sie nur eine Minute früher oder später nicht an dieser Stelle gewesen wären, dann hätte es jemand anderen getroffen. Es ist nicht deine Schuld.«

»Ich will sie bloß wiederhaben! Ich will aufwachen, und dann sollen sie da sein. Dann ist alles nur ein böser Traum gewesen!«

»Ich weiß. Ich hätte das auch gern.«

Ich lasse Emme weinen, weil ich nicht weiß, was ich sonst machen soll. Nachdem ihre Tränen versiegt sind, fragt sie zaghaft, ob ich bei ihr bleiben kann, bis sie eingeschlafen ist. Ich ziehe den Sitzsack neben ihr Bett und mache es mir so bequem wie möglich.

Gegen Mitternacht wache ich mit steifem Rücken auf. Emme schläft zum Glück tief und fest. In den letzten Nächten hat sie immer wieder Albträume gehabt, und ich habe bei ihr gesessen, bis sie wieder eingeschlafen war. Jetzt schleiche ich mich leise aus dem Zimmer, um sie nicht zu wecken.

Ich bin erschöpft, kann aber mein Gedankenkarussell nicht abstellen. Morgen kommt der Anwalt, um das Testament zu verlesen. Er hat Dad persönlich gekannt und macht aus Respekt für meinen Vater und seine Familie einen Hausbesuch. Wir werden so viele Papiere sichten müssen, dass mir jetzt schon davor graut. Vielleicht wäre es am besten, wenn ich vor Thomas' Ankunft bereits damit beginne, dann habe ich mich schon ein wenig vorbereitet. Besonders im Hinblick auf Emme und das Sorgerecht.

Aus dem Spalt unter der Tür des Arbeitszimmers meines Dads dringt Licht. Ich kann mich nicht erinnern, es angelassen zu haben. Tante Linda fährt erschrocken zusammen, als ich die Tür aufstoße. Sie hat uns während der ganzen Vorbereitungen für die Bestattung zur Seite gestanden, was, in gewisser Weise, eine Hilfe gewesen ist. Linda neigt jedoch dazu, alles an sich zu reißen, und es ist nicht immer leicht, mit dieser Eigenart umzugehen.

»Oh! Daxton, du hast mich erschreckt. Ich wusste nicht, dass du noch wach bist.« Sie legt die Akten, die sie in der Hand gehalten hat, in die Schreibtischschublade zurück.

»Was machst du denn da?«

»Bloß ein bisschen aufräumen. In den nächsten Wochen werden wir eine Menge aussortieren müssen.« Mitfühlend lächelt sie mich an. »Das wird ein Haufen Arbeit, dieses Haus auszumisten. Craig und Evelyn haben ja schon vor deiner Geburt hier gewohnt. Hast du dir mal Gedanken gemacht, wie du das alles schaffen willst?«

»Ich schätze, es hängt letztlich davon ab, was im Testament steht.« Ich nehme an, dass ich das Haus bekommen werde, oder vielleicht geht es auch an Emme, sobald sie alt genug ist, aber mit Sicherheit werde ich das erst morgen wissen. Bis dahin bleibt vieles in der Schwebe.

»Natürlich. Du musst ja so vieles bedenken. Nun, ich sollte dann wohl ins Bett gehen. Morgen früh gibt es ja einiges zu tun, das Testament wird verlesen und so weiter.« Sie kommt auf mich zu und legt mir die Hand auf die Schulter. »Du solltest auch schlafen gehen. Du wirst einen klaren Kopf brauchen.«

Sie geht in die Diele, wo sie sich umdreht, als erwarte sie, dass ich ebenfalls das Arbeitszimmer verlasse. Ich fühle mich wie benebelt, und plötzlich bin ich bei der bloßen Vorstellung, Ordnung in all diese Papiere zu bringen, wieder ganz erschöpft.

»Ja, du hast recht.« Ich mache die Tür zu und gehe hinter ihr dic Treppe hoch, dann suche ich mein altes Zimmer auf, immer noch voller Gedanken an den morgigen Tag.

Am Morgen bin ich wie auf Autopilot und greife beim Ankleiden aus reiner Gewohnheit zu einem Anzug. Emme ist bereits in der Küche und mixt sich einen Obst-Smoothie – mit Eiscreme. Noch ein bisschen früh für Eis, aber ich lasse sie gewähren. In den letzten Tagen hat sie kaum etwas gegessen, und wenn sie morgens als Erstes Eis haben möchte, dann soll es mir recht sein.

Thomas trifft pünktlich um zehn Uhr ein und nimmt mich zur Begrüßung in den Arm, klopft mir auf den Rücken und murmelt sein Beileid. Bei Linda gibt er sich förmlicher, aber nicht weniger freundlich. Emme lächelt er mitfühlend an und murmelt, wie sehr sie doch unserer Mutter ähnelt, was sogleich Tränen zur Folge hat. Ich lege einen Arm um meine kleine Schwester und drücke sie an mich.

»Warum setzen wir uns nicht ins Esszimmer, wo es bequemer ist?«, schlage ich vor.

Ich will die Sache einfach nur hinter mich bringen, damit wir weiterleben können. Mir ist, als wären wir in einem Zustand der Schwebe gefangen und warteten auf den Beginn einer neuen Wirklichkeit.

Wir setzen uns um den Esstisch, und Thomas beginnt mit der Auflistung der Vermögenswerte. Das Haus geht an mich, und alles andere wird zwischen Emme und mir aufgeteilt. Finanziell haben meine Eltern meiner Schwester den größeren Anteil zugedacht, weil ich bereits einen großen Batzen besitze, den ich dank der Beratung durch meine Eltern klug verwaltet habe.

»Dax, Sie haben die Generalvollmacht über Emmes Konten und sonstige Geldanlagen, die Ihre Eltern für den Unterhalt Ihrer Schwester bereitgestellt haben. Wie es scheint, haben Ihre Eltern Ihnen einiges an Spielraum gegeben, damit Sie je nach Bedürfnislage wirtschaften können. Zusätzlich zu den Schecks der Sozialhilfe, die beträchtlich sind, bekommen Sie jeden Monat einen Zuschuss für Betreuung und Sonderausgaben.«

»Es tut mir leid, vielleicht sorge ich für unnötigen Wirbel – aber wie kann Daxton die Generalvollmacht haben, wenn *ich* Emmes gesetzlicher Vormund bin? Wie praktikabel ist es denn, wenn ich ihn für jede finanzielle Entscheidung, die Emmes Zukunft betrifft, um Zustimmung bitten muss?«, mischt sich Linda ein.

Dasselbe hatte ich mich auch gerade gefragt.

Thomas schenkt Linda sein höfliches Anwaltslächeln. »Daxton ist Emmes gesetzlicher Vormund, deshalb besitzt er die Generalvollmacht.«

Weil ich nicht ausgeschlafen bin und vor Kummer fast wahnsinnig, dauert es ein paar Sekunden, bis die Info zu mir durchdringt. Bevor ich jedoch um Aufklärung bitten oder Thomas fragen kann, ob er die Aussage wiederholt, ergreift Linda schon wieder das Wort. »Aber Evelyn hat mir die Verantwortung für Emme übertragen, falls ihr und Craig etwas zustoßen sollte.«

Thomas schaut von mir zu Linda. »Laut Testament und Fondspapieren, die von Evelyn und Craig unterzeichnet wurden, ist Daxton zu Emmes gesetzlichem Vormund bestimmt worden.« Er wendet sich an mich. »Haben Sie davon nichts gewusst?«

Ich umklammere die Armlehnen meines Stuhls; erst langsam wird mir bewusst, was diese Neuigkeit bedeutet. »Habe ich nicht.«

Emme richtet sich kerzengerade auf und macht große Augen. »Ich werde also mit Dax zusammenwohnen?«

Thomas lächelt sanft. »Das stimmt, Emme. Dax ist ab jetzt vor dem Gesetz dafür verantwortlich, sich um dich zu kümmern.«

»Ich muss also nicht umziehen? Ich kann hierbleiben?«

»Falls Daxton beschließt, das Haus zu behalten, ja.« Thomas wendet sich nun an Linda und mich. »Ihre Eltern haben das Testament vor etwas mehr als sechs Monaten geändert, kurz nach Ihrem dreißigsten Geburtstag, Daxton. Bis dahin waren Linda und …« Er blättert in seinen Akten. »Victor zum gesetzlichen Vormund bestellt. Aber dann haben Sie sich von Ihrem Mann getrennt. Ist das richtig so, Linda?«

»Nun ja, wir haben uns getrennt, das stimmt, aber ich hatte keine Ahnung, dass Evelyn deswegen die Sorgerechtsregelung geändert hat.« Sie sieht betroffen aus, was ich gut verstehen kann, denn ich bin genauso verblüfft.

»Linda, Ihnen wurde das sekundäre Sorgerecht zugesprochen«, setzt Thomas hinzu.

»Was bedeutet das? So etwas wie Umgangsrecht?«

»Sollte der Fall eintreten, dass Daxton Emme aus irgendeinem Grund nicht mehr versorgen kann, würden Sie als Vormund eingesetzt.« Zwischen den Zeilen lese ich: Falls mir etwas zustößt, was Gott verhüten möge, dann bekäme Linda das Sorgerecht.

Sie wendet sich nun direkt an mich, offenkundig äußerst erregt. »Daxton, du musst doch einsehen, dass das mit deinen Arbeitszeiten kaum zu vereinbaren ist. Sich um ein heranwachsendes Mädchen zu kümmern, ist eine große Verantwortung. Hast du überhaupt eine Ahnung, wie viel Zeit und Energie es braucht, ein Kind aufzuziehen?«

Natürlich habe ich keine Ahnung. Nicht wirklich. Ich habe aber eine gewisse Vorstellung davon. »Wir werden es schon schaffen.«

Nun wird sie geradezu panisch, was ich doch ein wenig seltsam finde. »Du musst doch einsehen, dass es nicht das Beste für Emme ist. Du wirst von nun an jeden Abend zu Hause sein müssen. Eine Dreizehnjährige kann man nicht sich selbst überlassen. Dein Leben wird sich von Grund auf verändern.«

Sie hat recht. Doch nach einem Blick auf Emme erkenne ich, dass ich um meine kleine Schwester kämpfen muss. »Mein Leben hat sich bereits grundlegend verändert und Emmes ebenso.«

»Ich kann ihr Sicherheit und Stabilität bieten, die du ihr nicht geben kannst«, führt Linda ins Feld. Ich habe keine Ahnung, warum sie so verzweifelt klingt. Soweit ich weiß, steht Tante Linda Emme nicht besonders nahe, abgesehen von der Tatsache, dass sie in ihrer Schule arbeitet.

Außerdem habe ich noch nie unter Beweis stellen müssen, dass ich fähig bin, mich um meine kleine Schwester zu kümmern, Linda sagt mir aber schon jetzt mein Scheitern voraus. »Findest du, dass *deine* ständig wechselnden Ehemänner ein Garant für Stabilität sind?«

Ihre Gesichtszüge entgleisen, und sie faucht mich an: »Sehr viel stabiler als du und deine Tinder-Dates und dass du mit jeder Frau schläfst, die du in einer Bar aufgabelst.«

Ich nagele Linda mit einem unbeeindruckten Blick fest. »Du hast nicht die geringste Ahnung von mir oder meinem Privatleben. Emme ist meine Schwester. Ich werde mein Leben so verändern, dass ich mich um sie kümmern und für sie da sein kann.«

Es ist ja nicht so, als verfügte ich über einen Harem von Frauen, die mir das Bett wärmen. Da gibt es eine Schauspielerin, eine alte Freundin, die ich hin und wieder treffe, wenn sie gerade in der Stadt ist. Es ist eine lockere Geschichte, weil wir beide viel arbeiten und keine Zeit für eine feste Beziehung haben. Aus Lindas Mund klingt es so, als wäre ich ein Playboy, während ich in Wahrheit ein dreißigjähriger Mann mit einem gesunden Geschlechtstrieb bin, der ein sicheres und wohlüberlegtes Sexleben pflegt. Ich habe mich noch nie aus einer Laune heraus auf einen One-Night-Stand eingelassen. Aber darüber will ich nicht diskutieren, und schon gar nicht vor meiner kleinen Schwester.

Ich halte mich zwar nicht unbedingt für die beste Lösung, will aber nicht, dass Emme noch mehr leiden muss. Wenn es also nötig ist, dass ich in mein Elternhaus zurückziehe, dann will ich versuchen, ihr der väterliche Bruder zu sein, den sie braucht – auch wenn ich noch keine Ahnung habe, wie ich das durchziehen soll.

»Vielleicht sollten wir Emme fragen, was sie möchte.« Linda lächelt ihrer Nichte ermutigend zu. »Glaubst du, es wäre besser für dich, wenn du zu mir kommst, Liebes?«

Emme schaut von Linda zu mir und wieder zu Linda.

»Ist schon in Ordnung«, sage ich zu ihr. »Du kannst ehrlich darauf antworten, Em. Ich will nur das Beste für dich.« Obwohl es mich buchstäblich umbringen würde, wenn sie sagte, dass sie bei ihrer Tante leben will.

»Ich will bei Dax wohnen«, sagt Emme ruhig.

Linda seufzt. Nun gewinnt ihr Zorn die Oberhand. »Natürlich möchte sie dort leben, wo es keine Regeln und keine Kontrolle gibt.« Sie stemmt sich aus dem Stuhl hoch. »Das ist ein großer Fehler. Du hast nicht einmal den Schimmer einer Ahnung, was es bedeutet, für eine Heranwachsende zu sorgen, Daxton. Ich finde, du solltest ernsthaft über die Anforderungen nachdenken und ob du wirklich die beste Wahl für Emme bist.«

Und mir wird plötzlich klar, dass ich mit einem Federstrich vom alleinstehenden Mann zum alleinerziehenden Vater geworden bin.

Sobald Thomas fort ist, packt Linda ihre Sachen zusammen; ihr Frust über die veränderte Lage zeigt sich an ihren ruckartigen Bewegungen. Ich verstehe ja ihren Schock, den Grund für ihre Aufregung jedoch nicht. Ich bin weder drogensüchtig noch ein Partylöwe. Das Einzige, was man mir vorwerfen könnte, wäre, dass ich ein Workaholic bin.

Nachdem auch Linda gegangen ist, suche ich in Dads Arbeitszimmer nach den Akten für Emmes Fonds, denn auch diese müssen dringend gesichtet werden. Der Fonds ist vor etlichen Monaten aufgelegt worden, und abgesehen von der ersten Besprechung habe ich nicht viel damit zu tun gehabt. In einem Aktenfach im Schreibtisch finde ich ein Bündel Papiere, die aber nur einen Entwurf darstellen und nicht den endgültigen Vertrag. Doch es ist immerhin ein Anfang, und ich bin jetzt auch zu müde, um noch lange weiterzusuchen. Wie es scheint, haben meine Eltern sämtliche Schriftstücke seit unserer Geburt aufgehoben; die Fondsdokumente ausfindig zu machen wird sich also wie die Suche nach der Nadel im Heuhaufen gestalten.

Später am Abend schaut Felix mit einem Sixpack Bier vorbei. Er ist zwar gestern auf der Beerdigung gewesen, aber ich hatte noch keine Gelegenheit, ihn zu sprechen, seit er mir die traurige Nachricht überbracht hat. Emme ist in ihr Zimmer gegangen, total erschöpft von dieser Sorgerechtsangelegenheit und der Testamentverlesung am Morgen. Auch ich bin ziemlich fertig.

Ich greife mir die Dokumente und gehe voraus in den Garten, wo wir uns auf den wackeligen Adirondack-Stühlen niederlassen, die mein Dad und ich vor gut zehn Jahren gezimmert haben.

»Dann mal raus mit der Sprache: Was ist mit dem Testament?«

Ich reiche ihm die Schriftstücke und wähle die Kurzfassung: »Sie haben mir das Sorgerecht für Emme übertragen.«

Felix blättert ein paar Sekunden schweigend in den Papieren, ohne sie wirklich zu lesen, dann räuspert er sich und stößt einen leisen Pfiff aus. »Dann darf ich dich jetzt also Daddy Dax nennen?«

»Fick dich, Arschloch.« Trotzdem hat er mich zum Lachen gebracht.

Und ich brauche seinen Humor. Felix ist ein Witzbold, dem es immer gelingt, die Dinge von der lustigen Seite zu nehmen. Das muss er als Strafverteidiger allerdings auch, denn er bekommt es mit reichlich verkorksten Fällen und Typen zu tun. Ich für meinen Teil ziehe die Beschäftigung mit Schauspielerverträgen und gelegentlichen Fällen von Belästigung vor.

»Aber jetzt mal im Ernst: Deine Eltern haben dir das Sorgerecht für deine Schwester gegeben?«

»Offenbar haben sie beschlossen, die Vormundschaft von Linda auf mich zu übertragen, als ich dreißig wurde. Und sie haben uns keinen Ton davon gesagt.« Ich gönne mir einen ordentlichen Schluck.

»Was zum Teufel haben sie sich nur dabei gedacht?«

Ich werfe ihm einen ärgerlichen Blick zu, obwohl dies ja auch mein erster Gedanke war.

»Ich sag das nicht, weil ich ein Arsch bin – na ja, meistens nicht –, aber du musst doch zugeben, dass du nicht gerade der verantwortlichste Mensch bist.«

»Ich bin durchaus verantwortungsbewusst.«

Felix schnaubt verächtlich. »Weißt du noch damals, dein Wochenendtrip nach Vegas? Du hattest vergessen, den Thermostat in deiner Wohnung anzustellen, und alle deine tropischen Fische sind verendet.«

»Das war ein einziges Mal, und es war ein Unfall.«

»Unfall oder nicht, deine Wohnung hat jedenfalls erbärmlich gestunken, und das wochenlang. Zweimal haben wir unsere Pokerrunde verschieben müssen, bis der Gestank endlich verflogen war.«

»Ich hab's halt nicht so mit Haustieren.«

»Fische sind die einfachsten Haustiere, die es gibt. Kostet die allergeringste Mühe, sie am Leben zu erhalten. Du streust ihnen ein bisschen Futter ins Wasser und machst das Aquarium sauber, so ungefähr einmal in zwei Monaten, wenn überhaupt. Mädchen im Teenageralter sind wie zornige, tollwütige Welpen. Sie kläffen, sie wollen ständig Aufmerksamkeit, sie hinterlassen Chaos. Lass es dir von einem Freund gesagt sein, der mit drei jüngeren Schwestern aufgewachsen ist: Auch wenn sie noch so bezaubernd sind, wiegt das den ganzen übrigen Mist nicht auf«, betont Felix.

Ich schaue ihn finster von der Seite an. »Du solltest auf keinen Fall Vater werden!«

»Ich will damit bloß sagen, dass es sehr viel schwerer fällt, als sie von Geburt an aufzuziehen. Du übernimmst den Job zu einem Zeitpunkt, an dem sich die Stimmung deiner Schwester auf Talfahrt befindet, das ist dir doch klar? Und du hast die Phase übersprungen, in der die Kinder dich mögen und dich brauchen – jetzt wirst du dich mit Emmes Launen herumschlagen und am laufenden Band Jungs von eurer Türschwelle vertreiben müssen.«

»Hat man dir schon mal gesagt, dass deine Aufmunterungsreden sagenhaft aufmunternd sind?«

»Ich meine doch nur, du solltest erst mal darüber nachdenken, worauf du dich einlässt.«

»Meine Eltern haben mir das Sorgerecht übertragen. Ich habe ja nicht darum gebeten.«

»Was ist denn mit deiner Tante? Hat die nicht schon ein paar Kinder großgezogen?«

Daran habe ich heute schon mehr als einmal gedacht. »Ja, schon. Aber wenn deine Eltern gerade gestorben wären und deine dreizehnjährige Schwester deiner Obhut anvertraut wird – würdest du es dann nicht wenigstens versuchen?«

Felix trommelt mit den Fingern auf die Armlehne. »Schätze schon. Aber es ist wirklich eine Mammutaufgabe. Das wird dein Leben verändern, Dax.«

»Ich weiß. Linda ist auch ständig darauf rumgeritten. Hat dauernd darüber geredet, was für Emme am besten wäre.« Ich reibe mir den Nacken. »Weißt du, was merkwürdig ist? Meine Eltern haben Linda überhaupt nichts hinterlassen. Sie ist meine einzige Tante, und sie war eigentlich total eng mit Mom. Oder zumindest hat es so gewirkt. Meine Eltern haben Linda geholfen, schwere Zeiten zu überstehen, und deshalb hatte ich fest damit gerechnet, dass sie etwas bekommen würde, verstehst du?«

»Vielleicht ist irgendwas passiert, von dem du nichts weißt.«

»Vielleicht. Es ist einfach nur … sonderbar.« Ich fahre mir übers Gesicht. Ich bin hundemüde. »Ich sollte mal mit einem Anwalt sprechen, der sich mit Sorgerecht auskennt, damit ich die Sache besser in den Griff bekomme.«

»Das klingt nach einer guten Idee«, stimmt Felix zu.

»Ich werde auch mit der Anwältin reden, die Emmes Fonds eingerichtet hat, denn anscheinend kann ich nichts anderes finden als den ersten Entwurf. Das könnte spaßig werden.« Ich erinnere mich bestens an Kailyns Reaktion auf mich, als ich bei ihr in der Kanzlei war. Sie wirkte nicht besonders erfreut über mein Erscheinen. Das fand ich schon ein wenig seltsam, denn früher stand ich auf sie und hätte gedacht, dass das Interesse beiderseitig gewesen war. »Mein Leben ist total beschissen im Moment.«

»Es wird schon wieder«, versichert Felix.

Ich nicke zwar, befürchte aber, dass alles erst noch viel schlimmer kommt, bevor es »wieder wird«.

4

Das wiederauferstandene Fangirl

Kailyn

Cara, meine feste Assistentin, die niemals mehr Urlaub nehmen darf, wenn ich nicht ebenfalls Ferien mache, klopft an meine Tür und steckt den Kopf herein – keine dreißig Sekunden, nachdem ich mich auf den Stuhl fallen gelassen habe. Ich habe einen höllischen Vormittag hinter mir, ein Meeting nach dem anderen, und erst jetzt endlich eine Atempause.

Cara hält einen To-go-Becher vom Straßencafé in der einen und ihr Tablet in der anderen Hand. »Fettfreier Vanilla-Latte mit doppeltem Espresso und extra Zimt?«, versucht sie mir das Getränk schmackhaft zu machen.

Ich ziehe eine Braue hoch. »Ist ein Notfall eingetreten, dass du mir Honig ums Maul schmieren musst?«

»Es tut mir so leid, aber da ist ein Eiltermin, und Beverly hat gesagt, es sei dringend, also …«

Beverly ist meine Chefin und weiß ganz genau, dass mein enger Zeitplan keine eingeschobenen Termine zulässt. »Bis zum nächsten Meeting habe ich nur noch eine Stunde.«

»Ich weiß. Es tut mir echt leid, Kailyn, aber sie hat gesagt, du wirst ihn bestimmt empfangen …«

»Wen?«

»Beverly wollte mir seinen Namen nicht verraten.« Cara drückt ihr iPad an die Brust und wirft einen argwöhnischen Blick über die Schulter, wahrscheinlich auf der Hut vor Eindringlingen. »Ich denke, es könnte jemand Berühmtes sein.«

»Jemand Berühmtes?«, wiederhole ich. Wir sind in LA; diese Stadt wimmelt vor Berühmtheiten.

Cara schiebt ihre Brille hoch. »Ich hab ihn nur kurz von hinten gesehen. Beverly hat ihn vor einer Stunde in den Konferenzraum gebracht und will nicht sagen, wer es ist. Ich hab wirklich versucht, sie darüber auszuhorchen, denn ich weiß ja, wie sehr du Überraschungen verabscheust.«

»Ich schaue auf dem Weg zum Konferenzraum noch kurz bei ihr rein.«

Caras Augen schweifen einmal kurz durch mein Büro, dann richtet sie den Blick wieder auf mich. Ihr Zusammenzucken ist nicht dazu angetan, mich zu beruhigen. »Beverly ist in einer Besprechung.«

»Mist. Okay. Dann muss ich wohl ins kalte Wasser springen.«

»Tut mir wirklich, wirklich leid.«

»Ist schon okay.« Ich schenke ihr ein, wie ich hoffe, ermutigendes Lächeln. Cara ist eine fantastische Assistentin, und wenn Beverly geheimnisvoll tun will, so ist das wahrlich nicht Caras Schuld. »Ich brauche nur noch eine Minute für mich, dann mache ich mich auf den Weg.«

»Okay. Super. Wenn du mit dem geheimnisvollen Klienten fertig bist, können wir uns um die verpassten Anrufe kümmern. Ich habe deine Nachmittagstermine verschoben, falls es länger dauert als vorgesehen.«

»Perfekt, ich danke dir.« Das genau ist der Grund, warum ich Cara so liebe.

Ich warte, bis sie das Zimmer verlassen hat, dann hole ich meine Puderdose aus der Schublade und schaue in den Spiegel. Es stört mich sehr, wenn ich nicht weiß, wer mein Klient ist und welches Anliegen er hat. Beim letzten Mal, als so etwas passierte, habe ich mich furchtbar blamiert. Ich streiche mein Haar glatt und ziehe die Lippen nach. Eine gepflegte Erscheinung ist die halbe Miete. Wenn du selbstbewusst und erfolgreich auftrittst, glauben die Menschen an dich. *Visualisiere den Erfolg.* Mein persönliches Mantra nötigt mir ein Schmunzeln ab. Es hat mich dahin gebracht, wo ich jetzt bin, auch wenn auf dem Weg ein paar Stolpersteine zu überbrücken waren.

Ich rücke ein letztes Mal meine Brille zurecht und nehme mein Tablet vom Tisch. Meinen Kaffee lasse ich stehen, damit es nicht so aussieht, als hätte ich Zeit zum Plaudern mitgebracht. Cara sitzt hinter ihrem Schreibtisch und tippt wie eine Besessene. Diese ganze Geschichte stresst sie vermutlich, und ich kann das nur zu gut verstehen, denn ich bin sehr eigen mit der Art, wie ich meinen Arbeitstag gestalte. Zwar kann immer etwas Unvorhergesehenes eintreten, aber ich versuche doch immer, auf alle Eventualitäten vorbereitet zu sein.

Mit behutsamen Schritten nähere ich mich dem Konferenzraum, in der Hoffnung, vorher einen Blick auf meinen geheimnisvollen Klienten werfen zu können. Ein Mann in einem leicht zerknitterten Anzug starrt aus dem Fenster, die Hände in die Hosentaschen geschoben. Ich erkenne die breiten Schultern und das ein wenig zerzauste sandfarbene Haar, und mir wird klar, dass Daxton Hughes mich wieder mal mit einem Besuch beehrt.

Ich lehne mich an den Türrahmen. »Wem verdanke ich denn dieses Vergnügen?«, frage ich absichtlich kühl.

Er wendet sich vom Fenster ab und schaut mich müde an. Ich betrachte sein anziehendes Gesicht mit den meerblauen

Augen und dem markanten Unterkiefer, an dem zwei Tage alte Bartstoppeln wuchern. Er sieht … mitgenommen aus. Vielleicht war er auf Sauftour.

Daxton Hughes blinzelt ein paarmal, als müsste er einen klaren Kopf bekommen, und kommt um den Konferenztisch herum auf mich zu. Mit beiden Händen ergreift er meine Rechte. Seine Stimme bricht, und er wendet kurz den Kopf ab, räuspert sich, setzt dann von Neuem an. »Danke, dass du dir Zeit nimmst, obwohl ich keinen Termin vereinbart hatte. Ich weiß, wie beschäftigt du sein musst.«

Diese Zurschaustellung von falscher Betroffenheit rührt mich nicht im Geringsten. »Beverly hat insistiert, dass es ziemlich dringend sei.« Und ist gleichzeitig, wie ich stark annehme, der Anziehung dieses hübschen Gesichts erlegen. Obwohl Daxton im Moment reichlich mitgenommen wirkt, ist er ein hinreißender Mann.

»War es … ist es auch.« Wieder räuspert er sich und deutet auf den Stuhl ihm gegenüber. »Wollen wir uns nicht setzen?«

»Natürlich. Ich hab aber nicht lange Zeit.« Ich lasse mich auf den Stuhl sinken und schlage die Beine übereinander. Am liebsten hätte ich auch noch die Arme vor der Brust verschränkt. Dieser Mann scheint alle meine schlimmsten Eigenschaften zum Vorschein zu bringen, zum Beispiel Herumzappeln und mit den Händen wedeln.

»Verstehe.« Er reibt mit den Händen über seine Oberschenkel und atmet geräuschvoll aus, während sein Blick langsam über mein Gesicht gleitet. Es ist fast wie eine Berührung, intim und prüfend. »Es geht um eine Sorgerechtssache.«

Vielleicht hat Holly doch recht und es existiert ein uneheliches Kind. Ich sehe schon die Schlagzeile vor mir: ABGEWRACKTER EHEMALIGER KINDERSTAR DAXTON HUGHES SCHWÄNGERT PARTYGIRL. »Mit

Vaterschaftsklagen habe ich nichts zu tun. Meine Spezialität ist Fondsrecht.«

Daxton runzelt die Stirn und schüttelt den Kopf. »Es geht nicht um eine Vaterschaftsklage. Sondern um den Fonds, den du vor einiger Zeit für meine Schwester aufgelegt hast.« Mit den Fingerspitzen streicht er über seine Lippen, lenkt mit dieser Geste wie unbeabsichtigt meine Aufmerksamkeit darauf. »Es tut mir leid. Ich habe eine schwere Woche hinter mir.« Er stützt seinen Ellbogen auf den Tisch und senkt den Kopf, drückt mit zwei Fingern seine Nasenwurzel. Er schluckt schwer, wieder bricht seine Stimme. »Meine Eltern …«

Ich genieße sein Unbehagen. Wie schwer ihm dies alles zu fallen scheint … bis ich seine nächsten Worte höre.

»Sie sind letzte Woche bei einem Unfall ums Leben gekommen.«

Mir ist, als kriegte ich mit voller Wucht eine Bowlingkugel vor die Brust; mein schlechtes Gewissen hüllt mich ein wie ein Säurebad. »Oh mein Gott.« Instinktiv strecke ich die Hand aus und lege sie auf seine. Die Berührung durchfährt mich wie ein elektrischer Schlag, und ich ziehe meine Hand sogleich zurück. »Das tut mir so leid, Daxton.«

Er schließt kurz die Augen und verzieht die Lippen zu einem schwachen Lächeln. »Ich weiß nicht, wann es endlich leichter fallen wird, das auszusprechen.« Er reibt die Hände aneinander, um sich zu beruhigen, dann hebt er den Kopf. »Ähm, jedenfalls« – er schiebt mir einen Stapel Papiere zu – »muss ich die Fondsdokumente einsehen, die du für meine Schwester aufgesetzt hast. Ich habe aber bisher nur diesen Entwurf gefunden.«

Fast habe ich ein schlechtes Gewissen, weil ich ihn einer gewissenlosen Vaterschaft verdächtigt habe; andererseits verleitet das, was Daxton mir angetan hat, auch nicht gerade zu freundschaftlichen Gefühlen. Dann fällt mir wieder ein, dass seine Schwester ja erst dreizehn ist. Ich presse eine Hand auf mein Herz, als könnte ich auf diese Weise den Schmerz beschwichtigen, der meinen Hass auf diesen Mann dahinschmelzen lässt. Mein Vater verstarb in dem Jahr nach meinem Juraexamen. Ich war am Boden zerstört. Monatelang lief ich wie in einem Nebel herum. Ich kann mir nicht einmal ansatzweise vorstellen, wie schlimm es für seine Schwester sein muss. »Sie ist noch so jung. Das muss furchtbar hart für euch beide sein.«

Daxton verzieht das Gesicht und reibt seine Oberschenkel. »Es war ein herber Schock, und plötzlich ist alles anders.«

»Wer kümmert sich denn jetzt um sie?« Ich weiß, wie es ist, zum Waisenkind zu werden; ich habe es zweimal erlebt.

»Meine Eltern haben mir das Sorgerecht übertragen.«

Ich werfe einen Blick auf seine Hände: Er trägt keinen Ring. Daxton ist ungefähr in meinem Alter, höchstens ein, zwei Jahre älter, er kann also allenfalls dreißig sein. Wie soll er da die Sorge für ein Kind übernehmen, einen Teenager noch dazu? »Verstehe. Das ist eine große Verantwortung.«

»Tja, die Alternative wäre, dass meine Tante die Fürsorge übernimmt, und das will Emme nicht.«

»Und was ist mir dir? Was willst du?«

»Ich will das, was für Emme am besten ist.«

»Und das bist du?« Ich sollte ihm nicht so intime Fragen stellen, die fast schon höhnisch klingen. Diese Art Feindseligkeit ist bei einem Menschen in Trauer nicht angebracht. Und trotzdem: Daxton hat seine Eltern verloren und kommt nun wegen Emmes Fonds zu mir, also schrillen bei mir die Alarmglocken – oder vielleicht suche ich ja nur nach Gründen, um seine Redlichkeit anzuzweifeln.

Nachdenklich und kein bisschen verärgert tippt er sich auf

die Lippen. »Ganz ehrlich? Ich weiß es nicht. Aber Emme will es, und meine Eltern schienen der Ansicht zu sein, dass es das Beste für sie ist, also werde ich den Versuch wagen.«

Daxton ist entweder unendlich großmütig, oder er macht sich etwas vor. Die Fürsorge für ein Mädchen im Teenageralter zu übernehmen ist beileibe kein Zuckerschlecken. »Und wozu genau brauchst du jetzt meine Hilfe?«

»Ich muss mich vergewissern, dass Emmes Fondsdokumente auf dem neuesten Stand sind. Als die Papiere aufgesetzt wurden, lag die Vormundschaft noch bei meiner Tante, und da sich das nun geändert hat, will ich sicherstellen, dass es keinen Interessenskonflikt gibt. Ich weiß im Moment noch nicht, was diese Verlagerung des Sorgerechts bedeutet, und ob sie Auswirkungen auf Emmes Fonds haben könnte.« Er massiert seine Nasenwurzel. »Im Moment wünsche ich mir fast, ich hätte Familien- statt Medienrecht gewählt, dann würde ich mich jetzt auskennen. Auf jeden Fall hatte ich gehofft, von dir eine Kopie des jüngsten Dokuments zu erhalten. Vielleicht könnten wir eine Besprechung ansetzen, um es in Ruhe durchzugehen, vorzugsweise so schnell wie möglich.«

Schweigend blättere ich den Entwurf durch. Daxton hat auch eine Kopie des Testaments angeheftet, das besagt, dass die Fürsorge für Emme sowie die Handlungsvollmacht in all ihren Belangen auf ihn übergegangen ist, und dazu den jüngsten Bankauszug über die Fondsgelder. Wenn seine Schwester volljährig ist, wird sie über eine astronomische Summe verfügen – immer vorausgesetzt, dass das Geld nicht angerührt wird und niemand daraus Profit schlägt. Wobei ich immer noch nicht sicher sein kann, dass es Daxton nicht genau darum geht.

»Meine Assistentin muss erst einmal die Originalakte heraussuchen. Sie wird dir dann eine Kopie zumailen. In der Zwischenzeit kann ich die Akte durchgehen, danach können wir eine Besprechung ansetzen. Der heutige Nachmittag ist allerdings bereits voll verplant, es geht also nicht sofort.« Ich weiß nicht, was Daxtons eigentlicher Beweggrund ist. Macht er sich Sorgen, dass das Geld verschwinden könnte? Hat er alles für einen extravaganten Lebensstil und teure Autos verprasst und schielt nun auf den Reichtum seiner kleinen Schwester? Ich brauche jedenfalls Zeit, um mich in die Akte einzulesen und ein paar Nachforschungen anzustellen.

Daxton grinst mich um Nachsicht bittend an. »Mir ist bewusst, dass ich einfach so reingeplatzt bin, aber um ehrlich zu sein, es war eine schlimme Woche. Ich habe heute früh versucht anzurufen, aber dann habe ich mir gedacht, dass du die ganzen Papiere sowieso brauchst.« Mit einer erklärenden Geste weist er auf die Dokumente, die zwischen uns ausgebreitet liegen. »Mir ist schon klar, dass du nicht alles stehen- und liegenlassen kannst, um dich damit zu befassen. Mir allerdings wächst es langsam über den Kopf. Wenn wir uns also Anfang nächster Woche treffen könnten, wäre das super.«

Trotz meines Argwohns und der vielen offenen Fragen habe ich Mitleid mit Daxton. Er hat seine Eltern verloren und steht plötzlich allein mit der Verantwortung für eine Dreizehnjährige da. »Warum gibst du meiner Assistentin nicht deine Nummer, und wir machen einen Termin für Montag oder Dienstag aus, wenn sich die Lage ein wenig beruhigt hat?«

»Das wäre toll. Habt ihr hier jemanden, mit dem ich über die Formalitäten für das Sorgerecht reden kann? In meiner Kanzlei haben wir keinen Familienrechtler, da bin ich also etwas im Nachteil. Könnte ich es vielleicht mit dir besprechen?« Mir ist nicht ganz klar, warum er mich so hoffnungsvoll ansieht – vielleicht, weil ich ein vertrautes Gesicht bin?

»Ich habe nichts mit Sorgerecht zu tun, aber ich rede mal mit Beverly. Wir finden schon jemanden. Kann ich die hierbehalten, oder soll ich mir Kopien machen?« Ich tippe auf die Dokumente.

»Die sind für dich. Falls du noch mehr benötigst, lass es mich wissen. Ich will nur sicherstellen, dass Emmes Zukunft geschützt ist.«

Langsam drückt er sich aus dem Stuhl hoch, und auch ich erhebe mich. Selbst mit Absätzen reiche ich ihm nur knapp an die Schulter.

Ich strecke ihm die Hand hin, aber Daxton ignoriert sie. Er kommt mir so nahe, dass die Spitzen seiner blank gewienerten Schuhe fast meine berühren. Und dann umarmt er mich.

Ich bin erschrocken über diese Geste, da ich lediglich mit einem Händedruck gerechnet hatte. Daxton scheint rein aus Muskeln zu bestehen, die ich unter seinem teuren Anzug nur zu sehr spüre. Selbst in seinem leicht derangierten Zustand riecht er betörend. Es stört mich, dass mir solche Dinge auffallen. Und es stört mich, wie gut es sich anfühlt, von seinen starken Armen umfangen zu werden.

Ich brauche länger, als ich sollte, um endlich zu reagieren – mich entweder von ihm zu lösen oder seine Umarmung zu erwidern. Ich bin wie gelähmt, weil der Junge, in den ich als kleines Mädchen verknallt war, jetzt ein Mann ist und mich in seinen Armen hält, beinahe so wie ich vor acht Jahren. Nur mit dem Unterschied, dass er mir nicht seine Liebe gesteht. Oder mich wie ein Idiot anhimmelt. Ich schlucke die uralte Peinlichkeit hinunter und tätschele ihm zaghaft den Rücken.

Daraufhin sacken seine Schultern nach vorn und er hält mich nur noch fester. Ein leichtes Beben geht durch seinen Körper, ein leiser, schmerzlicher Laut dringt aus seiner Kehle. Ich weiß nicht, was ich davon halten soll, ob es ehrlich gemeint ist oder gespielt. Wider besseres Wissen drücke ich ihn zaghaft an mich.

Daxton lässt die Arme sinken und tritt einen Schritt zurück. Prompt stößt er an den Stuhl, der hinter ihm steht. »Verdammt.« Er fährt sich mit der Hand durch die Haare und zerwühlt sie nur noch mehr. Sein Gesicht läuft rot an, seine Augen sind leicht getrübt. »Tut mir leid. Ich bin voll auf Autopilot. In den letzten achtundvierzig Stunden muss ich so ungefähr fünfhundert Leute umarmt haben.«

Okay. Verstehe, er kann nicht mehr klar denken. Ich setze ein, wie ich hoffe, verständnisvolles Lächeln auf. »Schon gut. Ist doch nachvollziehbar nach allem, was du letzte Woche durchgestanden hast.«

Ich mache eine auffordernde Geste zur Tür. Ich muss ein wenig Abstand von diesem Mann gewinnen. Ich mag ihn ja verachten, aber die Lage, in der er sich befindet, rührt mich zu Tränen. Davon abgesehen ist er immer noch heiß wie die Sünde, und eigentlich sollte ich mich schämen, dass ich so etwas registriere, wenn man den Grund bedenkt, aus dem er zu mir gekommen ist.

Daxton versenkt seine Hände in den Hosentaschen und geht neben mir den Korridor entlang, die Schultern immer noch gebeugt, den Blick zu Boden gerichtet.

Cara reißt bei seinem Anblick die Augen auf und fängt sofort an, an ihren Blusenknöpfen herumzunesteln und sich durch die Haare zu fahren. Als wir vor ihren Schreibtisch treten, sieht es aus, als würde sie gleich hyperventilieren.

»Cara, das ist Mr Hughes. Könntest du bitte seine Kontaktdaten aufnehmen? Und ich brauche sämtliche Unterlagen zu diesem Fonds.« Ich reiche ihr die Dokumente über den Tisch. »Außerdem möchte ich Anfang nächster Woche ein Meeting ansetzen, wo wir alles durchgehen und darauf achten, dass sämtliche Details stimmig und geordnet sind.«

»Ja. Natürlich.« Cara nimmt ihre Brille ab und legt sie zusammengeklappt auf den Tisch, dann spielt sie mit ihrem Kugelschreiber herum. Ich vergebe ihr die Nervosität, weil ich sie nachempfinden kann. Meine Hände sind auch feucht. Verstohlen wische ich sie an meinem Rock ab.

Dann strecke ich Daxton erneut die Hand hin, begleitet von einem höflichen Lächeln. »Bis bald.«

Er nickt langsam. Seine Nägel sind abgebissen, die Hand jedoch ist weich und warm. Er umschließt unsere Hände mit seiner Linken und hält mich einen Moment fest. Ich begegne seinem intensiven und dabei erschöpften Blick. »Noch einmal danke, Kailyn. Ich weiß deine Mühe zu schätzen. Danke für alles.«

»Nichts zu danken. Und es tut mir so leid wegen deinen Eltern. Wir werden dafür sorgen, dass der Fonds deiner Schwester sicher und unanfechtbar ist.« Ich kann mich diesem Mann gegenüber durchaus professionell und höflich verhalten.

In seinem Lächeln schwingt die Anspannung mit, die ich selbst nur zu gut kenne: Jede Beileidsbezeugung ist nur eine neue Erinnerung an den Verlust und den Schmerz, der nicht so rasch vergehen wird. »Danke.«

»Ich melde mich.« Ich drücke seine Hand ein letztes Mal und entziehe mich dann seinem Griff, damit er mich nicht wieder umarmen kann und das vor Zuschauern.

Ich lasse Daxton bei Cara zurück und gehe in mein Büro. Ich kann es nicht fassen, dass ich ihn *noch einmal* sehen werde. Es wird aber wirklich nur um den Fonds gehen, und dann bin ich aus der Sache raus. Ich muss es ihm unumwunden beibringen. Alles, was mit Sorgerecht zu tun hat, fällt in Beverlys Fach. Oder wird es, sobald ich mit ihr gesprochen habe.

Ich schütte meinen abgekühlten Latte aus dem To-go-Becher in meine Tasse mit dem Daxton-Konterfei. Ich würde das Gebräu gerne wieder aufwärmen, aber dann muss ich auf dem

Weg zum Pausenraum wieder an Daxton vorbei. Also gebe ich mich mit dem lauwarmen Gesöff zufrieden. Während ich meine Mails checke, versuche ich, Caras Gespräch mit Daxton auszublenden, doch es fällt mir schwer, mich auf etwas anderes als seine Gegenwart unmittelbar vor meiner Bürotür zu konzentrieren. Cara spricht mit hoher, honigsüßer Stimme. Sobald Daxton gegangen ist, rauscht sie in mein Zimmer, stolpert über ihre eigenen Füße und segelt beinahe gegen den Schreibtisch.

»Oh mein Gott! Ist er nicht umwerfend? Das ist ja so traurig mit seinen Eltern. Er ist jetzt praktisch ein alleinerziehender Dad. Ich glaube, auf der ganzen Welt schießen gerade Lusthormone in die Höhe.« Sie lässt sich auf meinen Besucherstuhl fallen und fächelt sich mit ihrem Tablet Luft zu. Aufmerksam mustert sie meine Tasse. »Als ich klein war, war ich dermaßen in ihn verknallt. Oder vielleicht auch eher in seine Rolle.«

»Wie jeder andere Teenager, der ein Serienfan war.« Ich werfe meinen Kugelschreiber auf den Tisch, bevor ich in Versuchung komme, die Kappe anzunagen. Am liebsten würde ich in diese Fan-Schwärmerei mit einstimmen, und das gefällt mir überhaupt nicht. Daxton war damals wirklich ein Traumtyp. Und daran hat sich nicht viel geändert, zumindest nicht an seinem hinreißenden Äußeren.

»Er schien dich zu kennen«, hakt sie nach.

»Wir haben zusammen Jura studiert.«

Cara beugt sich mit großen Augen vor; sie klammert sich förmlich an ihr Tablet. »Echt? Und wie war er so?«

»Ein Arsch war er.«

»Oh, das ist … enttäuschend.« Sie fummelt mit ihrer Brille herum. »Ich frage mich, warum er mit der Schauspielerei aufgehört hat.«

Die Antwort darauf kenne ich nicht, obwohl ich stark annehme, dass es mit Daxtons Entscheidung zu tun hatte, Jura zu studieren, um letztlich Medienanwalt zu werden. »Ich habe keine Ahnung. Was kann ich für dich tun, Cara, abgesehen von einer anregenden Diskussion über Lusthormone? Hast du die Hughes-Akte schon rausgesucht?« Ich weiß genau, dass sie dafür noch keine Zeit gehabt hat. Sie ist ja immer noch damit beschäftigt, die Begegnung mit Daxton zu verdauen.

Cara setzt sich kerzengerade auf. »Oh. Beverly möchte dich in ihrem Büro sprechen.«

»Jetzt?«

»Ja. Sobald du einen Moment für sie erübrigen kannst.«

»Hat sie angedeutet, worum es geht?«

Cara blinzelt zweimal. »Ähm, nö.«

Ich klopfe mit meinem Stift auf den Tisch. »Hast du überhaupt gefragt?«

Sie macht sich ganz klein. Ich sollte vielleicht ein schlechtes Gewissen haben, dass ich sie so piesacke, aber jede Nachlässigkeit ihrerseits schadet ja auch mir.

»Nein«, gibt sie verzagt zu. »Sie hat in dem Moment angerufen, als ich mit Mr Hughes sprach.«

»Aha, und da warst du abgelenkt.«

»Nein. Na ja, vielleicht ein bisschen.« Sie lässt den Kopf hängen. »Ja. Ich war abgelenkt.«

»Das passiert den besten von uns.« Ich stehe auf und nehme mein Tablet vom Tisch. »Bitte such jetzt sämtliche Akten heraus, die mit dem Hughes-Fonds zu tun haben. Ich würde ihm gern eine Kopie schicken, damit er sie am Wochenende lesen kann. Hat er dir für die nächste Woche mögliche Tage und Termine genannt?«

»Er meinte, da würde er sich ganz nach uns richten. Ich suche dir sofort die Akte raus.«

Ich lasse Cara allein, damit sie wieder zu sich kommen kann, und sause zu Beverly. Mir gefällt es gar nicht, wenn ich unvorbereitet zu ihr zitiert werde, und genauso eine Situation scheint jetzt vorzuliegen.

Als Senior Associate habe ich zu Beverly eine solide Arbeitsbeziehung. Whitman & Flood ist eine kleine Kanzlei, in der man rasch aufsteigen kann. Ich habe mich in den vergangenen fünf Jahren bewährt und, seit mein Dad verstorben ist, sogar noch härter gearbeitet als zuvor, weil ich unbedingt Partner werden will, bevor ich die Dreißig überschreite. Vor seinem Tod hatte ich mit Dad eine Wette deswegen abgeschlossen, und auch wenn er jetzt nicht mehr da ist, will ich ihn nicht enttäuschen. Außerdem habe ich schon immer nach der Spitze gestrebt, und Teilhaber zu werden ist der nächste Schritt auf diesem Weg.

Ich klopfe an Beverlys Tür und warte, dass sie mich hereinbittet. Sie deutet auf ihren Besucherstuhl, legt die Finger zu einem Dreieck zusammen und stützt ihr Kinn darauf. »Wie ist es mit Mr Hughes gelaufen?«

»Ganz gut, wenn man bedenkt, dass ich völlig unvorbereitet in das Gespräch gegangen bin. Ich muss die Fondsakten noch mal durchgehen, damit wir nächste Woche darüber sprechen und eventuell Ergänzungen vornehmen können.«

Beverly nickt und lehnt sich im Sessel zurück. »Ich muss mich entschuldigen, dass ich Sie so überstürzt in die Besprechung geschickt habe, und weiß es zu schätzen, dass Sie sich Zeit für Mr Hughes genommen haben. Es ist furchtbar, was mit seinen Eltern geschehen ist, und dazu noch das Sorgerecht für seine Schwester.« Ihr Blick wandert zum Fenster. »Sicherlich war es ein Schock. Ich kann mir nicht einmal ansatzweise vorstellen, wie schlimm das sein muss.«

»Er wird eine große Verantwortung übernehmen müssen.«

Und eine Menge Trauer neben seiner eigenen bewältigen. Ich weiß nicht, was ich von alldem halten soll. »Der Fonds seiner Schwester ist beachtlich. Mr Hughes scheint sich deswegen große Sorgen zu machen, was mich zu der Frage bringt, ob er es vielleicht aus irgendeinem Grund auf ihr Geld abgesehen hat.«

Beverly löst den Blick vom Fenster; ihre Miene ist undurchdringlich. »Ich bin sicher, dass er genug eigenes besitzt.«

»Falls er es nicht bereits vollständig ausgegeben hat.«

Beverly lächelt. »Immer die Zynikerin.«

Ich hebe lässig die Schulter und versuche, die Skepsis aus meiner Stimme zu verbannen. »Nun ja, es würde schon Sinn ergeben, oder? Er bekommt das Sorgerecht für seine Schwester und damit auch die Verfügung über ihr Geld.«

Beverly legt ihren Kopf ein klein wenig zur Seite und mustert mich. »Wie gut kennen Sie Daxton Hughes?«

Ich richte mich kerzengerade auf. Was steckt hinter dieser Frage? »Wir haben zusammen Jura studiert, aber nicht mit den gleichen Freunden verkehrt. Warum fragen Sie mich das?«

»Er hat Sie im Konferenzraum umarmt.« Ich versuche, keinerlei Emotion zu zeigen, runzele aber dennoch unwillig die Stirn. Beverly mustert mich leicht spöttisch. »Sie müssen nicht glauben, dass ich Sie belauscht habe. Ich bin nur zufällig vorbeigekommen und habe es gesehen. Und da habe ich mich gefragt, welcher Art wohl Ihre Beziehung zueinander ist.«

»Es existiert keine Beziehung. Wir haben zusammen studiert, und vor ein paar Monaten habe ich für seine Eltern die Fondspapiere bearbeitet. Die Verbindung ist rein zufällig.«

Sie trommelt mit ihren langen Fingernägeln auf die Armlehne. »Sie sehen ihn aber wieder? Und bald?«

»Anfang nächster Woche. Warum?« Worauf will sie bloß hinaus? Sie ist doch diejenige, die mir Daxton zugeschanzt hat.

Ihr lag wohl daran, dass ich mich um ihn kümmere. Und ich habe im Grunde auch keine Wahl, da ich diejenige bin, die den Fonds aufgelegt hat.

»Er scheint Ihnen zu vertrauen oder zumindest einige Informationen über Sie zu besitzen.«

»Ich weiß nicht, ob er mir vertraut. Er ist in Trauer.« Mir gefällt der Ausdruck in Beverlys Augen nicht. Sie scheint irgendetwas zu planen.

»Sie könnten versuchen, ihn bei Ihrem nächsten Treffen davon zu überzeugen, dass es von Vorteil für ihn wäre, bei uns einzusteigen.«

Einige Sekunden lang fehlen mir die Worte. Ich kann nur daran denken, wie *ungern* ich mit Daxton Hughes in der gleichen Kanzlei arbeiten würde. »Wir kennen einander doch kaum, und trotzdem wollen Sie, dass ich ihn zu einem Wechsel überrede?«

»Immerhin fühlte er sich hier wohl genug, um Sie zu umarmen.«

»Er war seelisch angegriffen und stand unter Zwang. Unter normalen Umständen, das kann ich Ihnen versichern, hätte er mich keinesfalls umarmt.« Es gab dieses eine Mal in unserem zweiten Studienjahr, als wir bei einer Seminardebatte auf der gleichen Seite standen ... Nachdem wir die Diskussion gewonnen hatten, nahm er mich spontan in den Arm, aber das war die Aufregung und weiter nichts.

Beverly bedenkt mich mit einem ihrer wissenden Blicke, die ich aus tiefstem Herzen verabscheue. Sie glaubt dann immer, etwas gegen mich in der Hand zu haben; sie geht davon aus, etwas zu besitzen, das ich unbedingt haben will. Aber dieses Etwas ist auf keinen Fall Daxton Hughes. Vielleicht früher einmal, als ich jung und dumm und durch ein leises Zwinkern oder Lächeln zu beeinflussen war, aber jetzt nicht mehr.

»Dennoch gibt es da ein gewisses Maß an Geborgenheit und Vertrautheit, aus dem Sie Kapital schlagen könnten.«

Schön. Wenn Beverly dieses Spiel spielen will – ich kann es auch. Aber wenn ich mir schon die Mühe machen muss, um den treulosen Löwen in unsere Höhle zu locken, dann sollte mir auch eine Belohnung zuteil werden. »Was springt für mich dabei heraus, wenn ich Mr Hughes überrede, auf die dunkle Seite zu wechseln?«

»Der Lohn der Gewissheit, dass Sie unser Team verstärkt haben.«

»Wenn ich Daxton davon überzeugen soll, die Kanzlei zu wechseln, dann möchte ich noch eine kostenlose Vertretung übernehmen.«

Beverly zieht einen Schmollmund. »Sie haben doch gerade erst so einen Fall gehabt.«

»Das ist Monate her und längst Geschichte.« Mir gehen die Stiefeltern nicht aus dem Kopf, die Holly letzte Woche erwähnte. Wenn ich schon jemanden, den ich verachte, in unser Team einladen soll, dann will ich im Gegenzug auch etwas dafür bekommen. Das hier ist die perfekte Gelegenheit, das zu kriegen, was ich will, ohne dafür kämpfen zu müssen.

»Na schön. Solange es Sie nicht daran hindert, Daxton davon zu überzeugen, dass er bei uns eintritt, können Sie die kostenlose Vertretung übernehmen. Noch irgendwelche Forderungen?«

Ich spiele mit meinem Kugelschreiber, während ich den Fall von allen Seiten betrachte. Ich fasse es nicht: Ich ziehe es tatsächlich in Erwägung, den Mann, der mir damals den Boden unter den Füßen weggerissen hat, wieder in mein Leben zu lassen und ihn nunmehr täglich bei der Arbeit zu sehen.

Aber ich werde ihm ja nicht ständig über den Weg laufen. Die Anwälte für Medienrecht sitzen am anderen Ende des langen Korridors. Natürlich könnte ich Daxton gelegentlich im Pausenraum begegnen. Eigentlich esse ich aber eher selten dort. Wenn ich ihn beim Wochen-Meeting im Sitzungssaal sehe, wird mich das schon nicht umbringen. Denke ich.

»Ich sag Bescheid, wenn ich noch etwas auf die Liste setzen möchte.«

5

Leben, neu verpackt

Daxton

Ich habe keine Ahnung, wie man einen Teenager allein erzieht, ohne dabei durchzudrehen. Eigentlich koche ich nicht. War nie mein Ding. Ich bestelle Lebensmittel bei einem Lieferdienst und peppe sie mit Imbiss-Spezialitäten auf. Überraschenderweise stellt sich heraus, dass eine Dreizehnjährige McDonald's nicht toll genug findet, um die ganze Woche Hamburger zu futtern. Nach sechs Tagen Fastfood tritt Emme in den Totalstreik.

»Also, was soll's zum Abendessen sein?«, frage ich, nachdem sie über jede der auf unserer Küchentheke liegenden Takeout-Speisekarten die Nase gerümpft hat.

Wütend verschränkt meine kleine Schwester die Arme vor der Brust. »Ich will diesen Takeout-Fraß nicht!«

Ich nehme die gleiche Pose ein, weil ich nämlich allmählich die Nase voll habe. Da ich Emmes Leben nicht noch mehr durcheinanderbringen wollte, habe ich heute Morgen meine Eigentumswohnung zum Verkauf angeboten. Dann habe ich all mein Zeug gepackt und in zwei Kistenstapel unterteilt: Dinge, die eingelagert werden sollen, und Dinge, die ich unbedingt brauche. Gegen Abend habe ich dann eine ganze Wagenladung ins Haus meiner Eltern gekarrt. Es ist schon erstaunlich, wie viel Besitz ein einzelner Mensch in fünf Jahren anhäufen kann. Morgen werde ich einige Besitztümer meiner Eltern aussortieren müssen, um Platz für meine Sachen zu schaffen.

»Ich bin total erledigt, Emme. Ich hab keine Energie fürs Restaurant.« Außerdem muss ich nach der Packerei dringend unter die Dusche.

»Ich will Shepherd's Pie!«

Na, wenn das keine Ansage ist! »Warum fahren wir dann nicht zum Supermarkt und holen welchen?« Wahrscheinlich gibt's das Zeug tiefgefroren.

»Ich will keinen Shepherd's Pie aus dem Supermarkt. Ich will den von Mom!« Ihre Unterlippe zittert, und mir ist sofort hundeelend zumute, weil ich die Geduld verloren habe.

»Dann lass uns in die Kühltruhe gucken!«

Emme kaut auf ihrem Daumennagel herum, nickt dann aber und folgt mir in den Keller. Voller Erleichterung kann ich mehrere Behälter mit Moms hausgemachtem Shepherd's Pie in der Gefriertruhe ausmachen, und obendrein hat unsere überaus gewissenhafte Mutter auch noch die Zubereitungsanweisung auf die Deckel geklebt. »Das dauert dann aber eine Stunde.«

»Ist schon okay. Ich kann warten.« Emme nimmt mir den tiefgefrorenen Block ab, drückt ihn an die Brust und steigt wieder nach oben in die Küche. Sie stellt den Ofen an, schaltet auf Umluft und spart damit sogar noch fünfzehn Minuten Kochzeit.

Während wir dasitzen und warten, mache ich mir ein Bier auf.

»Kann ich auch einen Schluck haben?«, fragt Emme, die damit beschäftigt ist, Gemüse für einen Salat zu hacken.

Ich ziehe eine Braue in die Höhe. »Einen Schluck?«

»Von deinem Bier.« Sie zerrt am Bündchen ihres Hoodies.

Gelegentlich, beim Dinner am Wochenende, haben meine Eltern Emme einen Schluck aus dem Weinglas gestattet. Mit mir haben sie es früher genauso gemacht.

Ich reiche ihr die Flasche hinüber, und Emme setzt sie an. Dann verzieht sie das Gesicht und gibt sie zurück, wischt sich den Mund mit dem Ärmel ab. »Ist ja eklig.«

»Ist ja auch ein erlernter Geschmack.« Ich bin froh, dass meine Schwester noch nicht so weit ist.

Emme wühlt im Kühlschrank und holt eine Cola heraus, mit der sie wahrscheinlich den widerlichen Biergeschmack runterspülen will. »Wirst du in Moms und Dads Zimmer ziehen?«

»Schlussendlich schon.« Noch länger in der Kultstätte meines einstigen Teenager-Starruhms schlafen zu müssen, würde mir meine geistige Gesundheit rauben. »Ist das okay für dich? Wenn ich ihr Zimmer nehme?«

Emme kaut ein bisschen an ihrer Wange herum, während sie sich die Sache durch den Kopf gehen lässt. »Es ist größer und außerdem liegt da nicht so viel Zeugs von vor zehn Jahren rum – das macht also Sinn, oder?«

Ich nicke, weil mir bewusst ist, dass wir diese Unterhaltung führen müssen, auch wenn sie schmerzlich ist.

Meine Schwester rollt die Coladose zwischen den Händen. »Wirst du alle ihre Sachen weggeben?«

»Möchtest du etwas behalten?« Man könnte einiges eine Zeitlang im Keller aufbewahren, bis sie bereit ist, sich davon zu trennen.

»Kann ich dir beim Aussortieren helfen und die Sachen beiseitelegen, die ich haben will?«

»Na klar, Emme.«

Als der Pie fertig gebacken ist, setzen wir uns an die Kücheninsel und hauen rein. Die Kartoffelschicht ist an den

Ecken ein bisschen braun geworden, aber der Geschmack erinnert mich sehr an meine Kindheit. Emme schafft die halbe Portion, dann hält sie es nicht mehr aus.

Sie gleitet vom Barhocker und ist schon die halbe Treppe hoch, bevor ich ihren Namen rufen kann. Sekunden später knallt ihre Zimmertür zu. Ich schaue auf den halb aufgegessenen Teller. Ich habe keinen Hunger mehr. Ich möchte aber auch nichts verschwenden, denn bald schon wird es diese handfesten Erinnerungen an meine Mutter nicht mehr geben.

»Helft mir«, murmele ich den unsichtbaren Hausgeistern zu; ich suche einen Rat, wie ich ihn oft bei den Familienessen von Dad bekommen habe. »Sag mir doch einer, wie ich ihr helfen kann.«

Kein Mensch spricht darüber, wie viel schwerer es wird, wenn die Beerdigung vorbei ist und für alle anderen wieder das normale Leben beginnt. Wir jedoch, wir Hinterbliebenen, bleiben noch Jahre in alten Erinnerungen gefangen. Wenn du dreizehn bist, sollte sich dein Leben um Spaß und Freunde drehen. Du solltest dir überlegen, was du morgen für die Schule anziehst, und nicht daran denken, dass du die Sachen deiner Eltern aussortieren musst, weil sie nicht mehr am Leben sind.

Am nächsten Morgen nach dem Aufwachen höre ich meine Schwester bereits im Zimmer meiner Eltern. Ich brühe mir einen Kaffee in der Keurig-Maschine, die ich Mom und Dad letztes Weihnachten geschenkt habe. Und sie sind besser mit ihr umgegangen als ich, denn sie haben diese recycelbaren Kapseln, die so verflucht schwer zu reinigen sind.

Als ich ins Elternschlafzimmer komme, ist Emme dabei, Dads Kleiderschrank auszuräumen.

»Alles in Ordnung?«, frage ich mit rauer Morgenstimme.

»Ja.«

»Du warst gestern Abend ziemlich aufgeregt.«

Sie zuckt die Achseln. »War ’n harter Tag.«

Dagegen ist kaum etwas vorzubringen, also schweige ich und helfe ihr, Dads Schrank auszuräumen. Sobald das meiste getan ist, wendet sich Emme dem Schuhregal unserer Mutter zu. Mom hat Schuhe geliebt.

»Du kannst keine Highheels tragen, bevor du achtzehn bist«, bemerke ich, als sie mir auf einem Paar Stilettos entgegenstöckelt, die sie mit einem sehr alten Pailettenkleid von Mom kombiniert hat.

Emme stemmt eine Faust in die Hüfte. Ihr Outfit und ihre Haltung lassen sie wie eine jüngere Version unserer Mutter wirken. »Das ist lächerlich. Schon in der Achten haben wir Bälle und später in der Highschool erst recht!«

»Auf jeden Fall wirst du diese Dinger nicht zu einem Schulball tragen, und das Kleid auch nicht.«

»Warum denn nicht?«

Weil ich sonst mit einem Baseballschläger rumlaufen und alle Jungs von dir fernhalten muss. »Weil du aussiehst wie ein tapsiges Fohlen. Wenn du unbedingt hohe Absätze tragen willst, dann such dir welche aus, mit denen du nicht stolperst. Absätze sind im Übrigen auch gar nicht bequem und machen den Rücken kaputt.«

Emme verschwindet wieder im begehbaren Schrank meiner Mutter. »Jetzt klingst du genauso wie Dad.«

Das bringt mich zum Schmunzeln. Irgendwas muss ich wohl richtig machen, wenn ich ihr auf den Keks gehe und sie mich sogar mit unserem Vater vergleicht.

Emme schleift ganze Kartons voller Schuhe in ihr Zimmer – der Himmel weiß, wo sie die unterbringen will – während ich mich der Kommode meiner Mutter widme.

Ich habe die halbe Sockenschublade ausgeräumt, als ich auf etwas stoße, was kein Sohn jemals finden will. Hinter zwei Reihen säuberlich aufgerollter Socken finde ich gut versteckt ein Sex-Spielzeug. Beziehungsweise mehrere.

Ich suche in der Schublade nach etwas, mit dem ich stochern kann. An diesem Punkt bin ich unsicher, ob es nur perverse Neugier ist, die mein Handeln bestimmt. Meine Eltern sind im Schlafzimmer anscheinend reichlich unanständig gewesen, wenn man bedenkt, wie wenige Sockenpaare in der Schublade liegen. Stattdessen finde ich jede Menge Spitzen- und Satinwäsche, und, *ach du heilige Scheiße*, auch noch Leder!

Ich nehme einen Stift und stochere vorsichtig in dem Sammelsurium herum. Erschüttert stelle ich fest, dass Mom auch noch mehrere Vibratoren besessen hat.

»Was nehmen wir uns jetzt vor?« Emme steht plötzlich unter der Tür. Ich fahre erschrocken hoch und schiebe die Lade so hastig zu, dass ich mir den Daumen einklemme. »Verdammt!« Ich schüttele meinen armen Daumen, drücke auf den Nagel und hoffe nur, dass er nicht blau wird. Er tut jetzt schon höllisch weh.

»Alles in Ordnung mit dir? Ich wollte mich nicht anschleichen.«

»Schon gut. Alles bestens.« Ich inspiziere meinen Daumen und beschließe, dass eine Eispackung angebracht ist. »Ich glaube, wir können für heute Schluss machen.«

»Soll ich denn nicht dein Bett und deine Sachen reinholen?«

»Hat keine Eile. Warum essen wir nicht einen Happen zu Mittag?«

Sie zuckt die Achseln. »Okay.«

Ich lasse die Kommode Kommode sein und folge meiner Schwester erleichtert in die Küche. Sie überlegt schon, was sie essen möchte und wo.

Krise abgewendet. Vorerst.

In den nächsten Jahren werden wir über eine Menge unangenehmer Dinge sprechen müssen, aber die Sammlung unechter und vibrierender Schwänze, die meine Mutter in der Kommodenschublade hortete, gehört sicherlich nicht dazu.

Lunch mit Emme ist sogar nett. Sie überlegt, in welcher Farbe sie mein altes Zimmer streichen soll, das sie in einen Raum für sich und ihre Freunde verwandeln will. Im Geiste streiche ich bereits alle Jungs von der Liste derer, denen ich dort Zutritt gestatten werde.

Mitten in der Mahlzeit klingelt mein Handy. Ich will zunächst gar nicht drangehen, dann aber leuchtet der Name Spear & Partner auf dem Display auf. Das ist die Kanzlei, die mir Beverly von Whitman & Flood empfohlen hat. Sie meinte nämlich, es könnte ein Interessenskonflikt entstehen, wenn ihre Kanzlei das Sorgerecht bearbeitet und sich gleichzeitig mit Emmes Fonds befasst. Familienrecht ist eindeutig komplizierter als Medienrecht. Unmittelbar nach dem Meeting mit Kailyn habe ich mit einer Frau namens Trish gesprochen. Sie hatte bereits eine Kopie vom Testament meiner Eltern vorliegen, in dem die Sorgerechtsvereinbarung umrissen wird, und morgen früh werden wir uns treffen, um alles zu besprechen.

»Sorry, Kleines, ich muss da mal drangehen.« Ich lächele Emme entschuldigend zu und halte mein Handy ans Ohr. »Hallo, hier ist Daxton.«

»Daxton, Trish am Apparat. Es tut mir leid, Sie am Sonntag stören zu müssen, aber ich habe schlechte Nachrichten.«

Kalt läuft es mir den Rücken hinunter. »Was für schlechte Nachrichten?«

»Linda klagt das Sorgerecht ein.«

6

Auf und Ab

Kailyn

»Angesichts der kürzlich stattgefundenen Ereignisse bestelle ich Sie zu Emme Hughes' gesetzlicher Betreuerin.«

Ich falle fast vom Stuhl. Zumindest fällt der Füller, mit dem ich nervös herumgespielt habe, und rollt unter ihren Schreibtisch. Verdammt. An dem Stift habe ich wirklich gehangen, er hat so ein abgefahrenes Wirbelmuster. Ich warte auf Beverlys Grinsen. Aber sie bleibt ernst. »Das ist jetzt ein Scherz, oder?«

Ihr Fuß wippt kurz. »Scherze ich jemals, Kailyn?«

Ich warte darauf, dass ihr Gesicht zuckt, auf irgendein Anzeichen, dass sie gleich in Lachen ausbrechen wird. Aber nichts passiert. »Sie meinen es also ernst.«

Ein wirklich toller Morgen! Um sieben war ich im Büro, um Beverly über die Hughes-Akten auf den neuesten Stand zu bringen, denn ich hatte sie über das Wochenende zu Hause. Doch bei meinem Eintreffen bekomme ich als Erstes zu hören, dass seine Tante das Sorgerecht einklagt. Und sie hat einen exzellenten Anwalt. Jetzt bleibt nur zu hoffen, dass Daxton einen besseren hat.

»Wer vertritt Daxton?«

»Trish Monroe.«

Ich seufze beinahe vor Erleichterung. Trish ist berühmt dafür, ihre Prozesse zu gewinnen.

»Was sind Ziel und Zweck davon, mich als Betreuerin zu bestellen?« Ich kenne die Antwort bereits, also warum habe ich dann überhaupt gefragt? Wahrscheinlich will ich, dass Beverly es ausspricht.

Jetzt lächelt sie beinahe, schafft es aber, es lediglich wie ein halbes Grinsen aussehen zu lassen. »Während das Sorgerecht verhandelt wird, braucht Emme eine neutrale dritte Partei, die sich um ihre Belange kümmert. Seien Sie Emmes Stimme. Sie haben die Fondspapiere aufgesetzt. Da ist es doch nur logisch, dass Sie involviert bleiben, denn Sie müssen Emme und ihre Finanzen schützen. Und wenn das Sorgerecht dann zugesprochen worden ist, wird der gesetzliche Vormund die Aufsicht über den Fonds übernehmen.«

Das ist durchaus sinnvoll, wenn auch frustrierend. »Gibt es denn keinen Verwandten, der damit betraut werden kann?«

»Nicht in dieser Stadt. Außerdem können Sie auf diese Weise herausfinden, was zwischen Daxton und seiner Tante schiefläuft, und Sie halten Kontakt zu Emme. Und Sie können Daxton weiterhin für die Vorstellung erwärmen, für diese Kanzlei tätig zu sein. Es ist eine Win-win-Situation, Kailyn. Das müssen Sie doch begreifen.«

»Ich bin also gesetzlich verantwortlich für das Wohlergehen und die Finanzen eines jungen Mädchens, das ich nicht einmal kenne.«

»Eines Mädchens, das vor Kurzem seine Eltern verloren hat. Deswegen können Sie am besten nachempfinden, was sie zurzeit durchmachen muss.«

Jetzt bin ich an der Reihe mit der undurchdringlichen Miene. Es ist unfair, dass sie mit diesem Argument Druck auf mich ausübt.

Beverly legt ihre Fingerspitzen aneinander und hält meinem unerbittlichen Blick stand. »Sie sind am besten für diese Rolle geeignet und zwar aus einer Vielzahl von Gründen. Außer denen, die ich bereits aufgezählt habe, sehe ich die Verbindung, die Daxton zu Ihnen hat. Und überdies scheint er Ihnen zu vertrauen.«

»Sie haben mir zugesichert, dass ich eine kostenlose Rechtsvertretung übernehmen kann, wenn ich Daxton in die Kanzlei hole. Das wird nun aber nicht mehr reichen. Die ganze Geschichte könnte sehr hässlich werden, und dann stecke ich mittendrin. Wir haben keine Ahnung, was die Motive seiner Tante sind. Vielleicht ist sie wirklich nur hinter dem Geld her, oder aber Daxton selber ist es. Bislang habe ich ja nur seine Seite gehört. Letzte Woche wirkte er vollkommen fertig, und ich weiß nicht, ob es an der Trauer liegt, oder weil er in letzter Zeit ein paar falsche Entscheidungen getroffen hat.«

»Er arbeitet für eine der führenden Kanzleien in diesem Bundesstaat, so falsch können seine Entscheidungen also nicht gewesen sein.«

»Beruflich schon, aber was ist mit seinen privaten Entscheidungen?« Sie hat nicht ganz unrecht, ich aber auch nicht. Wir wissen nicht, ob Daxton die Vormundschaft für Emme aus lauteren Gründen für sich beansprucht oder aber ganz andere Motive hat. »Ich brauche also mehr als einen Pro-bono-Fall und Applaus dafür, eine berufliche Herausforderung angenommen zu haben.«

Beverly denkt ein paar Sekunden nach, dann wird aus ihrem Schmunzeln ein breites Grinsen. »Was wäre, wenn ich Sie zur Partnerin mache?«

Ich lache – und höre abrupt auf, als ich merke, dass sie nicht mitlacht. »Ist das Ihr Ernst?«

»Noch einmal: Scherze sind nicht so wirklich mein Ding.«

»Sie machen mich zum Partner, wenn ich einwillige, Emmes Betreuerin zu sein?«

»Wenn Sie diese Rolle übernehmen und wenn Sie es schaffen, Daxton Hughes ins Boot zu holen, was mir in den letzten fünf Jahren nicht gelungen ist. Ich werde Sie ganz gewiss zur Partnerin machen, Kailyn. Ich habe ja schon die allerbeste Fondsanwältin des Staates. Nun hätte ich auch gern den besten Medienanwalt dazu, und jetzt ist der perfekte Zeitpunkt gekommen. Ich würde Ihnen sogar das Buy-In erlassen.«

»Die gesamte Summe?«

»Die gesamte«, nickt Beverly.

Dass sie willens ist, mir das Buy-In zu erlassen, ist nur eine Bestätigung dafür, wie sehr sie es wünscht, Daxton an Bord zu holen. Eigentlich ärgert mich das. Aber sich in eine Anwaltskanzlei einzukaufen, kann mehr als eine Viertelmillion kosten, und das ist für mich eine Menge Geld. Normalerweise müsste ich einen Kredit aufnehmen, weil ich auch immer noch die Studiengebühren abstottere. Zwar habe ich nach Dads Tod geerbt, aber nach Begleichung der Krankenhausrechnungen ist davon nicht viel übriggeblieben, abgesehen von dem Haus, in dem ich immer noch wohne.

Mit nicht einmal dreißig Jahren Teilhaber zu werden, ist schon ein sagenhafter Karrieresprung. Es wäre natürlich schöner, aufgrund eigener Verdienste in die Partnerschaft einzusteigen, aber vielleicht wird Beverly diese ja auch berücksichtigen. Darüber hinaus erfülle ich das Versprechen, das ich Dad gegeben habe.

Ich sollte eigentlich Gewissensbisse haben, dass ich Daxton in einer Lebenskrise beeinflussen soll. Aber im Grunde ist eine Krise der beste Zeitpunkt, um sich beruflich zu verändern. Erwische einen Menschen in einem schwachen Moment und biete ihm etwas Glänzendes an. Warum klingt das nur so fies?

»Ich muss flexiblere Arbeitszeiten haben und mehr Zeit für meine Fälle, wenn ich gleichzeitig als Betreuerin tätig sein soll.«

»Selbstverständlich, das werden wir entsprechend anpassen.«

Wenn wir schon feilschen, dann kann ich auch gleich alle meine Karten auf den Tisch legen. »Und wenn ich Teilhaber werde, will ich pro Jahr ein paar kostenlose Rechtsvertretungen meiner Wahl übernehmen.«

Beverly wirft mir einen Blick zu. Er besagt, dass ich gerade eine Grenze überschritten habe. Aber das hier ist meine Chance und fragen kostet ja nichts.

»Wir werden später noch einmal darüber reden.«

Das ist kein Nein, und, da es von Beverly kommt, fast so gut wie ein Ja. »Es kommt doch nur dem Ruf der Kanzlei zugute.«

Sie trommelt auf ihre Armlehne. »Sie holen Daxton zu uns. Dann können wir verhandeln.«

Ich weiß nicht, was in mich gefahren ist, aber jetzt scheine ich die Herausforderung auf allen Ebenen annehmen zu wollen. »Und wenn Daxton einwilligt, an Bord zu kommen, dann braucht er flexible Arbeitszeiten und eine deutlich geringere Fallbelastung, ohne dafür eine Gehaltskürzung hinnehmen zu müssen.« Mit meinem Endziel vor Augen bin ich entschlossen, es durchzuziehen, auch wenn das bedeutet, dass ich einem Menschen, den ich eigentlich nicht ausstehen kann, eine ganze Reihe Vergünstigungen zuschanze. Doch der Gedanke, dass Emme absolute Priorität besitzt, richtet mich wieder auf.

Beverly schmunzelt. »Sieh einer an: Jetzt verhandeln Sie schon über seinen Vertrag!«

»Kann ich das alles auch schriftlich haben?«

Sie wirft ihre makellos frisierten Haare über die Schulter. »Sie haben mein Wort. Das sollte reichen.«

»Ich würde zwar Ihre Unterschrift in Blut vorziehen, aber ich schätze, dass ich mich damit zufriedengeben muss.«

Angesichts dieser neuesten Entwicklung rufe ich Daxton an. Wir müssen über meine Rolle als Betreuerin sprechen, und außerdem würde ich nun gern das Mädchen kennenlernen, das ich gesetzlich vertreten soll.

Daxton ist der Meinung, es sei besser, sich außerhalb der Kanzlei zu treffen, um Emme zusätzlichen Stress zu ersparen. Vor dem Lunch mit den beiden sichte ich die neuesten Artikel und das Bildmaterial über den Unfall. Ich möchte vor dem Gespräch genau unterrichtet sein. Zufällig stoße ich auf ein Amateur-Video, das mit einem Handy gemacht worden ist, und wünsche, ich hätte es nie zu Gesicht bekommen. Es ist grauenhaft. Auch wenn ich mich nicht gerade darauf freue, mich mit Daxton auseinanderzusetzen, und das vermutlich auch noch tagtäglich, wäre ich doch ein kaltherziges Miststück, wenn ich nicht Mitleid mit ihm und seiner Schwester empfände.

Und vielleicht hat er sogar recht: Es ist fünf Jahre her, seit wir unser Studium beendet haben. Ich sollte allmählich mal darüber hinwegkommen. Im Großen und Ganzen hat es sich doch nicht nachteilig auf meine Karriere ausgewirkt, damals nur Jahrgangszweite gewesen zu sein. Außerdem bin ich keine kleine Studentin mehr, die in einen ehemaligen Fernsehstar verknallt war. Ich bin erwachsen, so etwas habe ich längst hinter mir.

Zumindest rede ich mir das ein, während ich meine Brille gegen Kontaktlinsen tausche, frischen Lipgloss auftrage und meinen Rock glattstreiche. Als ich das Gebäude verlasse, summt mein Handy: eine Nachricht von Holly.

Statt ihr zurückzutexten, rufe ich sie an. »Du wirst nie erraten, was heute Morgen passiert ist.«

»Jason Momoa ist mit nacktem Oberkörper in deinem Büro aufgekreuzt und hat an deiner Schreibtischkante Trizeps-Übungen ausgeführt?«

»Das ist deine Fantasie, nicht meine, und nein, du liegst völlig daneben.« Ich zwänge mich zwischen einem alten dahinschlurfenden Paar und einer Frau mit Kinderwagen durch, die fleißig auf ihrem Handy herumtippt. »Du erinnerst dich, dass Daxton Hughes letzte Woche bei uns in der Kanzlei aufgetaucht ist?«

»Ähm, wie hätte ich das wohl vergessen können? Du hast es am Freitag mindestens einmal pro Stunde erwähnt und zweimal bei dem Brunch am Sonntag.«

Ich ignoriere ihre Sticheleien. »Jedenfalls, um diese ganze beschissene Situation noch schlimmer zu machen, bin ich jetzt zur gesetzlichen Betreuerin seiner Schwester bestellt worden.«

»Kannst du vielleicht mal normal reden anstatt wie eine Anwältin, damit ich dich auch verstehe?«

Ich warte an der Straßenkreuzung, dass die Ampel auf Grün springt. »Im Kern bedeutet es, dass ich ihr gesetzlicher Vormund sein werde, weil ich neutral bin.«

»Boah. Moment mal – soll das etwa heißen, dass sie jetzt bei dir wohnt?«

»Nein, es ist eher eine Formalität. Aber es bedeutet, dass ich nun involviert bin und regelmäßigen Kontakt zu Daxton halten muss, bis die Sache mit dem Sorgerecht geklärt ist. Aber das ist nicht das Schlimmste. Oder das Beste. Ich weiß nicht mehr, was besser oder schlechter ist.«

»Es gibt auch etwas Gutes an der Sache?«, meint Holly zweifelnd.

»Beverly hat mir im Gegenzug dafür die Partnerschaft angeboten und verzichtet auf das Buy-In.«

»Ach, Schei…benhonig!« Holly ist offensichtlich an ihrem Arbeitsplatz. »Das ist ja großartig, Kay! Das müssen wir unbedingt feiern.«

»Bis jetzt gibt es noch nichts zu feiern«, brumme ich. »Ich werde erst dann Partner, wenn ich Daxton dazu bewegen kann, zu Whitman zu wechseln, und das wiederum bedeutet, dass ich mit ihm zusammenarbeiten muss. Nicht unmittelbar, aber ich werde es aushalten müssen, täglich sein Gesicht zu sehen.«

»Aber es ist doch ein schönes Gesicht, nicht wahr?«

»Leider ja.« Ungefähr hundert Meter vor mir sehe ich das Diner. »Ich muss jetzt Schluss machen. Ich treffe Daxton und seine Schwester zum Lunch, aber ich melde mich später noch mal. Ach ja, und wie steht's bei den Lipsons? Ich könnte jetzt ein paar gute Nachrichten gebrauchen.«

»Ihnen geht's fantastisch! Die kleine Hope ist die reinste Krabbelmaschine. Ich hab supersüße Fotos, die ich dir zeigen kann.«

»Großartig.« Das macht mich auf alberne Weise glücklich. Hope ist ein verdammt bezauberndes Kind. »Und was ist mit dem neuen Pflegeelternfall?«

»Das bereden wir ein andermal.«

»Oh-oh, na ja, wenn du meine Hilfe brauchst … Ich hab jetzt die Erlaubnis, eine weitere kostenlose Vertretung zu übernehmen.«

»Ernsthaft?«

»Total. Was machst du heute Abend? Hast du Lust, mir beim Essen davon zu erzählen?«

»Willst du nicht mit zum Tierschutzbund kommen? Heute ist Kätzchen-Adoptionstag.«

»Du musst mich auch immer an der empfindlichsten Stelle treffen, was? Ich kann nicht noch eine Katze im Haus haben. Linus hat gerade erst aufgehört, Shirley täglich zu bespringen.«

Holly lacht. »Ich hab dir ja gesagt, dass du dir eine Katze holen sollst und keinen Kater!«

»Na ja, dafür ist es jetzt zu spät. Ich habe beide viel zu sehr ins Herz geschlossen, und wenn ich noch eine Katze hole, würde es Linus' Begattungsmöglichkeiten sogar noch verdoppeln.«

»Soll ich dich um sechs abholen? Dann kannst du dich über Daxton Hughes auslassen, während du mit Miezen kuschelst.«

»Ich wusste, dass so etwas kommen würde. Wir sehen uns dann heute Abend.« Ich beende das Gespräch, stopfe das Handy in meine Tasche und atme tief durch; die frohe Botschaft über Hope hat mich etwas optimistischer gestimmt.

Daxton und Emme sitzen schon in einer Nische von Earl's Diner. Da sie mir den Rücken zugewandt haben, nehme ich mir einen Moment Zeit, sie genauer zu betrachten. Ich erkenne Daxton sofort an seinem sandfarbenen Haar und seinen breiten Schultern … seltsam, wo ich ihn in den vergangenen fünf Jahren doch nur zweimal gesehen habe. Aber im Studium hatten wir viele Seminare zusammen. Kam ich später als Daxton in die Vorlesung, dann setzte ich mich hinter ihn und seine Freunde – so konnte ich meiner Schwärmerei für ihn am besten frönen, ohne dass jemand etwas davon mitbekam. Gerade deshalb kann ich ihn am Bau seiner Schultern erkennen und an dem kleinen Wirbel hinter seinem rechten Ohr, der erst dann auftaucht, wenn seine Haare zu lang werden. Ich bin ja so froh, dass ich nicht mehr das dumme, liebessüchtige Ding von einst bin. Oder nicht mehr so sehr.

Daxton und Emme sitzen mit gesenkten Köpfen nebeneinander, vermutlich in die Speisekarte vertieft. Ich atme noch einmal durch und wappne mich für die Begegnung mit seinem Gesicht, das leider so verdammt anziehend ist. Dann gehe ich mit einer offenen und freundlichen Miene auf ihren Tisch zu.

Daxton schaut als Erster auf. Sein warmes Lächeln bringt meine Kopfhaut zum Prickeln – und auch andere, nicht so schickliche Körperteile. Diese verdammten Teenie-Schwärmereien sterben einen schweren Tod.

»Vielen Dank, dass du eingewilligt hast, uns hier zu treffen.«

»Ist wirklich kein Problem. Ich musste sowieso Mittagspause machen, und hier gibt's die besten Milchshakes.« Ich gleite auf die Sitzbank gegenüber und schenke seiner Schwester ein warmes Willkommenslächeln, denn sie ist ja der Grund, warum ich hier bin. (Okay, und der klitzekleine Umstand, dass ich Partner in unserer Kanzlei werden will.)

Emmes Oversize-Hoodie ist schwarz und an den Bündchen ausgefranst. Sie hat die gleiche Haarfarbe wie Daxton, aber braune Augen statt seiner blauen. Gleich ist auch der große Mund mit den vollen Lippen. Emme ist geradezu winzig, kleiner als ich sogar, und ich messe knapp einen Meter zweiundfünfzig. Zum Glück gibt es Absätze. Man könnte sie leicht für Daxtons Tochter halten, allein aufgrund ihrer Körpergröße.

Ihre Augen leuchten auf. »Oh mein Gott, die Milchshakes hier sind die besten! Einfach super!«

»Nicht wahr? Wie viele hast du schon durchprobiert? Ich hab's mir zur Lebensaufgabe gemacht, alle einmal zu testen.«

»Ich auch! Ich hab sie, glaub ich, schon zur Hälfte durch, aber ich bleib immer bei meinen Lieblings-Shakes hängen«, gesteht sie.

»Mir geht's genauso.«

»Ich bin Emme.« Sie streckt mir die Hand hin und ich schüttele sie, wobei auch mein Lächeln breiter wird. Sie ist wirklich bezaubernd.

»Ich bin Kailyn. Schön, dich kennenzulernen.«

»Dax sagt, ihr habt zusammen studiert.«

»Das stimmt.« Ich schiele in seine Richtung und frage mich, was er seiner Schwester noch über mich erzählt hat.

»Dax sagt, er wäre an der Uni ein kompletter Idiot gewesen.«

Das bringt mich zum Lachen. »Ach, tatsächlich?«

Emme nickt eifrig. »Er hat gesagt, alle Jungs wären blöd, besonders auf der Highschool und dem College, aber ich meine, sie sind auch jetzt schon blöd, und ich fang ja erst nächstes Jahr mit der Highschool an.« Sie zieht die Nase kraus und schaut ihren Bruder an, als ob sie sich vergewissern will, dass es okay ist, wenn sie mir so etwas erzählt.

Dax nickt ihr ernst zu. »Es wird erst schlimmer, bevor es besser wird, Kleines. Du könntest dich genauso gut ganz von den Jungs fernhalten, bis du so ungefähr dreißig bist.«

Emme verdreht die Augen. »Mein Lieblings-Shake ist jedenfalls Oreo, aber sie haben hier auch einen mit Erdnussbutter und Schokolade, der ist genauso gut, deshalb kann ich mich kaum entscheiden.«

»Hmm.« Ich tippe nachdenklich an meine Lippe. »Hören sich beide toll an. Das ist wirklich eine schwere Entscheidung.«

»Ja, aber das Gute ist, dass man eigentlich nichts falsch machen kann. Mein Dad kommt immer mit mir –« Sie zuckt zusammen, als hätte sie eine Stromleitung angefasst. »Ich meine, er ist immer mit mir hergekommen.« Sie lässt den Kopf hängen und bringt den Pulloverärmel an den Mund. Ihr Daumen bohrt sich durch einen Riss im Stoff.

Daxton legt seinen Arm um sie und zieht sie an sich. Er lächelt mich entschuldigend an, während er Emmes Schulter reibt und ihr etwas ins Ohr flüstert. Ihre kleine Gestalt bebt und sie nickt an seiner Brust. Ein paar Sekunden später schlüpft sie mit einer Entschuldigung aus der Nische.

Daxton sieht ihr nach, wie sie auf der Damentoilette verschwindet. Er nagt an seiner Unterlippe, dann wendet er sich zu mir. »Tut mir leid. Es geht auf und ab, verstehst du? Einen Moment ist sie glücklich und lacht und im nächsten ist sie in Tränen aufgelöst.«

»Wie kommst du zurecht?«, frage ich. Er hat dunkle Ringe unter den Augen, und obwohl er gefasst wirkt, ist seine Erschöpfung doch offenkundig.

»Es ist ein Lernprozess. Morgen muss sie wieder in die Schule. Sie ist total nervös und ich ehrlich gesagt auch. Sie wird alle ihre Freundinnen wiedersehen und sich neugierigen Fragen stellen müssen, und außerdem arbeitet unsere Tante in Emmes Schule, was zusätzlichen Stress bringt. Diese Sorgerechtsgeschichte hat uns völlig aus der Bahn geworfen, besonders, weil sie so kurz nach dem Tod unserer – « Er bricht ab und räuspert sich. »Ich hoffe, dass Emme nach unserem Gespräch keine Angst mehr hat, dass sie umziehen muss.«

»Wie viel hast du ihr denn erzählt?«

Daxton spielt mit seiner Serviette. »Dass Linda sie gern bei sich hätte, ich jedoch möchte, dass sie bei mir bleibt, und dass wir eine Lösung finden müssen.«

»Und wie hast du meine Rolle in dieser Angelegenheit dargestellt?«

»Ich habe ihr erzählt, du wärst so etwas wie ein Bankmanager und ein Schiedsrichter. Du wirst dafür sorgen, dass ihr Fonds sicher ist und dass sie alles bekommt, was sie braucht, während ich alles daransetzen werde, sie bei mir zu behalten.«

Ich will Daxton gerade fragen, ob dies auch Emmes Wünschen entspricht, doch da kehrt sie bereits an den Tisch zurück.

Wir bestellen bei einer jungen, ungefähr zwanzigjährigen Kellnerin, die Daxton schöne Augen macht, sobald er nur den

Mund öffnet. Ja, ja, schon klar, er ist ein total heißer Typ …, aber trotzdem könnte sie ihr affektiertes Lächeln ruhig eine Stufe zurückschrauben.

Während wir auf das Essen warten, erläutere ich die Rahmenbedingungen des Fonds und meine neue Rolle in Emmes Leben.

»Aber ich darf doch immer noch bei Dax bleiben, oder?« Sie stochert mit dem Strohhalm in ihrem Shake herum.

»Das ist richtig. Alles bleibt vorerst so, wie es war, aber ich kümmere mich nicht nur um deinen Fonds.«

»Okay.« Emme nickt zunächst eifrig, dann aber kaut sie nachdenklich an ihrer Unterlippe.

»Hast du noch Fragen? Mir ist schon klar, dass gerade eine Menge Dinge auf einmal passieren, aber ich bin ja hier, um dir in jeder Hinsicht zu helfen.«

Wieder schaut Emme ihren großen Bruder an, als müsse sie, bevor sie etwas sagt, zuerst seine Zustimmung einholen. Ist sie vor mir auf der Hut oder vor seiner Reaktion auf jede Frage, die sie stellen könnte? Doch Daxton nickt ihr ermutigend zu. Emme räuspert sich. »Wenn Sie für mich verantwortlich sind, heißt das dann auch, dass Sie bei uns wohnen müssen?«

Daxton reißt überrascht die Augen auf und schaut mich an. Ich bin für einen Moment sprachlos, weil ich mich an einer Pommes verschluckt habe.

»Nein, Em, das wird sie nicht. Nur wir beide bleiben zusammenwohnen«, sagt er.

»Oh. Okay. Ich meine, das klingt jetzt vielleicht ein bisschen schräg, aber schließlich wart ihr Freunde, Dax und Sie, oder? Und Dax hat keine Freundin oder so, also wäre das ja gar nicht *so* schräg. Es sei denn, Kailyn müsste in deinem alten Zimmer wohnen.« Emmes Augen leuchten auf. Sie beugt sich vor, als wollte sie mir ein Geheimnis anvertrauen. »Sein Zimmer ist voll von dem Zeug aus seiner alten Fernsehserie. Jede Menge Poster und so 'n Kram.«

»Echt?«

Emme nickt. »Dax hat gesagt, wir können alles rausholen, und dann kann ich es bei eBay einstellen und selber entscheiden, was ich mit dem Geld machen will.«

»Oh, wirklich? Ist viel cooles Zeug dabei?«

Daxtons Gesicht ist eine Studie in Rot. »Bloß Fanartikel und so 'n Quatsch.«

»Aber etwas davon könnte was wert sein, und ich möchte rauskriegen, was ich dafür bekommen könnte.«

Was würde ich dafür geben, Emme beim Ausräumen des Zimmers zu helfen! Bei der bloßen Vorstellung schwirrt mir schon der Kopf. Ich bin ein Fanartikel-Junkie. Mag ja sein, dass ich die Serie nach dem Studium nicht mehr schauen wollte und meine ganzen Erinnerungsstücke in einen Karton verbannt habe ... Aber der befindet sich immer noch in meinem Kleiderschrank.

Wenige Minuten später sackt Emme gegen die Banklehne und reibt sich den Bauch. »Hast du schon genug, Kleines?« Daxton blickt besorgt auf ihren Teller. Emme hat ihren Burger und die Pommes kaum angerührt, nur die Hälfte ihres Shakes getrunken.

»Ich hab einfach nicht so richtig Hunger.« Verlegen streicht sie ihre Serviette glatt, dann schielt sie zu ihm hoch. »Tut mir leid. Ich weiß, dass es Verschwendung ist.«

»Soll ich's dir einpacken lassen?«

Sie zuckt die Achseln. »Kann ich nebenan in die Buchhandlung gehen, während ihr esst und über die Sachen redet, über die ihr vor mir nicht sprechen wollt?«

Daxton schaut sie mahnend an. »Em.«

»Was denn? Ich bin nicht dumm, und ich will auch nicht

unhöflich sein, aber ich hab keine Lust, noch irgendwas über Tante Linda zu hören. Also, kann ich jetzt gehen?« Sie macht flehende Welpenaugen, die zumindest zu fünfzig Prozent ernst gemeint sind.

»Na gut.«

Grinsend rutscht Emme von der Bank.

»Warte.« Daxton zieht sein Portemonnaie aus der Tasche und fischt einen Zwanziger heraus.

»Wofür ist der?«

»Du willst doch in die Buchhandlung. Damit kannst du dir ein Buch kaufen, wenn du willst.«

»Oh.« Sie lächelt und steckt das Geld ein. »Okay, danke.«

»Und du gehst wirklich nur in die Buchhandlung, okay?«

»Okay, Dax.«

»Und nicht über die Straße laufen.«

Sie verzieht das Gesicht. »Was?«

»Bleib auf dieser Straßenseite.«

»Ich bin kein kleines Kind mehr. Ich brauche niemanden, der bei mir die ganze Zeit Händchen hält. Ich weiß, was das gehende Männchen und die aufleuchtende rote Hand bedeuten.« Und da ist sie: die schnippische Teenagerantwort, die ich schon längst erwartet habe. Ich verkneife mir ein Grinsen, weil ich Emmes Frechheit nicht unterstützen will, bin aber zugleich neugierig, wie Daxton damit umgehen wird.

Er blitzt sie wütend an, bis sie entnervt die Augen verdreht. »Wenn ich bloß in den Buchladen will, hab ich doch gar keinen Grund, die Straße zu überqueren. Sonst noch irgendwelche Vorschriften?«

»Nein, das war's. Hast du dein Handy dabei?«

Sie zieht es aus der Tasche. »Zufrieden?«

»Lass den Blödsinn!«

»Wenn du aufhören würdest, mich wie ein Baby zu behandeln, brauchte ich mich gar nicht erst wie eins zu benehmen.«

Dax zieht eine Augenbraue hoch. »Ich kann dir den Zwanziger auch wieder abnehmen.«

Sofort schlägt Emme eine andere Tonart an. »Sorry. Okay. Ich hör auf. Ich weiß ja, dass du bloß versuchst, mir zu zeigen, dass du dir Sorgen machst, irgendwie. Bis gleich …«

»Schau dir in Ruhe Bücher an. Lös keinen Aufruhr aus und keinen politischen Protest oder sonst was, das mich aus der Fassung bringen könnte.«

»Oh mein Gott. Du bist wirklich das Letzte.« Wieder verdreht sie die Augen, winkt mir zu, wirbelt federnd um die eigene Achse, und fort ist sie.

Daxton sieht ihr nach. »Irgendeines schönen Tages rollen ihr die Augen in den Kopf und bleiben dort stecken.« Mit finsterer Miene betrachtet er ihren Teller. »Sie hat fast nichts gegessen.«

»Macht sie dir das Leben sehr schwer?« Ich beiße das Ende einer Pommes ab. Die Portionen hier sind wirklich reichlich. Ich habe immer noch das halbe Sandwich und die Hälfte meiner Pommes auf dem Teller liegen. Emmes Gedeck sieht aus, als hätte sie das Essen lediglich hin und her geschoben.

»Nicht wirklich. Ich meine, mit Tränenausbrüchen muss man ja rechnen. Es ist bloß … Sie ist ein Teenager. Also voll im Wachstum. Als ich in ihrem Alter war, habe ich gefuttert, was das Zeug hielt.«

»Sie hat keinen Appetit?«

Daxton fährt sich durch die Haare, die sogleich ordentlich an Ort und Stelle zurückfallen, was mich aus irgendeinem Grund ärgert. »Ich erlaube ihr viel zu oft Junkfood, damit sie mal ein paar Kalorien zu sich nimmt. In jedem Essen stochert sie herum.«

»Kann es sein, dass das ihr normales Essverhalten ist?«

Dax spielt mit seiner Serviette. »Das weiß ich im Grunde nicht. Ich meine, ich hab ja jeden Sonntag bei den Eltern gegessen, aber ob Emme eine gute Esserin ist, hat mich nie sonderlich gekümmert. Ich habe einfach nicht darüber nachgedacht. Das Problem ist, Emme ist kleiner und dünner als andere Kids in ihrem Alter. Sie kann es sich nicht leisten, noch mehr Gewicht zu verlieren. Andererseits will ich sie nicht mit Zucker und Schokolade vollstopfen, das macht es ja auch nicht besser.« Er atmet hörbar aus. »Sorry. Jetzt lade ich meine ganzen Sorgen bei dir ab, und deswegen bist du doch gar nicht hier.«

Ich schenke ihm ein mitfühlendes Lächeln. »Du hast eine Menge auf dich geladen und musst außerdem einen schweren Verlust verarbeiten. Menschen trauern auf unterschiedliche Weise. Als meine Mom gestorben ist, hatte ich auch längere Zeit keinen Appetit, aber allmählich ist er wiedergekommen.«

Sein Blick wird weich, und seine Hand gleitet auf dem Tisch ein paar Zentimeter auf mich zu. »Das tut mir sehr leid. Das habe ich nicht gewusst.«

»Es war noch während des Grundstudiums, ist also schon eine ganze Weile her.«

»Das muss sehr schwer für dich gewesen sein.«

Ich ziehe eine Pommes durch den Ketchup. Vielleicht ist Beverlys Argument ja berechtigt, vielleicht fühlt Daxton sich mir nahe; wahrscheinlich weil wir zusammen studiert haben. Es ist gut möglich, dass seine Erinnerung eine ganz andere ist.

Dennoch geht es im Moment nicht um Ereignisse, die vor fünf Jahren passiert sind; es geht darum, Berührungspunkte zu finden. Verlust ist etwas, das wir beide erfahren haben und miteinander teilen. »Es war sehr schwer, besonders für meinen Dad. Ich glaube, das war überhaupt das Schwerste: zu sehen, wie er litt, als er sie nicht mehr hatte. So, wie du jetzt Emme leiden siehst, während du selbst trauerst. Man kommt sich so hilflos vor.« Ich habe lange gebraucht, um Moms Tod zu überwinden. In gewissem Sinne hindert er mich noch heute daran, Menschen nahezukommen, denn jede Beziehung ist ein Wagnis. Ich habe so schlimme Verluste erlebt und weiß, was Schmerz bedeutet. Ich bin nicht sicher, ob mein Herz dafür geschaffen ist, weitere Brüche zu verkraften.

Daxtons Blick ruht auf mir, sanft, ein wenig erleichtert und voll schmerzlichen Mitgefühls. »Genauso ist es. Ich fühle mich hilflos und … überfordert. Kommt dein Dad jetzt besser damit klar?«

Ich senke den Blick auf die Serviette in meinem Schoß. »In gewisser Weise ja. Er ist jetzt bei ihr …, wenn man an solche Dinge glaubt. Ich rede mir ein, dass er glücklich ist und seinen Frieden hat. Dass beide ihren Frieden haben.«

Wieder streckt Daxton die Hand aus. In seinen Augen lese ich Mitleid und Resignation. »Sie sind gestorben? Du hast auch beide verloren?«

Instinktiv will ich ihm meine Hand entziehen und sie unter dem Tisch verschwinden lassen. Ich will nicht, dass dieser Mann, der mir anscheinend bei jeder unserer Begegnungen endlose Konflikte beschert, meine Hand hält.

»Nicht zur gleichen Zeit und nicht auf eine so …« *brutale, entsetzliche, quälende …* »schwere Art und Weise.«

»Aber du bist allein. Oder hast du noch Geschwister?«

Seine Hand liegt immer noch auf meiner. Die Berührung ist nervenaufreibend, mir ist, als dringe seine Wärme unter meine Haut und bis in mein Blut. Sie strahlt durch meinen ganzen Körper und weckt Gefühle von einer Art, die ich schon lange nicht mehr empfunden habe. Empfindungen, die nichts mit meinem Verlust oder seinem zu tun haben und so gar nicht zu dem Augenblick passen. Ich schüttele diese Gefühle ab. Es liegt nur daran, dass wir die gleiche Art Trauma erlitten haben. Daxtons Verlust erinnert mich an meinen eigenen. Und er ist ja nun wirklich attraktiv, was mir nicht entgehen kann, da er mir unmittelbar gegenübersitzt und meine Hand genommen hat.

Jetzt ziehe ich sie aber doch zurück und unterbreche den Kontakt. »Nein, Geschwister habe ich nicht. Ich habe eine gute Freundin, die mir so nahesteht wie eine Schwester. Für dich, denke ich, ist es auf andere Weise schwer: Du hast noch eine Schwester, aber sie steht unter deiner Obhut und braucht deine Anleitung.«

Dax streckt ein Bein aus. Sein Fuß stößt unter dem Tisch an meinen, aber er scheint es nicht zu merken. Vielleicht glaubt er ja, mein Bein sei ein Teil des Tisches. »Geht dieses Gefühl der Leere irgendwann einmal vorbei?«

Ich denke an Ferien, an die Geburtstage meiner Eltern, an meinen eigenen und daran, wie es sich anfühlt, Meilensteine zu erreichen, ohne sie dabeizuhaben. »Ich glaube, man kann lernen, mit dem Loch im Herzen zu leben. Man kann dieses Loch nicht stopfen oder mit anderen Menschen füllen, aber man lernt mit der Zeit, wie man es ertragen kann – falls das Sinn ergibt.«

Der Hoffnungsfunken in seinen Augen wird schwächer.

»Es *wird* leichter, Daxton. Nicht sofort und vielleicht dauert es sogar länger, aber irgendwann wird es leichter. Man gewöhnt sich daran.« Du gewöhnst dich an diese leere Stelle in deinem Herzen. Doch diesen Teil lasse ich weg. Daxtons Wunden sind noch zu frisch, und überdies fürchte ich, dass meine von Neuem aufbrechen könnten.

»Du bist ganz anders, als ich dich in Erinnerung habe«, bemerkt er.

Seine Worte fühlen sich an wie ein Stromstoß. Ich lächele ihn fragend an. »Wie bitte?«

»Ich wünschte, ich hätte ... Ich wollte ...« Er stolpert über seine Worte. Es ist merkwürdig, Dax so aufgelöst zu erleben. »Ich weiß, dass du hier bist, weil wir über Emmes Wohlergehen reden müssen, aber ich –«

»Daxton?« Eine schrille Frauenstimme lässt uns beide zusammenzucken.

An unserem Tisch steht eine große, sehr langbeinige und typisch kalifornische Person weiblichen Geschlechts. Ihr blondes Haar ist beinahe weiß – gebleicht –, ihre Brüste sind künstlich und ihre Lippen mit so viel Kollagen aufgespritzt, dass es aussieht, als hätte sie gerade einer kompletten Football-Mannschaft Blowjobs verpasst.

Daxtons Augen schließen sich für eine Sekunde, seine Hände krampfen sich um die Tischkante. Als er die Augen wieder aufmacht, wirft er mir einen Verzeihung heischenden Blick zu. Dann geht es wie ein Ruck durch ihn – Miene und Körpersprache ändern sich jäh –, und er schenkt dieser menschlichen Barbiepuppe ein herzliches Begrüßungslächeln.

Anerkennend mustert er ihre Erscheinung. »Hi.«

»Wie geht's dir? Gott, es ist ja eine Ewigkeit her. Ich bin Jessie. Du erinnerst dich doch?« Sie kraust das niedliche Näschen. »Wir haben uns vor ein paar Monaten auf dieser Party bei Justin kennengelernt. Wo wir alle nackt gebadet haben.« Sie macht Planschbewegungen, und ihre Augenbrauen gehen in die Höhe, als würden ihre Worte noch eine tiefere Bedeutung enthalten.

Ich knülle meine Serviette zusammen und lege sie auf den Teller. Dann sammle ich die Dokumente ein und stopfe sie in meine Aktentasche. »Ich muss wieder ins Büro, auf mich warten jede Menge Nachmittagstermine.« Ich ziehe einen Zwanziger aus meinem Portemonnaie und werfe ihn auf den Tisch.

»Nein, nein. Das geht auf mich.« Dax greift nach dem Schein und versucht, ihn mir zurückzugeben, aber ich bin bereits aus der Nische gerutscht.

Ich streiche meinen Rock glatt und ignoriere Dax. Neben Jessie komme ich mir altjüngferlich vor.

Daxton will mir folgen, aber Jessie zwängt sich neben ihn auf die Bank. »Ich muss noch …« Er deutet in meine Richtung. Jessie schaut ihn verständnislos an.

Sie mustert erst mich, dann ihn und legt den Kopf schief. »Oh verstehe, ihr beide seid …« Sie gestikuliert vom einen zum anderen, während ihre Miene zwischen Verwirrung und Unglauben pendelt. »Ein Paar?«

Ich lache. »Ich bin nur Anwältin.«

»Oh, okay. Das ergibt Sinn.« Jessie nickt. Sie legt Daxton die Hand auf den Arm. »Ist alles in Ordnung bei dir?«

Ich muss an mich halten, um nicht die Augen zu verdrehen. Vermutlich haben Emme und ich diese besondere Eigenschaft gemeinsam. Die Vorstellung, dass sie von einem Mann aufgezogen wird, der ein wilder Partylöwe ist, macht mich wütend. »Ich werde Trish heute Nachmittag kontaktieren. Emme soll mich anrufen, wenn sie etwas braucht.«

»Kailyn …«

»Irgendwann in naher Zukunft könntest du vielleicht mal über deine Vorbildfunktion nachdenken.« Und mit dieser Abschiedsbemerkung lasse ich Daxton mit einer seiner – wie ich vermute – vielen Eroberungen hinter mir.

In diesem Moment kommt Emme wieder. Ihr strahlendes Lächeln erlischt, als sie mich mit meiner Kuriertasche sieht. »Du gehst schon?« Unversehens ist sie zum »Du« übergegangen. Ihre Miene wird recht finster, als sie die Frau erblickt, die ihren Bruder mit Beschlag belegt. »Wer ist denn das?«

»Eine Freundin deines Bruders, schätze ich.« Ich gebe mir

größte Mühe, damit es nicht allzu geringschätzig klingt. »Ich muss jetzt wieder zur Arbeit. Aber es war schön, dich kennenzulernen, Emme.«

»Oh. Genau. Okay.« Sie tritt von einem Bein aufs andere, während ihre Finger an einem losen Faden im Ärmelbund zerren. »Ähm, also, danke, dass du zum Lunch gekommen bist und uns alles erklärt hast. Ich versteh zwar nicht genau, was du machst, aber ich bin froh, dass du mir und Dax hilfst.«

Die arme Kleine, sie wirkt so verloren. Am liebsten möchte ich ihr sagen, dass alles in Ordnung kommen wird, auch wenn das eine Lüge ist. »Wenn du noch irgendwelche Fragen hast, dann werde ich sie dir gerne beantworten.«

Emme presst die Hände zusammen. »Ich bleib also bei Dax, und du sorgst dafür, dass mein Fonds sicher ist und so?«

Noch einmal verwende ich ein paar Minuten darauf, ihr genau zu erklären, wie es läuft. Sie nickt, und ich hoffe, dass sie es wirklich verstanden hat. Darüber hinaus gebe ich ihr meine Nummer, damit sie mich anrufen oder texten kann, falls weitere Unklarheiten auftauchen.

Währenddessen, keine fünf Meter von uns entfernt, schleimt sich Jessie bei Daxton ein.

»Vielleicht können wir nächstes Mal über ganz normale Sachen reden«, sagt Emme, während sie ihr Handy einsteckt. Und dann umarmt sie mich. Ich überlege, ob Umarmungen in dieser Familie üblich sind – vielleicht stehen sie ja auf körperliche Zuneigungsbekundungen. Es dauert einen Augenblick, bis ich meine Schwerfälligkeit ablegen und ihre Umarmung erwidern kann. Sobald ich ihren zierlichen Körper umfasse, drückt Emme sich enger an mich. Ich will sie so gut wie möglich vor Schmerz bewahren, obwohl ich doch weiß, dass es nicht geht. Also tätschele ich ihren Rücken und drücke sie, erinnere mich daran, wie schlimm es war, Mom zu verlieren:

Denn ihre Umarmungen waren wirklich die einzigen, die mir Trost spenden konnten. Nachdem ich das gedacht habe, tut Emme mir noch mehr leid.

Als ich in die Kanzlei zurückkomme, erwartet mich eine ellenlange Liste verpasster Anrufe. Einer ist besonders interessant, weil es sich nicht um einen Mandanten handelt. Linda Thrasher hat eine Nachricht hinterlassen, in der sie um Rückruf bezüglich Emme Hughes bittet. Dass die Tante mich aufgespürt hat, überrascht mich nicht im Geringsten.

Nun werde ich beide Seiten der Geschichte hören und mir eine objektive Meinung bilden können. Im Augenblick empfinde ich keine besonders zärtlichen Gefühle für Daxton, und es wäre mir sehr recht, wenn unser künftiger Umgang nicht durch meine Voreingenommenheit beeinträchtigt würde.

Also rufe ich Linda Thrasher zurück und sage zu, einige Papiere bezüglich des Fonds ihrer Nichte mit ihr durchzugehen, und mir ihre Sorgen anzuhören, dass Emmes Bruder zum gesetzlichen Vormund bestellt worden ist. Wenn schon nichts anderes, so werde ich hier neue Informationen erhalten.

7

Vermittlerin

Kailyn

Es ist noch nicht einmal Mittag und schon türmen sich die Probleme. Vor einer halben Stunde habe ich einen Anruf von Emmes Schule bekommen mit der Bitte, mich dank meiner neuen Rolle als Betreuerin sofort dort einzufinden.

Ich hatte angenommen, es werde bei der gesetzlichen Betreuung lediglich um finanzielle Entscheidungen bezüglich des Fonds gehen, aber ganz gewiss nicht darum, mich mit einer Schlägerei zu befassen – einer Schlägerei, die Emme allem Anschein nach mit einem Jungen in der Schulcafeteria angefangen hat.

Ich spreche gerade mit dem Rektor namens Proctor und versuche, ihm meine Beziehung zu Emme zu erklären, als ich hinter mir eine ärgerliche Stimme vernehme. »Was machst du denn hier?«

Ich drehe mich um und sehe Daxton im Zimmer stehen, den Blick starr auf mich und den Rektor gerichtet. Na toll! Damit ist die Lage eindeutig weiter eskaliert. Ich stärke mich mit dem Gedanken, dass meine erfolgreiche Vermittlung einen weiteren Schritt in Richtung Partnerschaft bedeuten wird. Nach meiner Rückkehr ins Büro werde ich mir von Beverly ein uneingeschränktes Ja zu den kostenlosen Vertretungen holen und keine Ausweichmanöver mehr dulden. Dieser Mist stand nicht in meiner Jobbeschreibung.

»Die Schule ist gesetzlich dazu verpflichtet, mich zu verständigen«, erwidere ich gelassen. Das sollte Daxton wissen, sein Ärger ist absolut ungerechtfertigt.

»Warum hast *du* mich nicht angerufen und es mir gesagt?«, blafft er mich an, wobei er Mr Proctor völlig ignoriert. Es ärgert mich, dass er sich vor allem auf mich konzentriert und nicht auf das eigentliche Problem, das in Emmes möglichem Schulverweis besteht.

»Habe ich doch. Ich habe dir in der Kanzlei eine Nachricht hinterlassen, aber deine Assistentin sagte, du wärst bereits auf dem Weg.« Ich schenke Mr Proctor ein höfliches Lächeln; sein Name – Aufsichtsführender – ist so unselig wie der Anzug, den er trägt. »Würden Sie uns bitte einen Moment allein lassen?« Ich nehme Daxton am Ellbogen und steuere ihn Richtung Haupteingang. Dort sind weniger neugierige Zeugen zu befürchten, falls er wieder laut werden sollte.

»Wir brauchen keinen Moment. Ich muss zu Emme. Wo ist sie? Ich will wissen, was passiert ist.«

»Ihre Tante ist bei Emme. Wir können sie jetzt holen«, sagt Mr Proctor, der uns nachgekommen ist.

»Was?! Warum zum Teufel ist Emme bei Linda?«

Herrgott. Gleich flippt er völlig aus.

Mr Proctor rückt seine Brille zurecht und schaut vom einen zum anderen. »Sie war sehr erregt, und da erschien es uns ratsam, sie nicht allein zu lassen.«

»Wo ist sie? Ich will meine Schwester sehen.«

Warnend bohre ich meine Nägel in seinen Arm und hoffe, dass er sie durch die Schichten seines offenbar recht teuren Anzugs aus Kaschmir und Seide spürt. »Ich würde gerne mit *dir* reden. In Ruhe. Danach können wir zu Emme gehen.«

»Möchten Sie sich in meinem Büro besprechen?« Mr Proctor streicht nervös über seine Krawatte.

»Das wäre wunderbar.«

Daxtons Augen blitzen gefährlich, aber er geht mit. Sobald die Tür zugefallen ist, stürmt er auf mich ein. »Was zum Teufel soll das alles?«

Ich stemme eine Hand gegen seine Brust – ärgerlich, dass mir selbst in so einem Moment auffällt, wie hart seine Muskeln sind. »Eins solltest du wissen: Wenn mir ein Mann so nahekommt, dass ich seinen Atem auf meinem Gesicht spüre, dann normalerweise deshalb, weil er mir die Kleider vom Leib reißen will und nicht meinen Kopf.« *Warum hab ich das nur gesagt?* Ich schiebe Dax einen Schritt zurück und ermahne mich, professionell zu bleiben. *Außerdem wäre es vielleicht besser, einen tobenden Mann nicht noch weiter zu reizen.* »Und da wir in unserer Beziehung nicht an diesem Punkt sind, muss ich mal ein paar Grundregeln klarstellen. Erstens, halte angemessenen Abstand und benutze deine Größe nicht, um mich einzuschüchtern. Das ist deiner nicht würdig und absolut unnötig. Ich bin nicht dein Feind. Zweitens, krieg dich verdammt noch mal in den Griff. Du hast absolut keinen Grund, auf mich wütend zu sein, denn ich habe keinen Fehler gemacht. Woher also dieser Wunsch, mir den Kopf abzureißen?«

»Ich wollte dir keine Angst …« Daxton blinzelt ein paarmal und fährt mit der Hand über sein Revers. Dann nimmt er eine gerade Haltung ein, vielleicht hat er endlich begriffen, dass sein Verhalten ein Problem darstellt. »Ich dachte, du kümmertest dich um den Fonds. Emmes Schulprobleme sind meine Sache, nicht deine.«

Er versucht, an mir vorbeizukommen, aber ich verschränke meine Arme vor der Brust und versperre ihm den Weg zur Tür.

»Denkst du etwa, ich bin glücklich darüber? Dass ich gerne hier bin und als Sündenbock fungieren muss, weil du weder dich noch eine Dreizehnjährige im Griff hast?« Okay, das war jetzt vielleicht ein bisschen zu hart.

Er macht einen Schritt nach vorn und bedrängt mich. *Schon wieder.*

»Du willst mich ganz bestimmt *nicht* verprügeln. Ich trage Stilettos und die könnten manche deiner kostbaren Körperteile in Mitleidenschaft ziehen.«

»Ich muss zu meiner Schwester, und du hinderst mich daran. Solltest du nicht zu ihrem Schutz da sein? Stattdessen stehen wir hier rum und du hältst mir Vorträge.«

Ich atme langsam aus und widerstehe der Versuchung, meinen spitzen Absatz durch das glänzende schwarze Leder seines Schuhs zu bohren. »Linda kennt Emme gut, und sie arbeitet in dieser Schule. Es ist also nur recht und billig, wenn deine Schwester hier unter Lindas Obhut steht. Das mag dir nicht gefallen, aber so ist es nun mal. Es wird dir wenig helfen, wenn du dich wie der letzte Arsch verhältst. Benutz doch deinen Kopf, Daxton! Wenn du in der Schule einen Streit vom Zaun brichst, spielst du bloß Linda in die Hände! Willst du das?«

Er holt tief Luft. »Natürlich nicht.«

»Willst du Emme noch mehr aufregen? Soll es ihr noch schlechter gehen?«

»Was für eine dämliche Frage ist das denn?«

Ich halte seinem Blick stand. Daxton seufzt.

»Natürlich nicht. Ich will doch nur rausbekommen, was hier passiert ist, und es wieder einrenken.«

»Dann verhalte dich mehr wie ein Anwalt. Für den Bruder ist später noch genug Zeit. Du musst ein gutes Argument anbringen, um Emme aus dem Schlamassel zu retten, in den sie sich geritten hat, statt den einzigen Menschen zu beleidigen, der dir hier zur Seite steht. Der übrigens ich bin.«

Frustriert fährt er sich durch die Haare, die mittlerweile zu Berge stehen, anstatt sich wie üblich an seinen Kopf zu schmiegen. »Na gut. Okay. Sorry. War … ach scheiße. Bin schon wieder ruhig.«

»Wirklich? Du hast dich beruhigt?« Immer noch versperre ich ihm den Weg zur Tür.

»Jawohl. Total ruhig«, knirscht er.

»Bist du sicher, dass du nicht einige Male den Sonnengruß machen solltest, bevor wir zu den anderen gehen? Oder ein paar Atemübungen?«

»Ist nicht nötig.« Daxton ist nicht mehr so rot im Gesicht, aber ich kenne ihn nicht gut genug, um beurteilen zu können, was einen neuerlichen Ausbruch auslösen könnte.

Ich komme mir kleinlich vor und krame in meiner Handtasche nach den Pfefferminzdragees. »Hier.« Ich drücke ihm das Döschen in die Hand. »Ich weiß nicht, was du zum Frühstück hattest oder gestern Abend, aber dein Atem riecht nach kaltem Kaffee und Müll. Bist du jetzt bereit, in Ruhe über die Vorkommnisse zu reden?«

Daxton hält sich die Hand vor den Mund, wahrscheinlich um nachzuprüfen, ob ich die Wahrheit sage. Eigentlich riecht sein Atem gar nicht so furchtbar, ein bisschen nach Kaffee vielleicht, aber auf keinen Fall nach Abfall. Dennoch gibt mir die Geste ein besseres Gefühl. Bevor wir das Büro des Rektors verlassen, recke ich mich in die Höhe und bringe sein Haar in Ordnung. Es fühlt sich sehr weich an. Es kann sein, dass ich ein bisschen zu viel streichele, aber ich ziehe die ganze Zeit ein finsteres Gesicht, als wäre es eine lästige Pflicht, die mir keinen Spaß macht.

Mr Proctor bringt uns zu Emme. Sie sitzt in einem kleinen

fensterlosen Raum und in ihrem Schoß häufen sich zerknüllte Taschentücher. Ihre Schultern sind nach vorn gekrümmt, die langen Haare hängen ihr ins Gesicht.

Eine Frau, die Tante Linda sein muss, hat Emme in die Ecke des Raums gedrängt, indem sie ihren Stuhl genau vor das Mädchen gestellt hat. Ich weiß nicht, ob das hilfreich oder einschüchternd gemeint ist. Als Emme ihren Bruder sieht, springt sie auf und stürzt auf ihn zu, wobei die Papiertaschentücher zu Boden flattern.

Sie schlingt die Arme um seine Taille. »Ich hab schon gedacht, du kommst nicht. Es war nicht meine Schuld. Es tut mir leid!«

Daxton erstarrt einen Moment, vielleicht vor Schreck, doch dann schließt er sie rasch in seine Arme. »Ist ja gut. Ich bin da. Wir finden eine Lösung.«

Linda bahnt sich einen Weg durch die zerknüllten Tücher. »Ich muss mit dir reden, Daxton.«

»Ja, aber nicht ohne unsere Anwälte.« Er wendet sich an Mr Proctor. »Sollen wir nun hier miteinander sprechen oder können wir das in Ihrem Büro tun?«

»Lieber in meinem Büro.«

Ich ziehe ein Taschentuch aus der Box, sammele die zerknüllten damit ein und werfe den Haufen in den Mülleimer, dann schnappe ich mir Emmes Schultasche und folge den anderen. Linda hat sich an die beiden gehängt und versucht, sich an Emmes andere Seite zu drängen. Ich sehe schon, das wird eine problematische Sitzung.

Sobald die Tür zu Mr Proctors Büro geschlossen ist, lädt er uns ein, um einen niedrigen Tisch herum Platz zu nehmen. »Wollen wir uns nicht setzen?«

Ich merke, dass Daxton alles unternimmt, damit Emme nicht neben Linda zu sitzen kommt. Ich wähle den Stuhl neben Daxton und bereite mich darauf vor, zu vermitteln, wenn es nötig sein sollte. Ich würde wirklich gern eine Minute mit Emme unter vier Augen sprechen, aber das lässt sich im Moment nicht machen.

»Ich danke Ihnen sehr für Ihr Kommen, Mr Hughes und Ms Flowers. Mir ist bewusst, dass dies ein schwieriger Moment für Sie ist und alles in allem eine schwere Zeit –«

»Können wir auf die Förmlichkeiten verzichten und zum Punkt kommen?«, faucht Daxton.

Unter dem Tisch taste ich mit dem Fuß, bis mein Absatz die Spitze seines Schuhs berührt. Dax drückt die Fingerspitzen auf die Tischplatte; er hat es also gespürt, schaut aber nicht in meine Richtung.

Mr Proctor formt mit seinen Fingern ein Zelt. »Emme hatte eine Auseinandersetzung in der Cafeteria. Sie hat einen anderen Schüler körperlich attackiert.«

»Ich war dabei. Ich habe gesehen, wie Emme Billy geschlagen hat.« Lindas Ton klingt wie ein Raunen. Sie wendet sich an Daxton. »Bislang hat Emme nicht mal zur Strafe nachsitzen müssen.«

»Sie hat vor Kurzem ihre Eltern verloren«, gibt Daxton zurück.

Fantastisch! Gleich werden sie aufeinander losgehen. Und Emme sitzt dabei und kriegt jedes Wort mit. Irgendjemand muss darauf achten, dass dieses Gespräch nicht aus dem Ruder läuft, und das werde ganz offenkundig ich sein. »Da dies ein für Emme untypisches Verhalten ist, wäre es vielleicht hilfreich zu erfahren, durch welche Ereignisse es ausgelöst wurde«, werfe ich ein.

Mr Proctor wendet sich mit einem höflich-gezwungenen Lächeln an Emme. »Möchtest du uns erzählen, was in der Cafeteria geschehen ist?«

»Billy Horton hat eine Karikatur von dem Autounfall gemacht.«

»Wie bitte?!«, wendet sich Dax mit finsterem Gesicht an den Rektor.

Der streicht wieder über seine Krawatte. Diese Männer und ihre verräterischen Gesten! Dilettanten, allesamt. »Nun, das ist nicht ganz korrekt.«

Emme ballt die Fäuste im Schoß. Ihr wütender, verzweifelter Blick gleitet von Proctor zu Daxton. »Ist es wohl! Billy hat eine Karikatur von zwei Menschen gemalt, die bei einem Autounfall in die Luft gesprengt werden, und dann hat er Jordan Carpenter gesagt, er soll mir das Bild geben. Er nennt mich schon die ganze Woche Annie das Waisenkind, und dann hat er noch dieses blöde Heul-Meme von dir auf Snapchat gepostet, damit es nur ja alle sehen!«

»Emme, du musst dich beruhigen«, sagt Mr Proctor. Ich spüre, wie Daxton sich anspannt. Mir gefällt sein Beschützerinstinkt: Vielleicht überwiegen doch edle Motive bei seinem Wunsch, für die kleine Schwester zu sorgen. Ich nehme meinen Absatz von seiner Schuhspitze fort und stupse sein Knie an, in der Hoffnung, dass er die Bedeutung dieser Geste versteht.

Daxton faltet seine Hände auf dem Tisch. »Warum erfahre ich erst jetzt von diesem Billy Horton?«

»Weil er ein Idiot ist und alle mobbt. Normalerweise lasse ich das an mir abprallen, aber heute wollte er mich einfach nicht in Ruhe lassen, und zu Hause ist auch nichts mehr, wie es früher war, und da hab ich es einfach nicht mehr ausgehalten!« Emme bricht in Tränen aus.

»Also hat ein notorischer Schultyrann meine Schwester aufs Korn genommen, aber *sie* ist diejenige, die zum Rektor zitiert wird?«

»Billy wird für seine Taten gemaßregelt, ebenso wie Emme für ihre.«

»Er zieht mich dauernd an den Haaren! Und er stellt mir auf dem Korridor ein Bein!«, ruft Emme empört.

»Emme, schrei Mr Proctor nicht an! Er versucht nur, dir zu helfen«, mahnt Linda.

Bevor Daxton sich vergisst und eine beißende Bemerkung vom Stapel lässt, schalte ich mich ein. »Emme, möchtest du vielleicht mal eine Pause haben?« Ich wende mich an Mr Proctor. »Ich denke, dass es unter den gegebenen Umständen das Beste wäre, wenn wir unter uns Erwachsenen weiterreden. Falls wir Emme noch eine Frage stellen müssen, können wir sie ja hereinrufen.«

Emme nickt; sie wirkt deutlich erleichtert.

»Du kannst dich ins Vorzimmer setzen, falls du nicht doch lieber ins Wartezimmer gehen willst«, sagt Mr Proctor.

Emme nimmt ihre Tasche und verlässt das Büro. Als die Tür wieder geschlossen ist, wende ich mich sogleich an den Rektor. »Besucht Billy die gleiche Klasse wie Emme?«

»Das tut er.«

»Dann brauchen wir für unser weiteres Vorgehen einen Aktionsplan. Emme hat ein schweres Trauma erlitten, und wenn sie mit Karikaturen verhöhnt wird, die sich auch noch darüber lustig machen, dann ist das absolut inakzeptabel.«

»Wir werden den Sitzplan ändern.«

»Ich hätte gerne, dass das erledigt wird, bevor sie morgen in die Schule kommt«, wirft Daxton ein.

Wieder nestelt Mr Proctor an seiner Krawatte. »Emme ist es nicht gestattet, am morgigen Unterricht teilzunehmen.«

Dax' Gesicht wird zu Stein. Diesen Ausdruck kenne ich noch nicht bei ihm und werde nervös.

»Wie bitte?!«

Ein Schweißtropfen rinnt von Mr Proctors Schläfe. Der Mann mag fünfzehn, zwanzig Jahre älter sein als Daxton, aber wenn es um ein Kräftemessen geht, dann bleibt Dax klar der Sieger. Es gefällt mir nicht, dass ich das ein bisschen sexy finde.

»Wenn es um Gewalt geht, vertreten wir eine Null-Toleranz-Richtlinie.« Der Rektor räuspert sich, dann fährt er fort. »Emme ist verbindlich für drei Tage vom Unterricht suspendiert.«

»Ich frage mich, was der Schulinspektor von so einem Vorfall halten würde. Besonders angesichts der Tatsache, dass der Unfall in allen Medien verbreitet worden ist. Mir scheint, mit ein wenig mehr Sorgfalt und Achtsamkeit hätte dieser Eklat vermieden werden können. Wer hatte denn, abgesehen von Linda, heute Aufsicht in der Cafeteria? Es gibt doch an dieser Schule sicherlich mehr als einen Erwachsenen zur Beaufsichtigung der Schüler?«

Und nun ist er zum Vorschein gekommen: Daxton, der Anwalt, der jedes zur Verfügung stehende Mittel nutzt, um die Interessen seiner Schwester durchzusetzen. Ich könnte mich glatt ein wenig für ihn erwärmen.

»Mr Hughes, ich versichere Ihnen, dass das Personal alles erdenklich Mögliche getan hat, um der gesetzlichen Aufsichtspflicht zu genügen.«

»Offensichtlich nicht, da Billy ins Gesicht geschlagen wurde, und meine Schwester von diesem Jungen mehrfach schikaniert worden ist, was mich zum Thema der Suspendierung vom Unterricht zurückbringt.« Daxton trommelt auf die Armlehne seines Stuhls, während er auf Antwort wartet.

»Die Vorschriften besagen, dass für gewalttätiges Verhalten eine Strafe erfolgen muss.« Bevor ich etwas einwerfen kann, fährt Proctor fort: »Unter den gegebenen Umständen könnte

Emme jedoch in den nächsten zwei Tagen von zu Hause aus arbeiten, allerdings nicht heute Nachmittag. Sie würde dann nicht formell suspendiert, bekäme jedoch die Auflage, einmal pro Woche mit ihrer Vertrauenslehrerin zu sprechen und auch mit der Schulsozialarbeiterin.«

Daxton zieht ein finsteres Gesicht. »Sie redet bereits mit ihrer Vertrauenslehrerin.«

Mr Proctor ordnet die Papiere auf seinem Schreibtisch. Er ist der zappeligste Mensch, der mir je über den Weg gelaufen ist. »Nun, bislang ist das eine eher einseitige Angelegenheit.«

»Würden Sie das bitte näher erklären?«

»Emme hat ihrer Vertrauenslehrerin kaum etwas erzählt, obwohl diese sie wiederholt darauf angesprochen hat.«

Daxton steht mit einem Ruck auf. »Wissen Sie, für eine Schule, die sich für ihre erlesene Pädagogik rühmt, scheinen Sie im Fall meiner Schwester kläglich versagt zu haben.«

»Ich versichere Ihnen, dass wir unser Bestes tun.«

»Dann reicht das Beste eben nicht«, schalte ich mich ein. »Daxton kann Emme nicht zur Seite stehen, wenn er nicht weiß, was sich in der Schule abspielt, und wenn Ihr Personal die Probleme nicht kommuniziert, kann niemand vorausschauend handeln. Emme wird ab Montag wieder am Unterricht teilnehmen. In der Zwischenzeit schlage ich vor, dass Sie ein Vorgehen ausarbeiten, wie Emme und ihren Klassenkameraden geholfen werden kann, mit dieser Tragödie auf vernünftige, verantwortungsvolle Weise umzugehen.« Auch ich erhebe mich rasch, denn für mich ist das Gespräch beendet.

»Danke, dass Sie sich die Zeit genommen haben«, murmelt Daxton, während wir das Büro verlassen. Mr Proctor hat sich noch nicht beruhigt, und Linda verfolgt unseren Abgang mit offenem Mund.

Emme hängt zusammengesunken auf einem Stuhl im Vorzimmer, den Rucksack an sich gedrückt. Neben ihr sitzt eine andere Schülerin; die beiden flüstern miteinander.

»Na schön, Emme, lass uns gehen«, sagt Daxton und ist schon wieder auf hundertachtzig.

»Bin ich immer noch vom Unterricht ausgeschlossen?«

»Wir reden im Wagen darüber. Brauchst du noch was aus deinem Spind?«

Sie kramt in ihrer Tasche. »Mein Tagebuch.«

»Soll ich mitkommen, wenn du es holst?«, fragt Dax.

Emme sieht entsetzt aus, vielleicht wegen der Vorstellung, wie das aussehen würde, wenn sie von einem Aufpasser zu ihrem Spind begleitet wird. »Äh, nein, ich geh schon allein. Dauert nur 'ne Sekunde.«

Mit ihrer Freundin saust sie den Korridor entlang, beide tuscheln immer noch miteinander. Die Freundin wirft einen Blick über die Schulter, bevor sie durch eine Tür verschwinden. Sie ist zu jung, um Daxton als Kinderstar gekannt zu haben, aber sein gutes Aussehen ist ihr bestimmt nicht entgangen. Wie auch all den Sekretärinnen nicht, die Daxton ständig anhimmeln. Emme bleibt ungefähr auf halber Länge des Korridors stehen, wir können sie durch die Glastüren immer noch sehen.

»Dax, du musst doch verstehen, dass ich nur das Beste für Emme will.« Wir fahren herum. Linda steht hinter uns.

»Und du meinst, wenn du mich derart überrumpelst und Emme so kurz nach dem Tod unserer Eltern einem Sorgerechtsstreit aussetzt, ist das gut für sie?«

»Es muss ja kein Streit werden. Du kannst uns allen die Sache erleichtern.«

»Emme will bei mir bleiben.«

»Natürlich will sie das. Weil die Regeln lax sein werden. Sieh dir nur an, was bereits passiert ist. Ich weiß sehr wohl, wie schwer du es hast, und meine Absicht ist nicht, noch mehr Stress zu machen, sondern euch beiden das Leben zu erleichtern.«

Daxton hindert sie mit einer jähen Geste am Weitersprechen. »Ich weiß nicht, worum es dir geht, aber ich kaufe dir das nicht ab …« Wild rudert er mit der Hand, während er nach Worten sucht. »Diese ›Ich will ja nur helfen‹-Nummer … Was für eine Art Hilfe soll das sein, mit mir um das Sorgerecht zu streiten, während Emme trauert und leidet? Wenn du mir etwas mitteilen willst, dann gib mir durch deinen Anwalt Bescheid.«

Er dreht sich auf dem Absatz um und steuert auf die Eingangstür zu, wohin ich ihm folge. Daxton muss sich sichtlich bemühen, ruhig zu bleiben, als er hinaus in den warmen Nachmittag tritt. Er fährt sich durch die Haare, murmelt leise ein paar ausgesuchte Flüche vor sich hin und wirbelt jäh herum, um noch einmal durch die Glastür zu schauen. Dabei rennt er mich fast über den Haufen.

»Mist.« Er fasst mich an den Schultern, um mich am Fallen zu hindern. »Sorry. Hatte ganz vergessen, dass ich nicht allein bin.«

»Ist schon in Ordnung.« Ich schiele auf seine Hand, die auf meiner Schulter liegt. Es ist eine warme, große Hand, und mir wäre es wirklich lieb, wenn mein Körper aufhörte, auf den Kontakt mit Daxton so zu reagieren, als ob ich ihn mögen würde. Obwohl – die Art und Weise, wie er sich für seine Schwester eingesetzt hat, ist schon ein dickes Plus.

Dax lässt seine Hand sinken und atmet heftig aus. Plötzlich wirkt er sehr erschöpft.

»Ich denke, es wäre gut, wenn wir uns mal zusammensetzen und darüber reden würden, wie wir in Zukunft mit solchen Problemen umgehen«, sage ich.

»So etwas wird nicht mehr vorkommen.«

Ich verschränke die Arme vor der Brust. Das wird allmählich meine typische Geste im Umgang mit diesem Mann; sie hindert mich daran, wütend mit den Armen zu rudern. »Seien wir doch mal ehrlich: Es wird immer Tyrannen geben, die sich ihre Opfer unter den Schwachen suchen. Emme mag normalerweise nicht in diese Kategorie gehören, aber sie hat emotional ungeheuer viel zu verarbeiten. Dass man da die Kontrolle verliert, ist nicht ungewöhnlich, und es kann jederzeit wieder passieren.«

Ich hole einmal tief Luft, bevor ich weiterspreche, und bemühe mich um einen sanften Ton. »Ich mag als Betreuerin vielleicht nicht deine erste Wahl sein, aber ich werde diese Funktion nicht aufgeben, bis das Sorgerecht geklärt ist. Ich meine auch, dass wir besprechen sollten, wie du weiter vorgehen willst. Wenn die Sache vor Gericht kommt, bin ich auf jeden Fall involviert, ob es dir gefällt oder nicht, und deshalb hätte ich gerne ein paar Hintergrundinformationen, damit ich nicht überrumpelt werde, so wie du eben.«

Dax massiert sich den Nacken. »Du hast recht«, sagt er schließlich. »Ich hab's kapiert. Wann hättest du denn mal Zeit? Sollen wir uns wieder in dem Diner treffen?«

»Wir können uns in meinem Büro sehen. So vermeiden wir Ablenkungen.« Es ist offensichtlich, dass ich auf seine Freundin, die Beach-Barbie, anspiele. »Morgen habe ich Zeit zwischen halb zwölf und halb eins.«

»Das kann ich schaffen.«

Emme kommt aus dem Schulgebäude, den Rucksack quer über die Schulter gehängt. Ihre Augen sind immer noch rot und verschwollen. Sie scharrt nervös mit den Füßen und schaut zwischen uns hin und her. »Es tut mir leid, dass du heute zur Schule kommen musstest, Kailyn. Ich wollte keine Probleme machen.«

Ich schenke ihr ein, wie ich hoffe, ermutigendes Lächeln. »Im Moment ist alles sehr schwer für dich, und manchmal geraten die Gefühle eben außer Kontrolle.«

Emme nickt und schnieft. »Aber ich wollte dir einfach nur Danke sagen, denn ich weiß ja, dass ich dir keine Probleme machen sollte.«

Ich möchte ihr am liebsten einen Teil ihrer Traurigkeit abnehmen, also trete ich einen Schritt vor und schließe sie in meine Arme. Einen Augenblick lang befürchte ich, das Falsche getan zu haben, doch dann schmiegt sie sich an mich, und ihr Körper wird von lautlosem Schluchzen geschüttelt. Emmes Kummer ist so groß, dass er alle Laute erstickt.

»Ich weiß, wie weh das tut.« Ich werde ihr keine falschen Versprechungen geben. Ich werde ihr nicht sagen, dass es besser wird, dass es leichter wird, obwohl das in gewisser Hinsicht richtig ist. Doch Emme wird ihr Leben lang unter diesem Schmerz zu leiden haben; die Qual kleinzureden wird ihr nicht helfen.

Sie klammert sich an mich und weint, und ich streiche ihr mit langsamen Kreisbewegungen über den Rücken. Ich schaue auf und sehe, dass Daxton uns beobachtet, während sein Kummer Linien in sein junges Gesicht zeichnet. Unsere Blicke treffen sich, und ich erkenne auf einen Schlag alle seine Sorgen: Dass er es nicht schaffen kann, dass er nicht genügen, dass er scheitern wird. Diese Erkenntnis bringt einen weiteren Eisring um mein Herz zum Schmelzen.

Schließlich löst Emme sich von mir. Sie tritt einen Schritt zurück und lächelt mich schüchtern an. »Danke, dass du nicht gesagt hast, dass alles schon wieder gut wird.«

Ich erwidere ihr Lächeln. »Das sagen die Leute, wenn sie nicht wissen, was sie sonst sagen sollen.«

»Oder wenn sie wollen, dass man aufhört, traurig zu sein.«

Sie rückt ihre Schultasche zurecht und kaut auf ihrer Unterlippe.

»Wir sollten vielleicht mal los. Kailyn hat heute Nachmittag sicher noch viele Termine.« Dax hat die Hände in den Taschen vergraben und wirkt zerknirscht.

»Oh ja, sicher. Bringst du mich jetzt nach Hause?«

»Wir reden im Wagen weiter.« Er wirft ihr den Schlüssel zu. »Warum suchst du nicht Musik aus, weil du ja meine Standardsender nicht leiden kannst?«

»Okay. Danke noch mal, Kailyn.«

»Kein Problem.«

Während sie über den Parkplatz geht, schaut Emme noch einmal über die Schulter zurück. Die Scheinwerfer an einem schwarzen Audi flammen auf. Natürlich fährt Daxton einen schnittigen Sportwagen.

Er wippt auf den Fersen. »Danke dir auch.«

Ich verstelle meinen Handtaschenriemen und zucke die Achseln. »Ich bin gesetzlich zur Anwesenheit bei Problemen verpflichtet, also gibt es nichts zu danken.«

»Du bist aber nicht gesetzlich dazu verpflichtet, lieb zu Emme zu sein.«

»Ich werde mit einer trauernden Heranwachsenden gewiss nicht streng sein. Das ist dein Part, nicht meiner. Ich werde sie nicht gemein behandeln, bloß weil du mich gemein behandelt hast.«

»Es tut mir leid, dass ich die Beherr–«

Ich falle ihm ins Wort. »Ich habe dich nicht um eine Entschuldigung gebeten, und ich will auch keine.«

»Aber kann ich dich nicht …«

Ich schaue auf meine Uhr. »Ich muss wieder ins Büro. Wir sehen uns morgen und besprechen, wie es mit dem Sorgerechtsfall weitergeht, und wie ich dir dabei von Nutzen sein kann.«

Ich habe noch einige Anrufe abzuhören und Eckdaten zu dem Fall durchzusehen, den Holly mir verschafft hat. Wir wollen einen Siebenjährigen, der seit zwei Jahren zwischen Heimen herumgeschoben worden ist, in eine gute Familie bringen.

»Darf ich mich dann in aller Form entschuldigen?«

Dax marschiert neben mir zum Parkplatz. Ich spüre, dass er mich ansieht. Er versucht vielleicht zu verstehen, mit wem er es zu tun hat. Einerseits will ich ihn umarmen und ihm versichern, dass die Zeit alle Wunden heilt, andererseits will ich eine Entschuldigung – aber nicht dafür, dass er seinen Frust an mir abgelassen hat!

»Ich lass dich morgen wissen, ob mir danach ist, sie zu hören.«

Ich bleibe neben meinem stinknormalen Volvo stehen und sperre auf. Daxton bleibt, wo er ist, die Hände immer noch in den Hosentaschen.

»Gibt es sonst noch etwas?« Sein Blick zeugt von Verwirrung. Sicher ist er daran gewöhnt, dass die Leute ihm stets nachgeben, dass sie alle seine Entschuldigungen akzeptieren, weil er so lieb lächelt und so gut aussieht.

Er zieht seine Hand aus der Hosentasche und hält eine kleine Dose hoch. »Hier hast du deine Minzdragees zurück.«

Ich winke ab, während ich die Tür öffne und mich auf den Fahrersitz zwänge, wobei ich darauf achte, dass mein Rock nicht hochrutscht. Beim Aufschauen sehe ich, dass er meine Beine betrachtet. Meine Strumpfhose hat ein Muster im Spitzendesign. Sie ist sexy, aber trotzdem fürs Büro geeignet. »Behalte sie ruhig. Wer weiß, wann ich das nächste Mal deinen Wut-Knopf erwische und wir sie wieder brauchen können.« Ich knalle die Tür zu, bevor er etwas dazu sagen kann, schnalle mich an, schaue kurz in den Rückspiegel und setze rückwärts aus der Parkbucht.

Daxton steht immer noch da, das Döschen mit den Minzdragees in der einen Hand, die andere in der Hosentasche und mit einem leisen Lächeln in den Mundwinkeln.

8

Weibliche Unpässlichkeiten

Daxton

Trotz meiner beschissenen Lage weiß ich noch genau, warum ich auf dem College halbwegs in Kailyn verschossen war. Während der Seminardebatten haben wir einander geneckt und schlugen unsere Argumente wie Tennisbälle hin und her. Ich ging äußerst selten als Sieger aus diesen Diskussionen hervor, aber die Herausforderung und mein Ständer waren es jedes Mal wert.

Kailyn war immer schon total sachlich und brauchte keine überflüssigen Worte. In dieser Hinsicht hat sie sich kein bisschen verändert. Ich habe nur ein oder zwei Male erlebt, dass sie ihre kühle, unberührte Fassade fallenließ.

Ich weiß nicht, was ich verbrochen habe, dass sie mich dermaßen verabscheut, außer, dass ich Jahrgangsbester geworden bin – aber sie scheint mich wirklich zu hassen. Unsere Rivalität hat mich damals ganz schön angetrieben, und das ist offenkundig immer noch der Fall.

Sobald Kailyn vom Parkplatz gefahren ist, rücke ich den Inhalt meiner Hose zurecht und gehe zu meinem Wagen. Schon aus mehreren Metern Entfernung kann ich Emme singen hören, während die Bassline des Songs die Fenster zum Beben bringt.

Als ich die Tür aufmache, fährt sie zusammen und stellt eilig die Musik leiser.

»Es tut mir wirklich leid«, murmelt sie kaum hörbar, während ich den Parkplatz verlasse und die Richtung zur Kanzlei einschlage.

»Ich weiß. Wie lange schikaniert dich dieser Billy schon?«

Emme fummelt am Ärmel ihres Hoodie. »Seit der fünften. Er macht das schon lange, aber jetzt ist es noch schlimmer geworden, oder es kommt mir wenigstens so vor. Mit dieser Karikatur wäre ich ja noch fertig geworden, aber dann kam er mit diesem blöden Meme von dir an – du weißt schon, das, auf dem du weinst. Ich hab ihm gesagt, er soll mich in Ruhe lassen, aber er hat einfach nicht aufgehört, und da hab ich ihm eine runtergehauen. Er hat es verdient, Dax. Er ist so ein Arsch-Penner!«

Wenn ich an ihrer Stelle gewesen wäre, wenn ich ihr im Alter näher wäre und ein Junge würde sie auf diese Weise belästigen – hätte ich es dann einfach so durchgehen lassen? Wahrscheinlich nicht. »Gewalt ist niemals eine Lösung.«

Emme lässt den Kopf hängen. »Ich weiß.«

»Aber ich freue mich, dass du dich gewehrt hast und nicht von diesem Dreckskerl hast rumschubsen lassen.«

Mit leuchtenden Augen schaut sie auf. »Echt?«

»Aber beim nächsten Mal wehrst du dich besser mit Worten. Was er gemacht hat, war schlimm, aber ebenso schlimm war es, ihn zu schlagen, auch wenn er es verdient hat.«

»Ich weiß.« Nach ein paar Sekunden fragt sie: »Du bist mir also nicht böse?«

»Ich bin nicht böse. Ich kann noch nicht mal behaupten, dass ich enttäuscht wäre. Ich kann verstehen, warum du so reagiert hast, aber das ist keine gute Art, mit Konflikten umzugehen. Du solltest lieber mit mir reden, statt auf jemanden loszugehen.

Oder du solltest mit deiner Vertrauenslehrerin sprechen oder vielleicht auch mit der Sozialarbeiterin.«

»Aber die wird es sofort Tante Linda weitersagen!«

»Wie kommst du denn darauf?«

»Weil Tante Linda *immer* bei Miss Garrett reinschaut, wenn ich da gewesen bin. Ich will überhaupt nichts erzählen, was Tante Linda erfahren könnte, sonst nimmt sie mich dir weg!«

Ich mache mir Sorgen, dass meine kleine Schwester sich da in etwas hineinsteigert. »Aber mit *mir* musst du reden, Emme. Keiner von uns kann helfen, wenn du alles für dich behältst. Morgen rufe ich deine Vertrauenslehrerin an, aber du musst auch bereit sein, mit ihr zu reden. Das ist der Deal. So habe ich dich vor einer offiziellen Suspendierung bewahrt.«

»Ich kann morgen also wieder in die Schule?« Meine Schwester wirkt ein bisschen geschockt und vielleicht auch ein ganz klein wenig enttäuscht.

»Nein, du bist für den Rest der Woche vom Unterricht suspendiert, aber der Ausschluss ist nicht offiziell. Ich lass dich aber auf keinen Fall allein zu Haus. Du kommst mit ins Büro!«

»Ich kann doch gut allein bleiben.«

»Und den ganzen Tag Fernsehen gucken? Auf keinen Fall. Wenn du einem Jungen ins Gesicht schlägst, dann musst du auch die Konsequenzen tragen. Deine Strafe wird die Langeweile sein. Kein TV bis Sonntagabend.«

»Was?«, kreischt Emme beinahe so schrill wie eine Hundepfeife.

»Du hast mich schon verstanden. Kein Fernsehen und keine Unterhaltungselektronik. Punkt. Das schließt auch dein Smartphone mit ein.«

Nun sind ihre Augen so groß wie bei einer Anime-Figur. »Bist du verrückt?«

Wahrscheinlich. »Konsequenzen, Emme, es gibt immer Konsequenzen.«

»Aber du hast doch gesagt, dass er's verdient hat!«

»Was nicht bedeutet, dass du gleich zuschlagen musstest!«

»Warum bestrafst du mich dafür, wo ich doch schon von der Schule bestraft worden bin?«

Ich werfe ihr einen Seitenblick zu. »Seien wir doch mal ehrlich! Zwei Tage schulfrei sind keine Strafe, sondern Ferien. Weißt du, was passieren würde, wenn ich jemandem eins auf die Nase gäbe?«

»Du würdest sie ihm brechen«, brummt Emme.

»Möglicherweise, und meine Hand noch dazu. Ich meine aber, dass ich angeklagt werden würde. Einen Eintrag ins Strafregister bekäme. Weißt du, wie schwer es ist, einen Job zu bekommen, wenn man vorbestraft ist? Wegen Gewalttätigkeit?«

»Okay, okay, ich hab's begriffen! Ich darf nicht schlagen! Ich wollte doch nur, dass er mich in Ruhe lässt, und manchmal werde ich einfach so wütend ...« Sie ballt die Fäuste. Ich biege in die Tiefgarage ein.

Etwas ruhiger fährt sie fort: »Mir fehlen Mom und Dad so sehr. Ich vermisse Moms Geruch. Ich vermisse Moms Umarmungen, einfach alles. Und der blöde Billy Horton hält es für einen Riesenwitz, dass sie gestorben sind! Ich will sie doch bloß wiederhaben! Ich stelle mir immer vor, dass sie eines Tages zur Tür hereinkommen, und dass es die Eltern von jemand anders waren, die den Unfall hatten, nicht meine.«

Es folgt ein Tränenausbruch. Ich löse meinen Gurt und nehme sie von der Seite ungeschickt in die Arme. Innerlich haue ich mir selber auf die Nase, weil ich mir vorwerfe, einen Schritt zu weit gegangen zu sein.

Ich wünschte, ich hätte jemanden, einen anderen Erwachsenen, mit dem ich über all das sprechen könnte. Wieder sehe ich

Kailyn vor mir, wie sie Emme in den Arm genommen und ihr Hilfe angeboten hat, und ich fürchte immer mehr, dass ich für diese Aufgabe einfach nicht gut genug bin.

Ein guter Rat an alle: Einer Dreizehnjährigen die geliebte Unterhaltungselektronik zu verbieten ist die schlimmste Folter der Welt, und nicht nur für Emme, sondern auch für mich. Denn das Gequengel hört und hört nicht. So ungefähr stelle ich mir die Hölle vor.

Das Verbot ist noch keine vierundzwanzig Stunden alt und kommt mir jetzt schon vor wie eine Ewigkeit. Am nächsten Tag muss ich sowieso Abstriche machen, weil Emme den Laptop für ihre Hausaufgaben braucht. Außerdem muss ich ihr die Handybenutzung gestatten, weil ich sie während der Zeit, in der ich Kailyn treffe, in der Bibliothek absetze. Ich würde meine Schwester ja gern mitnehmen, möchte aber nicht, dass ihre Angst noch mehr Nahrung bekommt.

Die Bibliothek liegt nur einen Block von Kailyns Kanzlei entfernt, aber es kommt mir nicht richtig vor, Emme nicht erreichen zu können. In der Theorie schien das Verbot stimmig zu sein, nur lässt es sich in der Praxis nicht ständig durchhalten.

»Ich hab dir ein Datenlimit eingerichtet«, sage ich zu meiner kleinen Schwester, als ich auf den Parkplatz der Bibliothek einbiege.

Sie starrt mich mit offenem Mund an. »Das hättest du nicht machen brauchen. Ich hätte meinen Freundinnen sowieso keine Nachrichten geschickt. Die sind jetzt alle im Unterricht, und ich will nicht, dass noch jemand wegen mir Scherereien kriegt.« Sie stopft das Handy in ihre Tasche, haut auf den Knopf, der den Gurt löst, und knallt die Wagentür lauter als notwendig zu.

Um 11:25 stehe ich mit einem Kaffee in der Hand bei Whitman & Flood. Gestern war nicht gerade einer meiner Glanztage. Ich hatte nicht damit gerechnet, dass Kailyn zur Schule kommen und meine ersten Fehler als alleinerziehender Bruder miterleben würde.

Deshalb habe ich mir heute einen Plan zurechtgelegt. Dessen wichtigster Punkt ist die Entschuldigung, dass ich so ein Idiot gewesen bin, gestern und auch damals auf dem College. Vielleicht war das, was für mich liebevolle Rivalität bedeutete, für Kailyn etwas ganz anderes. Meine Freunde ließen ständig blöde Bemerkungen vom Stapel, die Kailyn möglicherweise persönlich genommen hat, selbst wenn sie nicht so gemeint waren. Gestern hat sie mir ja bewiesen, dass sie zu helfen versucht, deshalb sollte ich mich bemühen, höflich zu sein, auch wenn sie so eine Kratzbürste ist.

Kailyns Assistentin blinzelt wie verrückt, als sie mich vor dem Empfang stehen sieht; das tun Frauen oft, wenn sie mich erkennen. Ich bin kein egozentrischer Depp, sondern stelle nur einen Fakt fest. Zuerst blinzeln die Frauen, dann fummeln sie an ihren Haaren oder ihrer Kleidung herum. Darauf folgt ein strahlendes Lächeln, gepaart mit einer gewissen Nervosität, und die Begrüßung mit einer Stimme, die eine Nuance höher ist als normal.

»Mr Hughes!« Da ist sie, die hohe Stimme.

»Sagen Sie Dax zu mir. Wie geht's Ihnen heute Morgen, Cara?«

»Super! Fantastisch. Ich schau nach, ob Miss Flowers Zeit für Sie hat.« Statt den Hörer abzunehmen, rollt sie ihren Stuhl zurück. Ihr Rock ist ein bisschen zu kurz fürs Büro, aber schließlich ist das hier nicht meine Kanzlei und Cara nicht meine Assistentin. Vielleicht ist das hier eine angemessene Länge.

Eine Minute später kommt Cara mit ihrer Vorgesetzten im Schlepptau wieder. Ich nehme mir Zeit, Kailyn von Kopf bis Fuß zu mustern, ich fange am Gesicht an und lasse meinen Blick langsam – zu langsam wahrscheinlich – an ihr herabgleiten. Wieder trägt sie einen Bleistiftrock mit passendem Jäckchen, heute ganz in Schwarz. Die Jacke ist zugeknöpft und betont ihre Taille und ihre Sanduhr-Figur. Darunter schwarze Nylons mit einem zarten Muster. Ich weiß nicht, warum ich das so verdammt sexy finde, aber ich kann nicht aus meiner Haut.

Im Studium pflegte Kailyn diese witzigen T-Shirts zu tragen oder Jeans und Schuhe in flippigen Farben. Sie nahm die Inhalte total ernst, doch in ihrer Kleidung tobte sich ein anderer Teil ihrer Persönlichkeit aus, und daran hat sich bis heute offenbar nichts geändert. Ich bin nun bei ihren Füßen angelangt. Die Highheels haben die Farbe eines Feuerwehrautos. Sie sähen bestimmt fantastisch aus, wenn sie auf meinen Schultern lägen, der Rock bis zur Taille hochgeschoben und die frisch gebügelte weiße Bluse aufgeknöpft. Ich überlege, ob Kailyn Strumpfhalter trägt. Wahrscheinlich nicht.

Verdammt! Ich sollte mich lieber zusammenreißen, zumal ich nicht gerade ihr Lieblingsmensch bin. Da fange ich Kailyns Blick auf und merke an ihren ironisch hochgezogenen Augenbrauen, dass ich sie total angegafft habe.

Ich halte ihr den Kaffeebecher hin. »Hi.«

»Was ist das?« Misstrauisch beäugt sie den Becher.

»Fettfreier Vanilla-Latte mit extra Zimt. Als Dankeschön dafür, dass du mich heute in deinen Terminkalender eingeschoben hast und dass du gestern in die Schule gekommen bist und dass du so lieb zu Emme warst.«

Kailyn wirft Cara einen argwöhnischen Blick zu, dann schenkt sie mir ein kühles Lächeln. »Oh, nun ja, du bist schließlich mein Klient … Warum gehen wir nicht in mein Büro?«

Ich zwinkere Cara im Vorbeigehen zu – sie hat mich über Kailyns Kaffee-Vorlieben ins Bild gesetzt – und folge Emmes gesetzlicher Betreuerin zu ihrem Büro am Ende des Korridors, wobei ich enttäuscht feststellen muss, dass das Jäckchen die Rundung ihres Hinterns vor meinen Blicken verbirgt.

Kailyn geht auf einen niedrigen Tisch zu, auf dem säuberlich ausgebreitete Dokumente liegen, mit Leuchtmarker und Reitern gekennzeichnet. Wie damals auf dem College besitzt sie eine Sammlung farbenfroher Kugelschreiber, die griffbereit neben den Papieren liegen. Selbst Kailyns Organisationstalent macht mich an. Einen Augenblick lang stelle ich mir vor, die Papiere vom Tisch zu fegen, diese hinreißende Frau darauf zu werfen und … die Anspannung zwischen uns fortzuvögeln.

Kailyn zeigt auf einen Stuhl. »Setz dich doch, dann können wir alles in Ruhe durchgehen.«

Stimmt. Wir sind hier, um über Emme zu sprechen, und nicht, um Sex zu haben. Warum kriege ich diese unanständigen Gedanken nicht aus dem Kopf? »Nach dir.« Ich ziehe einen Stuhl heran und warte, bis Kailyn Platz nimmt. Erst dann setze ich mich. Es bringt mich fast um, aber ich möchte, dass sie ihre Meinung über mich ändert, und Galanterie scheint ein besserer Beginn zu sein als das, was mir im Kopf herumschwirrt.

Kailyn nimmt ein Schriftstück und legt es mir vor. »Wie geht es Emme? Wo steckt sie überhaupt?«

»Sie sitzt in der Bibliothek einen Block weiter und schreibt an einem Aufsatz für die Schule. Ich hätte sie gern mitgebracht, wollte ihr aber nicht noch mehr Stress machen als nötig. Außerdem ist sie missmutig, und damit wollte ich dich nicht behelligen.«

»Ach? Ist etwas passiert?«

»Ich habe ihr bis Montag sämtliche elektronischen Spielzeuge verboten.«

Kailyn zieht die Brauen hoch. »Das ist ja, als wenn man einem Baby den Schnuller wegnimmt.«

»Ja. Ungefähr so.«

»Ich frage mich, wer damit unglücklicher ist – du oder sie?« Und sie grinst ein wenig, als ob der Gedanke sie froh stimmen würde.

»Im Moment steht es unentschieden. Frag Sonntagabend noch mal nach …«

»Dann viel Glück bis dahin.« Sie tippt auf das Fondsdokument. »Ich habe nur bis halb eins Zeit, deshalb sollten wir allmählich zur Sache kommen. Der Fonds ist geschützt, und die bereitgestellten Gelder werden weiterhin jeden Monat auf dein Konto überwiesen, um Emmes Versorgung sicherzustellen.«

»Eine Art Taschengeld also?«

»Du kannst es nennen, wie du willst. Allerdings wird das Geld auf ein Gemeinschaftskonto transferiert, auf das ich Zugriff habe, bis das Sorgerecht geklärt ist, und du wirst mir für sämtliche Ausgaben Rechnungen vorlegen müssen.«

»Wie bitte?!«

Mit ruhiger Miene schaut sie von dem Dokument auf. »Ich bin vor dem Gesetz dafür verantwortlich, die Gelder zu kontrollieren und dafür zu sorgen, dass sie tatsächlich für Emmes Unterhalt verwendet werden.«

»Du meinst, du passt auf wie ein Luchs, dass ich meine Schwester nicht ausraube?«, frage ich leicht gereizt.

»Im Wesentlichen ja. Und etwaige zusätzliche Mittel müssen von mir genehmigt werden.«

»Meinst du das jetzt ernst?«

Kailyn lehnt sich im Stuhl zurück und schlägt die Beine übereinander. Sie sieht so sauer aus, wie ich mich fühle. »Meine Rolle in dieser Angelegenheit ist die, Emme und ihre Einkünfte zu schützen. Ich würde genau das Gleiche tun, wenn ich es mit deiner Tante oder einem anderen Vormund zu tun hätte. Du kannst also schmollen, so viel du willst, aber ich würde vorschlagen, dass du deine Feindseligkeit für die Person aufsparst, die sie verdient. Und das bin nicht ich.«

Sosehr mich das Ganze auch nervt, sie hat recht. Meine Wut sollte sich nicht – schon wieder – auf Kailyn richten. Andererseits kann ich sie aber keinesfalls auf die Person richten, die mich in diese Lage gebracht hat.

Abgesehen davon finde ich es total sexy, wenn Kailyn mir einen Dämpfer verpasst.

»Verstanden.« Ich klopfe auf die Armlehne. »Ich muss also jede Rechnung gewissenhaft aufheben und zusätzliche Gelder bei dir beantragen. Sonst noch etwas?«

»Mit dem Fonds sind wir durch.« Sie nimmt einen ihrer verrückten Kugelschreiber und spielt mit ihm herum, wie sie es früher immer in der Vorlesung getan hat. »Wir können keine Änderungen erwirken, bevor das Sorgerecht endgültig geklärt ist. Deshalb finde ich es wichtiger, dass wir über meine Rolle in dieser Angelegenheit sprechen und wie wir uns in Zukunft zu Problemen verhalten wollen.«

Mir gefällt es überhaupt nicht, in welchem Ausmaß Kailyn in die Sache hineingezogen worden ist. Das Finanzielle habe ich ja begriffen, aber dass sie auch darüber hinaus Einfluss nehmen muss, könnte kompliziert werden, da immer noch Feindseligkeit zwischen uns in der Luft liegt. Und Emme mag Kailyn. »Mit zukünftigen Problemen komme ich schon klar. Wenn die Schule dich anruft, dann gibst du mir einfach Bescheid, und ich kümmere mich.«

»Meine Rolle als Betreuerin schreibt vor, dass ich direkt involviert bin, deshalb werde ich bei jeder Besprechung in der Schule dabei sein müssen.«

Ihr Ton reizt mich bis aufs Blut, und ich beuge mich vor, rücke ihr nahe. »Und du vergiss nicht, dass ich ihr Bruder bin. Emme hat bei mir Priorität, sie ist weder eine lästige Pflicht noch ein Job.«

Kailyn beugt sich nun ebenfalls vor, nur wirkt es bei ihr rücksichtsvoller. »Woher soll ich das wissen, Daxton? Woher soll ich wissen, dass du nicht dein ganzes Erspartes verjubelt hast? Vielleicht bist du komplett pleite? Vielleicht hast du alles verkokst oder verspielt, vielleicht hast du es für Prostituierte ausgegeben und möchtest dein Einkommen mit Emmes Fonds aufstocken.«

»Sehe ich so aus, als hätte ich es nötig, zu Prostituierten zu gehen?«

Sie mustert mich kritisch und zieht eine Schulter in die Höhe. »Ich habe keine Ahnung von deinen sexuellen Gewohnheiten, Daxton. Aber ich kann vielleicht einschätzen, welche Art Frauen dir gefallen, wenn ich an deine Freundin neulich im Diner denke.«

Ich brauche einen Augenblick, um ihre Anspielung zu verstehen. »Jessie ist ein aufmerksamkeitsgeiles Groupie, keine Freundin. Sie und ich waren auf einem Charity-Event, wo sie sich übrigens unmöglich aufgeführt hat.«

Kailyn wirkt überrascht, entweder über meine Offenherzigkeit oder meinen Ton. Immer noch spielt sie mit ihrem Kugelschreiber.

»Ist ja auch unwichtig. Wenn aber Fotos von euch im Netz kursieren, dann sei versichert, dass es bekannt werden wird. Ich stelle doch lediglich die Fragen, die dir Lindas Anwalt vorlegen wird. Wenn du also irgendwelche schmutzigen Geheimnisse hütest, könntest du jetzt vielleicht damit rausrücken.« Sie stellt etwas auf den Tisch und schiebt es mir mit dem Stift zu. Ich schaue hin: Vor mir steht die Dose mit den Minzdragees.

Erst in diesem Augenblick fällt mir auf, dass der Abstand zwischen uns nur wenige Zentimeter beträgt und dass wir uns tief in die Augen schauen. Kailyn lächelt und atmet unwillkürlich aus. Ich spüre ihren Atem auf meiner Haut. Er riecht fruchtig, als ob sie vor unserer Unterredung etwas Süßes gegessen hätte. Ich frage mich, wie dieser kluge Mund wohl schmeckt. Ich frage mich, ob Kailyn so gut küsst, wie sie argumentiert.

»Sie haben schon wieder ein Problem mit dem persönlichen Freiraum, Mr Hughes.«

Ich lehne mich wieder zurück und fahre mir durch die Haare. Normalerweise habe ich mich sehr viel besser im Griff, aber wenn es um Kailyn geht, scheint sich meine Besonnenheit in Luft aufzulösen. Ich habe nicht wirklich vergessen, wie sich ein verbales Tauziehen mit ihr anfühlte, sie war immer schon eine Kraft, mit der man rechnen musste, aber jetzt … Ich mag sie sogar mehr als früher. Ob sie wohl weiß, wie sexy sie ist? Wahrscheinlich nicht, aber das macht sie nur noch attraktiver. »Du hast immer schon gewusst, welche Knöpfe du bei mir drücken musst.«

»Vielleicht solltest du mal lernen, mit diesen Knöpfen geschickter umzugehen.« Sie gestikuliert zwischen uns. »Betrachte es einfach als Umschulung.«

Ich muss lachen, und sie reagiert mit einem Lächeln, das die Spannung ein wenig mildert. »Hör mal, Kailyn. Ich wollte dich gestern um Verzeihung bitten, aber du hast mich nicht zu Wort kommen lassen.«

Ihr Lächeln wird gezwungen; sie lehnt sich im Sessel zurück. »Das liegt daran, dass ich keine Entschuldigung benötige.

Besonders nicht aus dem Grund, weil du mir Honig ums Maul schmieren willst. Ich mache hier nur meinen Job.«

Ich stütze mein Kinn auf die Faust und warte, bis sie ausgeredet hat. »Könntest du mir mal für eine Minute meinen Willen lassen?«

Sie verschränkt die Arme vor der Brust; den grellpink gemusterten Stift hält sie immer noch in der Faust. Ihre Bluse ist fast bis zum Hals zugeknöpft, von einem Dekolleté ist leider nicht viel zu sehen.

»Mir auf den Vorbau zu glotzen wird dir auch keine Pluspunkte einbringen, nur zur Information.«

Verdammt. Ich schaufele mir noch mein eigenes Grab. Ich schaue ihr in die Augen. »Ich weiß, dass diese Situation für dich alles andere als ideal ist, aber ich würde gerne reinen Tisch machen.«

Kailyn lässt eine Hand vorschnellen. »Ich habe es dir bereits gesagt: Ich werde nicht zulassen, dass unsere Vergangenheit sich mit Emmes Interessen vermischt.«

Ich gebe nicht nach. »Damals im Studium hatte ich ein paar Freunde, die ziemliche Arschlöcher waren, aber ich dachte immer, wir hätten so etwas wie eine freundschaftliche Rivalität. Ich wäre nie auf den Gedanken gekommen, dass du ihre blöden Witze persönlich nehmen könntest.«

Sie blinzelt ein paarmal heftig. »*Dafür* wolltest du dich entschuldigen?«

»Ja. Na ja, zum einen dafür und dann, weil ich dich gestern in die Enge getrieben und mich wie ein Idiot benommen habe. Ich hatte nicht erwartet, dass du auch in die Schule kommen würdest, und ich war so in Sorge um Emme.«

»Genau. Natürlich.« Sie wendet den Blick ab. »Nun, jetzt jedenfalls sind wir erwachsen, und ich verspreche dir, dass ich mich nicht wieder wie ein Fangirl auf dich stürzen werde.«

Ich kann einfach nicht einschätzen, wie sie tickt, also versuche ich es mit einem Scherz. »Ich glaub nicht, dass ich jetzt was dagegen hätte.«

Kailyn schnaubt verächtlich. »Da muss aber jemand mal sein Ego zurückschrauben.« Sie legt ihren Kugelschreiber auf den Schreibtisch, fein säuberlich in eine Reihe neben die anderen. »Ich hab's überwunden, Dax. Lass einfach los, dann kann ich es auch.«

Mir ist, als hätte ich irgendwas nicht mitgekriegt. Als hätte der Fortschritt, den ich mit meiner Entschuldigung erzielen wollte, sich irgendwie ins Gegenteil verkehrt. Und ich habe keine Ahnung, wie es dazu gekommen ist.

In der nächsten Woche wird es ruhiger. Emme hat sich nach ihrer Suspendierung wieder gut in die Schule eingefügt, sie trifft ihre Vertrauenslehrerin – aber erst, nachdem ich ihr versichert hatte, dass die Gespräche wirklich vertraulich sind.

Linda hat sich seitdem seltsam still verhalten, so still, dass es mir unheimlich wird. Ich traue ihr nicht über den Weg, weil sie mich ohne Vorwarnung mit dem Sorgerechtsverfahren überfallen hat. Ich habe so eine Ahnung, dass sie Schlimmes plant.

Wenn Linda irgendwelchen Dreck am Stecken hat, dann muss ich das rausfinden, damit ich Munition zum Zurückschlagen habe. Das bedeutet, dass ich graben muss, und gerade dafür habe ich kaum Zeit. Wenn ich von der Arbeit nach Hause komme und wenn Emme endlich im Bett liegt, bin ich total erschöpft. Ich weiß, dass ich irgendwann das Arbeitszimmer meiner Eltern in Angriff nehmen muss, aber da ich mich um so vieles zu kümmern habe, steht dieser Punkt ganz unten auf meiner Liste.

Heute ist Freitag – und ich vermisse es, auf einen Drink mit den Kumpels auszugehen. Ich habe Felix gesagt, dass Emme in ein paar Wochen vielleicht so weit ist, bei einer Freundin zu übernachten, und dass ich dann wieder mit von der Partie sein werde. Manchmal fehlt mir mein altes Leben und meine Freiheit, und dann bekomme ich sofort ein schlechtes Gewissen, weil meine kleine Schwester für den Rest ihres Lebens ohne Eltern auskommen muss. Wenn jemand hier die Arschkarte gezogen hat, dann Emme.

Sie ist schon den ganzen Tag mies gelaunt gewesen und hat über Bauchschmerzen geklagt. Beim Abendessen hat sie ohne Grund angefangen zu heulen und mich angemotzt, als ich sie bat, mir beim Abwasch zu helfen. Um meine Ruhe zu haben, entlasse ich sie in ihr Zimmer und spüle allein.

Ich bin fast damit fertig, als oben ein Schrei ertönt.

»Em?« Die Pfanne fällt klappernd in den Spülstein und zerbricht ein Glas, das ich übersehen habe. Mit Riesenschritten sprinte ich die Treppe hoch. »Alles in Ordnung?« Ich schaue in ihrem Zimmer nach, aber da ist sie nicht. Ihr Laptop steht aufgeklappt auf dem Bett, ihre Hausaufgaben sind über die Tagesdecke verteilt, dazu ein zerfleddertes Notizbuch mit vollgekritzeltem Umschlag.

Die Tür zu Emmes Bad ist verschlossen. Ich klopfe. »Em?«

»Geh weg!« Sie schluchzt und hat Schluckauf bekommen.

»Du machst mir total Angst. Kannst du nicht die Tür aufschließen, damit wir miteinander sprechen können?«

»Kann ich nicht!«, ruft Emme.

»Hast du dich eingeschlossen? Kannst du mir bitte sagen, was los ist? Ist etwas passiert?« Ich werde von einer Million unterschiedlicher Ängste ergriffen. Hat sie sich selbst verletzt? Liegt es an diesem kleinen Billy-Arsch, hat er sie wieder schikaniert? Mobbt er sie in den sozialen Medien? Muss ich meinen Baseball-Schläger hervorkramen?

Emme stößt die Tür so heftig auf, dass sie gegen die Wand schlägt. Ihre Augen sind rot und verquollen. »Ich hab meine Periode gekriegt!«

Ich weiche einen Schritt zurück, als hätte sie eine ansteckende Krankheit und nicht diesen Mist, mit dem Mädchen nun einmal fertig werden müssen. Was – als zukünftiger Rat an alle Männer da draußen, die sich mit einer Heranwachsenden befassen müssen, die zum ersten Mal ihre Tage bekommt – nicht unbedingt die beste Strategie ist. »Okaaaay. Brauchst du Aspirin oder so was?«

Sie wirft die Hände in die Luft. »Das weiß ich nicht! Ist doch das erste Mal! Ich hab einfach nur da gesessen und mein Bauch hat wehgetan und dann bin ich auf Toilette gegangen, und … und …« Sie zeigt auf die Schüssel und ist wieder kurz vor einem Tränenausbruch.

Ich versuche, sie in den Arm zu nehmen, aber sie stößt mich fort. »Was kann ich denn nur tun?«

»Woher soll ich das wissen? Ich hab überhaupt nichts da, um …«, Sie wedelt mit den Armen und lässt dann in einer dramatischen Geste die Hände sinken, »… es zu stoppen!«

Es dauert einen Moment, bis ich verstehe, was das bedeutet: es ist Emmes erste Periode. Ich brauche noch einen Moment länger, bis ich begreife, dass sie weder Binden noch Tampons hat. So ein Mist! »Ich schau mal in meinem Bad nach.«

Ich kann mich nicht erinnern, beim Ausmisten irgendwelche weiblichen Hygieneartikel gesehen zu haben, aber Nachsehen kann ja nicht schaden. Ich lasse die immer noch weinende Emme stehen – was mir wirklich schwerfällt – und durchsuche sämtliche Bäder im Haus, bis offenkundig wird, dass wir nichts vorrätig haben. Ich kehre in Emmes Zimmer zurück, wo sie sich schon wieder im Bad eingeschlossen hat.

Ich klopfe. »Em?«

Sie öffnet die Tür einen Spalt breit; ein rotgeweintes Auge sieht mich an. Sie schnieft. »Hast du was gefunden?«

»Ähm, nein, aber ich fahre sofort zum Drugstore. Bin in ungefähr zwanzig Minuten zurück, ja?« Ich möchte fragen, was genau ich ihr eigentlich besorgen soll, glaube aber nicht, dass sie davon auch nur einen Hauch mehr versteht als ich.

Der nächste Drogeriemarkt ist zu Fuß zehn Minuten entfernt, aber da dies ein Notfall ist, nehme ich das Auto. Außerdem sähe es merkwürdig aus, wenn ich mit einer Packung Tampons durch die Gegend rennen würde. In weniger als zwei Minuten bin ich angekommen, nach einer weiteren Minute habe ich den richtigen Gang gefunden. Zum Glück ist dort außer mir keine Menschenseele.

Ich finde es nicht peinlich, Tampons oder Binden zu kaufen oder auch beides, aber wie ein ahnungsloser Idiot in dem Gang für weibliche Hygieneprodukte herumzulaufen, ist nicht gerade meine Vorstellung von einem netten Freitagabend. Ich mustere die unzähligen Produkte in den Regalen. Ich weiß nicht einmal, wo ich anfangen soll. Starke Blutung, schwache Blutung, mittlere Blutung. Ich werde panisch. Damit komme ich überhaupt nicht klar.

Ich kann Linda nicht anrufen, weil ich ihr damit einen weiteren Grund liefern würde, warum ich nicht geeignet wäre, für Emme zu sorgen.

Bleibt nur Kailyn.

Kailyn, die mich nicht besonders gut leiden kann. Kailyn, die mich vermutlich lediglich toleriert – aus Gründen, die ich immer noch nicht recht durchschaue.

Das hier geht weit über ihre gesetzlichen Pflichten hinaus. Aber sie ist der einzige Mensch, dem ich genügend Vertrauen entgegenbringe. Ich weiß nicht mal, ob sie an ihr Handy gehen wird. Es ist Freitagabend. Sie könnte ausgegangen sein,

ein Date haben. Aus irgendeinem Grund gefällt mir die Vorstellung nicht, vielleicht, weil sie eine Bindung zu Emme hat, was auch bedeuten müsste, dass sie an mich gebunden ist. Das ist nicht unbedingt zwingend logisch, aber es fühlt sich so an.

Freitagabende sind für Dates und feste Freunde reserviert. Und nun könnte es dazu kommen, dass ich herausfinde, wie lästig wir Kailyn fallen, Emme und ich. Ich suche sie in meiner Kontaktliste und drücke auf Anrufen. Gleich werde ich es wissen.

9

Unterbrochenes Dinnerdate

Kailyn

Holly äugt auf meinen Teller. Ich nicke zu den Pommes. »Bedien dich ruhig. Du bereust ja schon, dass du nur einen Salat bestellt hast.«

Sie schnappt sich eine Fritte von meinem Teller und taucht sie in die Chipotle-Mayo. »Ich hab Fotos von Hope dabei. Sie lernt gerade laufen.«

Es geht um die kostenlose anwaltliche Vertretung, die ich vor Monaten übernommen habe – ungefähr um die Zeit, als Daxton plötzlich wieder in meinem Leben auftauchte. Wer hätte damals gedacht, wie tief ich mich in beide Aufträge verstricken würde? »Läuft es gut? Ist die leibliche Mutter immer noch clean?«

»Bis jetzt ja.«

»Das ist gut. Wollen wir hoffen, dass es auch so bleibt.« Die Lipsons haben einer offenen Adoption zugestimmt, und der leiblichen Mutter sind Besuche unter Beaufsichtigung erlaubt, solange sie nicht wieder Drogen nimmt. Bislang hat es ihr dabei geholfen, clean zu bleiben.

Holly angelt sich eine weitere Pommes. »Das ist für alle Beteiligten eine gute Vereinbarung. Ohne dich hätten wir das niemals hingekriegt.«

»Mir gefällt diese Arbeit wirklich sehr. Ist sehr viel lohnender als Fondsberatung, ehrlich gesagt. Wo wir gerade dabei sind: Ich würde gern eine weitere Besprechung mit den Wilsons anberaumen, da können wir die Adoptionspapiere für Eli durchgehen. Ich denke, du wärst bestimmt gern dabei.«

Holly nickt. »Auf jeden Fall. Danke, dass du dich so einsetzt.«

»Ist doch selbstverständlich. Lass uns nach einem möglichen Termin schauen.« Wir ziehen unsere Smartphones hervor und checken den Kalender. Kostenlose Rechtsvertretungen geraten mehr und mehr zu meiner Lieblingsaufgabe. Dass ich diesen Kindern die Möglichkeit eröffnen kann, in einem liebevollen und sicheren Heim aufzuwachsen, erinnert mich an meine eigene Adoption. Meine ersten drei Lebensjahre verbrachte ich in einem Zustand permanenter Unsicherheit, bis meine Adoptiveltern erschienen und mich daraus erlösten. Nachdem Holly und ich einen vorläufigen Termin festgemacht haben, gehen wir zu beschwingteren Themen über.

»Irgendwelche heißen Dates in letzter Zeit?« Das soll vor allem ein Scherz sein, denn meistens verbringe ich meine Freitagabende mit Holly.

»Ich wünschte, es wäre so. Ich hab derzeit ja nicht mal Zeit zum Rasieren, wo sollen da die heißen Dates herkommen?« Sie seufzt. »Ich hasse diesen Online-Dating-Mist. Warum kann ich nicht einfach einen netten Mann in einem Café oder einer Bibliothek kennenlernen?«

»Dann müsstest du zunächst mal häufiger in Cafés und Bibliotheken gehen«, bemerke ich.

»Ich vermute, es würde helfen, wenn ich anfinge, überhaupt Kaffee zu trinken. Aber was ist mit Buchhandlungen? Das könnte doch funktionieren, findest du nicht? Ich könnte einfach da rumhängen und auf einen intelligenten, bebrillten Mann warten, der etwas über das Buch sagen kann, in dem ich gerade schmökere. Und das könnte der Beginn einer bedeutenden philosophischen Erörterung sein.«

»In einer idealen Welt.« Ich verstehe ganz genau, wie Holly auf so etwas kommt. Die Dreißig sind nicht mehr fern, und auch mir ist klar, dass ich nicht mehr von Typen aus einer lauten Bar abgeschleppt werden möchte. Ehrlich gesagt habe ich keine große Energie mehr ins Dating gesteckt, seit ich das Studium abgeschlossen habe und mein Dad gestorben ist. Liebe kann zu schmerzlich sein, besonders, wenn du sie verlierst.

»Ich würde dir ja die Gegenfrage stellen, ob du heiße Dates gehabt hast, aber ich glaube, ich kenne die Antwort schon: Für dich gibt es ja nur die Arbeit.« Holly grinst mich schief an. »Wo wir gerade davon reden: Wie geht's deinem Teenie-Schwarm?«

Schmunzelnd denke ich daran, wie Daxton sich neulich in meinem Büro verhalten hat. Da war er wirklich wütend. »Launisch und feindselig trifft es, glaub ich, ziemlich genau.«

»Und – ist er immer noch so ein Arsch?« Holly kennt die ganze Geschichte.

»Er hat sich dafür entschuldigt, dass er mir zu nahegetreten ist, das ist ja durchaus ein Fortschritt.«

»Hat er dich auch für die Geschichte damals um Verzeihung gebeten?«, fragt Holly und zieht auf beeindruckende Weise die Augenbrauen in die Höhe.

Zögernd schüttele ich den Kopf. »Vielleicht erinnert er sich gar nicht mehr daran? Wer weiß das schon?«

»Du meinst, er hätte praktischerweise vergessen, dass er deine Arbeit verspätet eingereicht hat?«

Ich rühre in meinem Drink. »Du weißt doch, wie es mit dem Gedächtnis bestellt ist: Menschen verändern Erinnerungen vollkommen ohne Absicht, sie passen sie den jeweiligen

Gegebenheiten an. Außerdem spielt das jetzt sowieso keine Rolle mehr. Ich habe meinen Traumjob direkt nach dem Studium bekommen, es sollte mich also nicht mehr kümmern.«

»Und wird es dir nichts ausmachen, mit ihm zusammenzuarbeiten?«

»Ich werde ihn ja kaum sehen. Unsere Abteilungen sind durch einen langen Korridor voneinander getrennt.«

»Aber wenn er in deiner Kanzlei arbeitet, wirst du ihn *zwangsläufig* sehen. Ich weiß noch, wie genervt du jedes Mal warst, wenn ein Seminar mit ihm bevorstand.«

»Damals war das eine gesunde Rivalität.«

»Wenn du es so nennen willst. Wer wird denn jetzt zwischen euch schlichten, wenn ihr bei den Montags-Meetings aneinandergeratet?«

»Wir sind erwachsene Menschen. Wir brauchen keinen Schlichter.« Ich bin nicht sicher, ob das wirklich der Wahrheit entspricht, denn zufällig gefallen mir diese aufgeheizten Momente, wenn ich ihn ärgere und er mir zu nahetritt, ohne es überhaupt zu merken. Dax hat schöne Augen und einen faszinierenden Mund. Und ein hinreißendes Gesicht. Und einen tollen Körper.

»Ich prophezeie dir, dass eines von zwei Dingen geschehen wird.« Holly stopft sich die nächste Pommes in den Mund und kaut genüsslich, um die Spannung zu steigern. »Entweder ihr bringt euch gegenseitig um oder ihr vögelt euch das Hirn aus dem Kopf.«

»Das sind zwei sehr extreme Möglichkeiten. Von denen keine eintreten wird.«

»Du warst doch jahrelang in ihn verliebt.«

»Erlaube, dass ich dich korrigiere. Ich war *verknallt* in die Figur, die er dargestellt hat. Eine fiktive Figur. Das ist nicht einmal annähernd dasselbe wie Verliebtsein.«

»Ich meine ja nur, du solltest ernsthaft darüber nachdenken, ob es dir wirklich gefällt, dass er bei euch arbeiten wird. Ist das den ganzen Aufwand wert?«

Als ich antworten will, klingelt mein Handy. Der einzige Mensch, der mich außerhalb der Arbeit anruft, sitzt mir gegenüber, was im Grunde ein wenig deprimierend ist. Meine Arbeit ist mein Laster und mein Hobby und vermutlich auch mein Liebhaber.

Wahrscheinlich ein Telefonverkäufer oder so. Ich prüfe die Nummer und ziehe die Stirn kraus. Daxton ruft mich an einem Freitagabend an? Ich hoffe nur, dass Emme nichts zugestoßen ist.

»Ich muss da mal drangehen.« Holly nickt, während ich übers Display wische. »Hallo?«

»Kailyn? Hey. Hi. Bist du das?«

»Bin ich, ja. Alles in Ordnung bei dir?«

Seine Antwort bekomme ich nicht ganz mit, irgendwas mit »ruhen« oder »zu tun«. Wahrscheinlich Letzteres, denn ich wüsste nicht, warum er mich anrufen sollte, wenn er der Ruhe bedarf.

Im Restaurant ist es so laut, dass ich ihn kaum verstehe. »Bitte?«

»Hört sich an, als wärst du irgendwo draußen. Hast du ein Date?« Die Frage klingt sauer.

Ich richte mich ein wenig auf. »Rufst du an, um etwas über mein Sozialleben zu erfahren?«

»Nein, ich – natürlich nicht, tut mir leid. Ich hätte dich nicht anrufen sollen. Ich wollte bloß … also …«

Ich lehne mich wieder zurück. Jetzt will ich unbedingt wissen, warum er angerufen hat. »Wir sind gleich mit dem Essen fertig.« Das ist absichtlich ungenau gehalten; nun kann er entscheiden, ob ich mit meinem Freund oder einer Freundin essen war, ob es sich um ein Date oder lediglich eine Verabredung handelt. Ich schaue Holly an, die meinen Blick fragend erwidert.

»Oh, das ist schön, dass du das kannst. Mit Freunden ausgehen, meine ich.«

»Kann ich dir irgendwie behilflich sein?«

Dax räuspert sich. »Ähm, tut mir wirklich leid, dass ich aus heiterem Himmel anrufe, aber ich habe hier eine Art Notfall.«

Sofort sitze ich wieder kerzengerade. »Was für ein Notfall?«

»Du bekommst doch deine Periode, nicht wahr?«

»Wie bitte?!« Allmählich wird's schräg. *Was zum Teufel ist los?*, fragt Holly stumm. Ich halte einen Finger in die Höhe. *Nicht* meinen Mittelfinger.

»Sorry, sorry. *Fuck.* So sollte das nicht rüberkommen. Emme hat gerade ihre Periode gekriegt, zum ersten Mal, und im Haus hatten wir nichts da, und ich bin jetzt im Drogeriemarkt, aber hier gibt's, ich weiß auch nicht, gleich einen ganzen Gang mit dem Zeug. Ich weiß nicht mal, wo ich anfangen soll. Ich brauche Hilfe, und weil ich nicht gewusst hab, wen ich fragen soll, hab ich dich angerufen, und das war wahrscheinlich eine dämliche Idee.«

Seine Panik ist amüsant, daher fühle ich mich berechtigt, noch einen draufzusetzen. »Um das jetzt mal klarzustellen: Du rufst mich an einem Freitagabend an, um Rat in Sachen weiblicher Hygieneprodukte zu erhalten?«

»Du machst dich über mich lustig.«

»Ja, ich mache mich über dich lustig.«

»Tja, könntest du dich vielleicht lustig machen *und* mir helfen? Emme hat sich in ihrem Bad eingeschlossen und weint, und ich besitze weder die Eignung noch die Reproduktionsorgane, um zu wissen, wie ich mit so einer Situation umgehen soll.«

Auf einen Schlag bin ich ernüchtert. »Sie weint?«

»Ich nehme an, dass es 'ne ziemlich traumatische Erfahrung ist? Ich meine, ich kann es ja nicht wissen. Aber ja, sie weint, und ich weiß nicht, wo ich anfangen soll, deshalb wäre es schon mal hilfreich, wenn ich wüsste, welche Marke ich nehmen soll und so.«

Ich versuche, mich in eine Dreizehnjährige zu versetzen, die zum ersten Mal ihre Tage bekommt, kurz nachdem sie ihre Mutter verloren hat, und die nur noch ihren Bruder hat, der ihr aber keine Hilfe ist. In dieser Situation gibt es keinen Gewinner. Ich kann Daxton jetzt nicht im Stich lassen.

»In welchem Drogeriemarkt bist du?«

»An der Ecke Ventura und Laurel Canyon. Weißt du, wo der ist?«

Ziemlich nah sogar. »Warte mal einen Moment.« Ich drücke den Lautsprecher gegen meine Brust. »Ist es okay, wenn wir heute ein bisschen früher Schluss machen?«

»Damit du Hygieneprodukte kaufen kannst? Wer ist denn dran?« Holly macht die Augen schmal. »Oh mein Gott … *Er* ist das, nicht wahr?«

»Ich lad dich dafür am Sonntag zum Brunch ein.« Ich nehme das Handy wieder ans Ohr. »Kannst du noch zehn Minuten durchhalten?«

»Äh, ja, schätze schon.«

»Ich bin ganz in der Nähe. Ich könnte hinkommen, wenn du das möchtest.«

»Ernsthaft?«

»Falls du nicht willst, dass wir es in aller Ausführlichkeit am Telefon besprechen.«

»Nein, auf keinen Fall. Ich kann auf dich warten. Ich warte. Vielleicht nicht gerade in diesem Gang hier, weil ich mir schon ein bisschen dämlich vorkomme, wenn ich planlos Binden und all das anstarre, aber ich bleibe hier im Markt. Danke schön, Kailyn. Ich schulde dir was.«

»Ich bin gleich da.« Ich beende das Gespräch und schaue auf. Holly scheint von der Entwicklung nicht sonderlich erbaut zu sein. »Was ist?«

Sie verschränkt die Arme vor der Brust und zieht eine Augenbraue hoch. »Ich weiß nicht. Sag du's mir.«

»Daxtons dreizehnjährige Schwester hat zum ersten Mal ihre Tage, und er braucht Hilfe. Das ist eine gute Gelegenheit.«

»Eine Gelegenheit wofür?«

»Um sein Vertrauen zu gewinnen.«

»Kollegiales Vertrauen? Jetzt komm schon, Kailyn, ich kenn dich besser!«

»Weißt du noch, wie du das erste Mal deine Tage bekommen hast? Stell dir vor, wie schwer das für die beiden ist. Und danach werde ich besser beurteilen können, wessen Interessen er wirklich verfolgt. Ich meine, er hat mich angerufen, weil sie die Periode gekriegt hat, und sie nicht einfach selbst zum Laden geschickt. Das sagt doch schon einiges, nicht wahr?«

Holly seufzt. »Pass nur auf, dass du dich nicht zu tief verstrickst.«

»Ihre Welt ist gerade in Stücke gebrochen.«

»Ich weiß, aber mach es nicht zu deiner Aufgabe, sie wieder zusammenzufügen.«

»Mach ich nicht. Ich versprech's.« Mir gefällt nicht, dass sich dieser Satz wie eine Lüge anfühlt.

10

Tamponkunde für Anfänger

Kailyn

Getreu seinem Versprechen hat Daxton das Geschäft nicht verlassen. Mit einem Einkaufskorb in der Hand steht er unschlüssig zwischen den Gängen mit Erkältungsmittelchen und Menstruationsprodukten.

Sobald er mich sieht, stürzt er herbei und schließt mich in die Arme, wieder einmal völlig unerwartet. Emme und er haben es wirklich mit Umarmungen. Ich frage mich, ob Dax das nun bei jedem Treffen tun wird. Während ich ihm ungeschickt den Rücken tätschele, denke ich, dass das eigentlich gar nicht so furchtbar wäre. Daxton ist groß, breit und muskulös, aber kein furchteinflößender Hulk. Und er riecht gut. Zu gut. Rasch weiche ich einen Schritt zurück.

»Danke, danke, dass du gekommen bist! Ich schulde dir echt was, Kailyn. Ich bin dir mehr als dankbar.«

Ich werfe einen Blick auf den Inhalt seines Einkaufskorbs und entdecke Chips und Schokolade – schon mal kein schlechter Anfang. Dann hole ich die Schachtel heraus, die definitiv nicht in den Korb gehört, und halte sie in die Höhe. »Wozu soll das gut sein?«

Dax blinzelt mich verständnislos und ein wenig furchtsam an. »Die sahen robust aus … Als ob sie *alles* auffangen könnten …«

»Klar, wenn du Inkontinenzeinlagen für deine Großmutter brauchst.« Ich knalle ihm die Schachtel vor die Brust und fasse seinen Ellbogen. »Mir nach.«

Dax bleibt gar nichts anderes übrig, als mir zu folgen, denn ich habe meine Nägel in seinen Arm gebohrt. Ein toller Arm. Sehr fest. Ich muss aufhören, dauernd so was zu denken. Wir legen einen Boxenstopp an der Ich-kann-keine-Hüpfübungen-mehr-machen-ohne-mir-in-die-Hose-zu-pinkeln-Abteilung ein und stellen die Schachtel zurück, dann führe ich Daxton in den Gang mit den richtigen Produkten.

Ich mache eine schwungvolle Geste der Präsentation. »Willkommen im Roten Gang.«

Stirnrunzelnd starrt er mich an. »Klingt ja grässlich.«

»Und ist es. Du hast ja keine Ahnung.« Nachdenklich begutachte ich die Auswahl. »Von denen hier braucht sie welche für die letzten Tage.« Ich hole eine Schachtel für schwache Blutung aus dem Regal. »Und die hier für die stärkere Blutung.« Dax zuckt zusammen, wahrscheinlich ob meiner Wortwahl. Ich verdrehe die Augen und bleibe vor Normalblutung stehen.

»Was zum Teufel soll das denn sein?« Dax tippt auf eine Schachtel mit dreieckig geformten schwarzen Binden.

»Die sind für die schwächere Blutung bei Tangas.«

Seine Verwirrung ist entzückend. »Tangas?«

»Braucht Emme die?«

»Was?«

»Trägt Emme Stringtangas?«

Er schaut mich entsetzt an. »Sie ist dreizehn!«

Ich ziehe eine Braue in die Höhe. »Das bedeutet heutzutage gar nichts.«

»Sie sollte besser keine Stringtangas tragen.« Sein Beschützerzorn verwandelt sich in einen inquisitorischen Blick, der mir gilt. »Trägst du die Dinger etwa?«

»Ich besitze viele Bleistiftröcke, Dax. Hast du jemals gesehen, dass sich da etwas abzeichnet?« Oh Gott. Diese Art Geplänkel sollte ich *auf keinen Fall* aufrechterhalten. Damit werden Grenzen aufgeweicht, die schon vom ersten Tag an verwischt schienen, als er mich in unserem Konferenzraum umarmte, und mit allen meinen kleinen Sticheleien und Bemerkungen seitdem.

Ein Lächeln nistet in seinem rechten Mundwinkel, und seine Blicke gleiten langsam über mich. Heute Abend trage ich eine rote Jeans, eine Skinny Jeans, die sich eng an meine Kurven schmiegt. »Kann nicht sagen, dass mir das jemals aufgefallen wäre.«

»Du hast übrigens gerade zugegeben, dass du mir auf den Hintern geschielt hast.«

»Ist ja auch ein toller Hintern. Kannst du mir kaum zum Vorwurf machen.«

Bei dem Kompliment werde ich rot und wende mich rasch wieder den Produkten zu, derentwegen wir hergekommen sind. »Was ist mit Tampons?«

»Was soll mit ihnen sein?«

»Glaubst du, dass Emme Tampons will?«

Daxton hebt die Schultern. »Weiß nicht. Vielleicht?«

»Wir kaufen welche, zur Sicherheit, und nehmen für alle Fälle die mit Applikator und die ohne.«

»Ohne Applikator?«

»Ja. Die einen haben einen Applikator, bei den anderen benutzt man einfach den Finger.«

Er schüttelt etwas überfordert den Kopf. Das ist eine Menge mehr Spaß, als ich mir an einem Freitagabend im Roten Gang vom Drogeriemarkt hätte träumen lassen.

Sein Unbehagen bringt mich zum Grinsen.

»Aber warum soll sie denn die ohne Applikator wollen?« Er schüttelt den Kopf, offensichtlich verwirrt.

»Ich glaube nicht, dass es mit *Wollen* zu tun hat. Die Dinger sind einfach kleiner. Diskreter.« Jetzt reicht es aber allmählich mit den Insider-Infos!

»Vielleicht können wir dieses Mal noch auf sie verzichten.«

»Ja, klar. Wir können ja ein andermal auf sie zurückkommen.« Sobald wir uns ausgiebig mit Hygieneartikeln eingedeckt haben, fallen wir in den Gang mit den Schmerzmitteln ein. Ich erkläre Dax genau, welches Mittel wogegen wirkt, bevor ich es in den Korb werfe. Danach gehen wir zu den Süßwaren und packen noch mehr Naschwerk dazu, denn die Periode nervt, und man sollte es sich in dieser Zeit so gut gehen lassen wie möglich.

Ich stehe mit Dax an der Kasse an und helfe ihm, den Inhalt des Korbs auf das Band zu packen. Als alle Einkäufe durchgescannt sind, muss er mehr als hundert Dollar berappen. »Ganz schön teuer, die Periode zu bekommen«, brummt er vor sich hin und reicht dem Kassierer seine Amex Card. Es ist eine der schwarzen mit einem recht hohen Kreditrahmen.

Auf dem Parkplatz bleibt Dax vor seinem Audi stehen. Er sieht ein wenig verloren aus mit seinem Arm voll Menstruationsschutz. »Tausend Dank für deine Hilfe. Tut mir leid, dass ich dich von deinem Dinner weggeholt habe.«

»Ist schon okay. Macht mir nichts aus.« Ich zeige auf den Drogeriemarkt. »Das hier hat mir im Grunde Spaß gemacht. Das Highlight meiner Woche.«

Dax kichert in sich hinein. »Das freut mich, dass es dir solchen Spaß gemacht hat. Ich sollte jetzt besser heimfahren und Emme diese Auswahl präsentiern, damit sie sich aussucht, was sie benutzen will.« Er hält die Tüten in die Höhe: eine voller Binden und Tampons, die andere voller Junkfood.

Bevor ich nachgedacht habe, platze ich heraus: »Soll ich mitkommen und ihr erklären, wie sie die Sachen zu benutzen hat?«

Daxtons Augen werden vor Hoffnung ganz groß, aber er fängt sich rasch wieder. »Darum kann ich doch nicht auch noch bitten. Du hast mir schon jetzt so viel von deiner Zeit geschenkt.«

»Du bittest mich ja auch nicht darum, sondern ich biete es an. Es könnte für Emme leichter zu verstehen sein, wenn eine Frau es ihr erklärt anstelle ihres unwissenden Bruders.« Ich wollte eigentlich nicht, dass es so gemein klingt.

Daxton nickt. »Ich habe ja wirklich keine praktischen Erfahrungen.«

»Ich fahre hinter dir her.«

Um dorthin zu gelangen, müssen wir nur bei der nächsten Ampel links abbiegen und bei nächster Gelegenheit rechts. Es ist ein ausladendes, klotziges Gebäude auf einem riesigen Grundstück. Ich wohne wirklich nicht weit entfernt von ihm, wenn auch in einem sehr viel billigeren Stadtteil.

Ich stelle mich hinter Daxtons Audi, wobei mir der sauber gemähte Rasen und die hübschen Blumenbeete ins Auge stechen. Ich bin sicher, dass Dax weder Zeit noch Muße hat, sie zu pflegen. »War das das Haus deiner Eltern?«, frage ich, als wir auf die Vordertreppe zugehen.

Dax nickt. »Ich dachte mir, dass es für Emme das Beste wäre. So musste sie nicht die Schule wechseln und auch sonst keine Veränderungen hinnehmen.«

»Das war sehr selbstlos von dir. Der Umzug muss ja heftig gewesen sein.«

Er zuckt die Achseln. »Ich will es für Emme so einfach wie möglich machen, und meine Wohnung war für uns beide zu klein. Das hier erschien mir sinnvoller.«

»Trotzdem, es ist eine entmutigende Aufgabe, alles ausmisten zu müssen. Ich musste es machen, als mein Vater gestorben war.« Holly hatte mir zwar geholfen, aber es war trotzdem schmerzlich. Seine persönliche Habe zu packen, Fotos durchzusehen … Und natürlich waren da all die Besitztümer meiner Mutter, von denen er sich nicht trennen konnte. Es war fast so, als würde ich die beiden ein zweites Mal verlieren.

»Das Ding mit plötzlichen Todesfällen ist, dass du manchmal Sachen findest, mit denen du absolut nicht gerechnet hättest.« Daxton schließt die Haustür auf und bittet mich mit einer Geste herein.

»Was zum Beispiel?« Ich schaue mich im Wohnzimmer um, das nach frischer Farbe riecht. Ein sauberer, wohl organisierter Raum.

Ich könnte mir vorstellen, dass Dax in seiner Kindheit aus dem Koffer gelebt hat. Unordnung scheint nicht sein Ding zu sein; meines auch nicht. Ich finde Hinweise auf seine Eltern in Fotos, die an den Wänden hängen, und in den kleinen, fehl am Platz wirkenden Ziergegenständen auf den Bücherregalen.

»Ähm, lass es mich mal so sagen: Nach dem Inhalt der Kommode meiner Mutter zu urteilen, haben meine Eltern ein äußerst interessantes Sexleben gehabt.« Er grinst mich schief an.

»Oh.« Ich spüre meine Wangen unter seinem Blick glühen.

»Emme?«, ruft Daxton, dann wendet er sich mit einem um Verzeihung bittenden Lächeln an mich. »Sie hat sich anscheinend immer noch in ihrem Zimmer verbarrikadiert.«

»Soll ich hier unten bleiben oder mitkommen?«

»Ähm, könntest du vielleicht mitkommen?« Dax legt die Tüte mit den Süßigkeiten in die Küche und geht vor mir die Treppe hinauf.

Schamlos checke ich seinen Hintern ab. Er hat ja zugegeben, dass er meinen angegafft hat, also ist es nur gerecht.

Rechts führt eine Tür ins Elternschlafzimmer. Das breite, niedrige Doppelbett ist mit einer schlichten marineblauen

Steppdecke zugedeckt. Ich wende mich ab, weil ich mir unwillkürlich Dax in diesem Bett vorstelle. Schläft er in Boxershorts oder vielleicht sogar nackt? *Und warum muss ich überhaupt daran denken?*

Er bleibt vor einer Tür mit einem BETRETEN VERBOTEN!-Schild stehen. Das Schild ist grellpink und am Rand mit Talmi-Schmucksteinen verziert.

»Em?« Er klopft zaghaft an die Tür.

Die Musik im Zimmer wird leiser gedreht, wir hören ein Bett knarren und das Tappen nackter Füße, die sich der Tür nähern. Nun wird sie einen Spalt weit geöffnet, und ein trübes, rot geädertes Auge späht heraus. »Hast du das Zeug?«

Klingt wie ein fieser Drogendeal.

»Hab ich. Und mir außerdem Verstärkung dazugeholt.«

Emme runzelt die Stirn. »Was?«

»Ich, äh, hab Kailyn angerufen.«

»Du hast *was* gemacht? Aber warum denn?« Es klingt schwer gekränkt.

»Weil ich Hilfe brauchte, und sie ist eine Frau mit Erfahrung auf diesem Gebiet.«

Emme stößt die Tür auf. Was immer sie hatte sagen wollen erstirbt auf ihren Lippen, als sie mich neben Dax stehen sieht. »Du hast sie *mitgebracht*?«

»Sei nicht so unhöflich«, schnaubt Dax.

Emmes Zorn verwandelt sich in Verlegenheit. Sie lässt den Kopf sinken, dann schielt sie mich von unten herauf an. »Tut mir leid. Es ist bloß … das ist so peinlich.«

Ich möchte die Spannung mildern, die meine Anwesenheit erzeugt hat. »Peinlich ist, wenn dein großer Bruder in einem Drogeriemarkt Inkontinenzeinlagen statt Maxibinden kaufen will.«

Emme schaut von Dax zu mir. »Ernsthaft?«

»Aber ja. Jetzt glauben alle dort, dass er sich in die Hosen macht.«

Ein leises Lächeln blitzt durch Emmes unsichere Miene; dann kichert sie.

»Wenn du möchtest, können wir die Tüte auspacken, und ich sag dir, was was ist«, schlage ich vor.

Sie beißt sich auf die Lippen. »Okay.«

Ich streife kurz Dax' Handrücken, damit er mir die Tüte überlässt. »Wir werden nicht lang brauchen.«

Daxton wirkt wie zwiegespalten, als ich zu seiner Schwester ins Zimmer schlüpfe. Er tut mir sogar leid, als Emme ihm die Tür vor der Nase zumacht.

Ihr Zimmer ist das typische Teenager-Domizil. Poster mit Boybands und ihren Lieblings-TV-Stars zieren die Wände. Auf der Kommode stapeln sich Bücher, und auf ihrem Bett liegt eine Zeitschrift. Emme schlägt sie zu und schiebt sie unters Kopfkissen, lässt sich dann auf die federnde Matratze plumpsen. Die Tagesdecke ist voller Falten. Sie verbringt anscheinend sehr viel Zeit auf diesem Bett.

Sie tippt auffordernd neben sich. Bevor ich mich setze, schütte ich die Tüte auf der Matratze aus. Emme macht große Augen. »Oh mein Gott. Das ist aber eine große Auswahl!«

»Wir wollten für alle Fälle vorgesorgt haben. Wie fühlst du dich?«

»Total beschissen. Mein Bauch tut weh, und mir ist … zum Kotzen!«

»Das klingt ganz nach der Periode.« So ungewöhnlich die ganze Situation auch ist, ich bin froh, dass Dax mein Angebot angenommen hat und ich mitgekommen bin. Die Jahre des Heranwachsens sind schwer genug mit ihren verrücktspielenden Hormonen und den körperlichen Veränderungen, und das alles auch noch ohne Mutter zu überstehen …

In den nächsten zehn Minuten gebe ich Emme Ratschläge: Was sie wann benutzen sollte, wie man Tampons einführt – ich kann mir nicht einmal ansatzweise vorstellen, wie Dax sich dabei angestellt hätte. Dann schicke ich sie ins Bad, damit sie einige Zeit ungestört ist.

Als ich das Zimmer verlasse, renne ich fast in Dax hinein. Anscheinend ist er die ganze Zeit vor ihrer Tür ruhelos hin und her getigert. Als hätte Emme sich einer lebensgefährlichen Operation unterziehen müssen und nicht lediglich die Feinheiten von Tampon- und Bindenbenutzung erlernt. Er fasst mich an den Schultern und bewahrt mich davor, gegen die Wand zu prallen. »Alles okay mit ihr?«

»Emme geht's gut. Ich habe ihr erklärt, wie alles funktioniert, und sie probiert es jetzt aus. Das wird sicher nicht lange dauern. Ich habe ihr nämlich gesagt, dass es noch Unmengen an Süßkram dort unten gibt.«

»Gut. Okay.« Immer noch hält er mich an den Schultern, sachte streicheln mich seine Daumen. Zwischen uns ist ein Abstand von ungefähr fünfzehn Zentimetern, und ich muss den Kopf in den Nacken legen, um seinem besorgten und immer noch nicht ganz überzeugten Blick zu begegnen. Aber noch etwas anderes liegt in diesem Blick, das mir ein warmes Gefühl im Bauch macht und bewirkt, dass meine Zehen sich krümmen. *Was geht heute Abend ab?*

»Es wäre vermutlich das Beste, wenn wir nicht gerade vor ihrer Zimmertür auf sie warteten.«

Dax blinzelt und scheint wieder zu sich kommen. »Ja. Stimmt. Sollen wir nach unten gehen?«

»Super Idee.« Ich tätschele seine Hand.

Endlich lässt er die Arme sinken und bedeutet mir vorzugehen, was wirklich schade ist, denn ich mag seinen Anblick von hinten ebenso wie von vorn.

Emme kommt runter, als Dax gerade dabei ist, die Snacktüte auszupacken.

»Hat alles funktioniert?«, erkundigt er sich.

Sie wird rot, nickt dann aber.

»Oh Mann! Das sind ja alle meine Lieblingssüßigkeiten!« Emme breitet ihre Arme aus und beugt sich über die Küchentheke, umschließt den ganzen Haufen. Dann lässt sie ihn wieder fallen und wendet sich ihrem Bruder zu, schlingt die Arme um seine Taille. »Danke.«

Daxton erwidert ihre Umarmung mit einem traurigen Lächeln. »Nichts zu danken. Ich hatte ja Hilfe. Tut mir leid, dass ich auf dem Gebiet so unwissend bin.«

»Ist schon okay«, murmelt sie an seiner Brust. »Ich vermisse bloß Mom so sehr.«

»Ich auch«, flüstert er.

Ich wende mich ab, um diesen Moment nicht zu stören. Zum ersten Mal habe ich mit eigenen Augen sehen können, dass Dax seine kleine Schwester wahrhaft liebt. In den Wochen seit dem Tod seiner Eltern ist er vollkommen in die Rolle eines Vaters eingetaucht, während er gleichzeitig versuchte, an der leichteren des Bruders festzuhalten.

Ich sollte jetzt gehen, aber ich will es ohne Aufsehen tun. Ich ziehe mich ein paar Schritte zurück in Richtung Wohnzimmer, wo ich meine Handtasche hingelegt habe. Ich werde mich ganz still und leise verdrücken.

»Können wir nicht einen Film gucken und Süßigkeiten essen?«, fragt Emme.

»Was immer du möchtest, Kleines.« Sie duckt sich unter seiner Hand fort, als er ihr in den Haaren wühlt, und schlägt sie weg.

Emme lächelt mich schüchtern an. »Kannst du bleiben, Kailyn?«

»Ich, äh, sollte jetzt vielleicht lieber nach Hause fahren.« Mit den Daumen deute ich über meine Schulter; plötzlich fühle ich mich total fehl am Platz.

»Musst du denn nach Hause?« Emme nagt an einem Fingernagel.

»Du kannst gern bleiben, wenn du möchtest, es sei denn, du hast andere Pläne.« Dax schaut mich fragend an, den Kopf leicht zur Seite geneigt.

In seinem Blick lese ich etwas. Etwas, nach dem ich nicht suchen sollte. Etwas, das ich nicht wollen oder mögen sollte. Meine Aufgabe ist, ihn über seine Arbeit und seine Kanzlei zu befragen, nicht mit ihm und seiner kleinen Schwester Filme zu schauen. Aber dies wäre eine hervorragende Gelegenheit, die beiden besser kennenzulernen. Es wäre vielleicht sogar hilfreich. Und mehr noch: Ich glaube, ich könnte den Mann mögen, den ich bisher nur aus dem Studium kannte – vielmehr: Ich könnte den Mann mögen, zu dem er geworden ist.

»Na klar. Ich bleibe gern. Außerdem möchte ich eins von diesen Eishörnchen.«

»Ihr habt auch Eis mitgebracht?« Emme hüpft vor Aufregung, dann meldet sich wieder das Bauchweh.

Ich erwidere Dax' Lächeln, während er mit dem Mund ein stummes *Danke* formt. Aber mein Magen dreht sich um, weil ich ein schlechtes Gewissen habe wegen meiner Motive zu bleiben, während eine ganz andere, widersprüchliche Empfindung in meinem Herzen aufkeimt.

11

Erste Male

Kailyn

Emme schafft gerade mal die Hälfte des Films, dann schläft sie leise schnarchend an Dax' Schulter ein.

»Ich bring sie nach oben ins Bett«, flüstert er.

»Brauchst du Hilfe?«

»Bitte.«

Ich halte Emmes Kopf, während Dax einen Arm um ihren Rücken legt und den anderen unter ihre Knie schiebt. Beim Hochheben stöhnt er leise. »Das war früher 'ne ganze Ecke einfacher.« Er deutet mit dem Kopf auf ein Plüschlama, das auf dem Sofa liegt. »Kannst du das nehmen?«

Ich schnappe mir das Lama und eile vor den beiden die Treppe hinauf, damit ich die Tür aufmachen und die Tagesdecke zurückschlagen kann. Ich überlasse es Dax, seine kleine Schwester im Bett zu verstauen, und gehe auf der Suche nach einer Toilette den Korridor entlang.

Vorsichtig schaue ich in den nächsten Raum, knipse das Licht an – und erstarre vor Ehrfurcht. Dieses Zimmer ist der reinste *It's My Life*-Fangirl-Traum! Ein Quieken entfährt mir, und ich schlage die Hand vor den Mund, weil es mir so peinlich ist.

Ich stehe in Daxton Hughes' Schlafzimmer, das er früher

bewohnte. Und es sieht aus wie eine Kultstätte seiner Teenagerjahre. Ein Poster von ihm und dem übrigen Cast hängt an der gegenüberliegenden Wand. Daxton steht im Zentrum ganz vorn, weil er der Star gewesen ist und der Grund, warum jedes halbwüchsige Mädchen jeden Dienstagabend von neun bis zehn wie angewurzelt vorm Fernseher gesessen hat.

Fast tänzelnd vor Aufregung nähere ich mich dem Poster, um es in Augenschein zu nehmen. Mir kommt unweigerlich der Gedanke, dass die anderen Schauspieler für Daxton so etwas wie eine Familie gewesen sein müssen. Ich frage mich, ob er mit ihnen in Kontakt geblieben ist und ob sie Wiedersehensfeiern veranstalten wie die ehemaligen Mitschüler einer Highschool.

Daxton war als Teenager zum Anbeißen. Und ich war ja dermaßen in ihn verknallt. Ich habe alle seine Poster, sämtliche DVDs und natürlich auch das Album, das zum Weihnachts-Special vor der finalen Staffel herausgegeben wurde.

Ich nehme die alte DVD-Box aus dem Regal – der junge Dax grinst mich an –, dann die Dax-Barbiepuppe, die auf einem Ständer hockt, und streiche mit dem Daumen über das seidige Haar. Es ist um einige Töne dunkler als sein richtiges Haar.

»Du hast also die Trophäenkammer meiner Mutter gefunden.«

Ich keuche erschrocken und fahre herum, die Puppe an meine Brust gedrückt. »Ich habe nur eine Toilette gesucht.«

Daxtons Grinsen ist genauso wie damals auf dem College: dreist, wissend. Er deutet auf eine offene Tür auf der anderen Seite des Zimmers. »Da drüben ist eine, aber sie ist schon eine ganze Weile nicht mehr saubergemacht worden.«

Wieder schaue ich mich um, nehme alles in mich auf. »Hier drin ist so viel Zeugs.«

»Die Serie war lange Zeit mein Leben.« Dax lehnt sich gegen den Türrahmen. »Sollte kein Wortspiel sein.«

»War das schwer für dich, als es aufgehört hat? Du musst doch unglaublich viel Zeit mit ihnen verbracht haben.« Ich deute auf Poster mit der gesamten Besetzung.

»Während der Drehs war ich häufiger mit ihnen zusammen als mit meiner Familie. Die meisten von uns halten noch Kontakt.« Ein leicht sehnsüchtiger Ausdruck tritt in sein Gesicht. Ich überlege, was für ein Gefühl es sein muss, so lange im Zentrum so vieler Mädchensehnsüchte zu stehen, um sie dann gegen ein normales Leben einzutauschen.

»Warum hast du mit der Schauspielerei aufgehört? Weil *It's My Life* zu Ende war?«

»Zum Teil wohl schon.« Dax drückt sich vom Türrahmen weg und kommt ein paar Schritte auf mich zu. »Nach der Serie wusste ich nicht so recht, was ich eigentlich machen sollte.«

»Du hättest doch wieder eine Hauptrolle übernehmen können?«

»Na klar. Es gab da einige Angebote, aber dann hätte ich mich wieder zu einem Pilot verpflichten müssen, und wenn der gut angekommen wäre, für eine erste Staffel, und wer weiß, was dann passiert wäre. Die Serie hätte floppen oder aber fünf Jahre laufen können, und ich war mir nicht sicher, ob ich wieder so lange ein und dasselbe machen wollte. Also hat Dad vorgeschlagen, ich sollte mal ein Jahr freinehmen. Emme war gerade geboren und meine Eltern wollten reisen. Wir sind also kreuz und quer durchs Land gefahren, und ich habe in der Zeit überlegt, was ich denn nun wirklich machen wollte – und heraus kam dann die Entscheidung zu studieren.«

»Aber hättest du denn nicht studieren *und* spielen können?«

»Ja sicher, aber ich wollte mein Leben nicht unbedingt am Filmset verbringen und meinen Abschluss im Fernstudium machen. Ich wollte mit Gleichaltrigen im Seminar oder in der Vorlesung sitzen und etwas lernen, was mich interessierte.«

»Du wolltest einfach normal sein.«

»So normal jedenfalls, wie ich sein kann.« Er deutet mit dem Kinn auf mich, denn jetzt erst ist ihm aufgefallen, dass ich die Dax-Puppe an mein Herz drücke. »Was hast du denn da?«

»Ach, nichts.« Widerwillig stelle ich die Puppe ins Regal zurück, statt sie mir unters T-Shirt zu stopfen, was ich am liebsten tun würde. Leider sackt die Puppe immer wieder nach vorn, und ich bin gezwungen, ihre Arme und Beine zurechtzubiegen, bis sie endlich aufrecht sitzt.

»Wenn du willst, kannst du sie haben. Eigentlich kannst du alles aus diesem Zimmer haben. Ich bin mir ziemlich sicher, dass wir das Zeug kartonweise im Keller horten. Mom wollte nie etwas von diesen Devotionalien wegwerfen.«

»Ist schon okay. Ich habe es wahrscheinlich sowieso schon.« Rasch klappe ich den Mund zu. *Verdammt, warum hab ich das bloß gesagt?*

Daxtons Grinsen wird breiter. »Ach ja?«

»Wahrscheinlich in irgendeinem Karton im Schrank, zusammen mit meinem anderen Krempel von der Highschool.« Meine Daxton-Puppe – verschieden von der, die ich eben in den Armen hielt – liegt noch immer in ihrer Schachtel, denn sie ist ein Sammlerstück. Die DVDs haben unendlich lange in meinem Bücherregal gestanden. Jedes Jahr haben Mom und ich zusammen den Ferienfilm geschaut, und nachdem sie gestorben war, hielt ich die Tradition aufrecht, zumindest bis zum Ende des Studiums. Danach habe ich alles weggepackt.

»Ich könnte dir signieren, was du nur willst. Falls du die Sachen noch findest.«

»Ehrlich?!« Es klingt so enthusiastisch, dass ich peinlich berührt zusammenzucke.

Wieder grinst Dax. »Ich finde es irgendwie interessant, dass du auf die Teenie-Version von mir stehst, die reale, erwachsene aber nicht sonderlich magst.«

»Tja, die Erwachsenenversion hat sich ein bisschen gemein verhalten, aber so ganz allmählich kann ich mich schon für sie erwärmen. Außerdem kommen beim Gedanken an die Serie schöne Erinnerungen hoch. Ich habe sie nämlich immer mit meinen Eltern und meinen Freundinnen geguckt. Ich verbinde damit eine Zeit in meinem Leben, als die Dinge noch einfach waren.« Was bin ich für ein Feigling! »Ich sollte jetzt mal gehen. Es ist spät geworden.«

Ich versuche, mich an ihm vorbeizudrücken, um mir weitere Peinlichkeiten zu ersparen, aber Dax versperrt mir den Weg zur Tür. »Warte mal. Tut mir leid. Ich will dich nicht veräppeln. Na ja, ein bisschen schon, aber nur deshalb, weil mir das so gefehlt hat, dich wie damals im Studium auf die Palme zu bringen. Aber jetzt hör ich sofort damit auf. Bleib doch noch ein bisschen, auf einen Drink, ja? Bitte.«

Ich sollte wirklich gehen. Seine Nähe macht etwas mit mir. Dann aber fällt mir ein, dass ich ja alles daransetzen muss, um ihn zum Wechsel in unsere Kanzlei zu bewegen, und jetzt ist der perfekte Moment, diese Art von Gespräch zu beginnen. »Na gut. Einen.«

Sein Lächeln ist so warm und liebevoll, dass ich die Augen abwenden muss. Von dem Eis, das mein Herz umfangen hielt, ist nicht mehr viel übrig.

Dax nimmt zwei Bier aus dem Kühlschrank, und wir gehen nach draußen. Ein in den Boden eingelassenes Schwimmbecken nimmt einen großen Teil des Gartens ein; in der lauen Nacht funkelt das Wasser blassblau. Es ist sehr abgeschieden hier. Die Büsche, die den Pool umgeben, sind üppig grün und voller Blüten.

Dax setzt sich breitbeinig neben mich, legt den Kopf in den Nacken und blickt zu den Sternen empor. Ich kann mir gut vorstellen, wie anstrengend dieser Abend für ihn gewesen sein muss: ein Abend voller Erinnerungen an das Verlorene und dazu eine Mahnung, welche Herausforderungen ihn in Zukunft erwarten. Ich verspüre den Drang, mit den Fingern durch seine zerzausten Haare zu fahren, ihm die Strähnen aus der Stirn zu streichen, ihn mit einer sanften Berührung zu trösten … Aber das ist ja nicht der Grund, warum ich hier bin.

Ich ziehe die Knie an die Brust und wende mich ihm zu, einen Ellbogen auf die Lehne gelegt. »Alles in Ordnung mit dir?«

Er seufzt. »Ja. Schon okay. Danke für alles, was du heute Abend getan hast. Ohne dich hätte ich es nicht geschafft.«

»Dir wäre schon etwas eingefallen.« Der heutige Abend hat meine Sicht verändert: Dax kümmert sich wie ein Elternteil um seine kleine Schwester und balanciert dabei auf dem schmalen Grat zwischen Vater und Bruder. Das ist nicht leicht, aber ich sehe, wie er sich bemüht.

»Mag sein, aber dann wäre es nicht einmal annähernd gut gelaufen. Ich weiß nicht, wie alleinerziehende Eltern das schaffen, besonders die Väter. Es ist so verdammt anstrengend!«

»War es sehr schwer, die Arbeit auf das hier abzustimmen?« Ich mache eine Geste zum Haus hin, mehr Erläuterung braucht es nicht.

»Meine Kanzlei gewährt mir jedwede Unterstützung, aber es fällt mir schon schwer, am Ball zu bleiben. Emme hat nach dem Unterricht viele Nachmittagskurse. Mom war im Ruhestand, hatte also Zeit, sie von da nach dort zu chauffieren. Eine Zeitlang hat Emme nicht mehr jede AG wahrgenommen, aber jetzt will sie wieder überall dabei sein, was mich zuweilen doch in Bedrängnis bringt. Nächstes Jahr kommt sie auf die Highschool, was wiederum eine Veränderung bedeutet, und es ist jetzt schon …« Er schüttelt den Kopf, während er hörbar den Atem ausstößt.

»Das ist wirklich eine Last«, beende ich den Satz für ihn.

»Zu viel manchmal«, gibt Dax zu.

»Hast du schon mal darüber nachgedacht, zu einer anderen Kanzlei zu wechseln? Wo die Arbeitszeiten flexibler sind und du selbst über die Anzahl deiner Fälle entscheiden kannst?«

Er setzt die Flasche an, während er darüber nachdenkt. »Ja, schon. Hab ich. Aber wenn ich mir vorstelle, einen Lebenslauf zu verfassen, Einstellungsgespräche zu führen, überhaupt mich grundlegend zu verändern, bekomme ich fast eine Panikattacke. Ich habe jetzt schon das Gefühl, mehr bewältigen zu müssen, als ich schaffe.«

»Was wäre, wenn du nichts von alldem machen müsstest? Was, wenn der einzige Stress, den es mit sich bringt, der Wechsel zu einem anderen Arbeitgeber wäre?«

»Worauf willst du hinaus?«

»Ich glaube nicht, dass es ein großes Geheimnis ist, dass Beverly dich gerne bei Whitman & Flood sähe.«

Daxton mustert mich argwöhnisch. »Sie hat schon mal Interesse bekundet, aber das ist lange her. Tatsächlich hat sie mir die Stelle kurz nach dem Examen angeboten. Dann würden wir heute in der gleichen Kanzlei arbeiten.«

»Sie *hat* dir bereits eine Stelle bei Whitman angeboten?« Das hat Beverly mir gegenüber allerdings nicht erwähnt.

Daxton nickt. »Ja. Ich meine, ich hatte mehrere Angebote. Bei Freeman schienen sich aber mehr Chancen zu bieten, außerdem war das Gehalt höher, deshalb habe ich dort zugesagt.«

»Na klar, wer würde das nicht.« Damals gab es bei Whitman nur eine offene Stelle. Ich hatte eine Woche nach dem Vorstellungsgespräch immer noch keine Nachricht erhalten und hätte schon fast einen anderen Job außerhalb der Stadt angenommen, als Beverly endlich anrief. Whitman war meine erste Wahl gewesen, ich aber offenkundig nicht ihre. Wie es scheint, bin ich im Vergleich zu Daxton immer nur zweite Wahl.

Nur mit Mühe bringe ich die nächsten Worte hervor. »Nun ja, heute wärst du ein umso größerer Gewinn für die Kanzlei. Ist doch eine Überlegung wert, oder? Beverly ist da sehr fortschrittlich. Und sie hat Verständnis.« Ich muss es mit dem Lob aber auch nicht übertreiben. »Du sollst ja bloß einmal darüber nachdenken … Vielleicht, wenn du in deiner neuen Rolle etwas gefestigter bist und die Dinge sich ein wenig beruhigt haben.«

Daxton reibt nachdenklich mit den Fingerspitzen über den Mund, als zöge er meinen Vorschlag ernsthaft in Betracht. »Ich will doch nur, dass es hier, dass es zu Hause leichter wird, und das wird es einfach nicht.«

Ich lege eine Hand auf seinen Arm. »Das Trauma ist noch zu frisch, Dax. Es wird noch eine Weile dauern, bis du dich wieder zurechtfindest.«

Er lässt den Kopf hängen. Sein Ausatmen klingt wie ein Seufzen. Dann flüstert er, so leise, dass ich ihn kaum verstehen kann. »Was ist, wenn ich es nicht schaffe? Was, wenn Linda recht hat und ich einfach nicht dafür geeignet bin, ein junges Mädchen aufzuziehen?«

»Stell dein Licht nicht unter den Scheffel. Du machst das großartig. Und Elternschaft ist nie einfach, besonders nicht, wenn du ohne Vorwarnung damit konfrontiert wirst.«

Dax lacht kurz, humorlos. »Heute Abend war ich wirklich mit meinem Latein am Ende. Das liegt so dermaßen außerhalb meiner Erfahrung. Emme braucht neben ihren Freundinnen erwachsene Frauen, auf die sie sich verlassen kann. Und Linda kann ich bei so was nicht fragen, weil sie es sofort gegen mich verwenden würde.«

»Ich bin immer für Emme da, wenn sie mich braucht.« Und das meine ich ernst, auch wenn ich mir wegen der Verantwortung Sorgen mache.

»Ich sollte dir das nicht aufhalsen.« Dax verschränkt seine Finger mit meinen, sodass seine Hand nun auf meinem Handrücken ruht. Eine unerwartete, intime Geste, die sich auf merkwürdige Weise selbstverständlich anfühlt.

»Aber ich will es.«

Ich stecke doch bereits bis zum Hals drin, dafür hat Beverly schon gesorgt. Und nicht nur mein Wunsch, Partner zu werden, gibt dafür den Ausschlag. Es ist offensichtlich, dass Daxton Unterstützung braucht und Emme ebenso. Ich kann haargenau nachempfinden, was die beiden durchmachen, und das macht die Aufgabe für mich zugleich einfacher und schwieriger. Ich schiebe den Gedanken, dass ich hier unbefugt Grenzen überschreite, beiseite. »Wenn ich dir meine Hilfe anbiete, halst du mir gar nichts auf.«

Er streicht über meinen Daumen. »Ich habe wirklich nicht gewusst, wen ich sonst fragen sollte.«

»Ich bin froh, dass ich helfen konnte.« Das meine ich ernst. Wie lieb Dax zu seiner Schwester ist, wie fürsorglich! Das passt schon eher zu dem Menschen, der mich am ersten Tag meines Studiums im doppelten Sinn umgehauen hat. Ich weiß nur nicht, welchem der beiden Daxtons ich trauen kann.

»Ich auch.« Sein Lächeln wird wärmer. »Ich habe ein Geständnis abzulegen.«

»Ach ja?« Eine warme Brise kommt auf; sie zerzaust seine Haare und weht meine ins Gesicht. Ich komme mir so lächerlich mädchenhaft vor, als ich die Strähne hinters Ohr schiebe. Plötzlich ist mir heiß.

Dax wartet darauf, dass ich ihn anschaue. »Ich war an der Uni ein bisschen verknallt in dich.«

»Entschuldige bitte – was?«

»An dem Tag, an dem wir uns auf der Wiese begegnet sind –«

»Das war schon damals peinlich genug. Lassen wir diese Erinnerung doch lieber in der Vergangenheit ruhen, vielen Dank!« Ich versuche, ihm meine Hand zu entziehen, aber er hält sie fest.

»Ich fand es ziemlich stark.«

Ich verdrehe die Augen. »Ja, weil ich dich mit meiner Begeisterung vollgesabbert habe wie eine Idiotin.«

»Im Grunde war es die perfekte romantische Begegnung, und wäre ich damals nicht so dermaßen eingebildet gewesen, hätte ich es bestimmt nicht dabei belassen.«

»Aber es war total peinlich. Und keine zwanzig Minuten später bin ich ja schon wieder über dich gestolpert. Ich habe gedacht, du glaubst am Ende noch, dass ich dich stalke … Und dann hat dein Freund diese Bemerkung vom Stapel gelassen.« Mit eingezogenem Kopf durchlebe ich die ganze demütigende Szene noch einmal. All das *Visualisiere den Erfolg*-Coaching scheint mir damals nicht sonderlich viel genützt zu haben.

»Meine Freunde waren die reinsten Trottel.«

»Ich denke, das ist ziemlich typisch für Studierende. Bloß Angeberei und dicke Eier und kein bisschen Taktgefühl.«

»Das trifft es ziemlich genau.« Daxtons Blick ist zu Boden gerichtet. Er spielt mit meinen Fingern, fährt jeden Nagelrand mit seinem Daumen nach. »An diesem ersten Tag habe ich dich das einzige Mal so erlebt.«

»Wie erlebt?«

»Unsicher. Es war, als hätte ich einen ganz eigenen Einblick in deine Persönlichkeit gewonnen. Aber in den Seminaren warst du atemberaubend.« Er grinst spitzbübisch. »Unsere Diskussionen waren toll! Ich konnte davon ausgehen, dass deine Meinung auf einem soliden Fundament aus Fakten stand und aus tiefster Überzeugung vorgetragen wurde. Dich beim Diskutieren zu beobachten, war … fesselnd. Du hast mich dazu gebracht, konzentrierter und härter zu arbeiten. Du hast die Latte hochgelegt, und wir anderen mussten uns anstrengen, um dir zu folgen. Ich wollte dich einfach nur besiegen.«

»Tja, und dieser Wunsch ist am Ende ja auch in Erfüllung gegangen, nicht wahr?« Eigentlich will ich die alte Geschichte nicht wieder aufwärmen, denn ich glaube, sie inzwischen hinter mir gelassen zu haben.

»Falls es irgendein Trost ist, ich hab dir die Daumen gedrückt.« Seltsamerweise scheint er es ehrlich zu meinen.

Endlich bekomme ich meine Hand frei und rutsche ein Stück von ihm ab. »Ach, komm schon, Dax.« Ich kann nicht beurteilen, ob er mir etwas vorspielt oder nicht. »Wenn du mir die Daumen gedrückt hast, warum hast du dann meine Arbeit zu spät abgegeben?«

»Was?!«

»Kurz vor den Abschlussprüfungen sind wir uns auf dem Campus über den Weg gelaufen, und ich habe dich gefragt, ob du deine Semesterarbeit schon abgegeben hättest. Sie war zwar erst am nächsten Tag fällig, aber ich wusste, dass du es dir zur Gewohnheit gemacht hattest, ein bisschen früher abzugeben. Ich habe dich gefragt, ob du meine auch einreichen könntest, weil ich am nächsten Tag nicht ins Seminar kommen würde.« Ich entsinne mich noch genau, wie verzweifelt ich damals war und wie verblüfft Daxton aussah – eigentlich ganz wie jetzt –, und zwar deswegen, weil ich sonst nicht mit ihm redete, außer während unserer Diskussionen vor Publikum.

»Ich habe beide noch am gleichen Nachmittag abgegeben.«

Ich erinnere mich so genau an den Tag, als ich die Arbeit zurückbekam: Punktabzug wegen verspäteter Abgabe! Die Note für diese Hausarbeit floss zu fünfzig Prozent in die Endbenotung ein, die Abzüge bedeuteten also einen gewaltigen Einbruch für meinen bislang makellosen Notenspiegel. Zuerst war ich völlig verwirrt … Und dann bemerkte ich das Abgabedatum! »Sie wurde mit einem Tag Verspätung eingereicht, Dax. Es war ein Datumstempel darauf. Es hat keinen Sinn, mich anzulügen.«

»Aber ich …« Daxton schließt die Augen; sein Kiefer mahlt. »Dieser verdammte Felix.«

»Wer?«

Er massiert die Stelle zwischen seinen Augen. »Mein Freund Felix McQueen. Er war in unserem Kurs.«

Ich kann mich zwar an den Namen erinnern, aber nicht an das Gesicht dazu. »Ja und? Was willst du damit sagen?«

Dax seufzt und schaut zum Himmel auf. »Ich erinnere mich noch genau an diesen Tag. Ich war ein wenig erschrocken, dass du ausgerechnet mich um diesen Gefallen gebeten hattest, denn ich habe ja gewusst, wie viel dir deine guten Noten bedeuteten. Eigentlich hatte ich gehofft, dass wir uns über den Weg laufen würden, denn ich hatte endlich Mut gefasst und wollte dich fragen, ob wir mal Telefonnummern austauschen oder einen Kaffee trinken gehen oder so. Du warst aber aufgeregt, deshalb hab ich mir gedacht, ich warte besser ab … Und dann habe ich dich nicht wiedergesehen – erst an dem Tag, als ich mit meinen Eltern in dein Büro gekommen bin.« Er stößt ein bitteres Lachen aus, wird aber sofort wieder ernst. »Auf jeden Fall sagte mein Kumpel Felix nach unserem Seminar, er würde seine Arbeit abgeben. Ich hatte an dem Nachmittag noch eine Fachgruppe in der Bibliothek. Ich wollte sichergehen, dass unsere Arbeiten eingereicht würden, noch bevor das Sekretariat an dem Tag zumachte – wegen des Stempels, du weißt schon.« Er schüttelt verzweifelt den Kopf. »Also habe ich sie Felix mitgegeben, und zwar deine *und* meine Hausarbeit.«

»Nur, dass meine nicht rechtzeitig eingegangen ist«, ergänze ich. Ich erinnere mich mit schmerzlicher Deutlichkeit an das mutlose Gefühl, als ich sie zurückbekam. Ich war am Boden zerstört, nicht nur wegen des Punktabzugs, sondern auch, weil ich mich von einem Menschen betrogen fühlte, den ich für einen Freund hielt.

Ich weiß nicht, ob ich glauben soll, was Daxton mir jetzt und hier erzählt; er ist schließlich Schauspieler. Er könnte sich das ausgedacht haben. Er könnte lediglich eine Show abziehen. So wie auch mein Besuch in seinem Haus von Hintergedanken durchdrungen ist, trotz meines Bestrebens, die Angelegenheit so sachlich wie möglich zu betrachten.

»Jetzt kann ich verstehen, warum du nach all den Jahren so sauer auf mich reagiert hast.« Nachdenklich reibt er sich die Unterlippe. »Ich hatte keine Ahnung davon, Kailyn. Jetzt begreife ich, warum du einfach verschwunden bist. Ich hatte gedacht, ich treffe dich auf dem Campus wieder, aber das war nicht mehr der Fall. Du bist nicht einmal bei der Abschlussfeier gewesen.«

»Mein Dad hatte einen Herzanfall, deswegen konnte ich meine Hausarbeit nicht selbst abgeben. Ich wusste nur, dass ich so schnell wie möglich zum Krankenhaus musste – Mom war schon während meines Grundstudiums gestorben. Ich hatte solche Angst, dass ich auch ihn verlieren würde.« Daxton sieht mich entsetzt an. Ich fahre fort: »Dad hat sich wieder erholt, aber er hat seitdem eine Herzschwäche gehabt. Während der Abschlussfeier ging es ihm sehr schlecht, deshalb war ich nicht da. Ein Jahr später hatte er seinen zweiten Herzanfall. Daran ist er gestorben.«

»Das tut mir so leid, Kailyn. Mehr als ich sagen kann. Wenn ich das gewusst hätte, wäre ich zum Prof gegangen und hätte es ihm erklärt.« Dax streckt die Hand aus, als wollte er mich berühren, aber ich mache mich steif, und seine Hand bleibt in der Luft hängen. »Ich hätte alles getan, um es ungeschehen zu machen. Es tut mir so leid, dass ich dir das genommen habe, wofür du so hart gearbeitet hast.«

»Nun ja, genauer betrachtet warst das ja nicht du, sondern Felix.« Mein Notendurchschnitt hatte Ende des Jahres einen Punkt unter Daxtons gelegen, und ohne den Abzug am Ende wäre ich Jahrgangsbeste gewesen. Aber was er mir eben erzählt hat, lässt die Dinge in einem ganz anderen Licht erscheinen, und wieder einmal habe ich ein verändertes Bild von ihm. Jemand wegen einer solchen Sache zu grollen kommt mir mit einem Mal banal und sinnlos vor.

»Ich schlage ihn gern für dich zu Brei.«

Das bringt mich zum Lachen. »Den Gefallen brauchst du mir nicht zu tun.«

»Ich könnte ihn *mir* tun.« Dax legt den Kopf auf die Seite. »Wenn ich in der Zeit zurückgehen könnte, würde ich deine Arbeit persönlich abgeben.«

»Ich hatte damals geglaubt, wir wären Freunde, weißt du? Dass wir zwar miteinander konkurrierten, aber irgendwie im selben Team seien, falls das Sinn ergibt.«

»Und jetzt?« Er legt seinen Arm auf die Rückenlehne und zwirbelt eine meiner Locken um seinen Finger.

»Und jetzt was?« Mir ist nicht recht klar, was hier geschieht. Oder vielleicht weiß ich es ja doch, aber es passt nicht unbedingt in meinen Plan. Und urplötzlich will ich die Anziehung, die zwischen uns besteht, gar nicht mehr verleugnen.

»Sind wird jetzt Freunde?« Dax beugt sich vor, seine Zunge spielt nervös an der Unterlippe. Staunend verfolge ich diese Bewegung, wie ich es als vernarrtes Mädchen ungefähr eine Million Mal getan habe. In der zweiten Folge der dritten Staffel hat Dax zum ersten Mal eine Filmpartnerin geküsst. Als

Teenager muss ich diese Folge mindestens tausendmal gesehen haben. Was einfach … peinlich ist.

Allerdings haben wir nun eine andere Ausgangslage. Ich fühle mich von dem Mann angezogen, den ich schon ein wenig kenne; ich mag den Mann, der seine kleine Schwester über alles liebt und alles für sie tun würde; den Mann, der sich ärgern lässt und der mich neckt; den Mann, der mich vor so vielen Jahren vor dem Unigebäude über den Haufen gerannt und mir gesagt hat, ich hätte hübsche Augen.

Ich ziehe lässig eine Schulter in die Höhe; die Nonchalance dieser Geste steht in krassem Gegensatz zu dem, was sich in meinem Kopf abspielt. Dennoch gelingt mir eine freche Erwiderung. »Schätze schon. Ich meine, immerhin habe ich dir ja heute in der Bindon-Abteilung hilfreich zur Seite gestanden, das sollte schon als Freundschaft zählen.«

Dax beugt sich immer näher, und ich ertappe mich dabei, dass ich mich ebenfalls auf ihn zubewege, als ob eine magnetische Kraft uns zueinander zöge. »Manchmal, wenn du vor mir im Seminar eingetroffen warst, habe ich mich absichtlich hinter dich gesetzt.«

»Um mich zu ärgern?«

»Nein, weil ich den Geruch deines Duschgels mochte oder deines Shampoos, ich weiß nicht, was es war – das war dein unverwechselbarer Duft. Und wenn ich dir so nah war, hast du immer die klügsten Antworten gegeben, als hättest du etwas zu beweisen. Mich hat das angespornt, ebenfalls clever zu sein. Wir zwei hätten ein großartiges Team abgegeben.«

Nur noch Zentimeter zwischen uns, seine Finger mit meinen verflochten, mein Herz schlägt einen wilden Stakkato, während meine Haut vor Erwartung kribbelt und mein Kopf vor Möglichkeiten schwirrt.

»Wenn dir nicht gepasst hat, was jemand zu einem bestimmten Thema zu sagen hatte, dann hast du entweder mit deinem Stift gespielt oder an ihm genagt, deine Stifte waren voller winziger Zahnspuren. Das machst du übrigens immer noch.« Dax streicht mir zärtlich über die Wange. »Sag mir, dass wir das gleiche fühlen, Kailyn.«

»Da müsstest du vielleicht ein wenig deutlicher werden.« Ich werde ganz bestimmt keinen wie auch immer gearteten ersten Schritt tun.

Er streift mit dem Daumen über meine Unterlippe und rückt noch näher heran. »Du kannst doch gut Körpersprache lesen und eine Situation beurteilen. Was glaubst du, habe ich jetzt vor, Kailyn?«

»Du willst mich küssen.«

Sein Grinsen ist beinahe ironisch, als er unsere Finger voneinander löst und mit beiden Händen mein Gesicht umfasst; seine Daumen streichen ganz langsam an meinem Kinn entlang. Mein Magen tut einen Satz und zieht sich vor Aufregung zusammen.

Wie lange ist es her, seit ich zuletzt geküsst worden bin? Wie lange ist es her, dass die Aussicht auf einen Kuss mich so erregt hat?

»Und du, was willst du, Kailyn?«

»Geküsst werden.«

Seine Lippen streifen meine, und ich halte mich an seinen Handgelenken fest – ein Anker in dem Sturm, in dem ich untergehen möchte. Der feste Druck seines Mundes auf meinem erfüllt mich mit Verlangen. Daxton stöhnt leise, dann dringt seine Zunge in meinen Mund, sanft und suchend.

Ich falle, ich schwebe. Verliere beinahe den Verstand, als er meinen Kopf nach hinten biegt. Das Verlangen blüht und schlägt Wurzeln. Ich will es. Ihn. Und mache mir gleichzeitig Sorgen, dass dies nur geschieht, weil wir uns in die Vergangenheit begeben haben, in eine Zeit, wo unsere größte Sorge im Leben darin bestand, gute Noten zu ergattern.

Aber ich hindere ihn nicht, auch wenn ich sollte.

Ich überlasse mich dem sehnsuchtsvollen Schmerz und der Explosion der Sinne: seinem Geruch, seinem Geschmack, der Hitze, die immer stärker wird und alles in Brand setzt.

Dax lässt eine Hand sinken und nimmt meine. Ich klammere mich an seinen Schenkel. Seine Hände schließen sich um meine Hüften, ziehen mich näher heran.

Das Summen und Klingeln eines Handys zerreißt die diffuse Wolke der Lust. Ich weiche zurück, doch Daxton kommt mir nach, vergräbt seine Finger in meinen Haaren und zieht zärtlich an den Locken, während sein Mund sich wieder zum Kuss auf meinen legt. Jetzt knabbert er, saugt meine Unterlippe ein und stöhnt, lässt seine Zunge in meinem Mund tanzen, wieder und wieder.

Doch das *ping, ping, ping* eingehender Nachrichten ist wie ein Schwall Eiswasser auf meine Libido.

Ich lege ihm eine Hand auf die Brust und drücke ihn weg. »Ist das dein Handy?«

»Ist nicht wichtig. Achte einfach nicht darauf.« Er hebt meine Hand an den Mund und küsst die Knöchel, dann beißt er zärtlich zu.

Ich spüre den Biss in meinem ganzen Körper, diesen Stich der Lust, die Hitze zwischen meinen Schenkeln. Dennoch bleibt mir bewusst, dass ich mit diesem impulsiven Akt vieles komplizierter gemacht habe. Es ist ein Kuss, der nicht hätte geschehen dürfen, aber ich habe ihn geschehen lassen.

Und werde ihn nicht vergessen können. Dazu prickeln meine Lippen zu sehr, und mein ganzer Körper summt in der Erinnerung an Dax' Berührung.

Ich schaue zu dem niedrigen Tischchen, auf dem unsere halb ausgetrunkenen Biere stehen; Tröpfchen laufen an den Flaschen hinab. Daxtons Handy meldet eine eingehende Nachricht, es leuchtet auf und rutscht durch die Vibration auf die Flaschen zu. Auf dem Display erscheint ein Frauenname.

Meine Kehle schnürt sich zusammen. Natürlich muss es Frauen geben, die Dax an einem Freitagabend anrufen. Sicher sind sie auch gewillt, zu ihm nach Hause zu kommen, wenn er nicht ausgehen kann. Wahrscheinlich bin ich bloß zweckdienlich, da ich schon einmal hier bin und immer noch so verknallt wie damals als Schulmädchen.

»Ich sollte gehen.« Ich erhebe mich und rücke meine Brille zurecht; wieder einmal ist alles total peinlich.

Dax steht gleichfalls auf. »Wie bitte? Warum denn?«

»Es ist schon spät. Du hast bestimmt anderes zu tun.« Ich mache eine Geste zu seinem Handy, das immer noch fleißig vor sich hinsummt. Ich versuche, an Dax vorbeizukommen, aber er vertritt mir den Weg. »Dax, bitte.« Gerade in diesem Moment kann ich ihn nicht anschauen. Ich könnte mir selber nicht in die Augen schauen.

»Kailyn.«

»Ich muss nach Hause.«

»Es tut mir leid. Ich dachte, du wolltest – « Immer noch versuche ich, mich an ihm vorbeizuzwängen. »Ich wollte dich nicht verärgern.«

»Schon gut. Alles in Ordnung. Ich sollte nur … Du stehst doch vollkommen unter Stress. Ist ja nur verständlich, dass du in deiner Situation bei einem vertrauten Menschen Trost suchst.«

»Darum geht es hier nicht.«

Ich schlüpfe an ihm vorbei und strebe auf die Tür zu. »Es freut mich, dass ich Emme helfen konnte, und es freut mich, dass du mir vertraust, Dax – aber das, was hier gerade vorgefallen ist, hätte nicht passieren dürfen.«

Er lässt mich gehen. Ich sehe seine Spiegelung im Fenster, als ich in meine Schuhe schlüpfe. Eine Hand hat er in die Hosentasche geschoben, während die andere unablässig seine Lippe reibt. Er sieht so verlassen aus.

Daxton sucht sein Heil in der Vergangenheit; er ist gefangen in einer Möglichkeit, die niemals existierte, weil seine Gegenwart so tragisch ist. Das macht unser Verhalten aber nicht besser.

Oder es mir leichter, in meinen Wagen zu steigen und wegzufahren.

12

Liebesgaben

Kailyn

Da Dax meine Handynummer hat, verlegt er sich nun auf Textnachrichten. Er vergewissert sich, dass ich nach meinem überstürzten Aufbruch heil zu Hause angekommen bin, entschuldigt sich dafür, mich beunruhigt zu haben, dankt mir noch einmal, weil ich ihm mit Emme aus der Klemme geholfen habe, und entschuldigt sich ein weiteres Mal.

Ich beantworte jede Nachricht höflich und neutral, ich erkundige mich, wie es Emme geht, versuche dabei jedoch stets, eine zumindest semiprofessionelle Distanz zu wahren. Was mir einigermaßen schwerfällt, wenn ich mich an das Gefühl seiner Zunge in meinem Mund erinnere.

Am Montagmorgen liegt eine schlichte Schachtel auf meinem Schreibtisch. Darin ein kurzer Brief von Dax und ein Set Kugelschreiber in allerlei schreienden Farben, genau wie jene, die ich damals im Hörsaal sorgsam auf meinem Pult ausgebreitet habe. Hin und wieder – wenn er hinter mir saß – beugte Daxton sich vor und flüsterte, dass sein Stift leer sei und ob ich ihm nicht einen ausleihen könnte. Dann bekam er stets einen Stift in einer unerträglichen Farbe, Hot Pink etwa oder Lime Green. Es ist eine wunderbare Erinnerung und eine noch liebevollere Geste.

Am nächsten Morgen erhalte ich einen Anruf von Linda. »Hallo, Kailyn Flowers am Apparat.«

»Kailyn, hallo! Ich bin ja so froh, dass ich Sie erreichen konnte.« In ihrer Stimme schwingt dieser hohe, durchdringende Ton mit, der mich sofort in Alarmbereitschaft versetzt.

»Ist alles in Ordnung? Geht es Emme gut?«

»Ähm, tja, genau deswegen rufe ich an.«

Ich strecke bereits die Hand nach meiner Tasche aus und will Cara rufen, damit sie meine Nachmittagstermine cancelt. »Soll ich zur Schule kommen? Oder Daxton anrufen?«

»Oh! Oh nein, so dringend ist es nicht. Es geht bloß darum, nun ja … Mir ist aufgefallen, dass Emme immer die gleichen Sachen trägt, und ich mache mir ein wenig Sorgen wegen ihres Zustands.«

»Es tut mir leid, ich kann Ihnen nicht ganz folgen …«

»Es hat ja vielleicht nichts zu bedeuten, aber sie trägt ständig denselben verschlissenen Hoodie. Sie wissen doch, wie Mädchen in dem Alter sind, die sind ja eigentlich sehr auf Mode bedacht, und mir ist bewusst, dass Emme gerade eine sehr schwere Zeit durchmacht … Aber ich mache mir eben Sorgen.«

»Worüber denn genau?«

»Sie trägt tagtäglich Sachen mit Löchern darin, und es ist doch so: Daxton könnte ihr mit der Beihilfe, die ihm zugesprochen worden ist, durchaus neue Kleidung kaufen. Ich meine, sozial gesehen hat sie es doch ohnehin schwer genug im Moment.«

Ich lehne mich zurück und überlege, welche verborgenen Absichten hinter ihrer vorgeblichen Sorge stecken mögen und ob Linda vielleicht über Informationen verfügt, die sich meiner Kenntnis entziehen. »Spielen Sie jetzt auf Probleme wie den Vorfall in der Cafeteria an?«

»Emme hat ja kein weibliches Vorbild mehr, und ehrlich gesagt mache ich mir Sorgen, dass das Geld, das für Emmes Unterhalt aufgewendet werden soll, nicht richtig eingesetzt wird. Für ein paar neue Oberteile muss doch etwas da sein! Wenn ich ihr Vormund wäre, würde ich schnurstracks mit Emme einkaufen gehen.«

»Ich werde mich darum kümmern.« Ich muss zwar noch die Rechnungen sehen, aber ich weiß ja, dass Dax vorgestern über hundert Dollar für Menstruationsartikel und Süßigkeiten ausgegeben hat, und glaube deshalb kaum, dass die Fondsgelder nicht ordnungsgemäß verwendet werden. Ich versuche jedoch, objektiv zu sein, denn ich weiß, dass meine Beziehung zu Dax und Emme mein Bild verzerrt. Linda allerdings, das nehme ich an, versucht, im Trüben zu fischen.

»Natürlich, natürlich. Ich habe mir nur gedacht, dass Sie das vielleicht erfahren sollten. Außerdem kommt Emme nicht mehr wie früher mit einem Lunchpaket zur Schule, und ich fürchte, dass dafür eben nicht genug Geld zur Verfügung steht. Ich bin stets mehr als gewillt, ihr auszuhelfen. Ich würde Daxton zum Beispiel vorschlagen, dass er etwas Geld im Schulsekretariat hinterlegt, aber wir wissen ja beide, dass er im Moment nicht so sonderlich gut auf mich zu sprechen ist.«

»Ich werde ganz gewiss mit Daxton darüber reden. Gibt es sonst noch etwas?«

»Nein, nein. Das war alles. Ich wollte Sie nur darauf aufmerksam machen.«

»Vielen Dank, Linda. Ich weiß Ihre Anteilnahme zu schätzen. Einen schönen Tag wünsche ich Ihnen.«

»Gleichfalls, Kailyn.«

Ich lege auf und massiere meine Schläfen. Ich kann nicht sagen, ob es ein strategischer Schachzug Lindas ist, den Kontakt mit Dax zu meiden, oder ob sie logisch nachvollziehbare Gründe hat. Dass sie über mich Einfluss auf ihn nehmen will, ergibt durchaus Sinn, da ich die gesetzliche Betreuerin bin, aber die Art und Weise, wie sie den Sorgerechtsstreit vom Zaun gebrochen hat, überzeugt mich nicht, dass ihre Besorgnis ehrlich gemeint ist. Außerdem ist mir bewusst, dass ich zugunsten von Dax beeinflusst bin.

Den ganzen Tag geht mir das Telefonat im Kopf herum, lenkt mich von der Arbeit ab und macht es schwer, mich zu konzentrieren.

Es ist schon nach fünf, als mein Handy eine Nachricht anzeigt. Und dann noch eine. Emmes Name erscheint auf dem Display. Sie schreibt in typischer Teenager-Manier mit jeder Menge Abkürzungen und Emojis. Der Kern ihrer Botschaft scheint zu sein, dass sie in der Schule festsitzt und Dax einfach nicht erreichen kann. Ich habe heute auch noch nichts von ihm gehört, aber es ist Gerichtstag, und nach fünf sind alle Verhandlungen beendet.

Ich halte mich gar nicht erst mit Textnachrichten auf.

Nach einmaligem Läuten meldet sich Emme. »Hallo?«

Ich benutze meine sanfte, unbeschwerte Stimme, unterdrücke meine Sorgen, so gut es geht. »Hey, Emme, was gibt's denn?«

»E-eine Sekunde.« Sie holt rasselnd Luft, es klingt, als hätte sie geweint. Im Hintergrund höre ich ein gedämpftes Geräusch, dann wieder ihre Stimme, flüsternd. »D-Dax sollte mich vor zwanzig M-Minuten abholen, nach der Musik-AG, aber er ist noch nicht d-da, und alle anderen Eltern haben ihre Kinder schon abgeholt. Ich h-hab gesagt, ich k-könnte doch den Bus nehmen, aber meine T-Tante meint, ich brauch die e-elterliche Erlaubnis dazu, und D-Dax geht einfach nicht an sein Handy.«

»Mach dir keine Sorgen. Wir werden schon eine Lösung finden. Hast du's auf der Arbeit versucht?«

»J-Ja. U-und an seinem Handy. B-bei der A-Arbeit geht k-keiner dran und an s-seinem H-Handy meldet sich nur die V-Voicemail.« Sie hat einen starken Schluckauf.

»Okay. Ist schon gut, Süße. Ich kann dich ja abholen.«

»W-was, wenn er sch-schon auf dem W-Weg war? W-was, wenn was p-passiert ist? W-was, wenn er auch einen U-Unfall gehabt h-hat?«

Mein Herz zieht sich zusammen. »Oh, Emme, atme erst mal tief durch. Ich bin sicher, es geht ihm gut. Ich wette, dass er noch in einer Besprechung sitzt und einfach nicht wegkann. Das kommt bei Anwälten schon mal vor. Er hat doch heute Gerichtstag, stimmt's? Ich komme sofort und hole dich ab.« Als wir gestern telefoniert haben, hat Dax eine wichtige Anhörung erwähnt, die in dieser Woche ansteht. Abgesehen davon hat er mir eine Frage gestellt, auf die er die Antwort mit Sicherheit schon wusste. Unser Gespräch war gestelzt und hilflos.

»Meine T-Tante will mich mitnehmen. Aber ich w-will nicht zu ihr.«

»Du kannst ihr ausrichten, dass ich schon auf dem Weg bin. Ich komme, so schnell ich kann.« Emmes Schule ist zum Glück keine Viertelstunde entfernt.

»O-okay.«

»Tief durchatmen, Emme. Dax geht es gut. Ich komme gleich.« Ich bin schon dabei, meinen Rechner runterzufahren, als plötzlich Beverly in der Tür steht und mich erwartungsvoll anschaut. »Ich hatte gehofft, Sie noch eine Minute sprechen zu können, aber wie es aussieht, haben Sie es eilig. Alles in Ordnung?«

»Es gibt eine kritische Situation mit Emme. Ich hole sie jetzt von der Schule ab.«

»Was für eine Situation?«

»Dax hängt anscheinend bei Gericht fest, und sie kann ihn nicht erreichen. Sie hat große Angst, ihm könnte etwas zugestoßen sein, und ihre Tante will sie mit zu sich nehmen.«

»Oh, das ist ja perfekt.«

Ich erstarre mitten in der Bewegung, meinen Laptop in die Kuriertasche zu schieben. »Wie bitte?« *Perfekt* wäre der letzte Begriff, mit dem ich die Lage beschreiben würde. Es ist ein Riesendurcheinander.

Beverly macht eine abwiegelnde Geste. »Nicht für das kleine Mädchen oder für Daxton, aber für uns. Er hängt bei Gericht fest, weil seine Kanzlei ihm nicht die flexiblen Arbeitsstunden zubilligt, die er nötig hätte, und das bringt ihn in eine heikle Lage, weil es so aussieht, als ob er inkompetent wäre. Das Problem wäre sofort behoben, wenn sein Arbeitgeber ein wenig mehr Verständnis für seine Situation zeigte.«

»Ich arbeite daran«, knirsche ich, während ich mich an ihr vorbeizwänge und Richtung Fahrstühle eile.

Beverly heftet sich an meine Fersen. »Daran zweifle ich keineswegs. Besonders, wenn Ihnen solche strategischen Schachzüge einfallen. Sehr clever, Kailyn.«

Ich lächele angespannt, während ich mit dem Daumen auf den Fahrstuhlknopf hämmere; zum Glück fährt die Tür sofort auf. »So bin ich eben: Miss Strategic.«

»Sie bringen mich dann morgen auf den neuesten Stand«, sagt sie, als ich in den Stahlkasten trete.

»Natürlich.« Ich drücke auf den Knopf der Parkgarage, die Türen fahren zu, und ich brauche Beverlys zufriedenes Grinsen nicht mehr zu sehen. Ich lasse mich an die Wand sinken und meinen angehaltenen Atem ausströmen. Die in Aussicht gestellte Partnerschaft war das Letzte, woran ich gedacht habe, als ich Emme versprach, so schnell wie möglich bei ihr zu sein. Ich wollte ihr lediglich die Panik nehmen und dafür sorgen, dass diese seltsame Tante, die eine begnadete Aufwieglerin zu sein scheint, dem Mädchen nicht noch mehr Stress macht.

Ich rufe Dax' Nummer auf. Seit gestern hat er nicht mehr getextet, was ja an sich okay ist, aber wenn Emme sich im Zustand der Panik befindet, ist es nicht mehr in Ordnung. Auf seinem Handy springt sofort die Voicemail an. »Wenn du diese Nachricht erhältst, ruf mich bitte sofort an. Es ist dringend.« Ich beende meine Mitteilung in dem Moment, als die Tür zur Parkgarage auffährt, und eile zu meinem Wagen. Mit zitternden Händen schalte ich das Navi ein und schnalle mich an.

Wahrscheinlich habe ich auf dem Weg zur Schule fast jede Ampel bei Gelb überfahren. Als ich ankomme, ist es beinahe sechs und der Hof nahezu leer. Ich fahre vor den Haupteingang und stelle mich auf einen Busparkplatz. Immer noch keine Nachricht von Dax, was mir zunehmend Sorgen bereitet. Es wäre fatal, Emme zu versichern, dass alles in Ordnung sei, wenn dies nicht der Fall wäre, aber wenn Dax etwas zugestoßen ist, könnte ich selber einen Nervenzusammenbruch bekommen.

Sobald ich aus dem Wagen steige, springt Emme von der Treppe auf und rennt auf mich zu. »Hast du Dax erwischen können?«

Automatisch öffne ich die Arme, und sie stürzt sich hinein. »Noch nicht, Süße, aber ich bin sicher, dass es ihm gutgeht.«

Die Schultür schwingt auf und Linda erscheint, mit zusammmengekniffenem Mund, die Hände in die Hüften gestemmt. »Emme! Du kannst nicht einfach das Schulgebäude verlassen, ohne mir zu sagen, wohin du gehst.« Sie bleibt abrupt stehen, als sie Emme in meinen Armen sieht. Ihre Reaktion ist genau das Gegenteil von der mütterlichen Art, die sie bei unserem letzten Treffen im Büro des Rektors gezeigt hat.

Ich tätschele Emme den Rücken und flüstere: »Bist du in Ordnung?«

Sie schüttelt den Kopf an meiner Schulter.

»Emme, wer ist das da?« Mit klackernden Absätzen kommt Linda die Stufen herunter. »Oh, Kailyn. Ich habe nicht mitbekommen, dass Emme Sie angerufen hat.«

Ich lächele kühl und zeige mich völlig unbeeindruckt von der Art, wie sie mit Emme oder der ganzen Situation umgeht. »Sie hat angerufen, als sie Daxton nicht erreichen konnte. Er ist bei Gericht. Ich muss mich entschuldigen, dass ich es nicht früher geschafft habe. Daxton hatte mir aufgetragen, Emme abzuholen, aber in meinem Terminkalender hat sechs statt fünf Uhr gestanden.« Die Lüge geht mir ganz leicht von den Lippen. »Ich würde Emme sehr gern mitnehmen. Wir können bei mir auf Dax' Anruf warten.«

»Aber ich will nach Hause«, sagt Emme.

»Wir sollten Kailyn nicht noch mehr Ungelegenheiten bereiten«, sagt Linda streng.

»Es kommt mir gar nicht ungelegen. Warum gehst du nicht rein und holst deine Tasche?«, wende ich mich an Emme. »Und du kannst ja noch mal versuchen, Dax zu erreichen.«

Emme scheint hin- und hergerissen, doch ich nicke ihr ermutigend zu, und sie geht mit schleppenden Schritten die Treppe hoch. Sobald sie im Gebäude verschwunden ist, verschränkt Linda die Arme vor der Brust. »Nun sehen Sie ja, wie recht ich habe mit meiner Sorge: Dax ist einfach nicht in der Lage, vernünftig für Emme zu sorgen. Wenn er nicht zur Familie gehörte, hätte ich längst das Jugendamt eingeschaltet.«

Ich ziehe eine Braue hoch. »Weil er einen späten Termin hat? Ich glaube kaum, dass das einen Missbrauch darstellt.«

»Er vernachlässigt sie. Daxton hat sich ja immer schon vor Verantwortung gedrückt. Er sollte nicht ihr Vormund sein.

Haben Sie gesehen, in welchem Aufzug Emme herumläuft? Sie sieht ja aus wie eine Obdachlose.« Linda kommt ein paar Schritte auf mich zu und kramt dabei in ihrer Handtasche. »Ich habe hier Kopien des Originaltestaments. E-Mail-Verkehr zwischen meiner Schwester und mir, der beweist, dass ich der ideale Vormund bin. Ich habe urkundlich belegte Beweise, dass Dax unfähig ist, Emme zu erziehen.«

Sie zieht einen Aktenordner aus der Tasche. Er ist abgenutzt und verknickt, als sammelte sie schon seit geraumer Zeit Unterlagen. »Da drin finden Sie Kopien aller Dokumente. Sie werden sehen, dass ich recht habe.« Sie hält mir den Ordner hin. »Nehmen Sie ihn ruhig.«

Falls sich irgendetwas Belastendes in dem Ordner befindet, wäre es schon gut, ihn zu haben. Ich stopfe das Ding in meine Kuriertasche. Mir ist bewusst, dass ich neugierig bin auf diese sogenannten Beweise, die Linda zu besitzen glaubt. Im Übrigen finde ich es merkwürdig, dass sie mich ausgerechnet heute, wo Dax unauffindbar scheint, angerufen hat. Das sind doch wohl ein paar Zufälle zu viel.

Bevor Linda noch etwas hinzufügen kann, läutet mein Handy. Hastig ziehe ich es aus der Tasche und registriere erleichtert die Nummer. »Hi.«

»Du hast gesagt, es sei dringend. Ist alles in Ordnung? Emme hat mich zigmal angerufen. Ich hätte vor ungefähr einer Stunde an der Schule sein müssen. Komme gerade erst aus der Kanzlei.«

Ich werde von einer Welle der Erleichterung erfasst und muss mich räuspern, bevor ich antworten kann. »Ich bin an der Schule. Ich bringe Emme nach Hause.«

»Es tut mir so leid, dass du dir so viel Mühe machen musstest. Ich schulde dir echt was.« Er stockt. Es ist wirklich zu viel für ihn.

»Das ist keine Mühe. Sie wird gleich zu Hause sein.«

»Ich erzähle dir dann, was hier los war. Bin außerdem nur zehn Minuten von zu Hause entfernt, ich werde also vermutlich vor euch da sein.« Ich beende das Gespräch und wende mich wieder Linda zu. In diesem Moment sprintet Emme aus dem Gebäude.

»Dax hat getextet!«

Ich lächele beruhigend. »Na, siehst du! Ich hatte dir ja gesagt, dass er bei Gericht festgehalten wird. Er kommt jetzt auch sofort. Lass uns fahren.«

»Wir bleiben in Verbindung«, flüstert Linda und wirft einen bezeichnenden Blick auf meine Kuriertasche.

Emme hakt mich unter und zieht mich zu meinem Wagen. »Bye, Tante Linda!«, ruft sie über die Schulter. Dann wirft sie ihren Rucksack auf den Rücksitz und schnallt sich an, ohne dass ich sie dazu ermahnen muss.

Mir fallen die ausgefransten Bündchen ihres Hoodies und die Löcher in den Jeans durchaus auf, aber ist das nicht normal für einen Teenager? Andererseits bin ich ziemlich sicher, dass es derselbe Hoodie ist, den sie bei unserem letzten Treffen getragen hat. Ich frage mich, ob es ihr Lieblingspullover ist und sie ihn ständig trägt, weil er für sie so etwas wie eine Schmusedecke ist. Als meine Mutter gestorben war, rollte ich mich oft in eine Häkeldecke von ihr ein, nur um mich ihr nahe zu fühlen. Und aus dem gleichen Grund trug ich ihre Lieblingskette, dann spürte ich sie nah an meinem Herzen. Zu besonderen Anlässen trage ich diese Kette auch heute noch.

Emme nagt an ihren schon reichlich gemarterten Nägeln, während ich den Wagen in Bewegung setze. Kurz drücke ich ihre Schulter. »Alles wieder in Ordnung?«

Sie nickt, doch ihre Stimme klingt verzagt. »Ich hatte solche Angst.«

»Das weiß ich doch, Süße, aber jetzt ist ja alles wieder gut.«
Das stimmt nicht so ganz, aber ich werde mich hüten, meine Bedenken in Bezug auf Linda zur Sprache zu bringen.

Erstaunlicherweise brauche ich nur zehn Minuten, um zum Haus zu gelangen. Dax sitzt auf der Treppe, das Jackett aufgeknöpft, die Krawatte gelockert, seine Haare heillos zerwühlt.

Er steht auf, als ich mich in der Einfahrt neben seinen Audi stelle. Ich habe noch nicht mal in Parkstellung geschaltet, als Emme schon die Tür aufreißt. Ihre Schultasche landet auf dem Boden, die Tür steht sperrangelweit offen, sie stürzt in Dax' Arme. Ein neuerlicher Tränenstrom bringt ihren ganzen Körper zum Beben.

Daxton schließt sie in seine starken Arme und legt seine Wange auf ihren Scheitel, streicht über ihr Haar. Ich stelle gerade noch rechtzeitig den Motor ab, um seine tröstenden Worte zu hören. »Schhh. Ist ja gut, ist ja gut. Ich bin da. Nichts Schlimmes passiert. Uns geht's gut. Dir geht's gut. Ich bin ja hier.«

Ich muss zunächst einmal tief durchatmen, um meine eigene Angst zu bezwingen. Emmes Panik ist kurzzeitig auch zu meiner geworden. Sie erinnert mich an meine eigene Angst vor so vielen Jahren, als mein Vater seinen ersten Herzanfall erlitt.

Daxton hebt den Blick, als ich aus dem Wagen steige; in seiner Miene spiegeln sich Dankbarkeit und so viele andere flüchtige Gefühle, dass sie unmöglich zu beschreiben sind.

»I-ich dachte, d-dir wär was p-passiert«, schluchzt Emme an seinem Anzugrevers.

Ich gehe um die Motorhaube herum auf die beiden zu, hebe Emmes Rucksack auf und drücke behutsam die Beifahrertür zu.

»Es tut mir so leid, dass du dir Sorgen machen musstest. Ich werde alles tun, damit das nicht wieder vorkommt.«

Ich bin froh, dass er ihr kein Versprechen gibt, dass er möglicherweise nicht halten kann.

Eine halbe Minute lang flüstern sie noch miteinander, dann endlich löst Emme sich von ihrem großen Bruder. »Ich hab schon geglaubt, ich müsste ab jetzt bei Tante Linda wohnen.«

»Ach Kleines, ich tue alles, was in meiner Macht steht, damit du hierbleiben kannst, okay?«

Emme nickt, die Finger am Mund, ängstlich an den bereits eingerissenen Nägeln kauend.

»Hast du Hunger?«

Sie schnieft und zuckt die Achseln. »Kann Kailyn zum Essen bleiben?«

Dax sieht mich an, fragend, hoffnungsvoll. »Wenn sie möchte.«

Ich sollte mich vom Acker machen und es den beiden überlassen, mit der Situation klarzukommen, aber Emme schaut mich ebenso hoffnungsvoll an wie Dax, und zwei bettelnden Augenpaaren kann man einfach nichts abschlagen. »Ich könnte schon noch ein Weilchen bleiben.«

Emme lächelt unter Tränen. »Magst du Sushi? Können wir uns nicht Sushi bestellen?«

»Das klingt großartig.«

»Warum gehst du nicht rein und schaust in die Karte und bestellst alles, worauf du Lust hast?«, meint Dax.

»Okay.« Emme schnappt sich ihren Rucksack und verschwindet im Haus.

Sobald sie außer Sicht ist, zieht er mich an sich. Er senkt den Kopf und ich spüre seinen warmen Atem an meinem Hals. »Danke.« Ein Schauer durchfährt ihn, und er hält mich nur noch fester.

Ich streiche ihm beruhigend über den Rücken. »Schon gut. Es geht ihr wieder gut.« Ich sollte einen Abstand zwischen uns legen, doch leider gefällt es mir viel zu gut, von Dax gehalten zu werden. Es ist so lange her, seit jemand bei mir Trost gesucht hat. Und er riecht so gut: nach einem Hauch Rasierwasser, frischer Wäsche und Kaugummi mit Wassermelonengeschmack. Ich fühle mich sowohl beschützt als auch gebraucht, ein Gefühl, das ich seit einer Ewigkeit nicht mehr hatte. Eine gefährliche Kombination.

Dax' Mund streift kurz meine Wange, dann gibt er mich frei. »Ihre Nachrichten sind immer panischer geworden. Mir war richtig schlecht.«

»Sie hatte Angst, dass dir etwas zugestoßen ist.« *Ich auch.* »Was hat dich denn so aufgehalten?«

Dax will gerade antworten, da stößt Emme die Haustür auf und fasst meine Hand. »Du musst mit auf die Speisekarte schauen. Ich will, dass du deine Lieblings-Sushis aussuchst!«

Als wir mit unserem Dinner fertig sind, entschuldigt sich Emme und geht auf ihr Zimmer; offenbar hat sie sich von ihrem Schrecken vollständig erholt. Nun können Dax und ich in Ruhe reden. Emme hat er erzählt, dass er nicht aus einer Besprechung wegkonnte und sein Handyakku leer war, aber seine steife Haltung verriet, dass dies nicht die ganze Wahrheit war.

Er holt ein paar Flaschen Bier aus dem Kühlschrank. »Möchtest du auch?«

»Ich sollte vielleicht bald gehen.«

»Aber auf ein Bier kannst du doch noch bleiben? Dann erzähle ich dir, was heute Nachmittag los war.« Mit dem Kopf deutet er in den Garten.

Als ich das letzte Mal mit Dax dort gesessen habe, hat er mich geküsst. Die Erinnerung daran verfolgt mich wie ein Geist und mündet in nächtliche Träume, aus denen ich voller

Verlangen erwache. »Äh, vielleicht sollten wir lieber ins Wohnzimmer gehen. Wird allmählich kühl.«

Ich habe keine Ahnung, ob das stimmt, will aber der Versuchung um jeden Preis entgehen. Wenn ich es schaffe, dass Dax zu Whitman wechselt, kann ich mir diese Art Beziehung ohnehin nicht leisten. Es gibt in unserer Kanzlei ein striktes Fraternisierungsverbot, und das aus gutem Grund. Büroromanzen schaffen nur unnötige Dramen, besonders, wenn die Beziehungen scheitern. Und in einer kleinen Kanzlei wie Whitman wäre die Peinlichkeit umso größer.

Dax grinst verhalten, den Kopf leicht zur Seite geneigt. »Okay.«

Wir gehen also ins Wohnzimmer. Natürlich wählt er das Zweiersofa, sodass ich ganz nah bei ihm sitzen muss. Ich trage immer noch meinen Bleistiftrock und die weiße Bluse. Als ich die Beine übereinanderschlage, wird Daxtons Blick von meiner gemusterten Strumpfhose angezogen. Ich ziehe meinen Rock hinunter und wünsche mir, ich hätte etwas Bequemeres an. »Was war heute Nachmittag los?«

»Vor Gericht hat's ziemlich lang gedauert, und danach musste ich noch in die Kanzlei. Doch selbst mit diesem Zwischenstopp hätte ich mich nur um wenige Minuten verspätet. Aber Lindas Anwalt war da; er hat mir in der Lobby aufgelauert.«

»Warum das?«

»Woher zum Teufel soll ich das wissen? Ich nehme an, Linda hat ihn geschickt, damit ich mich verspäten musste. Er hat mir Papiere vorgelegt, die ich bereits gesehen habe. Emme hat dienstags nach dem Unterricht Musik-AG, wie Linda sehr wohl weiß. Ich hatte es so eilig, zur Schule zu kommen, dass ich meine Wagenschlüssel in Felix' Auto liegen gelassen habe, deshalb musste ich warten, bis er sie mir zurückgebracht hat. Mein Akku war leer, bevor ich Emme anrufen und Bescheid sagen konnte. Zu dem Zeitpunkt muss sie sich schon bei dir gemeldet haben. Es war einfach ein Tag, an dem alles schiefging.«

»Ich glaube, du brauchst einen Plan B für Abende, an denen es spät werden kann. Du könntest die elterliche Erlaubnis erteilen, dass Emme mit dem Bus nach Hause fährt, oder du könntest mir Bescheid geben, damit ich einspringe.«

»Ich will dir das nicht aufhalsen.«

»Ich habe nicht ohne Grund den Ermessenspielraum dazu, Dax. Lass mich doch helfen, wenn du Hilfe brauchst.«

Er reibt sich mit dem Handteller übers Gesicht. »Es ist der reinste Tornado, weißt du? Die Hälfte der Zeit weiß ich einfach nicht, wo mir der Kopf steht.«

Ich streiche ihm tröstend über den Arm. »Hast du mit deinem Chef wegen der Arbeitszeit gesprochen? Über eine flexible Regelung?«

»Sie versuchen, was geht, und ich bemühe mich ja auch. Sie sind so daran gewöhnt, dass ich Überstunden mache, dass sie wahrscheinlich schlicht vergessen, welche Verpflichtungen ich habe. Die meisten Familienväter müssen das ja nicht alleine stemmen, sie haben Ehefrauen und Kindermädchen. Das ist mit meiner Situation nicht zu vergleichen.«

»Es gibt andere Möglichkeiten, Dax. Beverly würde dir höchst flexible Arbeitszeiten garantieren. Emmes Schule liegt in nächster Nähe unserer Kanzlei, und die Bibliothek befindet sich auf der gleichen Straße. Einige Kinder von meinen Kollegen und Kolleginnen hängen dort nach der Schule ab und machen Hausaufgaben. Unsere Kanzlei ist sehr familienbetont, was jemandem in deiner Situation besonders entgegenkommen würde.« Ungeachtet Beverlys egoistischer Motive wäre es besser für Emme und auch für Dax, wenn er zu uns wechseln würde. Beide hätten dann mehr Stabilität. Ich würde den Vorschlag sogar machen, wenn er nicht von Beverly käme.

Daxton stößt einen Seufzer aus. »Ich soll dieses Jahr bei Freeman Partner werden.«

»Das bringt aber eine Menge zusätzlicher Anforderungen mit sich.«

Er reibt sich den Nacken. »Ich hatte so viele Pläne, was ich im Leben machen wollte, und jetzt ist alles ganz anders gekommen.«

»Deine Pläne sind doch bloß aufgeschoben. Bei Whitman hättest du die gleichen Optionen, und du könntest dir aussuchen, auf welchem Weg du zum Ziel gelangen willst. Du kannst warten, bis Emme mit der Highschool fertig ist und aufs College geht, bevor du den Schritt zur Partnerschaft tust, wenn das für dich am meisten Sinn ergibt. Du bist noch jung, du hast genug Zeit.« So sehr das nach einem Verkaufsgespräch klingt, ist es doch wahr.

»Es wäre jedenfalls eine Sache, über die man mal nachdenken sollte, besonders nach einem Tag wie heute.« Dax legt seinen Arm auf die Rückenlehne des Sofas. »Du stehst doch bestimmt auch kurz davor, Partner zu werden.«

»Mein Dad und ich haben vor seinem Tod eine Wette abgeschlossen, dass ich es bis dreißig schaffe.«

»Und – ist es das, was du willst?«

»Jedenfalls etwas, auf das ich hingearbeitet habe.« Es mag nicht das Vernünftigste gewesen sein, mich nach all meinen Verlusten in die Arbeit zu stürzen, aber bislang komme ich mit dieser Strategie am besten zurecht.

»Kommt dir das hier in die Quere?« Dax macht eine bezeichnende Geste zwischen uns beiden; ich brauche einen Moment, um zu verstehen, was er meint.

Mein Magen verknotet sich vor Schuldgefühlen: Daxton ist

ein Teil der Vereinbarung, die mir die lang ersehnte Partnerschaft einbringen soll. »Ach, du meinst, ob Emmes Betreuung meine Arbeit beeinträchtigt? Nein, das ganz gewiss nicht.«

»Okay. Dann ist es ja gut. Danke noch mal für alles, was du getan hast. Das war viel mehr, als deine berufliche oder private Pflicht erfordert hätte.«

»Ich bin einfach nur froh, dass ich helfen konnte.«

Dax schweigt einen Augenblick, dann räuspert er sich. »Was das letzte Mal angeht, als du hier warst …«

»Dafür schuldest du mir keine Erklärung. Wir können es schlicht vergessen.« Ich lächele, in der Hoffnung, dass es aufrichtig wirkt. »Es ist spät geworden. Ich sollte jetzt wirklich heimfahren.«

Er wirkt ein wenig enttäuscht, nickt aber, stellt seine noch fast volle Flasche auf den Couchtisch und bringt mich zur Tür. Seine Hände sind in die Hosentaschen vergraben, er nagt an seiner Unterlippe. Er sieht so unsicher, ja verzweifelt aus. Es gibt so viele Gründe, weswegen er mir leidtut, und nicht der geringste davon sind meine verborgenen Motive, ihm zu helfen. Bevor ich weiß, was ich tue, gehe ich nahe an ihn heran.

Gegen den ausdrücklichen Befehl meines Verstandes schlinge ich meine Arme um ihn und drücke mich an seine Brust. Er wirkt zunächst erschrocken und braucht einen Moment, um meine Umarmung zu erwidern.

»Alles wird gut«, murmele ich.

»Ich möchte wirklich, dass du recht hast.«

Seine Hand gleitet an meinem Rücken empor, bis ich die flüchtige Berührung seiner Finger im Genick spüre. Ich muss mich ermahnen, die Balance zwischen möglicher Kollegin und Freundin einzuhalten. Doch das hier fühlt sich nicht nach Freundschaft oder Kollegialität an. Dax neigt seinen Kopf, und seine Nase streift an meinem Hals entlang, dann berühren seine Lippen meine Haut, und er flüstert meinen Namen.

»Dax! Haben wir Eiscreme da? Können wir Smoothies machen?« Emme poltert lautstark die Treppe hinunter; wir fahren auseinander.

Daxton räuspert sich. »Wahrscheinlich.« Seine Stimme klingt rau.

Er rammt seine Hände in die Hosentaschen und hüstelt, während er sich verstohlen zurechtrückt. Mein Ego bläht sich ein bisschen auf, weil ich die Ursache dafür bin, obwohl ich ihn nur umarmt habe.

Am Fuß der Treppe hält Emme jäh inne. »Oh! Willst du gerade gehen, Kailyn?«

»Stimmt. War schön, dich wiederzusehen.«

Sie sieht ein wenig enttäuscht aus, schenkt mir dann aber ein strahlendes Lächeln. »Vielleicht kannst du bald mal zum Abendessen kommen? Ich könnte für uns kochen!«

»Du kochst?« Ich schaue Dax an. Ob sie das häufiger gemeinsam machen?

»Mom hat es mir beigebracht. Ich bin nicht so gut wie sie, aber ganz okay.«

»Das fände ich toll!«

»Super!« Sie umarmt mich zum Abschied und entschwindet in Richtung Küche.

»Nur damit du vorgewarnt bist: Ich habe keine Ahnung, ob sie tatsächlich kochen kann«, sagt Dax.

»Vielleicht solltest du mit ihr üben, bevor wir uns zum Dinner verabreden?« Ich zwinkere ihm zu und schelte mich sogleich für diese Koketterie. Bei diesen beiden muss ich mich sehr bemühen, einen kühlen Kopf zu bewahren.

13

Dinner für drei

Dax

Zwei Wochen danach werde ich von Emmes Vertrauenslehrerin Miss Garrett angerufen. Die Halbjahrszeugnisse werden verschickt, und sie wollte mir eine böse Überraschung ersparen. Emmes Noten befinden sich seit dem Tod unserer Eltern in rasantem Abwärtstrend; war sie bislang eine strikte Einserkandidatin, so hat sie nun viele Zweien und sogar ein paar Dreien in ihrer Beurteilung.

Das, so beeilt sich ihre Vertrauenslehrerin zu versichern, sei nicht ungewöhnlich. Aber sie mache sich Sorgen um Emme. Andere Lehrer haben Ähnliches berichtet. Sofort hege ich den Verdacht, dass Linda dahintersteckt. Miss Garrett wirft mit Begriffen wie *Depression* und *sozialer Rückzug* um sich. Hat Emme zu Hause angemessene Beschäftigung? Geht sie mit Freundinnen aus? Widmet sie sich ihren Hobbys? Und die Antwort lautet, dass ich es schlicht nicht weiß.

Nach dem Unterricht ist Emme einige Male bei Marnie gewesen, aber seit dem Tod unserer Eltern hat sie keine Freunde mehr zu sich eingeladen. Die meiste Zeit schließt sie sich in ihrem Zimmer ein wie ein ganz normaler Teenager. Oder ist das vielleicht doch nicht so normal? Sie singt häufig in ihrem Zimmer, meist traurige, klagende Songs. Ich habe ihr Verhalten mit meinem damals verglichen, wenn ich mich zurückzog, um vor einem Spiegel meinen Text zu proben. Aber es kann ja sein, dass Emmes Singen eine ganz andere Bedeutung hat. Ich kann das nicht so richtig einordnen, weil meine eigene Kindheit alles andere als normal war.

Als von der Schule die Anfrage kommt, am Elternsprechtag darüber zu reden, wie Emme im zweiten Halbjahr am besten zu unterstützen sei, sage ich sofort zu. Und diesmal bin ich dankbar und nicht verstimmt, dass Kailyn mir dabei zur Seite sitzen wird.

Drei Tage später stehe ich vor Emmes Schule und warte auf Kailyn. Immer wieder checke ich auf dem Handy die Uhrzeit, obwohl sie vor einer knappen Viertelstunde angerufen hat, dass sie auf dem Weg ist. Ich wollte sie abholen, aber Kailyn meinte, es sei besser, sie fahre selbst, da sie vorher noch einen Termin wahrnehmen müsse. Ich habe sie zum Abendessen eingeladen, Emme aber noch nichts davon erzählt. Ich will nicht, dass meine kleine Schwester enttäuscht ist, falls Kailyn es sich anders überlegt.

Obwohl das Gespräch erst in einer Viertelstunde beginnen soll, kriege ich es mit der Angst zu tun. Nicht, weil ich befürchte, dass Kailyn mich versetzt; in den letzten Wochen habe ich die Erfahrung gemacht, dass sie absolut zuverlässig ist. Ich habe eher Angst, ob sie heil hier ankommt.

Jetzt verstehe ich, warum Emme so außer Fassung war, als ich mich über eine Stunde verspätete. Kailyn ist erst zwei Minuten über die verabredete Zeit, und schon beschwöre ich die schlimmsten Szenarien herauf. Als ich so weit bin, sie anzurufen – keine besonders gute Idee, wenn sie fährt –, sehe ich ihren Wagen auf den Parkplatz einbiegen.

Meine Sorge wegen des bevorstehenden Gesprächs und die

Erleichterung, dass ihr nichts zugestoßen ist, türmen sich aufeinander. Unfähig, still zu halten, laufe ich ihr auf dem Parkplatz entgegen.

Kailyn trägt einen ihrer sexy Bleistiftröcke und eine weiße Bluse. Ihr Jackett ist blutrot, ihre schwarzen Nylons haben ein geometrisches Muster, das immer wieder meine Blicke anzieht, und sie trägt ihre Brille – mit Absicht, möchte ich meinen. Das lange dunkle Haar ist streng hochgesteckt. Sie sieht unglaublich professionell und zugleich hinreißend weiblich aus.

Ihre Miene bittet mich um Verzeihung. »Tut mir leid, dass ich mich verspätet habe. Ich hab ziemlich lange vor einer Bahnschranke gestanden, und das Handy war unter den Sitz gefallen. Ich konnte dir also nicht Bescheid geben.«

»Ich bin nur froh, dass dir nichts passiert ist.« Ich ziehe sie an mich und drücke sie mit all meiner Kraft.

Vorsichtig erwidert sie die Umarmung. »Dax? Ist alles in Ordnung?«

»Du kommst sonst nie zu spät. Ich hab mir Sorgen gemacht«, murmele ich.

Jetzt drückt sie mich. »Oh Dax, es tut mir so leid. Aber jetzt bin ich ja da: heil und in einem Stück. Und du auch.«

Ich senke den Kopf und atme ihren Geruch ein, lasse mich vom Duft ihrer warmen Haut trösten. Ich will sie nicht aus meinen Armen lassen. Mir ist schon klar, dass meine Angst nicht logisch begründet ist und dass meine Versuche, unsere Beziehung platonisch zu halten, zum Scheitern verurteilt sein werden. Aber genau jetzt brauche ich Kailyns Hilfe, also muss ich mich beherrschen und darf nichts tun, was diese Hilfe gefährden könnte.

Mit einem tiefen Ausatmen lasse ich sie los. »Sorry. Diese …« Ich tippe mir auf die Brust. »Diese Angst ist neu.«

Kailyn legt mir eine Hand auf die Wange. »Ist doch in Ordnung. Tief durchatmen. Das ist alles zu viel auf einmal. Nicht nur Emme trauert. Du musst nicht in jeder Minute des Tages stark sein.«

Ich schließe die Augen und lege meine Hand auf ihre, halte den Kontakt, während ich gegen meine Angst atme. Ich weiß nicht, wie ich das alles ohne Kailyn durchstehen könnte – eine erschreckende Erkenntnis. Die ich möglichst für mich behalten sollte. Schließlich war ich ja lange genug Schauspieler und müsste falsche Zuversicht und Coolness vortäuschen können.

Ich lasse meine Hand sinken und lächele schwach. »Bereit für die Höhle der Löwen?«

Kailyn sieht mich forschend an, die Sorge ist ihr vom Gesicht abzulesen. »Klar.«

Ich halte ihr die Tür auf. Wir melden uns im Sekretariat und werden in den Flur gebeten, wo wir warten sollen. Zappelig sitze ich auf einem Stuhl mit kratzigem Bezug. Die Keime, die in diesem Stoff eine Heimat gefunden haben, könnten wahrscheinlich für naturwissenschaftliche Versuche genutzt werden. Nervös trommele ich auf der Armlehne herum, behalte die Uhr im Auge.

»Entspann dich«, murmelt Kailyn.

»Sorry.«

»Es gibt nichts, worüber du dir Sorgen machen müsstest. Das ist kein Gerichtsverfahren, Dax. Sie wollen Emme doch nur helfen.«

Ich nicke und atme heftig aus. »Ein Gerichtsverfahren würde mich weniger nervös machen. Da weiß ich wenigstens, was mich erwartet, und habe eine gewisse Kontrolle. Aber hier geht es um Emme, und ich weiß nicht, was kommt, und das macht mich fertig.« Ich bin nicht sicher, ob ich mich auf meinen kühlen Anwaltskopf verlassen kann. Ich habe Angst, dass ich das Falsche sagen und Linda neuerliche Munition gegen mich liefern könnte. Schlimmer noch, ich mache mir Sorgen, dass ich den Eindruck erwecken werde, nicht für Emme und mich sorgen zu können – ein Eindruck, den Kailyns Anwesenheit ja in gewisser Weise unterstreicht.

»Du schaffst das schon. Und ich bin an deiner Seite.«

Der schrille Ausruf einer Frau durchbricht die Stille des Flurs. »Oh mein Gott! Es ist Daxton Hughes!« Eine Frau Anfang vierzig kommt mit rudernden Armen vor uns zum Stehen. »Oh! Oh Gott! Ich fass es nicht. Meine Tochter liebt Ihre Serie und ich auch. Ich habe sie immer geschaut, als ich noch auf dem College war. Es war mir immer ein ausgesprochenes Vergnügen.«

Sie streckt mir die Hand hin, und mir bleibt nichts übrig, als sie zu schütteln. Ihre Hand fühlt sich ganz verschwitzt an – oder ist es meine?

»Es freut mich, dass Ihnen die Serie gefallen hat.«

»Sie hat mir mehr als nur gefallen …« Sie zwinkert mir kokett zu und schüttelt wie eine Besessene meine Hand. Dann endlich lässt sie von mir ab und legt ihre Hand aufs Herz. »Oh! Kann ich ein Autogramm haben? Für meine Tochter, natürlich.« Wieder dieses zweideutige Zwinkern. »Und vielleicht auch ein Foto? Oh mein Gott! Sie sind so ein toller Schauspieler. Oder waren es. Wirklich zu schade, dass Sie aufgehört haben. Warum haben Sie aufgehört?«

»Ich habe mich für eine andere Laufbahn entschieden.«

»Natürlich, natürlich. Tja, trotzdem schade. Ihr Gesicht gehört auf die Leinwand.«

Kailyn gibt ein Hüsteln von sich.

»Haben Sie denn etwas zum Signieren da?«, frage ich und meide Kailyns Blick.

Wieder rudert die Frau wie wild mit den Armen und wirbelt um die eigene Achse. »Bin gleich zurück!«

Ich weiß nicht, ob ich lachen oder ob es mir entsetzlich peinlich sein soll.

Kailyn beugt sich zu mir und flüstert: »Ich bin ein viel tolleres Fangirl.«

Ich drehe mich zur Seite, um ihr ins Gesicht zu sehen; sie hat einen Mundwinkel feixend in die Höhe gezogen. Sie ist mir verführerisch nahe. »Zweifellos«, murmele ich.

Ihr Lächeln wird breiter, und in ihren Augen glimmt ein schalkhafter Funke, doch schon ist das suboptimale Fangirl wieder da. Kailyn bietet an, das Foto zu schießen, sobald ich mehrere Bögen mit dem Briefkopf der Schule und eine Fotokopie meines Gesichts signiert habe. Sicher wäre die Schulleitung hocherfreut zu sehen, wie nützlich ihr Budget angewendet wird.

Endlich kommt Emmes Vertrauenslehrerin, um uns zum Konferenzraum zu bringen. »Es tut mir ja so leid. Ich habe nicht gewusst, dass man Sie hat warten lassen. Ich hätte Sie sofort hergebracht.« Sie deutet auf die offene Tür. Ich betrete den Raum und bleibe stocksteif stehen. Ich hatte angenommen, bei dem Gespräch seien nur Emmes Vertrauenslehrerin und vielleicht noch ein Mitglied des Lehrkörpers sowie der Rektor anwesend, aber das ist ganz und gar nicht der Fall.

Der große Tisch ist vollbesetzt, und an dem einen Ende sitzt Linda – wer sonst?

»Dax?« Ich spüre Kailyns Hand im Rücken. »Wollen wir uns nicht setzen?«

Ich nicke und lasse es zu, dass sie mich auf den Tisch zusteuert. Ich nehme mir die Zeit und rücke ihr einen Stuhl zurecht, bevor ich selbst Platz nehme. Unter dem Tisch drückt sie mein Knie.

Bei der Vorstellung wird mir schwindelig. Die Sozialarbeiterin, das ganze Support-Team, die Sonderpädagogin, Emmes Rektor, die Vertrauenslehrerin, zwei ihrer Lehrer und nicht zuletzt die Schauspiellehrerin sind hier versammelt. Ich komme mir vor wie in einem Hinterhalt. Kailyn übernimmt es, uns vorzustellen, denn es ist klar, dass ich völlig überfordert bin.

»Es tut mir leid. Ich dachte, dies sollte eine private Besprechung sein«, wende ich mich an Linda.

Miss Garrett räuspert sich. »Wir waren der Meinung, Linda könnte uns wertvolle Einblicke geben, da sie ja eine enge Beziehung zu Emme hat.«

»Ach, tatsächlich?«

»Emme vertraut sich mir an. Vielleicht erzählt sie mir Dinge, die sie dir nicht sagt.« Linda hat die Hände vor sich auf dem Tisch gefaltet und ein heiteres Lächeln aufgesetzt.

Kailyn drückt ihren Arm leicht gegen meinen und tippt mit ihrem Stift gegen die Unterlippe. Die Stiftkappe ist voller Zahnspuren. »Da wir Emme helfen wollen, wäre es von Vorteil, die Ansichten aller Erwachsenen zu hören, die regelmäßig mit ihr zu tun haben. Ich glaube, damit gewinnen wir ein runderes Bild.« Sanft lächelt sie mich an. »Nicht wahr, Dax?«

»Ja. Einverstanden.« Es fällt schwer, nicht abwehrend oder gekränkt zu klingen, wenn meine Tante mir mit derart selbstgefälliger Miene gegenübersitzt.

Emmes Lehrer berichten, dass sie zu Anfang des Schuljahres eine kontaktfreudige, lebensfrohe Schülerin mit vorbildlichen Noten war, die jeder Lehrer gern in seinen Kursen hatte. Doch in den Wochen seit dem Tod unserer Eltern hat sich eine merkliche Veränderung gezeigt: Emme zieht sich zurück, sie ist übellaunig, sie gerät leicht in Zorn, sie vernachlässigt ihre Freundinnen. Das Wort *Depression* geistert durch die Runde, gefolgt von *posttraumatischer Belastungsstörung*, *Therapie* und *Trauerbegleitung*.

»Wir wollen doch alle nur das Beste für Emme«, sagt Linda mit verdächtig sanfter Stimme. »In letzter Zeit verbringt sie viel Zeit in der Bibliothek, allein. Ihre Englischlehrerin berichtet, dass sie Gedichte verfasst, und als ich Emme danach fragte, hat sie mir einige gezeigt. Sie wirkt auf mich wie ein sehr verlorenes, zorniges Mädchen. Ich weiß, dass du dein Bestes tust, Daxton, aber vielleicht solltest du darüber nachdenken, ob das auch genug ist.«

Sie hält mir den Köder hin, dessen bin ich mir bewusst. Meine Wut lässt sich kaum noch bezwingen. Ich beiße mir auf die Zunge, um nicht etwas zu sagen, dass die Lage noch verschlimmern würde.

Kailyn fasst unter dem Tisch meinen Oberschenkel, möglicherweise als Warnung, aber vielleicht auch, weil sie selbst in Zorn gerät. Wie auch immer, jedenfalls ist sie es, die meiner Tante antwortet. »Inwieweit Daxton in der Lage ist, für Emme zu sorgen, steht hier nicht zur Debatte. Ich denke, in Emmes Situation kann man damit rechnen, dass ihre Noten sich verschlechtern und dass sie zum Rückzug neigt.«

Die Sozialarbeiterin murmelt zustimmende Worte.

Kailyn wirft Linda einen stahlharten Blick zu, dann schaut sie langsam in die Runde. »Wir sind hier nicht zusammengekommen, um Dax den Prozess zu machen oder darüber zu diskutieren, ob er für Emmes Erziehung geeignet ist. Er ist hier, weil er Unterstützung von den Menschen erwartet, die Emme den größten Teil des Tages betreuen, und das an fünf von sieben Tagen in der Woche.«

»Und wir sind hier, um alles Menschenmögliche zu tun, um Emme zu helfen, mit ihrem Verlust klarzukommen«, ergänzt die Vertrauenslehrerin.

»Ich meine, uns allen wäre am meisten damit gedient, wenn wir eine Reihe von Hilfsquellen einrichten, die Daxton und Emme gleichermaßen zugänglich sind. Regelmäßige E-Mails und Telefonate scheinen mir der geeignetste Weg, um Sorgen und Probleme im Moment ihres Auftauchens zu kommunizieren. Dieses Schuljahr wird nicht leicht für Emme. Wir können nicht erwarten, dass sie in wenigen Monaten zu ihrem früheren Leistungsniveau zurückfindet. Falls jemand noch etwas Wertvolles beitragen kann, so wäre jetzt der geeignete Zeitpunkt. Denn der Unterricht ist schon lange vorbei, und ich denke, dass Emme müde ist und nach Hause möchte.«

Ich scheine nicht fähig zu sein, meine Augen von Kailyn zu lösen, und den anderen ergeht es ebenso. Es ist fesselnd, ihr zuzuschauen, wie sie den Raum beherrscht. Genau deswegen ist sie ja eine so leidenschaftliche, wortgewandte und souveräne Anwältin, die viele Probleme schon im Vorfeld einer Gerichtsverhandlung löst. Kailyn ist schlicht unglaublich, und trotz allem, was ich ihr früher – wenn auch unbeabsichtigt – angetan habe, hat sie niemals zugelassen, dass ihre Beziehung und ihre Sorge um Emme davon in irgendeiner Weise beeinträchtigt wurde.

Niemand scheint mehr etwas beitragen zu können, oder wenn doch, sind sie viel zu sehr von Kailyn eingeschüchtert, um sich noch zu Wort zu melden. Emme sitzt im Wartezimmer; mit gesenktem Kopf und Stöpseln in den Ohren schreibt sie in ein Heft.

»Hey, Kleines.« Als sie nicht reagiert, stupse ich sie an.

Ich kann einen flüchtigen Blick auf das Geschriebene werfen, bevor meine Schwester erschrickt und das Heft zuklappt. Es sieht wirklich nach Poesie aus oder nach Bewusstseinsstrom. Ist dies wilde Geschreibsel das, was Emme Linda zeigt? Ich kann nicht verstehen, wieso sie sich ihrer Tante anvertraut und nicht mir. Vielleicht, weil sie eine Frau ist und zur Familie gehört?

»Hey! Mann, du hast mich vielleicht erschreckt.« Dann kreischt Emme, schiebt ihren Stuhl zurück, drängt sich an mir vorbei und rennt auf Kailyn zu. »Ich hab gar nicht gewusst, dass du auch hier bist!«

»Eine nette Überraschung, wie?« Kailyn lacht zwar, aber ihr Blick sucht mich, fragend und ein wenig unsicher.

»Die allerbeste!« Emme packt ihren Kram zusammen und hängt sich an Kailyn. Vereint gehen sie hinaus auf den Parkplatz. »Kommst du heut Abend zum Essen? Ich mache Shepherd's Pie. Ich kann doch immer noch gut kochen, oder, Dax?«

»Ja, klar kannst du.«

Als Emme sieht, dass wir getrennt voneinander gekommen sind, fragt sie, ob sie mit Kailyn fahren darf. So gewinne ich etwas Zeit, um die Dinge zu verdauen, die bei der Besprechung auf den Tisch gekommen sind.

Als ich in unsere Einfahrt biege, bin ich ziemlich erschöpft. Auf dem Weg habe ich am Supermarkt gehalten und ein Sixpack Bier und ein paar Flaschen Wein besorgt. Ich weiß nicht, welchen Wein Kailyn am liebsten mag, und fand, es sei besser, ein wenig Auswahl zu haben.

Emme und Kailyn sind bereits in der Küche zugange, die Zutaten liegen auf der Arbeitsfläche. Ich lehne mich an den Türrahmen. »Wie läuft's? Braucht ihr Hilfe?«

»Hast du vielleicht eine Schürze da?« Kailyn streicht ihren Rock glatt. Sie hat das Jackett abgelegt und die Blusenärmel aufgekrempelt, auch ihre Highheels hat sie ausgezogen. Es ist schon irre, dass eine so zierliche Frau so einschüchternd wirken kann. Außerdem ist sie verflucht sexy.

Emme mustert Kailyn kritisch. »Das sind nicht gerade die passenden Klamotten fürs Kochen.«

Kailyn lacht. »Nicht wirklich, nein.«

»Oh!« Emme hat einen Einfall. »Willst du dir was von mir borgen?«

Kailyn nimmt mit den Augen Maß. »Das ist wirklich nett von dir, aber ich glaube nicht, dass wir die gleiche Größe haben.«

Emme steckt zurzeit in der spindeldürren Phase des Wachstums, während Kailyn aus lauter üppigen Rundungen besteht.

»Ich hab bergeweise Leggings. Da finden wir bestimmt was.« Sie nimmt Kailyn an der Hand und zieht sie Richtung Treppe.

Kailyn wirft mir über die Schulter einen hilfesuchenden Blick zu, aber ich zucke lediglich die Achseln. Ich habe nix dagegen, sie in Leggings zu sehen. Sonst kenne ich sie ja nur im Business-Outfit, abgesehen von dem einen Mal, als sie Jeans trug. Rote.

Eine Minute später kommt Emme wieder herunter und teilt mir die lästige Arbeit des Zwiebelschneidens zu. »Wo ist Kailyn?«

»Zieht sich um. Kommt gleich.«

Fußgetrappel lenkt meinen Blick auf die Treppe. Kailyn zeigt mit dem Finger auf mich. »Behalte deine Meinung bloß für dich.«

Ich beiße mir auf die Lippen und hebe in gespielter Kapitulation die Hände. »Ich hab doch gar nichts gesagt.« Würde es aber zu gerne. Kailyn trägt irre gemusterte Leggings mit psychedelischen Katzengesichtern und einen alten *It's My Life*-Hoodie, den sie aus dem Schrank in meinem ehemaligen Schlafzimmer stibitzt haben muss. Jetzt sieht sie fast wieder aus wie das Mädchen, auf das ich früher gestanden habe – und anscheinend heute noch stehe, wenn ich von der Regung in meiner Hose ausgehe. Ich denke fieberhaft an Dinge wie

Zahnersatz und Inkontinenz, um mich nicht völlig zum Narren zu machen.

Kailyn klatscht begeistert in die Hände, während sie mir gleichzeitig einen warnenden Blick zuwirft. »Dann los. Backen wir Shepherd's Pie!«

Mit strahlendem Lächeln legt Emme los. Sie und Kailyn haben das Kommando und schanzen mir die Rolle des Küchensklaven zu. Sie sagen, wie ich die Zwiebeln zu hacken habe, was ich, ehrlich gesagt, auch nur mit Mühe erlerne. Bei all dem Wirbel weiß ich, dass es uns gut geht, trotz der fürchterlichen Konferenz in der Schule. Und das liegt vor allem an Kailyn. Mühelos findet sie Zugang zu Emme. Und solange wir nicht miteinander um die Führung wetteifern, sind wir ein verdammt gutes Team.

Als der Shepherd's Pie fertig ist, holt Emme ihn aus dem Ofen, wobei sie aufgeregt und traurig zugleich wirkt. Wir decken auf der Kücheninsel, an der wir inzwischen am liebsten zu Abend essen. Das Esszimmer ist viel zu steif und groß für Emme und mich allein.

Emme teilt das Essen aus und setzt uns die Teller vor. Der Shepherd's Pie sieht verlockend aus und duftet himmlisch, die Kartoffelkruste ist knusprig, die Sauce bricht durch und verteilt sich auf dem Teller. Ich warte, bis Emme sitzt, dann spieße ich mir eine gute Portion auf die Gabel und koste. »Wirklich super«, nuschele ich mit vollem Mund.

»Ja?«

»Großartig«, schiebe ich nach.

Kailyn probiert auch und seufzt vor Entzücken. »Es ist köstlich, Emme.«

Das stimmt. Der Shepherd's Pie schmeckt fast genauso wie in meiner Erinnerung. Es ist klar, dass Emme die Kochkünste unserer Mutter geerbt hat. Hier, in meinem alten Zuhause, hat es mir immer am besten geschmeckt. Und es fühlt sich so an, als hätte ich es wiederbekommen.

Emme nimmt vorsichtig einen Bissen und steckt ihn in den Mund. Während sie kaut, erlischt ihr Lächeln. Sie schluckt mit Mühe, dann legt sie ihr Besteck hin. »Es ist nicht richtig.«

»Was meinst du damit? Ist doch super.« Ich schaufele mir noch eine ordentliche Gabel voll rein, um es zu beweisen.

»Ist wirklich klasse, Emme. Das hast du toll gemacht«, ergänzt Kailyn.

Aber Emme schüttelt den Kopf; ihr Kinn zittert verdächtig. Gleich werden die Tränen kommen. »Es schmeckt nicht wie bei Mom. Etwas ist falsch!« Schroff schiebt sie ihren Stuhl zurück, der prompt umfällt. Tränen wallen in ihren Augen auf und rinnen über ihre Wangen, als sie ihren Teller nimmt und zum Mülleimer geht. Sie tritt auf den Fußhebel, der Deckel schlägt gegen die Wand, und dann wirft sie den Teller samt Pie hinein.

»Em.« Ich stehe auf und ergreife ihren Arm, damit sie wieder runterkommt.

»Lass mich, Dax! Ich will allein sein!« Emme reißt sich los und stürzt an mir vorbei, stürmt die Treppe hoch.

Als die Tür oben zuschlägt, schließe ich die Augen und seufze. »Verdammt.«

Kailyn streichelt mir tröstend den Rücken. »Das tut mir leid.«

»Alles ist gerade so glatt gelaufen. Ich meine, sicher, die Besprechung war die Hölle, aber sie schien doch wenigstens einmal glücklich zu sein.« Ich mache eine Bewegung zu dem köstlichen Mahl, das vor uns steht.

»Es war ein schwerer Tag, für euch beide.«

»Was ist, wenn Linda recht hat? Wenn ich wirklich nicht geeignet bin, um für Emme zu sorgen? Was, wenn ich sie nur noch mehr durcheinanderbringe?«

»Das wird nicht passieren. Du bist genau hier, wo sie dich braucht, und wo du versuchst, der zu sein, den sie braucht. Ihr beide findet doch gerade erst heraus, was genau das ist.«

Ich werfe meine Serviette auf den Tisch. »Ich sollte hochgehen und mit ihr reden.« Ich weiß aber verflucht noch mal nicht, was ich sagen soll, um Emmes Schmerz zu lindern.

Kailyn rutscht von ihrem Hocker. Sie legt ihre Hände auf meine Knie – um mich daran zu hindern, zu meiner Schwester zu gehen, um mich zu trösten? »Sie hat doch gesagt, dass sie allein sein will. Gib ihr ein paar Minuten Zeit. Ich weiß, du willst es so rasch wie möglich wieder in Ordnung bringen, aber lass ihr doch ein wenig Raum, alles zu verarbeiten.«

Ich schlucke schwer, dann nicke ich. Mein Blick ruht auf Kailyns Händen mit den perfekt manikürten Nägeln. Die Berührung ist eindeutig tröstlich gemeint, aber meine Reaktion ist eine andere. Seit unserem Kuss sind Wochen vergangen und noch weitaus mehr Wochen, seit ich andere körperliche Erleichterung erfahren habe als die, die ich mir selbst verschaffe. Aber da ist noch etwas anderes: Kailyn und ich sind auf einer Ebene verbunden, die weit über körperliche Anziehung hinausgeht. Da ist etwas Tieferes im Spiel – oder aber all das existiert nur in meinem Kopf, weil ich mich verzweifelt an dem einen Menschen festhalten will, der mich versteht.

»Ich weiß einfach nicht, was ich machen soll.« Ich streiche an ihren Fingern entlang, umschließe ihre Handgelenke und ziehe sie zwischen meine gespreizten Beine. Sie leistet keinen Widerstand. Sie lässt sogar ihre Hände an meiner Brust emporgleiten und fasst mich an den Schultern.

»Ist ja gut«, tröstet sie mich.

Ich ziehe sie noch näher heran, bis ihr ganzer Körper an mich gepresst ist. Sie lässt es geschehen. Mein Gott, sie fühlt sich so gut an, so warm, weich und weiblich. Ich senke den

Kopf, froh darüber, dass ihr Haar hochgesteckt ist, dass ich seinen Duft einatmen kann. Es riecht nach Sonne und Herzenstrost.

Kailyns Finger schieben sich hinter meinen Kopf, sanft massieren sie meinen Nacken. »Es wird schon wieder, Dax.«

»Ich möchte …« Aber ich spreche den Satz nicht zu Ende, denn jetzt geht es nicht mehr um Emme.

»Was möchtest du?«, hakt sie sofort nach, während ihre Nägel sanft über meine Kopfhaut gleiten.

Was ich will, ist nicht fair. Kailyn ist mir in diesen letzten Wochen eine starke Quelle der Kraft und des Mitgefühls gewesen, und ich lasse sie einfach nicht in Ruhe, ziehe sie weiter in meine Abwärtsspirale hinein. Aber sie ist nun einmal da, und ich glaube auch nicht, dass die Zuneigung einseitig ist. Also senke ich den Kopf und finde mit meinem Mund die süße Haut zwischen Schlüsselbein und Hals. »Dich.«

Einen Moment lang erstarrt sie, keucht leise an meinem Ohr. Ich streife mit den Lippen die Kurve ihres Halses entlang. Mir ist bewusst: Wenn ich sie derart bedränge, kann es zwei sehr verschiedene Reaktionen geben.

Wenn ich die Zeichen falsch lese – und das ist gut möglich, wenn man die Verwirrung bedenkt, die in meinem Kopf herrscht –, könnte ich die zarte Freundschaft zerstören, die zwischen uns entstanden ist, und damit Emme eines wichtigen Menschen berauben. Doch in meiner Selbstsucht möchte ich mich in Kailyn und ihrer stillen Schönheit verlieren. Ich will ihre Stärke und ihre Überzeugung.

Ich öffne meinen Mund und küsse die warme Stelle gerade unter ihrem Ohr. »Kailyn.«

Sie atmet bebend aus. Aber sie entzieht sich nicht und hindert mich auch nicht, als ich meine Lippen auf ihre Kinnlinie drücke. Ich fahre mit den Händen an ihren Armen empor, bis meine Daumen ihren Hals streifen. Ich kann ihren zitternden Puls unter meiner Berührung fühlen, während Kailyn ihre Finger in mein Haar gräbt.

Ich lasse ihr keine Zeit, sich das Ganze noch mal zu überlegen, denn ich weiß sehr wohl, dass Kailyn sehr viel vernünftiger ist als ich. Wenn ich diesen kostbaren Moment verschenke, werde ich sie verlieren. Ich biege ihren Kopf zurück und küsse sie.

Ihre Lippen sind sehr weich, so weich wie ihr Körper. Kailyn mag äußerlich taff sein, aber innen ist sie zärtlich und vielleicht ein wenig gebrochen aufgrund all ihrer Verluste. Wie ich. Mit meiner Zunge liebkose ich ihre Lippen, und sie öffnet den Mund. Ich versinke in ihrem wunderbaren Geschmack und ihrem leisen Seufzen.

Unser Kuss wird heißer, explodiert aber nicht wie eine Stichflamme. Er glüht langsam, wie ein stetes, flackerndes Feuer, wird immer intensiver, während sie langsam an mir dahinschmilzt. Ich wette, dass sie im Bett ganz sanft ist. Und ich will unbedingt herausbekommen, ob ich mit meiner Ahnung richtig liege, nur ist vermutlich jetzt nicht der passende Zeitpunkt.

Dennoch lasse ich meine Hand hinabgleiten und finde die Kurve ihrer Wirbelsäule, ziehe sie noch fester an mich. Kailyn schnappt nach Luft, als sie mich spürt, denn ich bin bereit für sie. Ihre Zunge trifft meine, und ich gleite mit meiner Hand noch tiefer, umfasse ihren wohlgerundeten Hintern.

In diesem Augenblick zieht sie die Hände aus meinem Haar und legt sie auf meine Schultern. Bevor sie mich fortschieben kann, gebe ich ihren Mund frei und nehme ihr Gesicht in meine Hände. Ich kann sie noch nicht anschauen, weil ich Angst habe, dort eine Zurückweisung zu finden, die ich nicht ertragen kann.

Stattdessen streiche ich mit dem Daumen über ihre nasse Unterlippe und küsse sie noch einmal, zaghaft, keusch.

»Dax.« Ihre Zungenspitze schnellt hervor, dann beißt sie sich unsicher auf ihre weiche Lippen.

Langsam hebe ich die Augen.

»Das können wir nicht machen«, flüstert Kailyn, aber ihre Augen sagen etwas anderes und ebenso ihr Körper.

»Ich glaube, wir tun es bereits.«

»Was ist mit Emme?«

Ich beiße mir auf die Zunge, um nicht zu fragen, was mit mir und meinen Bedürfnissen ist, aber sie hat ja recht. »Wir können es vorerst für uns behalten.«

Sie will etwas sagen, aber ich verschließe ihr den Mund mit meinen Lippen. Und sie erwidert meinen Kuss, wie ich es mir gewünscht habe, während sie sich an mich schmiegt und ich mich in ihr verliere. Als ich mich dieses Mal von ihr löse, streichele ich ihre Wange. »Da ist etwas zwischen uns.«

»Du suchst Trost«, sagt sie leise.

Das kann ich nicht leugnen. »Tue ich.« Sie wirkt leicht gekränkt, also beeile ich mich fortzufahren. »Aber ich suche nicht nur das, Kailyn. Ich mag dich, ich habe dich schon immer gemocht.«

»Emme braucht Beständigkeit.«

»Ich weiß. Und ich werde dich auch nicht drängen, ihr Beständigkeit zu geben, weder ihr noch mir. Aber bitte, denk einen Moment darüber nach, ehe du Nein sagst. Wir können in Emmes Gegenwart freundschaftlich miteinander umgehen, und wenn sie nicht da ist, können wir versuchen herauszufinden, ob sich mehr zwischen uns entwickelt.« Mit einem Finger fahre ich von ihrer Kinnlinie zu ihrem Schlüsselbein, und sie bebt leicht. »Ich glaube, dass da mehr ist, und ich glaube, du spürst es auch.«

Sie sieht mich unschlüssig an, während ihre Fingerspitzen an meinem Kinn entlangfahren. »Ich will nicht, dass jemand leiden muss.«

»Ich auch nicht.«

Sie atmet aus und schließt die Augen. »Ich brauche Zeit.«

Mein Magen krampft sich zusammen. »Verstehe.«

Als Kailyn die Augen wieder öffnet, wird ihr innerer Kampf offenbar. Ich wünschte, dass die Zuneigung, die ich von ihr will, nicht mit so viel Ballast beschwert wäre. Ich wünschte, ich wäre in einer Position, in der ich mehr geben als nehmen könnte. Kailyn ist nicht nur wegen sich, sondern auch Emmes wegen bekümmert, und vielleicht sogar meinetwegen. Was genau der Grund dafür ist, warum ich sie so begehre. Weil sie versteht – vielleicht ein wenig zu gut –, wie verdammt schwer es ist, sich auf mich einzulassen. Ich würde es ihr nicht vorwerfen, wenn sie sich dagegen entschiede, aber ganz egoistisch will ich, dass ich ihr das Risiko wert bin.

14

Mädelstag

Kailyn

Ich fahre mit einem Finger über den kalten, glatten Stein und beuge mich vor, um die Dahlien auf das Grab meiner Mutter zu stellen und Margeriten auf das meines Vaters. Um diese Stunde ist es ruhig auf dem Friedhof, die Sonne steht tiefer, die Hitze des Tages ist verebbt. Ich setze mich im Schneidersitz zwischen die Gräber. Es ist so friedlich hier.

Beide Eltern haben mir nahegestanden, aber Dad und mich verband eine ganz besondere Beziehung. Er war derjenige, den ich stets um Rat und Hilfe fragte. Die Jahre nach Mutters Tod haben uns erst recht zusammengeschweißt … und dann ist auch er gegangen.

Ich streiche mit den Fingern über die Blütenblätter der Margeriten. »Ich habe die kostenlose Rechtsvertretung in Sorgerechtsfällen übernommen, Dad. Ich glaube, du wärst stolz auf mich. Ich habe ein kleines Mädchen davor bewahrt, ständig von einer Familie zur anderen und wieder ins Heim gezerrt zu werden, so wie das bei mir der Fall war. Sie hat nun wunderbare Eltern, die sie so lieben, wie du mich geliebt hast. Und jetzt kümmere ich mich um einen kleinen Jungen und hoffe, für ihn und seine Pflegefamilie das Gleiche bewirken zu können.«

Ich halte die Tränen zurück. Es ist mir bewusst, dass ich es hinauszögere – Hope ist nicht der Grund, warum ich hier bin. Wenn mein Dad noch am Leben wäre und nicht nur eine Erinnerung, würde er jetzt mit einem Lächeln geduldig darauf warten, dass ich endlich zur Sache komme.

»Ich habe jemanden kennengelernt, aber es ist kompliziert. Er hat vor Kurzem seine Eltern verloren und muss sich jetzt um seine kleine Schwester kümmern. Das erinnert mich an unser Leben, nachdem Mom gestorben war. Irgendwie. Es ist aber trotzdem anders. Ich glaube, ich mag ihn.«

Ich schließe die Augen und stelle mir Dads Gesicht vor: Seine Brauen würden in die Höhe schnellen, und er würde ganz verhalten schmunzeln, als wüsste er genau, dass ich etwas ausgelassen habe.

»Nein. Das stimmt nicht. Es ist mehr. Da ist etwas zwischen uns, das mir Angst macht. Zum ersten Mal, seit ich dich verloren habe, fühle ich mich … geerdet. Ich meine, du weißt ja, wie sehr ich es liebe, in den Arm genommen zu werden.« Ich lache und rolle mit den Augen. »Bei Dax fühle ich mich sicher. Vielleicht beschützt? Und er braucht mich.«

Ich kann Dads *Aber?* in meinem Kopf hören.

»Wenn ich ihn dazu bringe, in unsere Kanzlei zu wechseln, kann ich Partner werden, bevor ich dreißig bin, wie ich es dir versprochen hatte. Ich weiß aber nicht mehr, ob ich das überhaupt noch will. Wichtiger ist mir dieser Mann.«

Ich versuche, meine Gefühle in den Griff zu bekommen, während die Tränen schon rinnen. »Ich will dich nicht enttäuschen, aber ich will auch nicht, dass die Arbeit in meinem Leben das Einzige von Bedeutung ist. Ich glaube auch nicht, dass du das für mich gewollt hättest. Ich habe ein bisschen Angst, weil meine Gefühle für diesen Mann so heftig sind. Als Teenager war ich total in ihn verknallt, und dann habe ich ihn sehr lange gehasst oder es zumindest geglaubt. Aber jetzt, wo ich die Gelegenheit hatte, ihn wirklich kennenzulernen, sein wahres Selbst, ist alles anders geworden. Er ist ein unglaublich toller Mensch, und ich glaube, er weiß es nicht einmal.

Ich fürchte aber, dass ich vielleicht nur ein Trostpflaster bin, dass er nur deshalb mit mir zusammen sein will, weil ich nachempfinden kann, was er durchmacht. Ich habe mich viel tiefer verstrickt, als ich wollte. Ich wollte niemanden mehr in mein Herzen lassen, weil ich mir nicht sicher war, ob ich einen weiteren Verlust verkraften würde. Es war so schwer für dich, als wir Mom verloren haben, dein Herz hat sich nie wieder davon erholt, nicht wahr? Am Ende hat es aufgegeben.« Nach Moms Tod schien Dad fürs Leben verloren. Es war schrecklich, dass ich nicht fähig war, ihm das Licht zurückzubringen. »Ich glaube, ich bin dabei, mich rückhaltlos zu verlieben – ich liebe sie beide –, und das macht mir Angst, aber ich weiß nicht, ob ich mich noch freimachen kann. Ich will einfach nur … das Richtige tun, aber ich weiß nicht mehr, was das Richtige ist. Ich wünschte, du wärst hier und könntest mir sagen, was ich tun soll.«

Eine leichte Brise lässt die Blätter eines Baumes rascheln. Seine Blüten schweben wie Schneeflocken nieder, landen auf meinen Haaren und in meinem Schoß. Dann Schweigen und Stille.

»Ich vermisse euch.« Ich küsse meine Fingerspitzen und berühre die Grabsteine. Dann mache ich mich wieder auf den Weg, beschwingter und beschwerter zugleich.

Mein Handy liegt auf dem Schreibtisch und summt hartnäckig, was ich zu überhören versuche. Wenn ich mich zurückhalten kann und neue Nachrichten nicht sofort checke, glaube ich, eine gewisse Kontrolle über die Beziehung zu Dax zu behalten.

Holly hatte völlig recht, als sie mir riet, vorsichtig zu sein. Es sei nicht nur mein Herz, das gebrochen werden könnte.

Je mehr ich begreife, wie kompliziert Dax' Arbeit in seiner Kanzlei ist, desto überzeugter bin ich davon, dass Whitman das Beste für ihn und Emme wäre, unabhängig davon, ob ich nun Partner werde oder nicht.

In meinem Kopf herrscht das totale Chaos, er schwirrt vor Gedanken. Was ist mit den Richtlinien über Liebesbeziehungen am Arbeitsplatz? Wie könnte Dax auf den Deal reagieren, den ich mit Beverly ausgehandelt habe? Das Beste wäre, ihm so weit wie möglich aus dem Weg zu gehen. Ich balanciere in dieser Situation zurzeit auf einem hauchdünnen moralischen Grat, von dem ich jederzeit abstürzen könnte. Aber auch das schreckt mich nicht – was ziemlich viel über meine Gefühle zu ihm aussagt.

Wieder ein Summen. Ich hacke wild auf meinem Keyboard herum und produziere eine Menge sinnloser Buchstaben. »Nimm dich zusammen«, murmele ich vor mich hin. Aber es hat keinen Sinn. Es juckt mich in den Fingern, das Ding vom Tisch zu nehmen. Ich schaue auf die Uhr und zwinge mich, noch zwei Minuten zu warten. Als ich schließlich nachschaue, sehe ich, dass Emme mir getextet hat.

Emme: Was machst du am WE?
Emme: Ich hab persönliche Probleme.

Stirnrunzelnd lese ich diese Nachrichten, weil ich nicht ganz sicher bin, worauf Emme hinauswill. Instinktiv möchte ich anrufen, aber Teenager bevorzugen eher das Texten, also wähle ich diesen Weg.

Kailyn: Was für Probleme?

Ich muss ein paar Minuten auf Antwort warten.

Emme: Ich muss unbedingt shoppen u Dax versteht das nicht.

Wir texten eine Weile hin und her, bis mir endlich klar ist, worum es geht. In ein paar Wochen findet ein Schulball statt, und Emme möchte neue Klamotten. Sie bittet mich, mit ihr shoppen zu gehen. Es ist offenkundig, dass ich ihr das nicht abschlagen kann, aber zuerst muss ich mit Dax darüber sprechen – mir bleibt also nichts anderes übrig, als ihn anzurufen.

Seit vorgestern habe ich nicht mehr mit ihm gesprochen. Unser Kuss ist mir nicht mehr aus dem Kopf gegangen. Wieder und wieder habe ich ihn durchlebt: Wie Dax' Hände über meinen Körper gewandert sind, wie seine Lippen meine Haut berührt haben. Mit aller Kraft habe ich mich bemüht, nicht an Sex zu denken. Herausgekommen ist nur die Vorstellung, wie gut er sich anfühlen würde, wie zärtlich Dax auf mich eingehen würde. Folglich habe ich in meinem Bemühen komplett versagt.

All das schießt mir durch den Kopf, während ich seine Nummer wähle. Mitten im zweiten Läuten meldet er sich.

»Hallo?«

Unterhalb und oberhalb meiner Taille zieht sich alles Mögliche zusammen oder richtet sich auf. »Hi. Hey. Ich bin's, Kailyn.«

Seine Stimme ist wie kühle Seide. »Wie geht's dir?«

»Prima. Gut. Und dir?«

»Auch ganz gut. Ich bin froh, dass du anrufst.«

Ich beiße mir auf die Lippen, um nicht zu gestehen, wie schön es ist, seine Stimme zu hören.

»Kailyn?«

»Immer noch dran. Sorry.« Ich atme tief durch, sammle mich. »Emme hat mir eine Nachricht geschickt.«

»Ist was mit ihr? Es geht ihr doch gut?!«

»Alles in Ordnung. Es geht ihr gut. Demnächst steht ein Schulball an. Hast du davon gewusst?«

»Oh. Ach ja. Sie hat es diese Woche erst ein paarmal erwähnt. Ich habe es ihr erlaubt. Ich meine, ist doch gut, wenn sie mit ihren Freundinnen etwas unternehmen will, oder?«

»Ja, das ist auf jeden Fall sehr gut.« Wir gehen total steif miteinander um, was vermutlich an mir liegt.

»Emme hat dir also eine Nachricht wegen des Schulballs geschickt? Was wollte sie – Ratschläge in Bezug auf Jungs oder so?« Seine Panik wirkt geradezu komisch.

»Ja, wegen des Balls, und nein, nicht wegen Jungs. Sie hat mich gebeten, mit ihr shoppen zu gehen, und ich dachte, das muss ich kurz mit dir besprechen, bevor ich mein Okay gebe.«

»Oh. Das musst du nicht machen. Ich kann doch mit ihr einkaufen.«

»Bist du jemals mit einer Dreizehnjährigen shoppen gewesen?«

»Nein, aber was soll daran so schwer sein? Wir fahren in die Mall, sie sucht sich aus, was ihr gefällt, und alles ist in Butter, oder?«

»In der Theorie.« Dax ist wirklich entzückend in seiner Ahnungslosigkeit. Als Teenagerin war ich nicht besonders modebewusst, aber sobald ein Schulball anstand, fielen Holly und ich in die Mall ein und gaben die gesamte Summe aus, die unsere Eltern uns zur Verfügung gestellt hatten.

»Du klingst so geheimnisvoll, Kailyn. Es geht doch bloß um ein paar neue Klamotten!«

»Wenn du es sagst … Aber wenn es für dich okay ist, dann würde ich Emme gern begleiten.« Ich ertappe mich dabei, meine Haare um den Finger zu wickeln. Deshalb stecke ich sie ja so oft hoch. Ich nehme einen Stift und fange an, auf meinem Block herumzukritzeln.

»Ich will dir keine Unannehmlichkeiten verursachen. Du hast doch dein Privatleben, und ich will nicht, dass du glaubst, du müsstest das machen, nur weil Emme dich darum bittet.«

»Ich begleite euch gern, wenn du nichts dagegen hast.« Mit Betonung auf dem zweiten Halbsatz, um ihm einen Ausweg zu eröffnen. Mein Herzklopfen finde ich ziemlich beunruhigend.

»Ja?« Es klingt herzzerreißend hoffnungsvoll.

»Ja.«

»Emme fragt öfter nach dir. Sie wird vor Freude in die Luft springen, wenn du mitkommst. Ich bin froh, dass sie sich selbst bei dir gemeldet hat.«

»Ich auch. Ich sage ihr sofort Bescheid, dann können wir ja auch einen Tag festmachen.« Ich beende das Gespräch und teile Emme die gute Nachricht mit, bekomme als Antwort ungefähr zwanzig aufgeregte GIFs, und wir fassen den Samstag ins Auge. Dann laufe ich den Korridor entlang zur Küche, um mir einen Kaffee zu holen.

»Da hat aber jemand gute Laune«, höre ich Beverly sagen.

»Hmm?« Ich schaue von meinem Kaffeebecher auf.

»Sie summen und lächeln dazu.«

Ich zucke die Achseln. »Ach, oh. Hab wohl einen guten Tag, schätze ich. Soll ich Ihnen einen Kaffee machen?«

»Das wäre wunderbar.« Beverly lächelt und lehnt sich mit der Hüfte an die Küchentheke. »Wie steht's mit Daxton und seiner Schwester? Haben Sie da schon Fortschritte erzielt?«

Mein Lächeln gerät für eine Millisekunde ins Stocken. Beverly zieht die Zügel an, und ich bin inzwischen in der Sache unsicher geworden. »Zurzeit fällt es ihm nicht leicht, eine so wichtige berufliche Entscheidung zu treffen. Das Vorstellungsgespräch, der Wechsel, die neuen Bedingungen. Er müsste sich gewaltig umstellen, aber er sieht auch die Vorteile. Es wird einfach noch ein wenig dauern.«

»Sie sind doch sehr daran interessiert, Partner zu werden. Also werden Sie Mittel und Wege finden, ihn zu überzeugen. Was ist übrigens mit der Tante? Glauben Sie, dass sie nachgeben wird?«

»Unwahrscheinlich. Sie versucht, Daxton die Zuverlässigkeit abzusprechen. Und punktet mit ihrem Alter und ihrem Beruf.« Allerdings habe ich mich eingehend mit Linda Thrasher beschäftigt. Beruflich kann sie kaum mehr vorweisen als den Posten der Schulsekretärin, den sie seit einigen Jahren besetzt. Linda ist nicht weniger als dreimal verheiratet gewesen, was ihre Fähigkeit, emotionale Stabilität zu garantieren, doch ein wenig infrage stellt.

Beverly nickt, während sie darüber nachdenkt. »Dann sollten Sie noch einmal unsere flexiblen Arbeitszeiten betonen. Wissen Sie zufällig, wie hoch sein aktuelles Gehalt ist?« Ungeduldig trommelt sie mit ihren langen, sorgfältig manikürten Fingernägeln auf die Arbeitsplatte. »Denn wenn er bei uns genauso viel oder sogar mehr verdienen könnte, wäre dies ein zusätzlicher Anreiz.«

Ich beobachte sie über den Rand meines Bechers hinweg, während ich den Kaffee koste. »Das ist aber eine ziemlich persönliche Frage.«

»Sie haben doch schon reichlich Zeit mit ihm verbracht, und er scheint Ihnen wirklich zu vertrauen. Ich wette, Sie können das in Erfahrung bringen. Sehen Sie ihn diese Woche noch?«

Ich weiß nicht, ob die Zeit, die ich mit Dax verbracht habe, während meine Zunge in seinem Mund steckte, die Art Zeit ist, die Beverly meint. »Ja.«

»Großartig. Dann schauen Sie mal, wozu Sie ihn bringen können.«

Ein Stein liegt in meinem Magen, als ich Beverly ihren Kaffee reiche und ihr nachschaue, wie sie aus der Kaffeeküche schlendert. Ich neige die Waagschalen zu meinen Ungunsten, und ich weiß nicht, wer dabei am Ende verlieren wird.

Am Samstagmorgen treffen wir uns kurz nach Öffnung der Mall. Emme hakt mich sofort unter und zerrt mich ins erste Geschäft. Dax' Aufgabe erschöpft sich darin, uns etwas zu trinken zu besorgen und die Tüten zu schleppen. Nach zwei Stunden Shopping-Spektakel sieht er schon ziemlich fertig aus.

Wieder einmal verschwindet Emme mit einem Kleiderhaufen in der Umkleidekabine, und Dax lässt sich ermattet auf einen Stuhl fallen. »Wie lange soll das denn noch dauern?«

»Möglicherweise den ganzen Tag.« Emme amüsiert sich großartig. Und ich, die ich normalerweise von Montag bis Freitag im Business-Outfit anzutreffen bin, trage heute bunte Jeans, T-Shirt und Toms.

Dax tritt leicht vor die Spitze meiner Ballerinas mit Lama-Druck. »Du hast winzige Füße.«

Ich wackele mit den Augenbrauen. »Wenn ich will, kann ich mir Kinderschuhe kaufen.«

»Klamotten auch?«

»Dafür bin ich zu kurvig.«

Langsam gleitet sein Blick über mich. »Sie gefallen mir, deine Kurven.«

Wenn ich daran denke, was sich neulich abends bei unserem Kuss gegen meinen Bauch gepresst hat, glaube ich ihm sogar. Ich weiß aber immer noch nicht, was ich mit meinen Gefühlen für ihn anfangen und ob ich mich weiter einlassen soll. Auf jeden Fall hat sich etwas zwischen uns verändert, und ich habe nicht den Eindruck, als könnte ich es kontrollieren.

Emme stößt die Tür zur Umkleidekabine auf. Sie trägt Hüftjeans mit kunstvollen Löchern und ein Top, das gut zehn Zentimeter Bauch freilässt.

»Was zum – ?«

Ich trete ihn vors Schienbein. »Toll, die Jeans!«

Emme dreht sich vor uns im Kreis. »Finde ich auch! Bei dem Oberteil bin ich mir allerdings nicht sicher.«

»Ich glaub nicht, dass es dem Dresscode der Schule entspricht, oder? Wie wär's, wenn du noch ein Tanktop drunter ziehst?« Suchend schaue ich mich um. Auf einem Ständer in der Nähe entdecke ich ein grellgrünes. »Zieh das doch drunter. Lagenlook ist gerade total angesagt.«

»Gute Idee!« Emme schnappt sich das Tanktop und verschwindet wieder in der Kabine.

Dax stöhnt. »Bauchfrei-Tops? Echt jetzt?«

Ich tätschele seine Schulter. »Das ist erst der Anfang.«

»Hast du Bauchfrei-Tops getragen?«

Ich ziehe eine Achsel in die Höhe. »Ich hatte früher ein paar.«

Wieder mustert er mich, nun mit einer Spur Missfallen. »Mag sein. Aber sie ist erst dreizehn! Sie soll sich anziehen wie das Kind, das sie noch ist, und nicht wie eine kleine Erwachsene, die in einen angesagten Club will.«

»Immerhin läuft sie nicht in knappsten Shorts und Bandeau-BHs rum, Dax.«

»Und wird sie auch nie!«

Seine finstere Miene bringt mich zum Lachen.

Eine Minute später kommt Emme wieder heraus. Unter dem Bauchfrei-Shirt trägt sie das grellgrüne Tanktop. »Das ist perfekt! Stimmt's nicht, Dax?« Ich versetze ihm einen Rippenstoß.

»Oh, ja, sieht toll aus.« Er reckt zwei Daumen in die Höhe.

Wir verbringen noch eine halbe Stunde in der Boutique. Emme führt uns Outfits vor, Dax stöhnt, dass er graue Haare kriegt und gleich einen Mord begehen wird und zuckt schließlich angesichts der Fünfhundert-Dollar-Rechnung schmerzlich zusammen.

Dann schleppt er sich tütenbeladen hinter uns her und murrt, dass er Hunger hat.

»Nur noch ein Laden, dann können wir essen gehen!«, ruft Emme über die Schulter.

Sie versetzt mir einen Rippenstoß und nickt zu einem Geschäft hin. »Da will ich auch rein, aber Dax soll lieber nicht mitkommen.«

Ich folge ihrem Blick zu einem Geschäft, das einen Victoria's-Secret-Ableger für Teenager darstellt. »Darum kümmere ich mich schon. Geh du voraus, wir treffen uns dann drinnen.«

»Was wirst du ihm denn sagen?«

»Dass es ein Laden ist, in dem er nichts zu suchen hat.«

»Okay.« Emme umarmt mich – in letzter Zeit rechne ich schon fast damit – und verschwindet in dem Dessous-Geschäft.

Ich drehe mich um und sehe Dax' erschrockene Augen auf das Schaufenster gerichtet. Hilflos wedelt er mit den Händen. »Ich dachte, wir wollten normale Klamotten kaufen.«

»BHs und Unterwäsche zählen auch dazu.«

»Ach du Scheiße! Daran habe ich gar nicht gedacht.«

Mit meiner Hand vor seiner Brust hindere ich ihn daran, Emme in das Geschäft zu folgen. »Zu diesem Teil der Shopping-Erfahrung bist du nicht zugelassen.«

Dax sieht mich finster an, dann seufzt er. Er wühlt in seiner Tasche und zieht das Portemonnaie hervor, entnimmt ihm ein paar Hunderter. »Wird das reichen?«

»Das hoffe ich.«

Dax drückt mir das Geld in die Hände, hält meine fest. »Eine Bitte nur: keine String-Tangas. Für mich muss sie noch eine kurze Weile ein kleines Mädchen bleiben. Dann kann ich mir einreden, dass Jungs nicht so schnell zum Problem werden.«

»Keine Strings und nichts mit Spitze oder Satin. Nur reine Baumwolle, Ehrenwort.«

»Danke.« Er drückt einen sanften Kuss auf meinen Handknöchel, dann hebt er den Blick und grinst. »Falls du dir auch was Schönes kaufen willst ...«

Ich rolle mit den Augen. »Ich schreib dich an, wenn wir fertig sind.«

Emme finde ich in der Nachtwäscheabteilung. »Ich danke dir so sehr, dass du mitgekommen bist. Mit Dax wär's einfach zu peinlich.«

»Ich bin überglücklich, selbst eine Ausrede fürs Shopping zu haben.« Ich umarme sie von der Seite, dann fangen wir an, am Pyjamaständer zu wühlen.

»Weißt du, Dax redet oft von dir.«

»Ach ja?« Ich weiß nicht genau, was sie von mir erwartet.

Emme kaut an ihrem bereits eingerissenen Daumennagel. »Er mag dich.«

»Also, ich mag ihn auch. Und ich mag dich.« Ich stupse sie mit der Schulter an. Ich habe so ein bestimmtes Gefühl, worauf Emme hinauswill, aber darüber würde ich lieber mit Dax reden und ihn vielleicht unverhohlen fragen, was er über mich gesagt hat. »Oh! Die ist ja abgefahren!« Ich halte eine schwarze Pyjamahose in die Höhe, die mit Sternen, die im Dunkeln leuchten, übersät ist.

»Die hier ist cool.« Emme wählt eine Hose mit einem Muster aus schwarzen Schädeln und pinken Rosen. »Aber magst du ihn einfach, oder magst du ihn richtig?«

Ich täusche Ahnungslosigkeit vor. »Was meinst du damit?«

Emme zuckt die Achseln. »Weiß nicht. Seid ihr so was wie Freunde oder so?«

»Wir sind Freunde, so wie du und ich Freundinnen sind.«

»Okay. Ja. Hab ich mir schon gedacht.« Sie wirkt ein wenig enttäuscht, und ich überlege wieder einmal, wie Dax und ich mit unserer Beziehung umgehen sollen. Das ist der Grund, warum ich alles bislang offengelassen habe. Mein eigenes gebrochenes Herz könnte ich verkraften, aber mit Emmes Schmerz, falls Dax und ich nicht zueinander passen, würde ich nicht klarkommen.

In der nächsten halben Stunde begutachten wir BHs und Slips, Schlafanzüge und Sportsachen.

»Die ist ja super!« Emme hält dunkelrosa Panties mit Kirschmuster in die Höhe. Ich glaube nicht, dass sie schon den verborgenen Sinn dahinter erraten kann. »Willst du dir denn gar nichts kaufen? Du musst auch was kaufen!«

Ich gebe nach und schaue zu, wie sie Unterwäsche für mich auswählt. Mein persönlicher Favorit ist der Slip mit dem schwarz-goldenen Leopardendruck und der Aufforderung *LASS KRACHEN!* über der Mitte.

Dax sitzt vor dem Laden auf einer Bank und tippt auf seinem Handy herum. Er schaut auf und registriert Emmes große Tüte – und meine sehr viel kleinere. »Wart ihr erfolgreich?«

Ich gebe ihm das Wechselgeld zurück – viel ist es nicht. »Sehr.«

Fragend schaut er auf die Tüte, die an meinem Finger baumelt. »Was hast du dir gekauft?«

»Wir haben für Kailyn Unterwäsche ausgesucht!«, antwortet Emme ziemlich laut und grinst.

»Ach, tatsächlich?« Dax feixt, während ich rot anlaufe.

»Ich weiß nicht, wie es euch geht, aber ich komme um vor Hunger! Wir sollten jetzt was essen gehen.« Nach Emmes Lächeln zu urteilen habe ich das deutliche Gefühl, dass sie Hintergedanken gehegt hat, als sie mich zu diesem Shopping-Trip einlud.

Wir landen schließlich in einem Sushi-Restaurant und toben danach zwei weitere Stunden durch die Geschäfte. Dax hält tapfer durch und lobt, was ihm gefällt. Und natürlich probiere ich schließlich doch eine Menge Klamotten an, weil Emme es lustig findet, wenn wir dasselbe tragen, da ich kaum größer bin als sie. Ich vermute stark, dass sie beim nächsten Wachstumsschub ordentlich in die Höhe schießen wird.

Das Beste an dem Shopping-Tag ist ein kitschiger kleiner Laden, der Souvenirs von TV-Serien und Filmen verkauft. »Mal sehen, ob sie auch etwas von *It's My Life* haben!« Ich schleife Emme förmlich in das Geschäft, ohne zu schauen, ob Dax sich uns anschließt.

Im Laden steuere ich gleich auf die Poster zu. Hier gibt es eine Menge Filmplakate, aber leider nichts aus Dax' Serie, also gehe ich weiter zu den T-Shirts und wühle den Ausverkaufsständer durch, denn manchmal kann man da tolle Sachen finden. »Oh mein Gott!«, kreische ich, als ich haargenau das Shirt finde, das ich immer schon besitzen wollte, und hier hängt es, stark heruntergesetzt. »Schaut euch das an!« Triumphierend halte ich das *It's My Life*-T-Shirt in die Höhe, dann drücke ich es an meine Brust. Es zeigt Dax in einer Pose, die an ein berühmtes Teen-Magazin erinnert: Er grinst auf seine typische Weise; daneben steht in leuchtend gelben Buchstaben *Dustin-Fan #1*.

Der junge Mann hinter der Kasse würdigt mich kaum eines Blickes, während Emme mich anstarrt, als wäre ich vollkommen durchgeknallt. Dax hat die Arme vor der Brust verschränkt und zeigt so ziemlich dieselbe Miene wie auf dem Shirt. Es ist eine kleine Größe, aber ich schaffe es, meine Brust hineinzuquetschen.

»Das ist ein Klassiker! Staffel zwei, Folge sieben. Die beste Folge in der ganzen Staffel, vielleicht sogar in der ganzen Serie! Ich muss es haben! Oh! Vielleicht haben die ja noch mehr davon. Hallo?«, rufe ich dem Jungen hinter der Kasse zu. »Habt ihr noch mehr *It's My Life*-Fanartikel?«

Er ist voll auf sein Handy konzentriert, und es dauert ein paar Sekunden, bis er endlich vom Display aufschaut. Dann zuckt er lediglich die Achseln. »Äh, vielleicht irgendwo da hinten im Ausverkauf?«

»Ich bin mir sicher, dass alles, was hier herumgammelt, auch bei uns im Keller zu finden ist«, brummt Daxton.

»Aber das macht doch mehr Spaß, als Kartons im Keller zu durchwühlen!« Ich hüpfe auf den von dem Verkäufer bezeichneten Wühltisch zu, während Emme verrückte Hüte anprobiert. Ich finde eine angeschlagene Bechertasse mit einem Dax-Konterfei wie dem auf meinem neuen Shirt, einen Wackeldackel und einen Schlüsselanhänger.

Beeindruckt eile ich mit meiner Beute zur Kasse.

Dax sieht mich von der Seite an. »Was, glaubst du, machst du da?«

»Schätze einkaufen.« Ich lasse meine Einkäufe auf die Theke fallen.

Dax nimmt die Tasse zur Hand. »Die würde ich nicht nehmen. Die ist ja kaputt.«

Ich entwinde ihm die Tasse und drücke sie an meine Brust. »Sie ist angeschlagen, das ist nicht dasselbe. Außerdem passt sie zu meinem neuen Shirt, also brauche ich sie.«

»Hast du nicht bereits eine Tasse mit meinem Gesicht drauf?«

»Das ist meine Montagstasse. Diese hier kann ich für den Rest der Woche verwenden.« In Wahrheit habe ich noch viele andere Tassen zu Hause, aber das braucht Dax ja nicht unbedingt zu wissen. Im Büro habe ich nur eine, und es ist doch immer gut, Nachschub zu besitzen.

Als wir mit unserer Shopping-Tour fertig sind, ist es bereits nach sechzehn Uhr.

»Kannst du zu uns zum Abendessen kommen? Dax, Kailyn kann doch mit mitkommen, ja? Wir bestellen was. Bitte?« Emme hängt sich an den Arm ihres Bruders.

»Wir haben Kailyn schon den ganzen Tag mit Beschlag belegt. Vielleicht hat sie was anderes vor.«

Emme macht ein finsteres Gesicht. »Hast du etwas vor?«, wendet sie sich an mich.

Ich muss lachen, fast beschämt über mein dürftiges Sozialleben. »Äh, nein, ich hab nichts vor.«

»Dann kannst du doch mit zu uns kommen! Wir machen es uns in unseren neuen Pyjamas bequem und spielen Videospiele oder gucken einen Film.«

Sie sieht mich ebenso hoffnungsvoll an wie Dax.

Wie kann ich da Nein sagen?

15

Just Dance

Dax

Emme besteht darauf, bei Kailyn mitzufahren. Sobald wir angekommen sind, schleift meine Schwester sie nach oben, damit sie die Pyjamahosen anziehen können, die sie in dem Geschäft gekauft haben, in das ich nicht hineindurfte. Nicht, dass ich mich darum reißen würde, mit meiner kleinen Schwester Unterwäsche einkaufen zu gehen. Bei Kailyn wiederum …

Diese Sache mit Kailyn fühlt sich allmählich sehr viel größer an, als in meiner Absicht lag, und wenn ich sie zu mehr dränge, könnte der Schuss böse nach hinten losgehen. Aber ich bin egoistisch genug, um es zu versuchen, denn ich will, dass sie ein Teil meines Lebens wird – und Emme will das auch.

Ich öffne eine Bierflasche und nehme einen tiefen Schluck, bevor ich Pizza bestelle. Für Emme habe ich Root Beer im Kühlschrank, damit sie sich erwachsen fühlt, und für Kailyn habe ich diverse Getränke im Angebot, abhängig von ihrer Stimmung.

Ein paar Minuten später plätschert Gekicher die Treppe herunter. Dann erscheinen sie in der Küchentür, beide tragen schwarze Pyjamahosen mit einem Cherrypie-Cartoon-Druck. Und Kailyn hat das *It's My Life*-Shirt darüber gezogen, das für einen Teenager gedacht ist und daher alle ihre Kurven offenbart, was mir sehr gefällt.

Während wir auf den Lieferdienst warten, vergnügen sich Kailyn und Emme mit einem *Just Dance*-Tanzduell. Es ist unglaublich unterhaltsam, ihnen zuzusehen, insbesondere, da Kailyn wirklich tanzen kann, und zu beobachten, wie sie sich bewegt, ist wirklich fesselnd. Ihr Lachen ist ansteckend, und Emme strahlt übers ganze Gesicht. Ich glaube, so glücklich ist sie seit dem Tod unserer Eltern nicht gewesen. Das macht mir Hoffnung, dass es uns beiden eines Tages wieder gutgehen wird.

Nachdem die Pizzen eingetroffen sind, kann man nicht übersehen, dass Emme sichergehen will, Kailyn und mich nebeneinander zu platzieren. Und als Film wählt sie eine romantische Komödie aus, das Gegenteil dessen, was sie sonst gerne sieht. Denn Emme mag Filme mit Action, vor allem Harry Potter, DC und Marvel.

Nach der Hälfte des Streifens fängt sie an zu gähnen und zieht eine große Show ab, um zu demonstrieren, wie müde sie ist. Sie umarmt Kailyn, bedankt sich noch einmal für den Shopping-Tag und verschwindet in ihrem Zimmer.

»Subtil war das gerade nicht.«

Kailyn schmunzelt. »Mir dreizehn muss man ja nicht unbedingt subtil sein, oder?«

»Offenkundig nicht.« Schon den ganzen Tag warte ich darauf, sie für mich allein zu haben, und jetzt, wo es endlich so weit ist, bin ich nervös. Ich will so vieles, ich will Veränderungen – es schnürt mir die Kehle zu. »Wir müssen diesen Blödsinn nicht länger gucken.« Ich schalte den Film in dem Moment ab, als die erste Kussszene zu sehen ist, was unsere Lage noch verfänglicher macht.

Kailyn schmunzelt zwar, doch ich weiß nicht worüber. »Ich wette, Emme hat genau gewusst, was jetzt kommt. Deshalb ist sie verschwunden.«

»Tut mir jedenfalls leid.« Ich mache eine Bewegung zur Decke.

»Du musst dich doch nicht entschuldigen. Ich finde das richtig süß von ihr. Und das Wichtigste ist doch, dass sie einen tollen Tag erlebt hat und glücklich ist.«

Ich drehe mich halb, sodass ich sie ansehen kann. Ich bin Kailyn schon sehr nah, weil Emme mich auf das mittlere Sitzkissen genötigt hat. »Bin froh, dass du Zeit hattest. Nur wegen dir war der Tag so toll.«

Betroffen schließe ich die Augen: Wie dämlich! Mit einer einzigen Bemerkung habe ich aus einer lockeren Situation eine angespannte gemacht.

Sanft streichen Kailyns Fingerspitzen über meine Handknöchel. »Stell dein Licht nicht unter den Scheffel, Dax. *Du* bist der Grund, warum Emme glücklich ist.«

»Wäre ich allein mit ihr einkaufen gegangen, hätte es ein Fiasko gegeben.« Ich drehe meine Hand um und schaue zu, wie ihre Finger über meinen Handteller wandern. »Unterwäsche zu kaufen hätte ich nicht überlebt.«

Kailyn lacht. »Nun, die Früchte davon kommen mir zugute, nicht wahr?« Sie deutet auf ihre neue Pyjamahose. »Ich bin nicht aus Mitleid hier. Das weißt du doch, oder?«

»Ich schleppe aber jede Menge Ballast mit mir herum. Und verstehe, dass es dadurch kompliziert wird.« Shit. In diese Richtung sollte das Gespräch nicht gehen! Das muss dringend geändert werden, denn ich setze hier nicht nur mein Glück aufs Spiel.

»Nicht der Ballast macht mir Angst, Dax.« Kailyn verschränkt ihre Finger mit meinen. »Meine größte Sorge ist die, dass wir Emme durcheinanderbringen, deshalb finde ich es wichtig, dass wir uns in ihrer Gegenwart wie Freunde verhalten.«

»Verstehe.« Ich versuche, meine Enttäuschung nicht allzu deutlich zu zeigen. Vielleicht entspreche ich nicht dem Bild, das sie von mir hatte, oder ich bin letztlich doch nur eine Belastung für sie.

»Doch wenn Emme nicht dabei ist …« Kailyn beißt sich auf die Lippen und schluckt, »könnten wir uns vielleicht mehr miteinander vergnügen.«

Mir fällt fast ein Stein vom Herzen. Habe ich sie richtig verstanden? *Bitte lass mich die Situation richtig beurteilen.* »Mehr Vergnügen wie zum Beispiel …«

Ihr Blick ist halb vorwurfsvoll, halb beschämt. »Ich glaube, du weißt, was ich meine, Dax.«

»Darf ich dir also zu nahetreten, wenn es nicht aus blinder Wut geschieht?«

Wieder lacht Kailyn hell auf, es klingt ebenso süß wie sexy. Sie steckt so voller Widersprüche! In ihrem Beruf ist sie engagiert, sicher und konzentriert, doch in meiner Nähe scheint sie schüchtern und unsicher zu werden. Ihr Lächeln wird kokett. »Und wenn du es dürftest?«

»Dann würde ich meinen Vorteil bei jeder sich bietenden Gelegenheit ausnutzen und gleich jetzt damit anfangen.« Mit einer Fingerspitze fahre ich an ihrem Kinn entlang. Mir ist bewusst, dass sich hinter unserem Gespräch noch mehr verbirgt, aber das muss jetzt erst einmal warten.

Kailyn hebt das Kinn und sieht mich an, während ich mich vorbeuge und ihre Lippen berühre. Sie überlässt mir die Führung, und unsere Zungen treffen sich, spielen miteinander. Die Zärtlichkeit wird rasch zu Leidenschaft.

Kailyn vergräbt die Hände in meinen Haaren, dann streichelt sie meinen Hals. Sie klammert sich an meine Schultern, während ich unsere Position auf der Couch verändere. Ich schiebe ein Knie zwischen ihre Beine und lege sie hin, strecke mich der Länge nach auf ihr aus. Meine Hand trifft unter dem Saum ihres Shirts auf warme weiche Haut.

Sie gibt einen seidenweichen Laut von sich, irgendetwas zwischen einem Summen und einem Stöhnen. Wir küssen und tasten und schmecken, verlieren uns in dem Fremden, das wir noch nicht kennen. Doch plötzlich ertönt im oberen Stock ein dumpfer Aufprall – und sofort sitzen wir an den Enden der Couch!

Kailyns weit aufgerissene Augen sind verschleiert, sie presst ihre Finger gegen die vom Kuss geschwollenen Lippen, während wir beide zur Treppe starren. Ihr Haar ist zerwühlt, ihre Wangen gerötet. Sie sieht hinreißend zerzaust aus. Emme taucht aber nicht auf, und es ist auch nichts mehr zu hören. Erleichtert atmen wir auf.

»Ich komme mir vor wie ein Teenager«, sagt Kailyn mit atemlosem Auflachen.

»Vielleicht sollten wir uns lieber nach oben verziehen.« Ich weiß nicht, wie weit Kailyn mitgehen will, aber ich möchte nicht, dass es jetzt zu Ende ist.

»Was, wenn Emme runterkommt und uns nicht hier findet?«

»Ich könnte ihr vielleicht sagen, dass wir einen Spaziergang machen?«

Kailyn beißt sich auf die Lippen. »Dann sollten wir lieber unsere Schuhe verstecken.«

»Gut mitgedacht.«

Sie wirft also unsere Schuhe in den Dielenschrank, während ich die Treppe hinaufsteige und bei Emme anklopfe. Meine kleine Schwester liegt auf dem Bett, hat Stöpsel in den Ohren und schreibt fleißig Tagebuch. Sie zieht die Ohrstöpsel heraus und wirkt leicht verstimmt. »Ist Kailyn etwa schon weg?«

»Nein, sie ist noch hier. Wir wollten ein bisschen spazieren gehen.« Die Lüge kommt mir sonderbar, aber notwendig vor.

Ihre Augen leuchten auf. »Oh, okay. Ich kann aber doch hierbleiben, oder?«

»Ja, klar. Brauchst du noch irgendwas?«

»Nö. Alles da. Viel Spaß!« Grinsend steckt sie die Stöpsel wieder in die Ohren.

Ich komme mir ein bisschen blöd vor, als ich betont laut die Treppe hinunterpoltere. Mit erhobenem Finger mahne ich Kailyn zum Schweigen. Sie sitzt auf der Couch und hat die Arme um ihre Knie geschlungen. Ich gehe durch den Korridor, öffne die Haustür und werfe sie geräuschvoll ins Schloss, dann schließe ich ab.

Als ich ins Wohnzimmer zurückkomme, zucken Kailyns Schultern vor unterdrücktem Lachen. Ich nicke zur Treppe und halte ihr meine Hand hin. »Möchtest du ein bisschen in meinem Zimmer abhängen?«

Sie erhebt sich von der Couch und nimmt meine Hand. Ich führe sie die Treppe hinauf, wobei ich zuerst um die Ecke spähe, ob die Luft rein ist. Erst dann huschen wir über den Korridor. Wenigstens brauchen wir nicht am Zimmer meiner Schwester vorbeizugehen oder uns Sorgen um zu viel Lärm zu machen.

Wir schlüpfen hinein, und ich schließe die Tür ab. »Geschafft!«

Kailyns Gekicher verebbt, als sie sich im Zimmer umschaut und das breite Doppelbett in Augenschein nimmt. Mein Zimmer ist wie immer aufgeräumt, nichts liegt herum, die Tagesdecke ist glattgezogen, die Kissen säuberlich aufgereiht. Kailyn fährt sich mit den Händen über die Hüften. Wieder wirkt sie unsicher.

Ich hoffe, die Unterbrechung hat die Stimmung nicht zerstört oder ihr zu viel Zeit beschert, um es sich anders zu überlegen. »Ist das okay für dich?«

»Es ist bloß …« Sie beißt sich auf die Lippen und tritt einen Schritt auf mich zu, legt mir die Hände auf die Brust. »Es ist alles ein bisschen unwirklich.«

»Wie meinst du das?« Ich fahre mit dem Daumen an ihrer Unterlippe entlang.

Kailyn schaut zu Boden und schüttelt leicht den Kopf. »Schon gut. Es ist dumm, und ich werde mich lächerlich machen.«

Ich kann gut verstehen, warum ihre Wangen plötzlich feuerrot sind. »Ich wünschte, ich hätte dich auf der Uni gefragt, als ich die Möglichkeit dazu hatte.«

»Wenn du mich damals geküsst hättest, wäre ich wahrscheinlich in Ohnmacht gefallen. Und das wäre schlimmer gewesen als das ganze Anschmachten.«

Immer noch ist ihr Blick auf meine Brust gerichtet. Ich hebe ihr Kinn an, um ihr in die Augen zu sehen. »Jetzt wirst du aber nicht mehr ohnmächtig, oder?«

Wie erwartet verdreht sie ihre hinreißenden grünen Augen.

»Das nehme ich als Nein.« Ich drücke meinen Mund auf ihren.

Kailyn schmilzt dahin, sie öffnet sofort die Lippen, als ich mit der Zunge sanft dagegentippe. Sie ist so viel kleiner als ich, vor allem ohne ihre Absätze. Zu gern würde ich sie aus einem ihrer sexy Business-Outfits schälen, und zwar Stück für Stück. Hoffentlich sind uns noch viele Gelegenheiten vergönnt, um das auszuprobieren.

Ich nehme ihr Gesicht in meine Hände. »Wollen wir es uns nicht bequemer machen?« Mit dem Kinn weise ich Richtung Bett.

»Du meinst bequem wie in horizontal und nackt?« Kailyn legt ihre Hand in meinen Nacken und zieht meinen Mund zu sich zurück, während wir seitwärts durchs Zimmer stolpern.

»Wenn das für dich gemütlicher ist, dann auf jeden Fall.« Ich hebe sie auf die Matratze, und sie rutscht nach oben zu den Kissen, wohin ich ihr unverzüglich folge. Als ich mich zwischen ihre Schenkel lege, bringt mich das alberne Muster ihrer Pyjamahose zum Grinsen.

Kailyns Finger tauchen unter mein Hemd, und ihre Nägel streifen meine Bauchmuskeln, die unter der zarten Berührung zucken. »Soll ich dir das ausziehen?«

»Du kannst ausziehen, was immer du willst.«

Ich helfe ihr, das Hemd über meinen Kopf zu ziehen, dann wirft sie es zu Boden. Daraufhin erkundet sie langsam meine Brust mit ihren Fingerspitzen.

Sie seufzt leise und sieht mir in die Augen. »So sehe ich unter meinen Kleidern nicht aus.«

»Da bin ich aber froh. Ich bin unsicher, was ich von einem Brusthaarwettbewerb halten würde.«

Kailyn drückt das Kinn gegen ihre Schulter und lacht, aber es klingt verlegen. »So war das nicht gemeint.«

Ich liebkose ihren Hals, küsse den süßen empfindlichen Punkt gerade unter ihrem Ohr. »Falls das nicht ohnehin klar ist: Du bist hinreißend, so wie du bist. Besonders in dieser Cherrypie-Pyjamahose und dem Shirt.« Ihre Verletzlichkeit lässt mich demütig werden, und ich kenne so etwas gar nicht.

Hinter der kämpferischen Fassade existiert eine Kailyn mit weichen Rundungen und voller Anmut, und ich kann es nicht erwarten, mit Händen und Mund jeden Zentimeter von ihr zu kosten. Eine Zeitlang knutschen wir wie Teenager, ihr Bein um meine Hüfte geschlungen … doch dann ist es nicht mehr genug.

Ich komme auf die Knie und ziehe ihr das Shirt über den Kopf, breite ihr dunkles Haar wie einen Fächer auf meinem Kissen aus. Kailyn trägt einen ganz schlichten BH aus silbergrauem Satin. Ich greife unter sie, löse den Verschluss und streife die Träger von ihren Schultern.

Unter meiner Berührung überzieht eine Gänsehaut ihren ganzen Körper, die Nippel richten sich auf. Ich neige mich hinab, um einen von ihnen in den Mund zu nehmen. Kailyn wölbt den Rücken durch und keucht, sie gräbt die Hände in mein Haar, drückt mich an ihre Brust.

Als ich wieder zu ihrem Mund zurückkehre, werden unsere Küsse tiefer, verlangender, unsere Hände wandern und streicheln. Dann öffnet sie meinen Hosenknopf und lässt die Finger in meine Retropants gleiten.

»Oh, verdammt«, stöhne ich, als ihre warme Hand mich umschließt. Ich stütze mich auf die Hände und bleibe über ihr. Ihre Hand übt leichten Druck aus, ihr Daumen vollführt langsame Kreise.

Kailyn sieht mir unverwandt in die Augen, während ich mit einer Hand an ihrer Seite hinabgleite und am Taillenbund der Pyjamahose verweile. »Kann ich die nun ausziehen?«

»Ja, bitte.«

Sie muss mich loslassen, damit ich ihr die Hose von den Hüften und über die Schenkel ziehen kann. Als ich den Slip sehe, schaue ich amüsiert-fragend zu ihr hoch. Kailyn grinst breit und zieht die Nase kraus. Der Slip sieht neu aus und gar nicht nach ihrem Stil: schwarze Baumwolle mit goldenem Wildkatzendruck und den Worten *LASS KRACHEN!*.

»Interessant!«

»Ich hatte ja Hilfe beim Aussuchen.«

»Ach so? Gibt's noch mehr davon?«

»Mm-mm. Es gab dieses ›Kauf drei, krieg zwei umsonst‹-Angebot.«

»Ich freu mich schon jetzt darauf, dir jeden dieser Slips von deinem hinreißenden Körper zu ziehen.«

»Tja, damit es dazu kommen kann, solltest du mich jetzt lieber beeindrucken.« In ihren Augen glitzert der Schalk.

Diese Seite von Kailyn gefällt mir sehr. Ich hatte Sanftheit und Schüchternheit erwartet, aber es ist eine nette Überraschung, dass sie auch frech sein kann. Ich grinse und fahre mit einem Finger am Saum ihres Höschens entlang, von ihrer Hüfte zu den Oberschenkeln. »Ich gebe mein Bestes.«

Kailyn beißt mich in die Unterlippe, aber Küsse bekommt sie jetzt nicht. Ich hocke mich auf die Fersen, hake meine Daumen unter den Taillenbund und ziehe ihr den Slip langsam über die Hüften. Die koboldhafte Verschmitztheit verschwindet, sie legt die Finger vor den Mund. Ich senke den Kopf und platziere einen zarten Kuss über ihren Nabel.

Kailyn atmet ein wenig zitternd ein und seufzt kaum hörbar, als ich an ihrer Haut sauge. Ich lasse mir Zeit, ihr das Höschen auszuziehen, steigere die Erwartung: ihre und meine.

Dann presst sie die Schenkel zusammen: Ihre Schüchternheit hat wieder die Oberhand gewonnen. Ich schiebe meine Finger in ihre warmen Knickchlen und drücke ihr sanft die Beine auseinander. »Ich will dich sehen.«

Als Kailyn ihre Schenkel für mich öffnet, küsse ich die Innenseite ihres rechten Knies, dann widme ich mich dem linken. Von einer Seite zur anderen küsse ich mich ihre Schenkel hoch, bis zu der Stelle, an der ich mit Freuden einige Zeit verbringen werde.

»Dax.«

Ich hebe den Blick. »Darf ich dich schmecken?«

Kailyn beißt sich auf die Lippe und nickt. Ihre zitternde Hand gleitet ihren Bauch herab und hält knapp unter dem Nabel an.

Als ich an ihrer Mitte angelangt bin, fahre ich mit einem Finger sanft über ihre empfindlichste Stelle. Kailyn zuckt, ihr

Körper biegt sich durch, während sie vor Überraschung einen leisen Schrei ausstößt.

»Ist das gut?«

Sie nickt. Ihre Wangen sind gerötet. »Das hatte ich nicht erwartet.«

»Ich berühre dich jetzt, ja?« Mit dem Daumen kreise ich sacht um ihre empfindsamste Stelle. Wieder atmet sie hörbar aus.

»Und jetzt werde ich dich küssen.« Ich senke den Kopf und lecke sie langsam, während ich sie dabei anschaue.

Kailyn hat die Hand vor den Mund gelegt, als wollte sie nicht, dass ich ihre Reaktion sehe. Sie beißt sich in den Handknöchel und dreht den Kopf zur Seite. »Gott, du kannst das wirklich gut …«

»Wäre es besser, wenn ich ungeschickt rumfummeln würde wie früher auf dem College und nicht wüsste, was ich da eigentlich tue?«, necke ich.

Kailyn muss lachen, doch es wird rasch zu einem Stöhnen, als ich meinen Mund wieder auf ihren Schoß senke. Sie stöhnt leise, während ich ihr einen Orgasmus entlocke. Vielleicht hält sie sich auch zurück, weil wir in diesem Haus nicht ungestört sind.

Ich küsse mich an ihrem Körper empor bis zu ihrem Mund. Kailyns Hände gleiten an meinen Flanken herunter, sie schiebt Hose und Unterhose über meine Hüften. »Du solltest auch nackt sein.«

Sobald ich diesen Zustand erreicht habe, angele ich mir aus dem Nachttisch ein Kondom.

Kailyn nimmt mir die rechteckige Folie aus der Hand und schiebt mich mit der Hand vor der Brust zurück. Sie reißt die Verpackung auf und rollt es mir über, dann zieht sie mich wieder auf sich.

Ich senke mein Gesicht in ihre Halsbeuge und versinke in ihr, in ihrer seidigen Hitze. Kailyns Mund liegt an meiner Schläfe, ihre Schenkel sind um meine Taille geschlungen, ihre Hand fasst mich um den Hals.

Ich atme in ihrer Enge, tief in meinen Bauch hinein. Mein Körper läuft auf Hochtouren, die Empfindung ist fast überwältigend. Das hier ist etwas anderes, viel Intensiveres als rein körperliches Verlangen.

Als ich das Gefühl habe, mich wieder einigermaßen beherrschen zu können, küsse ich mich von ihrem Hals hoch bis zu ihrem Mund.

Dann richte ich mich so weit auf, dass ich ihr Gesicht sehen kann. »Hi.«

Sie lächelt, ihre Augen sind sanft und verschleiert. »Hey.«

»Du fühlst dich unglaublich gut an.«

»Du auch.« Sie hebt ihr Kinn. »Küss mich, bitte.«

Und ich küsse sie. Unsere Lippen sind miteinander verschmolzen, während ich mich in ihr bewege. Und obwohl ich mir Zeit lassen wollte, um es zu genießen, gewinnt am Ende doch die Lust.

Sanfte Stöße werden intensiver, wilder, und Kailyns leises Stöhnen geht über in ein Flehen, dass ich nicht aufhören soll. Ich kann sie nun nicht mehr küssen, denn ich will schauen, wie sie in der Erlösung aussieht. Während ihres Höhepunkts flüstert sie meinen Namen. Und wie ein Dominostein, der umgestoßen wird, lasse ich alle Beherrschung fahren und ergebe mich der Welle, die über mir zusammenschlägt.

Als die Empfindungen allmählich abklingen, löse ich ihr Bein von meiner Taille und rolle uns auf die Seite, um sie nicht mit meinem Gewicht zu erdrücken. Wir küssen uns sehr lange, während wir einander überall streicheln.

Schließlich sehe ich sie an, zeichne mit einem Finger ihr

Kinn nach. Noch nie habe ich so großartigen Sex gehabt. Ich weiß nicht genau, ob es mit unserer Verbindung in der Vergangenheit zu tun hat oder unserer heutigen Verbundenheit. Ich weiß nur eins: Ich will sie bei mir behalten.

»War das beeindruckend genug?« Das bricht die Spannung. Einen Augenblick lang wünsche ich, ich könnte die Frage zurücknehmen und etwas anderes, Besseres sagen.

Gefühle gleiten in rascher Folge über Kailyns Gesicht, doch keines lange genug, als dass ich es ergreifen und bestimmen könnte. Leicht streifen ihre Fingerspitzen meine Lippen, und ein leises Lächeln nistet in ihrem Mundwinkel. »Erste-Sahnebeeindruckend.«

»Darf ich dann also auch deine anderen Höschen bewundern?«

Sie wölbt eine Braue. »Darüber muss ich erst mal nachdenken.«

»Aber ich habe dir Orgasmen geschenkt, mehr als einen.«

»Was, wenn deine Vorstellung beim nächsten Mal nicht so eindrucksvoll ist?«

»Ich verspreche dir, das war nur eine Aufwärmübung. Beim nächsten Mal wird's noch besser.«

Ich will sie wieder küssen, aber wir beide erstarren, als wir eine Tür schlagen hören und gleich darauf Schritte im Korridor.

16

Vorsichtig auftreten

Kailyn

Nervös lege ich eine Hand auf Dax' Brust. Sein Arm schließt sich enger um meine Taille, und ich spüre die steten, schnellen Schläge seines Herzens. Vernünftigerweise kann ich davon ausgehen, dass wir nicht ertappt werden, denn die Tür ist abgeschlossen, und Emme hat keine Ahnung, dass wir uns hier oben befinden. Aber dennoch habe ich ein ungutes Gefühl: Was, wenn Emme uns erwischt?

Schwere Schritte tappen die Treppe hinab. Zunächst bin ich erleichtert, doch dann wird mir klar, dass sie sich dort unten eine geraume Weile aufhalten könnte.

»Was, wenn sie nicht gleich wieder hochgeht? Was, wenn sie beschließt, Fernsehen zu gucken?«, flüstere ich.

Dax streicht mir die Haare aus dem Gesicht. »Wahrscheinlich holt sie sich nur einen Snack.«

Das hoffe ich auch sehr. Noch nie habe ich wegen einem Mann derartig den Kopf verloren. Ich kann es nicht fassen, dass wir uns in sein Zimmer geschlichen haben, um miteinander zu schlafen, ohne an das schlimmste vorstellbare Szenario zu denken, dass wir von seiner Schwester erwischt werden könnten. Der Sex war großartig, aber trotzdem nicht unbedingt das Klügste, was ich jemals getan habe. Eigentlich erinnert mich die Situation an einen gewissen früheren Vorfall, als ich mit geschlossenen Augen in ein Frisbee-Spiel geriet. »Ich habe mein Smartphone und meine Tasche im Wohnzimmer liegen lassen.«

»Meins steckt in meiner Hose.« Er schmunzelt leicht. »Mach dir keine Sorgen. Wenn's nötig ist, können wir immer noch am Spalier runterklettern.«

Ich stelle mir vor, wie das aussähe: Zwei Erwachsene, die an einer Hauswand runterhangeln, um vor einer Dreizehnjährigen zu verheimlichen, dass sie Sex hatten. Dax' Grinsen wird breiter, wahrscheinlich wegen meiner entsetzten Miene. Ich leide nun mal unter Höhenangst. »Das ist nicht lustig, Dax!«

Ich stoße ihn vor die Brust. Er ist noch in mir, immer noch halb steif, der Fülle nach zu schließen. »Wir sollten uns ganz schnell anziehen. Ich weiß nicht mal, wie lange wir schon hier oben sind.«

Dax löst seine Arme und wälzt sich auf den Rücken, unterbricht den physischen Kontakt. Jetzt ist er auch nervös geworden. »Mist. Wir hätten vielleicht damit warten sollen, bis Emme mit Freunden ausgeht.«

Jetzt, da die Hitze des Gefechts verklungen ist, verstehe ich, was er meint. Ich wünschte, ich hätte mir Gedanken gemacht, bevor wir in seinem Schlafzimmer gelandet sind. Ich fühle mich wie entblößt, als ich nach meinem knalligen Höschen und der Pyjamahose angele.

»Sie weiß aber nicht, dass wir hier sind. Im Übrigen sind wir ruhig und vorsichtig gewesen, und außerdem trägt sie doch ständig Ohrstöpsel, oder nicht?«

»Schon. Aber ich komme mir trotzdem wie ein Anwärter auf einen Jahresorden für den miesesten Vater vor!«

»Hey.« Ich lege eine Hand auf seine Brust. »Das ist alles neu für dich. Sei nicht so streng mit dir, Dax.«

Er stößt den angehaltenen Atem aus. »Ich will's bloß nicht vermasseln.«

Dann schnappt er sich seine Boxershorts und setzt sich auf die Bettkante. Ich schaue zu, wie sein unglaublicher Hintern in der Unterhose verschwindet. Dax geht ins Bad, um das benutzte Kondom zu entsorgen.

Hastig fische ich meinen BH vom Boden und schlüpfe mit den Armen durch die Träger.

»Lass mich dir helfen.« Dax streicht mir die Haare über die Schulter und hakt den Verschluss zu, wobei er einen Kuss auf meinen Nacken drückt. Ich erschauere unter der zärtlichen Berührung und dann ein zweites Mal, als er mit dem Finger mein Rückgrat hinunterfährt. Dann nimmt er mein T-Shirt von der Bettkante und hilft mir beim Anziehen.

»Alles in Ordnung bei dir?«, frage ich.

»Ja.« Er legt seine großen Hände auf meine Taille und schenkt mir ein verdrießliches Lächeln. »Noch ein bisschen Nacktkuscheln hinterher hätte mir gut gefallen.«

Ich kann seine Stimmung nicht ganz begreifen, ich weiß nicht, ob er seine eigene Angst entschärfen will oder die Spannung, die plötzlich zwischen uns entstanden ist. Das hier war keine beiläufige Nummer. Unser Verhalten wird Konsequenzen haben und ganz besonders für die Person, die sich unten aufhält.

Ich lache, aber meine Angst lässt die Lautäußerung hysterisch klingen. »Was, wenn ich mich nicht zum Kuscheln eigne?«

Dax vergräbt seine Hand in meinen Haaren; vielleicht möchte er die wilde Mähne zähmen. »Du hast noch nicht mit mir gekuschelt.«

Ich bin sicher, dass er meine Sorgen spürt; wahrscheinlich glaubt er, dass sie nur Emme gelten. »Es werden sich andere Gelegenheiten ergeben«, versuche ich ihn zu trösten.

Ich weiß genau, dass wir nicht miteinander hätten schlafen sollen, und nicht nur, weil Timing und Ort nicht gut waren. Doch ein anderer Teil von mir will diese Beziehung, weil sie stärker ist als alles, was ich vorher gekannt habe. Und eben das macht mir Angst, weil ich schon so tief verstrickt bin, mit beiden.

»Wir müssen einfach vorsichtig sein, um Emmes willen«, flüstere ich.

»Einverstanden. Es ist kompliziert, nicht wahr?«

»Das ist es.« Seine Schwester hängt bereits an mir und ich ebenso an ihr. Ich will nicht einmal daran denken, wie sehr eine Beziehung zu Dax meiner Laufbahn schaden könnte oder meiner Rolle als Emmes Betreuerin. Und wenn es mit uns nicht klappt, was dann? Dann verliere ich ihn, Emme und das, wofür ich all die Jahre so schwer geschuftet habe? Was bleibt mir dann noch?

Als wieder Schritte auf der Treppe zu hören sind, zucke ich nervös zusammen. Es folgt das Klappen einer Tür, und ich lasse den angehaltenen Atem heraus. »Wir sollten nach unten gehen.«

Dax nickt. Beim hastigen Ankleiden wirkt er allerdings nicht sonderlich glücklich. Bevor er seine Tür aufschließt, nimmt er mein Gesicht in seine Hände. Sein Blick sucht meinen, dann küsst er mich. Es ist ein berauschendes Spiel unserer Zungen, das meine Knie weich werden und mein Herz hastig klopfen lässt. Mit einem tiefen Atemzug löst er sich von mir und streicht mit dem Daumen über meine Unterlippe. »Erst mal nachsehen, ob die Luft rein ist.«

Er schließt auf und öffnet die Tür einen Spalt. Sie quietscht vernehmlich. »Vor dem nächsten Mal sprüh ich WD-40 drauf«, flüstert er, dann späht er in den Korridor. »Die Luft ist rein.«

Mein Herz hämmert, als wir uns auf Zehenspitzen hinunterschleichen und in Richtung Wohnzimmer tappen.

Ich hole unsere Schuhe aus dem Dielenschrank, dann mache ich die Haustür auf und schlage sie wieder zu, vielleicht ein wenig lauter als nötig.

Dax lehnt am Türpfosten. Er wirkt geradezu lächerlich ruhig. Ich pikse ihn in die Schulter, er packt meinen Finger und zieht mich an sich. »Entspann dich, Kailyn.«

Mag sein, dass meine Reaktion zu heftig ist, aber hier ist mehr geschehen als einvernehmlicher Sex zwischen Erwachsenen. »Sorry. Ich glaube, in Zukunft müssen wir so was besser planen.« Ich rede, als würde es wieder geschehen, obwohl ich mich bereits ermahnt habe, dass es nie mehr passieren darf.

»Einverstanden. Eine Pyjamaparty würde mir gefallen – zu schauen, wie du am Morgen mit wirren Haaren aussiehst. Und dann könnten wir schlaftrunkenen Morgen-Sex haben.«

Seine Unbeschwertheit tut mir gut. »Zurzeit kommt eine Pyjamaparty wohl kaum infrage.« Ich hebe den Blick zur Decke.

»Wir werden uns schon was ausdenken.« Dax hakt unsere kleinen Finger zusammen. »Setz dich doch noch ein Weilchen zu mir, bevor du nach Hause fährst.«

Zwei Tage später sitze ich im Büro, den Schreibtisch voller Akten, als mein Handy läutet. Es ist Dax. Gestern hat er mir einen wunderschönen Blumenstrauß geschickt. Ich habe eigentlich nie etwas für Blumen und Herzchen übrig gehabt, aber die Gerbera in leuchtenden Farben sind wunderschön und, da sie von ihm kommen, etwas ganz Besonderes. Was ein Problem darstellt. Ich habe mich tiefer eingelassen, als ich wollte, und nun müssen wir unsere Beziehung nicht nur vor Emme verbergen, sondern ich soll ihn auch davon überzeugen, unbedingt zu Whitman zu wechseln. Mir schwirrt der Kopf!

Ich nehme das Gespräch an und bemühe mich um einen heiteren Ton. »Guten Morgen, Mr Hughes. Wie kann ich Ihnen helfen?«

»Bist du gerade am Schreibtisch? Kannst du mal in deine Mails schauen?«

»Ja, und ja. Warum? Gibt's ein Problem?«

»Kein Problem, eher das Gegenteil. Ich warte, bis du die Mail gelesen hast, bevor ich weitere Fragen stelle.«

»Persönliche oder berufliche?«

»Persönliche.«

Ich hole meinen privaten Laptop aus der Tasche und öffne die Mail, die er mir weitergeleitet hat. »Es geht um die Alumni-Tagung.« Die juristische Fakultät richtet eine zweitägige Konferenz mit Ausschüssen, Reden und Workshops aus, die von einigen Spitzenabsolventen geleitet wird. Mir ist zwar die Leitung eines Forums angeboten worden, doch ich war mir nicht sicher, ob ich Zeit dafür übrig oder überhaupt Lust dazu habe.

»Fährst du hin?«

Schon wieder erwische ich mich dabei, auf meinem Kuli herumzukauen. Ich nehme den Stift aus dem Mund, damit ich Dax antworten kann. »Ich habe mir einen Platz reservieren lassen, wusste aber nicht, ob es Sinn hat, an der Veranstaltung teilzunehmen. Warum fragst du? Bist du dabei?«

»Ich spreche am Samstag vor einem Gremium.«

»Oh.« Damit erledigt sich die Frage, ob wir uns am Wochenende sehen. »Soll ich auf Emme aufpassen?«

Er lacht. »Nein, Kailyn. Ich hab dafür gesorgt, dass sie bei einer Freundin übernachtet.«

»Hast du mit den Eltern gesprochen? Werden sie da sein? Kennt Emme sie gut?«

»Ja, ja und ja. Sie ist seit der ersten Klasse mit Marnie befreundet. Die beiden haben schon oft zusammen übernachtet, fürs Wochenende ist sie also bestens versorgt.«

»Na, das sind ja mal gute Nachrichten.« Es zieht mich schon ein wenig runter, dass Daxton das ganze Wochenende fort sein wird. Vielleicht hat er in dieser Woche noch einen freien Abend …

»Kailyn?«

»Ja.« Ich schiebe meine Bechertassen auf dem Schreibtisch herum, die alte und die neue mit dem angeschlagenen Rand. Ich glaube, das wird von nun an meine Lieblingstasse sein, weil sie mich an den Shopping-Trip erinnert und an das, was darauf folgte.

»Ich habe für Freitag- und Samstagnacht ein Hotelzimmer gebucht.« Als ich schweige, fährt er fort. »Wir können das ganze Wochenende zusammen verbringen. Wir müssen nicht so tun, als gingen wir spazieren, müssen uns nicht verstecken, und wir …«, seine Stimme wird tief, »… könnten schlaftrunkenen Morgen-Sex haben. Was meinst du? Bist du dabei?«

Ich presse meine Schenkel zusammen. »Ja. Bin dabei.«

Seine Stimme ist wie glatte Seide. »Denkst du gerade an diesen Morgen-Sex, Kailyn?«

»Nein.« Morgen-Sex ist bestimmt ganz nett, aber mehr noch freue ich mich auf seine anderen Talente.

Dax gluckst. »Ich glaube, du lügst.«

Ich streiche meinen Rock glatt. Schon jetzt spricht mein Körper auf all die Möglichkeiten an, die ein ganzes Wochenende verspricht, ohne Unterbrechungen, zeitliche Beschränkungen oder die Anwesenheit eines Teenagers. Aber ich spiele es herunter. »Und warum solltest du das glauben?«

»Weil du plötzlich ganz atemlos klingst.«

Ich spüre, wie mir die Hitze ins Gesicht steigt. »Tu ich nicht.«

»Aber auf jeden Fall!«

»Das hat gar nichts mit irgendwelchen schlaftrunkenen Morgensachen zu tun.«

»Ach nein? Womit dann?«

Ich überzeuge mich, dass niemand zuhört, dann senke ich meine Stimme zu einem Flüstern. »Mit deiner äußerst begabten Zunge.«

»Ach, wirklich? Sollte ich annehmen, dass du damit nicht meine herausragende Konversation meinst?«

»Deine Annahme ist korrekt, obschon ich deine Fähigkeit, mich zu unterhalten, sowohl geistig als auch körperlich, durchaus zu schätzen weiß.« Allein die Vorstellung von seinem Kopf zwischen meinen Beinen lässt mir die Hitze in die Wangen steigen.

»Hat es dir gefallen, als ich dich mit meinem Mund kommen ließ?«

Ich spiele ihm den Ball umgehend zurück. »Du kannst doch Menschen lesen, nicht wahr? Was glaubst du?«

»Dass es dir ausnehmend gut gefallen hat. Ich würde sogar so weit gehen zu behaupten, dass du es liebst, wenn ich dich mit dem Mund verwöhne.«

»Entspricht das den Tatsachen, Mr Hughes?«

»Das tut es. Ich habe Ihren Geschmack sehr genossen, Miss Flowers, und freue mich schon außerordentlich darauf, diese Erfahrung zu wiederholen.«

»Wir sollten das in den Zeitplan aufnehmen, nur um sicherzugehen, dass Sie zwischen Ihren Reden dafür Muße haben.«

Wieder lacht er. »Ich kümmere mich sofort darum. Tja, und da mir nun sehr unbehaglich zumute ist und ich meinen Schreibtisch nicht verlassen kann, ohne mich zum Gespött meiner Kollegen zu machen, sollte ich mich lieber wieder der Arbeit widmen.«

Nun ist es an mir, belustigt zu kichern. »Ich wünsche Ihnen einen erfolgreichen Tag, Mr Hughes, und hoffe, dass er nicht zu hart wird.«

»Hätten Sie Interesse an einem spontanen Lunch-Date?«

»Verlockend, aber ich habe den ganzen Tag Klienten.«

»Das ist bedauerlich.« Dax ist einen Moment still. Dann sagt er mit gesenkter Stimme: »Kailyn.«

»Ja, Dax.«

»Nimm all deine verrückten Höschen mit, ja?«

Ich muss lachen. »Na klar.«

»Einen schönen Tag wünsche ich Ihnen, Miss Flowers.«

»Gleichfalls, Mr Hughes.«

Ich beende das Gespräch. Bei einem langen Ausatmen stelle ich mir vor, auf wie viele verschiedene Arten sich diese ungestörte Zeitspanne von zwei Tagen genießen lässt. Zunächst jedoch muss ich Beverly informieren, denn ich werde Freitag früher gehen müssen. Das hätte ich natürlich klären müssen, bevor ich Dax zusagte, aber ich kann mir nicht vorstellen, dass sie ablehnt.

Auf dem Weg zu Beverlys Büro erwäge ich, wie ich es ihr am besten beibringe. Als ich klopfe, finde ich meinen Boss in Akten vertieft.

»Kailyn, kommen Sie herein.« Einladend weist sie auf den Besucherstuhl.

Ich setze mich. »Ich habe ein Anliegen, das ich kurz mit Ihnen besprechen müsste.«

»Ach?« Sie faltet die Hände auf dem Tisch. »Ist alles in Ordnung?«

»Oh ja, alles gut. Am nächsten Freitag und Samstag findet eine Alumni-Tagung statt. Wie Sie ja wissen, waren Daxton und ich im gleichen Jahrgang, und er tritt dort als Redner auf. Und da habe ich mir gedacht, es wäre doch gut, wenn ich auch hinfahre. In einer weniger förmlichen Umgebung hätte ich die Möglichkeit, den möglichen Firmenwechsel nochmals anzusprechen.« Ich trage richtig dick auf, aber der Lohn wird sich *oh so gut* anfühlen.

Beverly lächelt zustimmend. »Das ist eine fantastische Idee. Wie geht es denn seiner Schwester? Und was macht die Tante?«

»Seiner Schwester geht es gut, in der Schule keine Probleme mehr, das sind die guten Nachrichten. Die Tante versucht immer noch, einen Fuß in die Tür zu bekommen.« Linda hat mir wegen der Akte, die sie mir vor Wochen in der Schule übergab, wiederholt gemailt. Ich bin die Dokumente sofort durchgegangen, habe jedoch nichts gefunden, das ich nicht selbst hätte googeln können. Die meisten Artikel stammten von Klatsch-Seiten aus dem Netz und bezogen sich auf ein paar falsche Entscheidungen, die Daxton auf seinem Weg vom Teenieschwarm zum Spitzenanwalt getroffen hatte. In den letzten Jahren hat es nichts Gravierendes mehr gegeben, aber ich verstehe schon, welches Bild Linda zu zeichnen versucht.

»Das ist ja großartig. Wird Daxton am Freitag auch dort sein oder nur am Samstag?«

»Er wird an beiden Tagen teilnehmen.«

»Dann möchte ich, dass Sie das auch tun.«

»Sehr gut. Bis Donnerstagabend werde ich alle dringenden Anliegen erledigt haben.«

»Ausgezeichnet. Ich freue mich schon darauf, von den Fortschritten zu hören, die Sie übers Wochenende erzielen werden. Glauben Sie, dass Daxton an einer Fitnessstudio-Mitgliedschaft interessiert wäre? Er ist ja wirklich in Topform. Vielleicht hören Sie mal vorsichtig nach, welche anderen Vergünstigungen er noch braucht, um zu uns zu wechseln.«

»Selbstverständlich.« Ich erhebe mich, während Beverly ihre Aufmerksamkeit wieder den Akten zuwendet.

»Kailyn?«

Ich halte auf halbem Weg zur Tür inne. »Ja?«

»Ich kann es gar nicht erwarten, dass die Sache in trockene Tücher kommt. Dann kann ich Sie zum Partner machen.«

»Ich freue mich auch darauf.« Doch meine Erregung klingt rasch wieder ab. Wenn Dax zu Whitman wechselte, wäre das sehr viel besser für ihn, und offenbar ist es auch ein Karrieresprung für mich, aber die Folgen lasten mir schwer auf der Seele. Es kommt mir so vor, als ob der Gewinn die möglichen Verluste nicht mehr aufwiegen könnte.

Der Gedanke daran, Partner zu werden, ist am Freitagmorgen völlig in den Hintergrund geraten. Ich schaue noch ein letztes Mal nach, ob ich wirklich alle meine extravaganten Höschen eingepackt habe – und natürlich auch eine Auswahl der sexy Unterwäsche.

Dax holt mich um zehn ab. Die Fahrt zum Hotel nimmt kaum Zeit in Anspruch, da es auf Mittag zugeht und daher wenig Verkehr herrscht. Er hat den frühestmöglichen Check-in gewählt und ein Zimmer im Penthouse genommen, wo wir weit entfernt von den anderen Tagungsteilnehmern und folglich ungestört sind.

Sobald wir in unserem Zimmer sind, fallen wir übereinander her. Es ist überhaupt nicht mit dem letzten Mal zu vergleichen. Nach fünf Tagen Nachrichtenaustausch über all die Dinge, die wir miteinander anstellen wollen, ist Dax fest entschlossen, jedes einzelne davon schon in der ersten Stunde durchzuziehen.

Als er endlich zum Höhepunkt kommt, bin ich völlig ausgelaugt – mein Gott, dieser Mann hat ein unglaubliches Stehvermögen! Er wälzt sich auf den Rücken und zieht mich über sich, mein Kinn ruht auf seiner Brust. Er streicht mir die Haare aus dem Gesicht. »Weißt du, was besonders sexy ist?«

Ich greife quer übers Bett und angele mir das Höschen in Dunkelrosa, auf dessen Hintern in unübersehbar großen Buchstaben YOLO steht. »Das hier?«

»Nah dran, aber das meine ich nicht.«

»Wart's ab, bis du die anderen siehst.«

»Ich brenne schon darauf, was du mir an diesem Wochenende noch alles auf deinem Hintern präsentieren wirst.« Dax grinst und schiebt einen Arm hinter den Kopf. Ich bestaune das verlockende Spiel seines Bizeps. »Aber ernsthaft: Weißt du, was ich an dir unglaublich sexy finde, abgesehen von deinem ausgezeichneten Geschmack für Unterwäsche?«

Ich stemme mein Kinn auf die Faust. »Sag schon.«

»Die Art, wie du kommst.« Er fährt sich mit der Zunge über die Unterlippe.

Ich kann ihm jetzt nicht in die Augen schauen, das Gefühl ist zu intensiv. »Wie meinst du das?«

»Du bist sonst so stark, aber wenn du kommst, bist du unglaublich süß und sanft. Es ist faszinierend, wie du dann aussiehst, so verletzlich und schutzlos, aber trotzdem … selbstsicher. Vielleicht ist das nicht das richtige Wort. Aber was es auch ist, ich bin süchtig danach.«

Ich begrabe meinen Kopf an seiner Brust. »Jetzt machst du mich verlegen.«

»Ich will dich nicht verlegen machen. Du bist phänomenal, Kailyn. Alles an dir ist einfach unglaublich.« Er fährt mit einem Finger von meiner Schläfe zu meinem Kinn. »Sie ist so wunderbar, deine sanfte Seite. Immer, wenn ich daran denke, wie chaotisch mein Leben gerade ist, dann erinnere ich mich, dass mir aus all dem Schlechten zwei gute Dinge erwachsen sind: die ganz besondere Beziehung zu meiner Schwester und du. Und so mühsam die ganzen Veränderungen zu bewältigen sind, mit dir werden die schweren Tage leichter.«

Die Intensität seiner Liebeserklärung wird überschattet durch das, was ich ihm verschweige. Ich habe ein schlechtes Gewissen und erwäge einen Moment sogar, ihm von dem Deal mit Beverly zu beichten. Aber ich will diesen schönen Augenblick nicht zerstören, und es gibt ja ohnehin keine Garantie dafür, dass Dax zu Whitman kommt. Also küsse ich seine Fingerspitzen, während mein Herz gleichzeitig schmerzt und vor Freude birst. »Ich bin froh, dass ich das für dich … dass ich das für euch beide tun kann.«

Ich recke mich in die Höhe, um ihn zu küssen. Schnell eskaliert die Leidenschaft, und ich finde mich unter ihm wieder. Diesmal nimmt er sich Zeit, und sein Blick ruht auf mir, während er mich an den Rand der Seligkeit bringt und schließlich in den himmlischen Abgrund stößt.

Ich bin schon viel zu tief verstrickt, um unbeschadet davonzukommen. Aber mir gefällt der Ort, an dem wir jetzt sind; im Moment fühle ich mich sicher und beschützt, auch wenn ich weiß, dass es eigentlich nicht wahr ist.

17

Kleine Lügen

Kailyn

Am Samstag gibt es keinen ausgiebigen Morgen-Sex; Dax muss seine Rede halten. Also begnügen wir uns mit einem Quickie und einer schnellen Dusche, bevor es zum Frühstücksbüfett geht. Dax wird von Menschen umringt, die ihm kondolieren und darüber hinaus mit ihm fachsimpeln wollen. Die Frauen sind natürlich speziell: Mit affektiertem Lächeln scharwenzeln sie um ihn herum. Es ist peinlich und macht mich wütend.

Was ich an Dax besonders liebe, ist die Art, wie er eine Unterhaltung von seiner Person ablenken und auf die gesamte Zuhörerschaft ausdehnen kann. Ich habe zwar auch kein Problem damit, mich zu behaupten, seine Herausforderung ist jedoch eine andere: Die Menschen stürzen sich förmlich auf ihn, er aber weiß genau, wie er sie für sich einnehmen kann.

Nun erlebe ich zum ersten Mal, wie unterschiedlich er sich mir und anderen gegenüber verhält. Wenn wir allein sind, lässt Dax in seiner Wachsamkeit nach, doch unter Menschen setzt er seine Schauspielermaske auf, lächelt, macht Smalltalk und spielt sein Charisma aus.

Immer wieder zieht er mich in Gespräche mit Fangirls hinein, vielleicht zu seinem eigenen Schutz. Er stellt mich als enge Freundin aus dem Jurastudium vor. Dann verkündet er allen, die es hören wollen, wie unglaublich toll ich bin. Er spricht sogar über meine kostenlosen Vertretungen und äußert die Ansicht, es müsse mehr altruistisch denkende Anwälte geben.

Und natürlich will kein Zuhörer unhöflich sein, also nicken sie fleißig und geizen nicht mit Lob, während Dax weiter darüber plappert, wie ich im Studium geglänzt habe. Dass ich der einzige Grund dafür war, dass er so hart gearbeitet hat und am Ende dort gelandet ist, wo er sich jetzt befindet. Diese Beweihräucherung aus seinem Mund zu hören ist ebenso erheiternd wie peinlich.

Während Dax die Fäden des Gesprächs fest in der Hand hält, wird mir klar, dass er trotz seiner Probleme in den letzten Monaten immer genau im Blick behalten hat, was ich will und was meine Ziele sind. Damit würdigt er auch das Opfer, von dem er glaubt, dass ich es bringe, indem ich die Rolle als Betreuerin von Emme übernommen habe.

Oft sind diese Alumni-Zusammenkünfte die reinste Prahlerei: Wie smart man ist, wie viele Überstunden man schindet, dass man kürzlich Partner geworden ist und wie geil das Strandhaus ist, das man sich jetzt leisten kann. Ich bin auch immer stolz auf meine Entscheidungen gewesen. Mir war bewusst, dass ich ohne kostenlose anwaltliche Vertretungen mehr verdienen würde. Ich könnte ein schöneres Haus haben und ein teureres Auto fahren. Dax' Lob jedoch ist die Bestätigung, von der ich gar nicht wusste, wie sehr ich sie gebraucht habe. Und ich verliebe mich noch ein wenig mehr.

Zwanzig Minuten vor seiner Rede entschuldigt er sich, und ich nutze die Gelegenheit, um mich auf der Damentoilette ein wenig frisch zu machen. Wie es scheint, haben alle anderen Frauen den gleichen Gedanken gehabt, und als ich endlich in den Saal komme, sind sämtliche Plätze in der vorderen Hälfte belegt, und ich bin gezwungen, mich mit einem Sitz weiter hinten zu begnügen. Bis zu Dax' Rede bleiben nur noch wenige Minuten, und die restlichen Stühle sind rasch besetzt. Ich lächele dem Mann rechts von mir zu. Mir ist, als müsste ich ihn kennen.

Es dauert einen Moment, aber dann weiß ich, dass er einer von Dax' Freunden aus dem Studium ist. Aus den Fotos, die ich bei Dax im Haus gesehen habe, schließe ich mit einiger Sicherheit, dass es sich um Felix handelt.

Ich nicke ihm höflich zu.

»Kailyn Fangirl.« Er zuckt peinlich berührt zusammen. »Ich meinte Flowers. Hey. Hi. Ist lange her.«

»Offenkundig nicht lange genug«, brumme ich.

»Felix McQueen.« Er streckt mir die Hand hin, und mir bleibt nichts anderes übrig, als sie zu ergreifen. »Ich dachte gestern Abend, ich würde Dax an der Bar treffen, aber wie's aussieht, haben Sie meinen Jungen auf Trab gehalten.«

Ich hasse es, dass ich meinen Kopf nach hinten kippen muss, um ihm einen wütenden Blick nach oben zuzuwerfen, aber ich tue es trotzdem.

»Heute Morgen war er sehr viel entspannter als in den letzten Wochen.« Felix wackelt bedeutungsschwanger mit den Augenbrauen.

Hitze steigt mir ins Gesicht.

»Das ist doch etwas Gutes, Kailyn.«

Eine Frau in der Reihe hinter uns tippt ihm auf die Schulter und flüstert ihm etwas ins Ohr. Felix lacht und murmelt eine Erwiderung; dann verkündet der Moderator, dass die Veranstaltung beginnt.

Dank des riesigen Basketballspielers vor mir kann ich kaum etwas sehen, aber wenn ich mich nach rechts beuge, kann ich Daxton zumindest erkennen. Er spricht gut und fesselnd und zieht das ganze Auditorium in seinen Bann – nur nicht den Mann, der neben mir sitzt.

Felix beugt sich zu mir, er kommt mir so nahe, dass ich es als unangenehm empfände, wenn er nicht Daxtons bester Freund wäre. Eigentlich finde ich es trotzdem unangenehm. »Irgendwie muss ich mich bei Ihnen entschuldigen.«

»Ist schon in Ordnung. Dax hat das für Sie übernommen«, flüstere ich, die Augen nach wie vor zur Bühne gerichtet.

»Ja, aber er hat mich deswegen zur Sau gemacht, also sollte es besser von mir kommen, oder?«

Felix spricht nicht gerade leise. Einige Leute gucken schon, also versetze ich ihm einen Rippenstoß, den er mit einem lauten *Uumph* quittiert, was uns noch mehr Aufmerksamkeit einträgt. Daxton bemerkt die Unruhe und schaut Felix mahnend an.

»McQueen, spar dir das für heute Abend an der Bar«, sagt er mit wissendem Grinsen.

Damit hat er die Lacher auf seiner Seite.

»Ja, Sir. Sorry, Sir.« Felix salutiert, bleibt aber für den Rest der Veranstaltung still und tippt auf seinem Handy herum. Nur einmal unterbricht er diese Tätigkeit, um eine völlig irrelevante Frage zu stellen.

Als die Sitzung endet, stürmen eine Menge Frauen in Richtung Rednerpult.

»Kommen Sie. Schauen wir mal, ob wir was zu trinken kriegen, während er belagert wird.« Felix nickt mit dem Kopf zur Saaltür.

Ich will Dax eigentlich nicht mit seinen Fangirls allein lassen, will aber auch nicht zusehen müssen, wie sie ihn anschmachten. »Okay.«

Felix mustert mich feixend. »Die Begeisterung für ihn ist wirklich überwältigend.«

»Es macht ihm doch nichts aus?«

»Nein, nein, daran ist er gewöhnt. Sie werden später nur die Luft aus seinem Ego herauslassen müssen.«

Damit bringt er mich zum Lachen. Ich sammle meine Sachen ein, dann folge ich ihm durch den Gang zwischen den Sitzreihen. Felix ist groß, größer noch als Dax; er winkt und zeigt auf mich – obwohl Dax mich mit Sicherheit nicht sehen kann – und macht die Geste des Trinkens. Es ist gerade mal elf Uhr, aber die Bar ist bereits voll. Die Leute nehmen ein frühes Mittagessen ein und stürzen die Pints hinunter, als wären sie wieder auf dem College.

Felix und ich finden zwei Plätze an der Theke. Ich bestelle einen Kaffee Latte und er Scotch auf Eis. Sobald der Barkeeper fort ist, wendet sich Felix mir zu. »Tut mir leid, dass ich an der Uni so ein Arsch war.«

»Alle waren Arschlöcher, ganz besonders die Juristen.«

Er schwenkt den Scotch in seinem Glas herum. »Ja, aber ich habe Sie ganz extrem gemein beschissen und deswegen ein verflucht schlechtes Gewissen.«

»Warum?«

»Warum ich ein schlechtes Gewissen hab, oder warum ich Sie beschissen habe?«

»Eins davon? Beides?«

»Das mit Ihnen und Dax, das war so ein sagenhaftes Konkurrenzspiel. Es war … Ich weiß auch nicht. Dax wollte unbedingt der Bessere sein, er war regelrecht besessen – von Ihnen übrigens auch. Ich hab mir gedacht: Was ist schon dabei, wenn Ihre Hausarbeit zu spät eingereicht wird und seine nicht? Ich hätte nie gedacht, dass Ihr Notendurchschnitt darunter leidet. Nur leider ist es ja dann so gekommen. Also von daher, ja, es tut mir leid, dass ich so ein Arsch gewesen bin.«

»Das ist doch schon so lange her. Es spielt wirklich keine

Rolle mehr. Außerdem bin ich jetzt genau dort, wo ich immer hinwollte.«

»Hab trotzdem ein schlechtes Gewissen. Wir waren wirklich Vollidioten, ganz besonders ich, und ich weiß gar nicht, ob sich daran so viel geändert hat. Dax allerdings ist anders. Er ist ein guter Kerl in einer verteufelt schwierigen Lage. Ich hoffe also, wir können reinen Tisch machen, denn Dax und ich sind gute Freunde, und Sie scheint er ja zu mögen.«

»Schon erledigt.« Mein Handy summt. Dax fragt, ob ich aufs Zimmer komme. »Wie's aussieht, ist er mit seinen Fangirls fertig. Dann viel Spaß mit Ihren.« Ich nicke mit dem Kopf zu einer Gruppe Frauen in der Nähe, von denen zwei in Felix' Richtung schauen.

»Dax' bester Freund zu sein ist sowohl Segen als auch Fluch.« Er zwinkert mir zu und stürzt seinen Scotch hinunter, hebt auffordernd das Glas, als der Barkeeper vorbeigeht.

Im Zimmer finde ich Dax auf der Couch. Er hat die Schuhe ausgezogen und seine Füße gegen den Couchtisch gestützt, die Krawatte gelockert und die obersten Hemdknöpfe geöffnet. Heute Nachmittag findet ein weiteres Forum statt und am Abend ein Dinner, zu dem wir auch erwartet werden. Dax hat mich gestern Abend mit einem umwerfenden Kleid überrascht und einem Paar Highheels, die ich auf unserer Shopping-Tour anprobiert, aber als zu extravagant verworfen hatte. Offenkundig war er der Meinung, dass ich sie auf jeden Fall brauchen würde.

Er sieht todmüde aus. Ich weiß nicht, ob er so bald vorhat, das Zimmer zu verlassen.

»Ist es noch zu früh, um mit dem Trinken anzufangen?« Es klirrt, als er seine Manschettenknöpfe auf den Couchtisch wirft. Dann fliegt sein Hemd auf die Armlehne.

Ich schaue auf die Uhr. »Kurz nach elf.«

Dax lässt den Kopf an die Rückenlehne sinken. »Ich sollte wenigstens bis Mittag warten.«

Er hat einen emotional bewegenden Morgen hinter sich: Die Mitleidsbezeugungen sind natürlich herzlich gemeint, aber zugleich schmerzlich und strapaziös. »Steht da nicht noch eine Flasche Champagner im Kühlschrank? Gestern sind wir nicht dazu gekommen, sie aufzumachen. Wenn Orangensaft da ist, kann ich dir einen Mimosa mixen. Ein solcher Drink ist vor dem Mittag absolut akzeptabel.«

Dax streckt seine Hand aus. »Komm erst zu mir.«

An dieser Veranstaltung nehmen viele frühere Kommilitonen teil. Ich war nicht sicher, ob Dax Zeit für seine Freunde haben wollte. Doch jetzt sieht es so aus, als sei er mehr an mir als an den anderen interessiert.

Sobald ich in Reichweite bin, nimmt er meine Hand und zieht mich zu sich. Sein Blick gleitet über meinen Körper, seine Müdigkeit weicht Verlangen. Er setzt sich auf. Ich stehe zwischen seinen Beinen, und er streichelt meine Schenkel. »Weißt du, was ich wirklich brauche?«

Ich grabe meine Finger in seine dichten Haare. Dax ist wirklich umwerfend. Kein Wunder, dass sein Publikum zu neunzig Prozent aus Frauen bestand!

Er hätte betonen können, dass wir lediglich Freunde sind, denn ich entspreche so gar nicht dem langbeinigen Model-Typ, den man ihm andichten würde. Dax hat zwar noch nicht ausdrücklich gesagt, dass wir zusammen sind, doch man kann es an der Art erkennen, wie er mit mir spricht und wie aufmerksam er ist, obwohl ihn ständig eine Meute flirtwilliger Damen umschwirrt.

Jetzt spielt er mit dem Saum meines Rocks. »Wolltest du gerade nachschauen, wie es an der Höschen-Front aussieht?«

»Hmm. Glaub schon.« Er schiebt meinen Rock ein Stück höher.

Es ist wieder mal ein Bleistiftrock, aber aus Stretch, der mühelos hochgleitet. Darunter trage ich schwarze Nylons mit Spitzenmuster, das bis zum Taillenbund reicht und keinen Blick auf das gewährt, was darunter liegt.

Dax zieht an der Strumpfhose. »Ist die teuer?«

»Nicht allzu sehr, nein.« Billig auch nicht gerade, aber ich besitze ungefähr zwanzig.

»Hast du noch welche von denen mit?«

»Ich habe noch eine in nude dabei.«

»Kein Muster?«

Ich schüttele den Kopf.

»Hm. Mit der werde ich also vorsichtig umgehen müssen.«

Ich kann seine Stimmung nicht richtig einschätzen. Dax ist sehr energisch, wogegen ich überhaupt nichts habe. Es war schön, ihn in seinem Element zu sehen, mit seinen alten Kommilitonen, mit etwas anderem beschäftigt als mit Emme. Natürlich soll er sich um seine Schwester kümmern, aber nicht so, dass seine Anteilnahme erstickend wirken könnte. Sie ist ein Teenager, der seine Privatsphäre ebenso braucht wie ein Erwachsener.

Dax streift mir Schuhe und Strumpfhose ab, dann zieht er mir die Highheels wieder an. Sanft fährt er mit den Fingern die Außenseite meiner Schenkel hoch, während aus seiner Kehle ein leises Stöhnen aufsteigt. »Die hast du aber nicht auf der Shopping-Tour mit Emme gekauft?«

»Nein. Das war ein andermal.« Mein Slip ist aus durchbrochener Spitze und gleichzeitig ein String, was Dax bald schon herausfindet.

Er schaut auf, beißt in seine volle Unterlippe. »Dreh dich bitte mal um, Baby.«

Ich komme seiner Aufforderung nach und warte einige sehr lange Sekunden, bevor ich einen Blick über die Schulter riskiere. Dax' unverhohlene Bewunderung lindert meine Bedenken bezüglich meines Körpers. Es ist nämlich nicht leicht, eine kleine, kurvenreiche Dunkelhaarige in einer Welt voller Barbie-Puppen zu sein – Dax jedoch gelingt das Kunststück, dass ich mich wunderschön und begehrt fühle.

»Verdammt, Kailyn.«

»Gefällt dir mein Tanga?«

Ich zucke zusammen, als er seine Hände auf meine Hüften legt und den Mund auf meine rechte Hinterbacke presst, dann spüre ich, wie er mich beißt. »Ich liebe ihn.«

Er schiebt seinen Finger unter den String, und ich bekomme am ganzen Körper eine Gänsehaut, als er mit dem Fingerknöchel über die Spalte reibt.

»Darf ich dir mal was gestehen, was sich total idiotisch anhört?«

»Wenn du das Risiko eingehen willst – nur zu!«

Er gluckst und dreht mich zu sich herum, legt sein Kinn auf eine Stelle gerade unterhalb meines Nabels. »Als ich zu dir ins Büro kam, um die Fondsunterlagen durchzusehen, habe ich mir vorgestellt, dass ich dir den Rock hochschiebe und dich auf deinem Schreibtisch nehme.«

Hitze steigt aus meinem Bauch empor. »Und war das auch der Zeitpunkt, wo du geguckt hast, ob sich etwas abzeichnet?«

»Das war nicht das einzige Mal. Falls es zum Freispruch taugt: Mir war gar nicht wohl dabei, dass ich dich zum Objekt gemacht habe – zumal du ja deutlich gezeigt hast, dass du kein großer Fan von mir warst.«

»Ich war immer dein Fan, Dax. Fand aber trotzdem, dass du ein Arsch bist.«

»Das kann ich wiedergutmachen. Ich fang sofort mit der Buße an.« Und er küsst sich am Saum meines Slips entlang, von der Hüfte bis zum Zusammenschluss meiner Schenkel. Dann hebt er den Blick, öffnet den Mund und drückt seine Zunge durch den Stoff.

Ich schnappe nach Luft und halte mich an seinen Haaren fest. Einen Augenblick später schlüpft sein Finger in mein Höschen und berührt ganz sanft meine empfindsamste Stelle. Mit einer geschmeidigen Bewegung kommt er nach oben. Plötzlich liegt sein Mund auf meinem, er streift mir das Höschen ab und lässt zwei Finger in mich gleiten. Ich halte mich an seinen Schultern fest, als er mich auf die Couch legt.

»Weißt du, was ich noch möchte?« Dax kniet zwischen meinen Beinen.

»Mich ausziehen?«

»Das auf jeden Fall, aber mehr als alles andere will ich dich kommen sehen. Das ist für mich das Allerschönste.«

»Also kein Druck und so?« Ich lache, aber eigentlich bin ich furchtbar nervös. Gestern Nacht war ich beim Höhepunkt auf das Gefühl von ihm in mir konzentriert. Jetzt aber hat er wohl anderes vor.

Dax gibt keine Antwort, sondern rollt mir einfach den Slip herunter, zieht mich an den Rand der Couch und senkt den Kopf. Ich wölbe meine Hüften seinem Mund entgegen, und sein tiefes Stöhnen und das leichte Knabbern seiner Zähne treiben mich langsam auf den Gipfel zu.

Ich presse meine Hand vor den Mund, ersticke den Seufzer in meiner Kehle. Dax malt mit seinem Daumen Kreise um meine empfindsamste Stelle, während er mit einem anderen Finger den Punkt in mir liebkost, der meinen Körper in Flammen setzt.

»Da! Das ist es, genau das. Was du da tust, macht mich verrückt.« Er kommt hoch, hakt seinen Arm unter meinem Schenkel, während er sich mit einer Hand an der Rückenlehne abstützt.

»Was ist es denn?« Ich beiße mir in den Finger und wimmere, als er seinen in mir bewegt.

»Das, was du gerade machst. Wenn du die Hand auf den Mund legst oder dir in den Finger beißt. Das ist so verflucht sexy. Es ist, als würdest du dich vor der Macht deiner Gefühle erschrecken und mit allen Mitteln versuchen, nicht die Beherrschung zu verlieren.«

»Das stimmt ja auch.«

»Was denn? Bist du erschrocken, oder versuchst du, die Kontrolle nicht zu verlieren?«

»Beides.«

»Warum erschrocken?«

Jetzt zuckt sein Finger stärker in mir. Ich bewege meine Hüften und drehe das Gesicht zur Schulter. Gleich bin ich so weit.

»Schau mich an, Kailyn. Warum?«

»Weil ich noch nie so die Kontrolle verloren habe wie bei dir.«

Feurig pressen sich seine Lippen auf meine, als ich zum Orgasmus komme. Wellen des Genusses lassen mich zucken und beben. Dax schnallt seinen Gürtel auf und zieht seinen Reißverschluss herunter. In diesem Augenblick klingelt sein Handy. Ich schreie auf, als er mit seiner Erektion über meinen empfindlichen Punkt reibt.

Das Läuten will nicht verstummen. Ich schaue auf das erleuchtete Display. »Es ist Emme.«

»Verdammt.« Dax lässt den Kopf auf meine Brust sinken; eine zitternde Hand krallt sich in meinen hochgeschobenen Rock. »*Fuck*. Ich muss drangehen.«

»Ich weiß. Mach schnell, bevor die Voicemail anspringt.« Ächzend komme ich hoch, angele das Handy vom Couchtisch und halte es an sein Ohr. Dax wendet den Kopf ab und räuspert sich in die Schulter, erst dann meldet er sich. »Hey, Kleines! Wie läuft's?« Er kniet sich hin und verdreht die Augen, als er seine Hose hochzieht. »Ach, echt? Also alles gut? Ihr habt *was* gemacht?« Er sieht mich an und zieht eine Braue hoch, dann runzelt er die Stirn, als ich meinen Rock hinunterziehe. »Ach, wirklich? Das freut mich, dass du einen Helm getragen hast. Ja. Sie ist übrigens gerade bei mir. Natürlich kannst du sie sprechen.«

Dax hält mir das Handy hin. »Hey, Em, hast du ein spannendes Wochenende?«

Sie erzählt mir alles über das Ziplining, das sie mit Marnies Familie besucht hat. Später wollen sie einen Film gucken, und ein Junge namens Clark hat gefragt, ob sie mit ihm zum Schulball geht.

»Wie läuft's bei euch? Habt ihr Spaß?«, fragt Emme.

»Ist eine ziemlich langweilige Veranstaltung.« Dax legt seine Stirn an mein Knie; ich fahre ihm durch die Haare. »Aber wenigstens hab ich Dax zur Gesellschaft.«

»Ja. Er kann manchmal ganz witzig sein. Okay, ich hör jetzt mal auf, weil wir gleich zum Mittagessen fahren. Marnies Mom möchte noch kurz mit Dax sprechen. Können wir uns bald wiedersehen?«

»Na klar, dann machen wir was Schönes zusammen.«

»Super.«

Ich reiche Dax das Handy. Er gibt seine Einwilligung zu sämtlichen Aktivitäten, die Marnies Eltern geplant haben. Dann wirft er das Telefon auf den Couchtisch. »Ist es schlimm, dass es mir gefällt, an diesem Wochenende kein Elternteil zu sein?«

Ich lächele ihm mitfühlend zu. »Das ist doch nur menschlich. Und absolut verständlich, dass du deine Freiheit vermisst, die dir so unerwartet genommen wurde.«

»Genau darum geht es, nicht wahr? Es ist eine ungeheure Verantwortung, und ausgerechnet die Menschen, die mich unterstützen könnten, leben nicht mehr.«

»Du machst deine Sache gut.«

»Ich will aber jetzt nicht darüber reden. Ich habe nur noch vierundzwanzig Stunden ohne Verpflichtungen, die mir in die Quere kommen.« Und damit nimmt er mich auf seine Arme und trägt mich zum Bett, während er mich küsst, fordernd und hart. Wieder haben wir wunderbaren Sex.

Eine halbe Stunde später liege ich lang ausgestreckt neben Dax, ein Bein über seinem, während er mit den Fingerspitzen zärtlich über meinen Arm streicht. Wieder klingelt sein Handy. Dax seufzt schwer.

»Ich kann nachsehen, wenn du möchtest.« Ich wälze mich vom Bett, ohne auf seine Antwort zu warten. Wir können keinen Anruf ignorieren, solange Emme sich in der Obhut anderer Menschen befindet.

Es ist eine Nummer in seiner Kanzlei. »Das Büro. Willst du den Anruf entgegennehmen?«

»Ja. Sollte ich wohl besser.«

Ich beeile mich, ihm das Handy zu bringen. Es ist bereits vier Uhr nachmittags, wir haben den Vortrag verpasst, den wir eigentlich hören wollten, und sicherlich auch die Gelegenheit zu einem Drink mit ehemaligen Kommilitonen. In ein paar Stunden geht's zum Dinner, und es wäre vielleicht ganz gut, sich unten an der Hotelbar sehen zu lassen und ein wenig zu plaudern, obwohl ich keine große Lust dazu habe. Andererseits will ich auch nicht, dass Dax dieses schicke Kleid umsonst gekauft hat.

Bevor ich aufstehen und es anprobieren kann, kommt Dax hoch und packt mein Handgelenk. Auf meinen fragenden Blick schüttelt er den Kopf und drückt das Handy an seine Brust. »Noch nicht anziehen«, flüstert er.

Ich lege mich also wieder hin. Das Gespräch dauert ungefähr zehn Minuten. Ich bringe ihm seinen Laptop, damit er sich etwas zu einem Fall notieren kann, den er am Montag weiterverfolgen muss.

»Tut mir leid«, sagt Dax, als er das Gespräch beendet und sein Smartphone auf den Nachttisch wirft. Er klappt den Laptop zu und bringt auch diesen außer Reichweite. »Ich weiß nicht, was das gerade sollte. Es hätte durchaus bis Montag warten können.«

»Alles in Ordnung bei der Arbeit?«

»Ja, schon. Freeman muss sich immer noch daran gewöhnen, dass ich nicht mehr neunzig Stunden pro Woche arbeiten kann. Er vergisst gern, dass Menschen am Wochenende ein Privatleben haben und dass nicht alle vierundzwanzig Stunden täglich und sieben Tage in der Woche durcharbeiten können.«

Ich schlucke den Kloß in meiner Kehle hinunter. »Hast du noch mal über einen Wechsel nachgedacht?«

»Die Vorstellung wird allmählich immer verlockender. Ich kann meine alte Stundenzahl nicht halten, und außerdem haben sich meine Prioritäten geändert. So gern ich auch Partner sein will, sollte ich damit wirklich noch warten, bis Emme ein wenig stabiler geworden ist und ich auch. Geld ist nicht mehr so ein Antrieb wie früher.«

»Also, was das angeht … Das Gehalt bei Whitman würde sicher deinem alten entsprechen. Und ich finde, du solltest alles tun, was dein Leben einfacher macht.«

»Whitman ist offenbar eine exzellente Kanzlei, da Beverly klug genug war, dich direkt nach dem Examen anzuwerben.«

Er fasst mich um die Taille und rollt sich auf mich, macht es sich zwischen meinen Beinen gemütlich. »Falls ich zu Whitman wechsele, würden wir uns jeden Tag sehen, nicht wahr?«

»Ja, in der Tat.«

»Das könnte mir ausnehmend gut gefallen. Aber deine Bleistiftröcke werden mich in Schwierigkeiten bringen.«

Am Sonntagnachmittag setzt Dax mich vor meiner Wohnung ab. Für den Abend lädt er mich zum Dinner ein, aber da ich Holly versetzt hatte, die ich jeden Sonntag zum Brunch treffe, mache ich es mit einem vorgezogenen Dinner wieder gut. Außerdem brauche ich ein Bad mit Epsom-Salz und ein wenig Zeit für mich.

Ich bade kurz, dann hole ich Holly ab, und wir fahren zum Markt. Meine Oberschenkel sind verspannt, meine Waden ebenso und selbst meine Fußballen tun weh – wahrscheinlich, weil ich andauernd die Zehen gekrümmt habe.

»Wie war die Tagung?«, fragt Holly, nachdem wir uns einen Kaffee geholt haben und die Promenade entlangschlendern. Die ausgeflippten Stände hier erinnern mich an Mom. Als ich klein war, fuhren wir oft zum Markt oder stöberten an den Wochenenden in Garagenverkäufen nach verborgenen Schätzen. In meiner Wohnung horte ich einen eklektischen Mix von Einzelstücken, die wir im Laufe der Jahre bei diversen Ramschverkäufen erstanden haben. Ich besitze ausschließlich Teller und Tassen, die nicht zusammenpassen, weil ich sie auf Reisen mit Holly oder mit meinen Eltern gekauft habe. Mein Haus ist der Ort, an dem ich in Nostalgie schwelge – obwohl ich natürlich auch nützliche Erinnerungsstücke in Form von Bechertassen am Arbeitsplatz aufbewahre.

»Nett. Ich habe ein paar alte Kommilitonen wiedergesehen, Erinnerungen aufgewärmt.«

»Und wie war's mit Daxton?« Holly redet selten um den heißen Brei herum, zumal ich ihr bereits erzählt hatte, dass er auch mit von der Partie sein würde. Bis jetzt habe ich unseren Fortschritt von Feind zu Freund zu Liebespaar noch nicht erwähnt, aber jetzt kann ich es nicht mehr für mich behalten.

»Kailyn?«, hakt sie nach, weil ich nicht sofort antworte. »Was läuft da zwischen euch?«

»Wir haben miteinander geschlafen.«

Holly bleibt mitten auf der Straße stehen. »Entschuldige bitte, könntest du das wiederholen? Ich hätte schwören können, dass du gesagt hast, du schläfst mit ihm, aber da muss ich mich wohl verhört haben!«

Ein paar Leute schauen in unsere Richtung. »Sprich nicht so laut!«

»Keiner dieser Menschen kennt dich, und die meisten würden dir sicherlich Beifall spenden, weil du mit einem ehemaligen Schauspieler schläfst, einem total heißen Typen.« Holly hakt mich unter und führt mich aus der Menge in eine ruhigere Seitenstraße. »Ich weiß echt nicht, was ich sagen soll. Sollte das reinigender Hass-Sex sein, oder was?«

»Ähh … Eher die ›Oder was‹-Kategorie.«

Holly sieht mich nachdenklich an, dann fragt sie: »Taugt er denn was?«

»Sind Faultiere langsam?«

»Könntest du ihn für mich bewerten? Auf einer Skala zwischen Jason Momoa und Ryan Reynolds zum Beispiel, wo würde er sich befinden?«

»Ich habe multiple Orgasmen gehabt.«

Sie reißt die Augen auf und packt mich an den Schultern. »Nein?!«

»Multiple Orgasmen, zahlreiche.«

Holly umarmt mich vor Freude. »Oh mein Gott! Du darfst diesen Mann niemals gehen lassen.«

Ich lache, doch in meinem Magen nagt ein übles Gefühl. Denn ich habe keine Ahnung, wohin das mit uns laufen wird, nicht nur mit Dax, sondern auch mit dem ganzen Drumherum.

Holly tritt einen Schritt zurück. »Ich muss mehr hören, und ich glaube, dass wir beide jetzt dringend etwas trinken müssen.«

Dax und ich haben es am Wochenende mit dem Sex und dem Alkohol ein wenig übertrieben, aber ich denke trotzdem, dass ein kleiner Schluck meine Nerven beruhigen könnte. Mich Holly anzuvertrauen ist eine Notwendigkeit, bedeutet aber auch, dass ich der Wahrheit ins Auge sehen muss, und ich weiß noch nicht, ob mir das gefallen wird.

Wir finden einen kleinen Pub und verziehen uns in die hinterste Ecke.

»Multiple Orgasmen, so, so?«, hakt Holly nach, nachdem wir Drinks und Tapas bestellt haben.

»Jep.« Ich spiele mit meiner Serviette herum. Die Röte meiner Wangen spiegelt die Hitze an anderen Stellen meines Körpers.

»Ist er so –« Holly macht gewisse Handbewegungen, und mir wird klar, dass es um Größe geht.

»Alles an ihm ist sehr gut proportioniert.«

»Nett.«

Die Kellnerin bringt unsere Drinks. Holly wartet, bis sie fort ist, dann hebt sie ihr Glas. »Auf multiple Orgasmen und gute Proportionen.«

Kichernd stoße ich mit ihr an. Plötzlich summt mein Handy, das auf dem Tisch liegt. Es ist Emme. »Sorry, da muss ich drangehen.«

Sie hat mir ein paar Fotos von ihrem Wochenende geschickt, das letzte ist ein Selfie. Darauf macht sie ein albernes Gesicht und deutet mit dem Daumen über ihre Schulter. Im Hintergrund sieht man Dax mit offenem Mund auf der Couch schnarchen. Ich schreibe, dass ich mit einer Freundin ausgegangen bin und dass sie ihren Bruder lieber schlafen lassen sollte.

»Tut mir leid.« Ich stopfe mein Handy in die Handtasche.

Holly mustert mich neugierig-argwöhnisch. »Mal abgesehen davon, dass ihr dieses Wochenende miteinander geschlafen habt – was läuft da zwischen dir und Dax? Ist das so ein Gelegenheitsding?«

Ich starre in mein Glas. »Ich weiß es nicht.«

»Bist du nicht gerade dabei, ihn für eure Kanzlei zu rekrutieren? Wie willst du denn mit ihm schlafen *und* mit ihm arbeiten?«

Ich kaue an meinem Daumennagel. Die Ängste, die ich nicht aufkommen lassen wollte, seit die Sache mit Dax angefangen hat, hüllen mich jetzt ein wie ein kalter Nebel. »Das hab ich mir noch nicht so richtig überlegt.«

»Tja, meinst du nicht, dass es langsam an der Zeit wäre?«, fragt sie besorgt. »Was hast du da bloß angefangen?«

»Es ist einfach passiert.« Ich kann's nicht fassen, dass ich diese Worte zu meiner Freundin sage, die ich von Kindheit an kenne.

Holly lehnt sich im Stuhl zurück und verschränkt die Arme vor der Brust. »Oh nein. Diese Dinge passieren nicht *einfach*. Du kannst mir nicht erzählen, dass du nicht über mögliche Folgen nachgedacht hast, bevor du mit ihm ins Bett gestiegen bist. Ist es sittenwidrig, wenn du mit ihm schläfst?«

»Technisch gesehen nicht, da Dax nicht mein Klient ist. Ich schlafe mit dem Bruder meiner Klientin, das mag moralisch zweifelhaft sein, aber sittenwidrig ist es nicht.«

»Gibt es da ein *Aber* irgendwo, das ich verpasst habe?«

»Kein *Aber*. Ich habe nur nicht erwartet, dass ich Gefühle für ihn entwickeln würde«, gestehe ich.

»Und welche Gefühle sind das?«

»Ich mag ihn.«

Sie zieht eine Braue in die Höhe. »Du *magst* ihn?«

»Sehr.«

Holly seufzt. »Ist das ein verspätetes Wiederaufleben deiner Teenie-Schwärmerei?«

»Diese Schwärmerei war spätestens beim Examen passé. Mit der Vergangenheit hat das überhaupt nichts zu tun, Holls. Ich mag Dax, ich mag ihn als Menschen, ich mag die Dinge, die ihn zu dem machen, was er ist. Ich mag den Mann, der mich an einem Freitagabend anruft, damit ich ihm in der Hygieneabteilung des Drogeriemarkts zu Hilfe eile, wo er mit einer Schachtel Inkontinenzeinlagen herumläuft, weil er es nicht besser weiß. Ich mag den Mann, der mir Blumen und ausgeflippte Kulis schenkt, weil er genau weiß, wie sehr ich darauf stehe. Er ist anders.«

Unsere Tapas werden serviert, und wieder warten wir, bis die Kellnerin verschwunden ist, um unsere Unterhaltung wiederaufzunehmen.

»Es ist kompliziert«, gebe ich zu.

»Weiß seine Schwester, dass zwischen euch etwas läuft?«

Ich schüttele den Kopf. »Natürlich nicht.«

»Sie denkt also, ihr wärt lediglich gute Freunde? Kailyn, hier geht es doch nicht nur darum, einen Kerl zu mögen, der gut im Bett ist. Er kommt mit der ganzen Packung, mit Kind und Kegel.«

»Das weiß ich doch.«

»Daxton hat ein schweres Trauma erlitten. Du kannst dich nicht einfach auf ihn einlassen, ohne alle möglichen Folgen abzuwägen.«

»Auch das weiß ich.«

»Weißt du das wirklich? Weil es nämlich nicht so aussieht, als hättest du über die negativen Konsequenzen für dich nachgedacht. Bist du darauf vorbereitet, einer Dreizehnjährigen die Mutter zu ersetzen? Denn genau dafür heuerst du gerade an.«

Jeder Punkt, den sie anspricht, fühlt sich an wie ein herber Schlag einer Realität, die ich mir nicht eingestehen will. »Ich kann Emme nicht die Mutter ersetzen.«

»Nein, das kannst du nicht, aber sie wird nach jemandem Ausschau halten, der diese Rolle spielen kann, und wenn du dich mit Dax einlässt, wirst du früher oder später genau das für sie sein. Du bist noch nicht mal dreißig und willst die Verantwortung für einen verwaisten Teenager übernehmen. Das ist keine leichte Aufgabe. Das weißt du, Kay.«

»Glaube mir, ich weiß das besser als jeder andere. Deshalb bewahren Dax und ich vorerst Stillschweigen.«

»Komm schon, Kay. Da steckt doch mehr dahinter! Wie lange wollt ihr das denn schaffen, dem Mädchen nichts zu erzählen? Ich habe schon verstanden, dass du den Mann gernhast – aber du musst bedenken, dass er in Trauer ist! Ich mache mir Sorgen darüber, wer sich am Ende am meisten schaden wird. Weiß er überhaupt, warum du ihn so bedrängst, in eure Kanzlei zu wechseln? Wie wird ihm zumute sein, wenn er dem Vorschlag folgt – und dann muss er plötzlich mit ansehen, wie du Partner wirst?«

Ich presse meine Finger an die Lippen. Meine Nervosität verwandelt sich in Angst. »Ich weiß gar nicht, ob ich überhaupt noch Partner werden will.«

»Ich finde, du musst noch einmal gründlich darüber nachdenken. Mehr als ein Herz könnte gebrochen werden. Daxton braucht Unterstützung, und du steckst in der Rolle der Retterin fest. Und solltet ihr eines Tages in derselben Kanzlei arbeiten, ergibt sich eine weitere Ebene von Komplikationen.«

Das alles weiß ich. Ich wusste es bereits vor unserem Wochenende. Wenn es jedoch ein anderer ausspricht, wird es viel realer. Und das ist auch der Grund, warum ich bis jetzt nichts gesagt habe.

»Es ist das erste Mal seit langer Zeit, dass ich mich einem Menschen so verbunden fühle. Es ist wunderbar, gebraucht zu werden und sich um jemanden zu kümmern. Und außerdem sorgt auch er für mich. Ergibt das irgendeinen Sinn?«

»Natürlich tut es das. Du hast deine Mom gepflegt, als sie krank war, du hast dich nach ihrem Tod um deinen Dad gekümmert, dann ist auch er gestorben, und daraufhin hast du alles darangesetzt, die beste Fondsanwältin des Staates zu werden. Vielleicht willst du andere Familien unbedingt vor deinem Schicksal bewahren. Und jetzt übernimmst du zusätzlich Rechtsvertretungen, um mich in meiner Arbeit zu unterstützen. Das Streben nach Sicherheit ergibt für dich Sinn, und was Dax angeht … Er leidet, und mit dieser Art Kummer bist du nur zu vertraut. Außerdem steht er für viele schöne Erinnerungen aus deiner Kindheit, an denen du festhalten willst.«

Ich massiere meine Schläfen. »Berechnest du mir hundertfünfzig Dollar für diese Sitzung?«

»Der Lunch reicht vollkommen.« Holly lacht. Dann wird sie wieder ernst, greift über den Tisch und nimmt meine Hände. »Liege ich denn so falsch?«

Ich denke über die Verbindungen nach, die sie gezogen hat; vor Kurzem habe ich dasselbe getan. Partner in unserer Kanzlei zu werden war mein Ziel seit Dads Tod. Ich habe meine gesamte Energie in dieses Ziel gesteckt und darüber versäumt, neue Freundschaften zu schließen oder Beziehungen einzugehen, zumindest nicht solche, die mich verletzen könnten –

bis jetzt. »Du liegst überhaupt nicht falsch. Aber es geht nicht nur darum, die große Retterin zu spielen oder an schönen Erinnerungen aus meiner Kindheit festzuhalten. Mir liegt etwas an Dax. Und an Emme.«

Nun wählt Holly einen anderen Ansatzpunkt. »Okay, dann sehen wir es doch mal von einer anderen Seite. Was, wenn du nicht Partner wirst? Würdest du dann immer noch diese Fondsverträge bearbeiten? Was ist mit Familienrecht? Wäre das nicht interessant für dich – und nicht nur aus dem Grund, weil du mir einen Gefallen tun willst?«

»Ich vertrete deine Kinder, weil ich es will, mit Gefallen hat das gar nichts zu tun.«

»Aber würdest du dich auf Familienrecht spezialisieren?«

Vor fünf Jahren hätte ich abgelehnt, definitiv. Der Kummer über den Verlust meiner Mutter war zu schlimm, und nachdem Dad gestorben war, konnte ich keine unbezahlten Vertretungen übernehmen, weil ich es mir schlicht nicht leisten konnte. Nun jedoch hat sich meine Situation verändert. In mein Leben sind Menschen getreten, die mir helfen, diese Verluste zu lindern.

»Vielleicht?« Ich fahre mit dem Finger am Rand meiner Brille entlang.

»Darüber könntest du durchaus mal nachdenken, oder? Auf diese Weise könntest du tun, was du gern tust, und zugleich das bekommen, was du willst.«

Es klingt so einfach, aber das ist es nicht, ganz und gar nicht.

18

Die Bienchen und die Blümchen

Dax

In der Woche nach der Alumni-Tagung sind wir beide schwer beschäftigt und sehen uns kaum. An einem Abend hole ich Kailyn ab und lade sie zu uns ein – ihr Haus liegt praktisch auf meinem Heimweg –, aber die meiste Zeit wird sie von Emme mit Beschlag belegt. Der Vorteil allerdings ist, dass ich Kailyn nach Hause fahren kann. Wir treiben es ganz heftig in ihrer Diele, Kailyn mit dem Rücken gegen die Wand gepresst und wir beide noch größtenteils bekleidet.

Erst als wir befriedigt und total verschwitzt sind, fällt mir auf, dass überall Fotos von ihrer Mom und ihrem Dad hängen, Bilder, in denen ihr Leben von der Kindheit bis zum Studium dokumentiert ist. Kailyn ist so unfassbar sentimental. Und ihre Katzen hängen an ihr, das sehe ich an der Art, wie sie um Kailyns Beine streichen, als ich ihr einen Abschiedskuss gebe.

Heute verbringen Kailyn und Emme einen Mädelsabend miteinander. Offenbar ist es für einen Schulball unerlässlich, dass Emme sich die Nägel machen lassen muss. Folglich kann ich mir die Zeit mit meinen Freunden vertreiben, die ich zugegebenermaßen in letzter Zeit vernachlässigt habe, weil ich mit meiner Schwester und Kailyn beschäftigt war.

Ich folge Felix' Porsche zu einer Bar, die nahe an unserer Kanzlei liegt. Wir setzen uns an einen großen Tisch und warten auf den Rest der Jungs. »Also hängst du jetzt mit dem Fangirl ab, wie?«

»Nenn sie nicht so.«

Felix sieht mich ironisch an. »Sie geht heute mit Emme aus?«

»Sie wollen sich wohl die Nägel machen lassen. Kailyn hat gesagt, das ist Frauensache und ich hätte dabei nichts verloren, was mir auch ganz recht ist.« Ich breite mich in der Sitznische aus. Es ist schön, nach der Arbeit zur Abwechslung mal zu entspannen und nicht gleich loshetzen zu müssen, um jemanden zu einem Kurs zu chauffieren, oder ein Abendessen zu zaubern, über das eine Dreizehnjährige nicht die Nase rümpft. Bis jetzt habe ich Spagetti und Grillkäse im Repertoire, und damit hat es sich auch schon.

»Was also läuft da? Sie ist ein bisschen steif, oder?«

Ich zeige ihm den Stinkefinger. »Ist sie nicht. Du hast sie auf der Uni wie ein Arsch behandelt, und Kailyn besitzt nun mal ein hervorragendes Gedächtnis. Außerdem kann sie nachempfinden, was ich durchmache, und versteht sich super mit Emme.«

Felix runzelt die Stirn. »Also darum geht es? Ihr seid befreundet, und sie ist so eine Art Ersatz-Mom?«

»So ist es nicht.«

»Wie dann? Ihr wart das ganze Alumni-Wochenende zusammen. Du bumst sie, stimmt's? Obwohl sie gar nicht dein Typ ist.«

»Ich habe keinen Typ.« Zu der anderen Frage schweige ich. Außerdem bumse ich Kailyn nicht. Ich mag Kailyn. Eigentlich mehr als das.

»Wenn du es sagst.«

Eine große, langbeinige Blondine mit riesigen Augen stöckelt zu uns herüber. Sie lächelt breit und hält zwei Shots in der Hand. »Entschuuuldigung, wenn ich störe, aber Sie sind doch Daxton Hughes, nicht wahr?«

Ich unterdrücke ein Stöhnen und setze ein starres Lächeln auf. Das ist eine automatische Reaktion, die ich beim Schauspielern und bei Fotoshootings gelernt habe. Ich will ganz bestimmt nicht, dass man mich ertappt, wie ich, genervt von einem Fan, die Augen verdrehe. Eigentlich möchte ich mich jetzt gerade in Ruhe mit meinem Freund unterhalten und nicht belästigt werden. Seit meine Eltern gestorben sind, habe ich mehr als das übliche Maß an Aufmerksamkeit bekommen. Ich dachte, ich könnte es inzwischen leichter nehmen, aber während der Ehemaligentagung wurde ich eines Besseren belehrt. Zum Glück war Kailyn an meiner Seite.

»Ja, das könnte ich wohl sein.«

Sie kreischt vor Freude und hüpft begeistert auf und ab. »Hab ich's doch gewusst! Kann ich ein Selfie mit dir machen? Meine Freundinnen glauben mir sonst nicht, dass ich dich getroffen habe.«

»Ja, klar, wir können ein Bild machen.« Hoffentlich verzieht sie sich danach.

Ich rutsche ganz an den Rand der Nische, damit sie nicht etwa auf die Idee kommt, sich zu mir reinzuquetschen. Binnen dreißig Sekunden schießt sie ungefähr fünftausend Selfies, und auf jedem Foto hat sie dieses Entenschnabel-Grinsen, wie es die Angewohnheit vieler Mädels ist. Als sie fertig ist und fünfzig Fotos vor ihren Augen Gnade finden, umarmt sie mich und – ich irre mich nicht – schnuppert an mir. »Dankeschööön!« Sie tritt einen Schritt zurück, dann rudert sie plötzlich mit den Armen. »Oh! Wir müssen doch noch trinken!«

»Danke, das ist wirklich sehr nett, aber ich muss noch fahren.« Das Letzte, was ich will, ist, von einem verrückten Fangirl mit K.-o.-Tropfen mattgesetzt zu werden. Ich muss grinsen bei der Vorstellung, was Kailyn zu der Geschichte sagen wird.

»Ein Shot schadet doch nicht!« Sie schmollt übertrieben.

»Mein Kumpel hier, der mag Shots.« Ich nicke zu Felix.

»Oh, hi!« Sie streckt ihm die Hand hin. »Bist du auch Schauspieler? Dich kenne ich gar nicht aus dem Fernsehen …«

Felix wirft mir einen Blick zu, dann nimmt er die Herausforderung an. »Ich bin Anwalt.«

Die Blondine verzieht das Gesicht. »Aha. Na ja, willst du trotzdem einen mit mir trinken?«

Zum Glück taucht in diesem Augenblick der Rest der Jungs auf und verdrängt meine neue Freundin. Ich rutsche in die Nische hinein, um ihnen Platz zu machen und Distanz zwischen mir und dem Fangirl zu schaffen. Endlich verschwindet sie. Wir quatschen über Sportereignisse und essen Chickenwings, während wir das Spiel auf dem großen Bildschirm hinter der Theke verfolgen.

Es ist sehr laut, und das Spiel ist nicht besonders spannend, also checke ich meine Nachrichten. Social Media zeigen mir jede Menge neuer Meldungen, aber ich sehe auch Nachrichten von Kailyn und Emme. Dort schaue ich zuerst nach, um mich davon zu überzeugen, dass alles in Ordnung ist. Sie haben Fotos ihrer lackierten Finger- und Zehennägel gepostet. Emmes Nägel sind in funkelndem Dunkelrot bemalt und die Spitzen mit diamantartigen Steinchen beklebt. Ich hoffe sehr, dass sie nicht glaubt, dass das zur Gewohnheit werden darf.

Kailyn hat sich eine French Manicure machen lassen.

Ich schicke ihr eine Nachricht, die nur sie lesen kann.

Dax: Weißt du auch, worum sich diese hübschen Finger schließen sollten?

Ihre Antwort besteht aus einem Emoji in Form einer Aubergine.

Dax: Ich meinte eigentlich ein Glas Wein, aber das geht auch.

Kailyn: Lügner. ;-) Hoffe, du amüsierst dich gut.

Neue Statusmeldungen kommen von meinen Social-Media-Accounts, und leider muss ich sie checken. Zu meinem Ärger hat das Fangirl die Selfies schon auf sämtlichen ihrer Konten gepostet, und natürlich bin ich auf allen markiert. Ich lösche so viele Markierungen wie möglich. Das ist mir zwar schon eine Million Mal passiert, aber seit längerer Zeit habe ich tatsächlich ein Problem damit.

Als ich heimkehre, sitzen Kailyn und Emme auf der Couch und starren gebannt auf das Smartphone meiner Schwester. Auf dem Tisch steht eine halb geleerte Schüssel mit sauren Weingummis, einer Leckerei, die ich seit Neuestem horte, weil beide so darauf stehen. »Was passiert denn hier?«

»Nichts!« Emme stopft hastig ihr Handy in die Tasche und kichert, wobei sie Kailyn einen Blick zuwirft, den ich nicht deuten kann.

»Wir haben bloß über den Ball geredet.« Kailyns Schmunzeln beweist zwar, dass es nicht nur darum gegangen ist, aber ich werde ganz bestimmt nicht eingeweiht.

Emme flüstert Kailyn etwas zu, die daraufhin eine Augenbraue hochzieht. »Du musst ihn aber erst fragen.«

Emme macht ihre Welpenaugen, die mich leider immer

wieder einknicken lassen, aber als Kailyn nicht nachgibt, seufzt meine kleine Schwester und schlägt ihre Beine übereinander. »Nach dem Ball können ein paar Freunde bei Ainsley Baker übernachten.«

»Okay.« Ich warte.

»Und ich bin eingeladen.«

»Ist Ainsley ein Mädchen?« Immerhin ein ziemlich androgyner Name.

»Oh mein Gott!« Emme wirft die Hände hoch und sieht Kailyn mit einer Miene an, die besagt: *Meint er das jetzt im Ernst?*

»Ist doch eine legitime Frage, Emme. Ainsley könnte sowohl ein Mädchen- wie auch ein Jungenname sein.«

»Ich würde doch nicht fragen, ob ich bei einem Jungen übernachten darf! Also ja. Ainsley ist ein Mädchen.«

»Wie viele Freundinnen schlafen denn da?«

»Ähm, ich glaube, wir sind drei, und dann natürlich Ainsley.«

»Werden ihre Eltern auch da sein?«

Emme nickt eifrig und schaut Kailyn an.

»Warum gibst du Dax nicht die Nummer ihrer Mom, damit er anrufen und nachfragen kann?«

»Ach ja! Ich hab sie. Warte kurz.« Emme zieht ihr Handy wieder aus der Tasche, und nur Sekunden später piept mein Apparat. »Also, darf ich? Marnie geht auch hin, und ihre Eltern haben bereits Ja gesagt.«

Ich glaube schon, dass es in Ordnung ist, wenn Marnies Eltern ihre Einwilligung gegeben haben, aber ich will mich trotzdem überzeugen. »Lass mich anrufen und mit ihnen sprechen. Ich denke, solange Erwachsene im Haus und keine älteren Brüder vorhanden sind, sollte es in Ordnung gehen.«

»Ainsley hat keine Geschwister!«

»Trotzdem werde ich anrufen.«

»Kannst du das nicht sofort machen?«

»Es ist fast zehn. Ich rufe sie morgen an.«

»Am Morgen? Dann ist ihre Mom bei der Arbeit.«

»Am Morgen.«

»Okay.« Ihre Blicke gehen zwischen Kailyn und mir hin und her. »Tja, ich bin müde und muss früh aufstehen, also gehe ich jetzt ins Bett. Danke für heute, Kailyn. Es war supertoll!« Sie umarmt Kailyn und flitzt nach oben.

»Sie hatte also Spaß?« Ich bleibe, wo ich bin, bis ich ihre Tür zuschlagen höre – ein wenig leiser als sonst.

»Hatten wir beide. Du hättest auch nicht die Rechnung zu bezahlen brauchen. Ich habe es ja angeboten. Es hätte mich gefreut, das Nagelstudio und unser Dinner zu zahlen.«

»Dass ich mich um meine Mädels kümmere, ist doch das Mindeste.« Ich recke mein Kinn in die Höhe. »Jetzt zeig mir doch mal deine hübschen Nägel.«

Kailyn hebt die Hände vors Gesicht und wackelt mit den Fingern, während sie schelmisch lächelt. Sie trägt königsblaue Skinny Jeans und ein reichlich ausgeleiertes *It's My Life*-T-Shirt. Von der Passform her würde ich sagen, dass sie es vermutlich seit der Highschool besitzt und es heute Abend mit voller Absicht angezogen hat.

Sie sieht zum Anbeißen aus, und ich war seit einer Woche nicht länger als fünf Minuten in ihr, was sich wie eine kleine Ewigkeit anfühlt. Ich baue mich vor ihr auf, dann setze ich mich rittlings auf ihre Knie und beuge mich vor, um sie zu küssen. Es beginnt keusch, aber in Gedanken sehe ich ihre Hände um meinen Schwanz, seit sie mir dieses Auberginen-Emoji schickte – die Sache eskaliert also schnell.

»Dax«, murmelt sie gegen meinen Mund und versucht, mich wegzudrücken.

Ich ziehe mich ein Stück zurück. »Willst du nicht ein Weilchen mit auf mein Zimmer kommen?«

Kailyn schaut zur Treppe. »Ich weiß nicht, ob das eine gute Idee wäre.«

»Sie hat doch gesagt, dass sie ins Bett geht.«

Kailyn streift mit ihren Fingernägeln über meinen Nacken. »Ich glaube, sie ahnt, dass hier mehr läuft. Wir müssen vorsichtig sein. Ich will nicht der Grund dafür sein, dass jemand leiden muss.«

»Ich will doch bloß meine Hände auf dich legen.«

Sie feixt. »Ich glaube, es geht eher darum, dass du meine Hände auf dir spüren willst.«

»Das auch.«

Wieder hören wir Emmes Zimmertür. Ich weiche ein paar Schritte zurück und stoße gegen den Couchtisch. Ich schiebe meinen Ständer in der Hose zurecht und sorge dafür, dass mein Hemd die Stelle verdeckt, erst dann drehe ich mich um. Emmes Gesicht taucht am Kopf der Treppe auf. Ihr erwartungsvolles Grinsen erlischt.

»Was gibt's? Brauchst du noch was?«

»Oh. Äh, ich hab vergessen, dir mein Handy zu geben!«

Sie kommt eilig herunter und hält es mir hin. »Ich hab schon auf Lautlos gestellt, damit es nicht stört.«

»Danke, Kleines.«

»Nacht, Kay!« Und wieder die Treppe hinauf.

Dieses Ritual habe ich eingeführt: Jeden Abend muss Emme mir ihr Handy übergeben, bis zum nächsten Morgen. Sonst würden die ganze Nacht Nachrichten eingehen. Normalerweise muss ich hochgehen und klopfen, um das Gerät zu bekommen. Ich seufze, als ich Kailyns Miene sehe, die *Hab ich's nicht gesagt?* ausdrückt.

»Wann kann ich endlich wieder Zeit mit dir verbringen?« Es

klingt sehr selbstmitleidig. Ich habe einen Ständer und einige Fantasien im Kopf, die ich gerne mit freundlicher Genehmigung von Kailyn in die Tat umsetzen würde.

»Aller Voraussicht nach an diesem Wochenende, solange du nicht vor Sorge vergehst, weil Emme woanders schläft.«

»Das ist noch lange hin.«

Kailyn leckt sich die Lippen, und nun erscheint die Andeutung eines Lächelns. »Hast du nicht mal gesagt, du würdest alle möglichen Erinnerungsstücke in eurem Keller horten?«

Eine halbe Sekunde lang kapiere ich nicht, was zum Teufel *It's My Life*-Andenken mit meinem Ständer zu tun haben sollen. Was nur belegt, dass ich im Moment nur ein Ziel vor Augen habe und keinen anderen Gedanken fassen kann.

Kailyn erhebt sich und tanzt ein wenig vor Vorfreude, Bewegungen, die ich verdammt aufreizend finde. »Warum zeigst du mir nicht, was du da unten lagerst?«

Eine halbe Stunde später – okay, eher zwanzig Minuten … nun gut, siebzehn, aber sie ist auch gekommen – tapst Kailyn wieder die Treppe hoch. In ihren Armen hält sie jede Menge *It's My Life*-Sachen, und ich bin ein sehr viel entspannterer Mann.

Heute Abend finden der Ball und die anschließende Übernachtungsparty statt. Ich habe mein Bett frisch bezogen. Ich habe mich rasiert, ober- und unterhalb der Gürtellinie, und mich reichlich mit Kondomen eingedeckt. Ich habe vor, so wenig wie möglich zu schlafen und so viel wie möglich von der nackten Kailyn abzubekommen.

»Zeit zu fahren, Kleines!«, rufe ich die Treppe hoch. Es ist bereits halb sieben. Der Ball fängt um sieben an. Ich habe angeboten, meine kleine Schwester zu chauffieren. Auf diese Weise kann ich die Mädels unter die Lupe nehmen, mit denen

Emme die Nacht verbringen wird. Ich habe bereits die Zuarbeit erledigt, habe mit den Eltern gesprochen, ihnen meine Kontaktdaten gegeben und eine Liste mit Fragen abgearbeitet, die Kailyn mir geschickt hatte – und es waren eine Menge Fragen.

Jetzt sollte alles in Ordnung sein. Emme ist total aufgeregt, und ich bekomme Kailyn für eine ganze Nacht. Eine Win-win-Situation.

»Okay! Bin fertig!« Emme hüpft die Treppe runter, Rucksack und Übernachtungstasche über die Schulter geschlungen.

Ich muss zweimal hinsehen. »Hast du dich geschminkt?«

Sie wird leicht rot, vielleicht ist es aber auch Rouge, das kann ich nicht beurteilen. »Nur ein bisschen.«

»Na schön.« Wenn sie sich als Groupie bei KISS vorstellen wollte, dann würde ich vielleicht Einwände äußern, aber Emme hat vorher nie wirklich Make-up getragen, deswegen kommt es mir wahrscheinlich so übertrieben vor. Sie hat die Augen mit schwarzem Eyeliner umrandet und sich vermutlich auch die Wimpern getuscht. Und dazu die Lippen angemalt.

»Sehe ich gut aus?«, fragt sie, plötzlich verlegen.

Ihr Haar ist unglaublich glatt, und sie trägt gemusterte Leggings, einen gebauschten schwarzen Rock und ein schulterfreies Oberteil, das ungefähr fünf Zentimeter Taille zeigt. Eigentlich will ich, dass sie sofort nach oben geht und sich umzieht. »Super!«, würge ich hervor. »Kann ich ein Foto machen und es Kailyn schicken?«

Emme winkt ab. »Ich hab ihr schon ein Selfie geschickt. Sie meint, ich sähe toll aus, aber sie ist ja auch ein Mädchen und zieht sich entweder sehr förmlich und, ich weiß ja auch nicht, businessmäßig an, oder sie trägt ausgeflippte Jeans und T-Shirts mit dem Logo von deiner Serie, ich wollte also sichergehen.« Sie stößt den Atem aus. »Können wir jetzt? Ich hab den Mädels gesagt, wir wären vor sieben da, und wir sind schon ziemlich knapp, oder?« Das sagt sie in einem Ton, als wäre es meine Schuld. Ich bin schon seit einer Viertelstunde abfahrbereit.

Sobald wir im Wagen sitzen, meldet sich ihr Handy. Jungennamen huschen übers Display: Clark, Liam, Jimmy.

Allmählich wird es nötig, dass ich mich mit meiner kleinen Schwester über Jungs unterhalte. Ich weiß noch zu gut, wie es damals in der achten Klasse war: Ich wusste weder, was ich mit meinen Hormonen noch mit den Mädchen anfangen sollte, aber interessiert war ich schon sehr. »Was läuft denn da?«

Emme dreht das Display nach unten. »Och, nichts.«

»Kriegst du jetzt schon Nachrichten von Jungs?«

Sie seufzt, es klingt entnervt. »Die wollen alle mit mir tanzen oder so. Ich weiß ja auch nicht. Es ist dämlich. Sie stehen auf der anderen Seite der Turnhalle und warten drauf, dass wir sie fragen, weil sie alle viel zu feige sind oder was auch immer.«

»Ich will nur, dass du weißt, dass du jederzeit Nein sagen kannst. Jungs in deinem Alter sind noch sehr unreif, und manchmal tun sie vielleicht Dinge, die dir unangenehm sein –«

»Oh mein Gott, Dax! Du willst mich doch jetzt nicht aufklären?«

»Du bist noch viel zu jung für Sex.«

»Ähm, ihhh, das weiß ich doch! Sieh mal, ich kann uns beiden die Peinlichkeit ersparen. Wie das geht, weiß ich aus Anatomie- und Gesundheitskunde. Außerdem haben Kailyn und ich schon mal über diese Sachen geredet.«

»Kailyn hat mir dir über Sex geredet?« Wann zum Teufel ist denn das passiert, und warum hat sie mir kein Sterbenswörtchen davon gesagt?

»Nicht im Detail oder so, nur halt das Grundsätzliche und dass es mein Körper ist und etwas Besonderes. Oder so was in der Art. Kailyn hat das viel besser ausgedrückt.« Emmes Wangen sind hochrot, sie hat den Blick auf ihren Schoß gerichtet.

Ich nehme an, ich muss Kailyn sogar dankbar sein. »Aha«, lautet mein ausnehmend intelligenter Kommentar.

»Auf jeden Fall brauchst du nicht auszurasten oder dir Sorgen zu machen oder so. Ich hab kein Interesse an Dating und so. Ich hab schon einen Kuss bekommen, und der war echt eklig.«

»Du hast was?« Ich kann beinahe spüren, wie meine ersten Haare ergrauen.

»Das war am Anfang vom Schuljahr. Chris Becker wollte fest mit mir gehen, und ich hab Ja gesagt, obwohl ich mir nicht sicher war, ob ich ihn auf diese Weise mochte. Aber dann hat er mich geküsst, und das ging gar nicht, denn er hat versucht, mir die Zunge in den Mund zu stecken.«

Meine Handknöchel, die das Lenkrad umklammern, sind ganz weiß. Ich muss mich räuspern, bevor ich die nächste Frage stelle. »Was hast du gemacht?«

»Ich hab ihn geschubst, und er ist in eine Schlammpfütze gefallen. Ich hab ihm gesagt, er soll bloß nicht mehr mit mir reden. Jungs sind so seltsam.«

»Ja, das sind sie. Ich hoffe, dass du deine Meinung nicht änderst, bis du mindestens fünfundzwanzig bist.«

»Na ja, immerhin nicht mehr dreißig, das ist ja schon mal ein Fortschritt«, brummt Emme.

Ich habe den starken Verdacht, dass ich in den nächsten Jahren ein Magengeschwür bekommen werde. Wir sind angekommen. Ich biege in die Einfahrt des Hauses ihrer Freundin ein. Ein schönes Haus in einem sicheren Viertel – das habe ich vorher bereits gecheckt.

An der Haustür ist alles in heller Aufregung. Emme wird hineingezogen, um ihre Tasche abzulegen, aber ihr Rucksack bleibt an der Tür liegen, vermutlich befinden sich Make-up und Hairstyling-Produkte darin. Auf der Fahrt hat sie ihr Aussehen ja mindestens eine Million Mal im Spiegel überprüft. Ihre Freundinnen giggeln und kichern, und Ainsleys Mom, Adeke, sieht mich mitfühlend an.

Zehn Minuten später sitzen vier sehr laute Mädchen in meinem Wagen. Sie riechen, als hätten sie in einem See aus billigem Parfüm gebadet. Emme lässt die Musik in der Anlage dröhnen, und jede versucht, die andere zu überschreien. Als der Refrain einsetzt, singen alle mit – fürchterlich falsch, bis auf Emme, die tatsächlich die Töne trifft. Ich habe keine Ahnung, wie Lehrer mit einer ganzen Klasse außer Rand und Band geratener Teenager fertig werden.

Als ich vor der Schule halte, nimmt das Gekicher noch an Lautstärke zu. »Oh mein Gott, Emme, sieh mal, Liam wartet schon auf dich! Wer ist denn da bei ihm? Oh! Oh! Clark und Jackson und River.«

»Wer zum Teufel hat ihnen bloß diese Namen gegeben?«, brumme ich.

»*Du* heißt Daxton«, sagt Emme.

»Aber River? Nach dem toten Schauspieler?«

»Wer?«, fragt sie. Doch als ich zu einer Antwort ansetze, winkt sie ab. »Spielt keine Rolle. Okay! Danke fürs Fahren. Bis morgen!«

»Danke fürs Fahren, Mr Hughes!«, tönt es vom Rücksitz, als die Mädchen aussteigen.

Mr Hughes? Was zum Teufel …? Die Schar tänzelt auf die Gruppe der Jungen zu. Die stehen verlegen da, die Hände in den Hosentaschen. Die Mädchen schauen noch einmal über die Schulter zu meinem Auto, dann verschwinden alle im Gebäude. Ich sage mir noch einmal, dass es ein Schulball ist, dass die Lehrer Aufsicht führen, dass nichts Schlimmes passieren kann.

Ich rufe Kailyn über die Freisprechanlage an und lasse sie wissen, dass ich sie gleich abholen werde.

»Wie war die Ablieferung zum Tanz?«

»Ich habe keine Ahnung, wie Väter das aushalten. Das Schminken, das Kreischen, das Parfüm, die Jungs … Es erstaunt mich, dass Eltern das überleben. Und hast du gewusst, dass Emme schon ihren ersten Kuss erhalten hat?«

Kailyn lacht. »Du warst wahrscheinlich genauso alt, als du zum ersten Mal geküsst hast.«

»Mein erster Kuss spielte sich vor einer Kamera ab, und er war überhaupt nicht schön. Meine Partnerin hatte gerade vorher einen Big Mac gegessen und es für überflüssig gehalten, sich die Zähne zu putzen, obwohl sie extra Zwiebeln genommen hatte.« Ich schlage aufs Lenkrad. »Das hätte ich machen sollen! Emme zum Abendessen Zwiebeln und Knoblauch auftischen.«

»Es wird schon gutgehen. Es ist ein Schulball. Da können die Kids sich nicht verstecken und rummachen.«

»Ich hoffe nicht, sonst muss ich am Ende noch ein paar Jährchen im Gefängnis absitzen. Ach ja, und danke, dass du mir gesagt hast, dass du Emme bereits aufgeklärt hast.«

»Ich habe ihr nur gesagt, dass sie etwas Besonderes ist. Und alle ihre ersten Male sollten mit jemand stattfinden, der sie wirklich mag.«

»Tja, das ist jedenfalls sehr viel besser als alles, was ich ihr hätte sagen können. Ich finde es aber doch ein wenig beunruhigend, dass du mit ihr darüber gesprochen hast, obwohl sie erst in der Achten ist.«

»Es gibt ein paar Mädchen in ihrer Klasse, die haben schon mit einem Jungen geschlafen.«

»Bitte erzähl mir doch nicht so was, wo ich sie gerade in einer Turnhalle voller hormongesteuerter Jungs allein gelassen habe!«

»Sie hat kein Interesse an ihnen. Du kannst dich also in Sicherheit wiegen. Vorläufig.«

»Ich hoffe nur, dass du recht hast.«

»Hab ich. Und ein Bier für dich, um die Angst zu kompensieren.« Ich höre ihr Lächeln.

»Da brauche ich schon was Stärkeres.«

»Mal sehen, was sich machen lässt.«

Nach noch nicht mal zehn Minuten halte ich vor Kailyns Haus. Es ist gar nicht so weit von meinem entfernt, aber in einem bescheideneren Vorort. Kailyn wohnt in einem Bungalow, dessen Vordereingang von hübschen Blumen gesäumt wird. Alles ist gepflegt, wie ich es von ihr auch nicht anders erwartet hätte. Misstrauisch beäugen mich ihre Katzen vom Fenstersims.

Die Sorge um Emme und den Schulball verfliegt, sobald Kailyn mir die Tür öffnet. Sie trägt ein aufreizendes königsblaues Kleid, das sich eng an ihre üppigen, sexy Kurven schmiegt. Mit bloßen Füßen steht sie auf den Hartholzdielen und streckt mir ein Weinglas hin. »Leider ist Wein das Stärkste, was ich dahabe.«

»Was du mir hier präsentierst, ist das ultimativ Beste für jede archaisch-sexistische Männerfantasie.« Was würde ich nicht darum geben, jeden verdammten Tag meines Lebens von so einem Anblick begrüßt zu werden.

»Wie bitte?«

»Nichts. Danke dir. Du siehst unglaublich toll aus, und ich mag dich und halte dich für etwas ganz Besonderes.« Ich nehme ihr das Glas aus der Hand und stelle es auf ein Tischchen, damit ich sie in die Arme nehmen und küssen kann. »Ich halte es auch für eine gute Idee, wenn wir das Restaurant anrufen und unsere Reservierung auf später verschieben, damit ich dir ganz genau zeigen kann, wie besonders du für mich bist.«

Kailyn schmunzelt an meinem Mund. »Du kannst es wohl nicht abwarten, endlich den Slip des Tages zu sehen?«

»Ist er so frech?«

Sie nimmt meine Hand. »Warum kommst du nicht nach oben und findest es heraus?«

19

Dinnerdate-Desaster

Kailyn

Dax demonstriert mir sehr gründlich, wie besonders ich für ihn bin, dass wir erst gegen neun zum Restaurant fahren. Mein Haar ist ein bisschen unordentlich, weil er seine Hände so oft darin vergraben hat, aber Dax ist nun viel entspannter, und ich selber fühle mich auch verdammt fantastisch.

Er führt mich in ein wunderbares, sehr exklusives Restaurant, das ich mir niemals leisten könnte. Wir sprechen über meine aktuelle Rechtsvertretung, und wie froh ich bin, dass dieser kleine Junge bald ein sicheres Heim haben wird. Ich liebe die Intensität, mit der Dax an den Dingen Anteil nimmt, für die ich mich engagiere. Wenn wir so zusammensitzen, gibt er mir das Gefühl, ich sei der einzige Mensch im Raum, der für ihn Wichtigkeit besitzt. Trotz der Aufmerksamkeit, die Dax zuteil wird, muss ich um seine niemals kämpfen. So schwer der Weg, der vor uns liegt, auch sein mag, fange ich doch an, so etwas wie eine Zukunft zu sehen.

Wir sind ungefähr in der Mitte des Menüs, als Dax einen Anruf von Ainsleys Mutter erhält. Ich nehme an, sie will ihm Bescheid sagen, dass die Mädchen wohlbehalten vom Ball heimgekehrt sind. Zumindest glaube ich das, bis ich sein fassungsloses Gesicht sehe.

»Sie sind mit *was* erwischt worden? Wo hatten sie den her? Emme? Sind Sie sicher? Wir sind schon auf dem Weg. Nein. Nein. Das tut mir furchtbar leid. Wir kommen sofort!«

Er wirft seine Serviette auf den Tisch und schiebt den Stuhl zurück.

»Was ist los? Ist etwas passiert?«

»Sie sind auf dem Ball mit Alkohol erwischt worden.«

»Die Mädchen?«

»Ja. Wir müssen sofort hin. Wo ist die Rechnung?«

Ich lege ihm die Hand auf den Arm. »Hol du den Wagen, ich bezahle.«

Wieder meldet sich Dax' Handy; diesmal ist es die Schule. Er schürzt die Lippen und nickt, hält den Apparat beim Hinausgehen am Ohr. Ich zahle eilig, lasse unser halb gegessenes Mahl auf dem Tisch stehen und stoße vor dem Restaurant zu Dax. Wenn ich nicht schon bei meinem zweiten Wein gewesen wäre, hätte ich angeboten zu fahren. Ich schaue auf mein Handy – und siehe da: Auch ich habe einen Anruf von der Schule bekommen.

Dax umklammert das Lenkrad. »Ich glaub's einfach nicht! Wie kann so etwas passieren? Was zum Teufel habe ich übersehen?«

»Was ist denn geschehen? Woher sollten die Mädels überhaupt Alkohol haben?«

»Bis jetzt weiß ich nur, dass eine Flasche Wodka in Emmes Rucksack gefunden worden ist.«

»Das klingt gar nicht nach ihr.«

Dax fährt sich durch die Haare. »Wo sollte sie den Alkohol denn herbekommen haben?«

»Hast du eine Hausbar?«

»Ja, aber da geht sie nicht dran. Zumindest habe ich das geglaubt. Jetzt frag ich mich natürlich, was ich noch alles nicht weiß.« Er tritt vor der roten Ampel hart auf die Bremse und schlägt auf das Lenkrad. »*Fuck.*«

»Ich bin sicher, dass es eine plausible Erklärung für alles gibt.« Wieder lege ich ihm die Hand auf den Unterarm, aber er schüttelt sie ab.

»Welche plausible Erklärung könnte sie wohl dafür haben, eine Flasche Wodka zu klauen?«

»Das weiß ich nicht, Dax, aber du musst dich unbedingt beruhigen, bevor du in die Schule gehst. Andernfalls machst du es nur noch schlimmer.«

Er antwortet nicht und krampft seine Hände um das Lenkrad. Ich will mich nicht einmischen, aber wenn Dax wütend in die Schule stürmt, ist das nicht unbedingt die beste Methode, mit einer heiklen Situation umzugehen. Er biegt auf den Schulparkplatz ein und hält mit quietschenden Reifen auf einem Stellplatz.

Bevor er herausspringen kann, lege ich meine Hand in seinen Nacken. »Dax.«

Sein Kiefer mahlt, doch er richtet seinen mutlosen Blick auf mich. Mir gefällt es nicht, dass ich nicht weiß, wohin er in Gedanken gedriftet ist.

»Atme erst einmal tief durch, tu's für mich. Emme ist ein gutes Mädchen, das eine schwere Zeit durchmacht. Du bist ein guter Bruder, der lernen muss, gleichzeitig den Vater zu ersetzen. Verschaff dir erst einen Überblick über sämtliche Fakten, bevor du auf die wenigen reagierst, die dir bekannt sind.«

Er schließt die Augen und lässt langsam seinen Atem ausströmen. »Ich versuch es ja, Kailyn.«

»Das weiß ich doch.«

»Ich wollte bloß eine Nacht für mich.«

In diesem Eingeständnis steckt sein schlechtes Gewissen,

dass er Zeit für sich und seine Bedürfnisse haben wollte. Ich bin sicher, dass er sich bereits die Schuld für alles gibt. »Es tut mir leid, dass du sie nicht haben konntest.«

Wieder meldet sich sein Handy. »Ich muss jetzt da rein und rausbekommen, was los ist.«

»Ich kann mitkommen, wenn du willst.«

Dax nickt, und ich wende den Blick ab, damit er nicht sieht, wie erleichtert ich bin. Ich will ihm zur Seite stehen, falls er die Beherrschung verliert, was in seinem Zustand ziemlich wahrscheinlich ist. Wir betreten die Schule durch den Haupteingang. Das Gebäude ist menschenleer und dunkel, abgesehen von der Eingangshalle.

Wir hasten zum Sekretariat. Am Empfang stehen mehrere Erwachsene, darunter einige Polizisten. Die vier Mädchen sitzen auf Stühlen, still.

»Dad!« Emme springt auf und stürzt auf Dax zu. Mit Erstaunen registriert sie meine Anwesenheit. Ihre Augen sind rot gerändert und verquollen, das Make-up, das sie während unseres Videochats aufgetragen hat, ist völlig verschmiert.

Sie schlingt die Arme um ihn, während er einen Moment wie erstarrt dasteht. Und dann geht mir auf, warum: Sie hat ihn Dad genannt, nicht Dax. Das ist ein verzeihlicher Ausrutscher, besonders in einem Stadium nervlicher Anspannung. Dann erwidert er ihre Umarmung, wobei sein Gesicht streng und bleich bleibt.

»Endlich bist du da. Warum hast du so lange gebraucht, Daxton?« Tante Linda tritt hinter einem der Polizisten hervor. Ich habe sie seit dem letzten Vorfall in der Schule nicht mehr gesehen, erhalte aber immer noch wöchentlich mindestens eine Mail, in der sie nachfragt, ob der Fonds auch sicher ist und ob die Mittel korrekt zugeteilt werden. Wir warten immer noch auf ein Datum für die Sorgerechtsanhörung, wobei wir hoffen, dass Linda ihre Klage fallenlässt, was jedoch zu diesem Zeitpunkt in weite Ferne gerückt scheint.

»Ich bin sofort losgefahren, als ich angerufen wurde, und das war vor zwanzig Minuten.«

»Du wohnst nur wenige Minuten von der Schule entfernt«, betont sie.

Dax macht eine Geste zu seiner Anzughose und seiner Krawatte. »Ich war zum Dinner aus – nicht, dass dich das etwas angehen würde. Was tust du hier?«

Linda presst eine Hand auf die Brust. »Ich habe mich freiwillig zur Aufsicht gemeldet, und als sie dich zu Hause nicht erreichen konnten, haben sie mich gebeten, dich zu vertreten.«

»Gehen wir doch in mein Büro, wo wir ungestört reden können.« Mr Proctor weist auf seine geöffnete Tür.

Zustimmendes Gemurmel erfolgt, und wir ziehen im Gänsemarsch in sein Dienstzimmer. Es ist arg beengt mit den ernsten Officers und den vielen anderen Menschen im Raum.

»Warum nehmen Sie nicht Platz, Mr Hughes?«, fragt Mr Proctor.

»Ich stehe gut, danke.«

Wieder lege ich ihm warnend die Hand auf den Arm, dann setze ich mich neben Emme. Dax bleibt hinter ihr stehen, eine Hand auf ihrer Schulter.

»Ich möchte eine Erklärung für das, was hier vorgefallen ist.«

Dem Rektor zufolge hat Linda an der Saaltür Aufsicht geführt, und ihr fiel auf, dass die Mädchen öfter auf die Toilette gegangen sind. Emmes Spind befindet sich in der Nähe der Waschräume, und es war während des Balles nicht gestattet, etwas aus den Spinden zu nehmen. Emme ist aber zweimal an ihren gegangen, deshalb sind die Schränke durchsucht worden. »Und wir haben das gefunden.«

Der Schulleiter zieht eine halb leere Flasche Grey Goose – ziemlich teuer für eine Dreizehnjährige – aus dem Rucksack, der auf seinem Schreibtisch liegt.

»Die hab ich nicht gestohlen, Dax, und Ainsley und Marnie und Sasha haben gesagt, dass sie auch nichts davon wissen«, beteuert Emme.

Linda auf ihrem Stuhl neben dem Rektor seufzt vernehmlich. »Und wie ist sie dann in deinen Spind gekommen? Hast du etwa deine Zahlenkombination weitergegeben? Du weißt, dass wir schon einmal darüber gesprochen haben.«

»Ich hab keinem die Kombination gegeben! Ich schwöre es, Dax. Ich weiß nicht, wie die Flasche in meinen Spind gekommen ist! Ich bin doch bloß drangegangen, um … Frauenzeugs rauszuholen«, murmelt Emme, während sie knallrot wird.

»Frauenzeugs?«, fragt Dax verwirrt.

»Sasha hat ihre Tage gekriegt und hatte nichts dabei. Ich wollte echt keine Probleme machen, das schwöre ich.«

»Das erklärt aber immer noch nicht, wie Alkohol in deinen Spind gelangt ist, Emme«, sagt Linda.

»Kommt Ihnen diese Flasche bekannt vor?« Mit müder Miene deutet der Schulleiter auf den Grey-Goose-Wodka.

»Ich weiß nicht. Vielleicht?« Dax fährt sich durch die Haare, während sein Blick unschlüssig zwischen Linda, Emme und der Flasche hin und her geht.

Im Stillen befehle ich ihm, er soll aufhören, Dax, Bruder und Vater, zu sein, und stattdessen Dax, der Anwalt, der sich niemals auf diese Weise selbst belasten würde.

»Hast du Alkohol im Haus?«, will Linda wissen.

»Was für eine Frage soll denn das sein? Ich bin erwachsen. Ich trinke verantwortungsbewusst.«

»Und was ist mit Emme? Lässt du sie zu Hause trinken?«

»Was?!«

Sie bedenkt ihn mit einem wissenden Blick. »Vielleicht hat sie mal erwähnt, dass du sie an deinem Bier hast trinken lassen und ihr manchmal zum Abendessen Wein erlaubst.«

Schmerz über diesen Vertrauensbruch zeichnet sich auf Dax' Gesicht ab. Er schaut zu Emme. »Einen kleinen Schluck, kein ganzes Glas. Außerdem hat das nichts mit dieser Sache zu tun.«

»Vielleicht ja doch. Es ist gut möglich, dass dein freizügiger Erziehungsstil zu dieser Situation geführt hat, Daxton.«

»Freizügiger Erziehungsstil?« Jetzt hebt er seine Stimme, und die Polizisten, die das Ganze aus dem Hintergrund verfolgen, straffen sich unwillkürlich und blicken alarmiert. »Wer zum Teufel bist denn du, dass du so etwas behaupten kannst? Deine beiden Kinder leben auf der anderen Seite des Kontinents, weil sie nicht schnell genug von dir wegkommen konnten. Und ist Samantha nicht schwanger geworden, bevor sie mit der Highschool fertig war? Bevor du also anfängst, meine Befähigung infrage zu stellen, solltest du dich mit deinem eigenen Erziehungsstil befassen.«

»Mr Hughes, würden Sie bitte Ihre Stimme senken?«

Dax richtet seinen zornigen Blick auf den Rektor. »Meine Schwester wird bezichtigt, Alkohol zu einem Schulball mitgebracht zu haben. Sie sagt, es ist nicht ihrer, und so würde ich gerne wissen, wie zum Teufel er in ihren Spind gelangt ist.«

»Emme, könntest du dich bitte ins Vorzimmer setzen?«, sagt Mr Proctor mit verkniffenem Lächeln.

»Ja, Sir«, murmelt sie. Ihre großen, ängstlichen Augen suchen meinen Blick, dann verlässt sie das Büro.

Ich lege meine Hand auf Dax' Arm und nicke zu dem Stuhl neben mir. Sein Blick verrät nichts. Schwer lässt er sich auf den Sitz fallen, während ihm vor Nervosität die Knie zittern.

»Mr Hughes, mir ist bewusst, dass Emme eine schwere Zeit durchmacht und Sie ebenfalls, aber dies ist ja nicht das erste Mal seit dem Tod Ihrer Eltern, dass Emme auffällig wird. Vielleicht wollte sie sich nur ein Ventil verschaffen, aber Fakt ist doch, dass die Flasche in *ihrem* Rucksack gefunden wurde, in *ihrem* Spind. Es dürfte schwerfallen, gegen derart handfeste Beweise zu argumentieren.«

»Vielleicht bedenken Sie auch, welchen Eindruck es auf Emme machen muss, wenn vor ihren Augen getrunken wird, und dass sie Alkohol als etwas Normales ansehen muss, wenn er ihr sogar zu Hause angeboten wird«, ergänzt Linda.

»Was genau versuchst du damit zu unterstellen, Linda?«

»Mir ist klar, dass diese neue Verantwortung großen Stress für dich bedeutet. Vielleicht solltest du mal kritisch prüfen, wie viel du wirklich trinkst.« Sie legt den Kopf zur Seite. »Hast du heute Abend etwas getrunken? Ist es überhaupt sicher, wenn Emme mit dir heimfährt?«

Dax umklammert die Armlehne seines Stuhls. »Willst du mich verarschen?«

Ich lasse meine Finger zwischen seine gleiten in der Hoffnung, dass es ihm hilft, sich im Zaum zu halten. Ich habe Dax nie explodieren sehen, glaube aber, dass es dazu kommt, wenn Linda ihn noch weiter in die Enge drängt. »Dax hat beim Dinner ein Glas Wein getrunken. Er ist fahrtüchtig. Was die Flasche Wodka angeht, so wird er mit Emme ein Gespräch führen, woher sie stammt. Ich denke, es ist unnötig, Dax zu provozieren. Es wäre sicherlich hilfreicher, die Folgen von Emmes Handeln zu besprechen. Immerhin sind hier Polizisten anwesend, und ich möchte doch gern wissen, warum sie hinzugezogen wurden.«

»Wir sind zur Mediation hier, Ma'am.«

»Zur Mediation?«

»Ms Thrasher deutete an, dass ihre Anwesenheit möglicherweise Feindseligkeit hervorrufen könnte.«

Und Dax ist natürlich geradewegs in die Falle gestolpert.

Er drückt meine Hand, und ich erwidere die Geste: eine stumme Mahnung, sein Temperament zu zügeln.

»Nun, angesichts der Anschuldigungen, die hier erhoben worden sind, scheint mir durchaus Grund für Feindseligkeit vorzuliegen.« Mit einer Geste umfasse ich alle Menschen im Raum. »Können wir über die Folgen sprechen, die Alkoholbesitz in der Schule nach sich zieht?«

»Emme wird für mindestens drei Tage vom Unterricht suspendiert.«

»Man kann jedoch Beschwerde dagegen einlegen?«

»Ja, selbstverständlich, aber –«

Ich falle dem Schulleiter ins Wort. »Als Betreuerin spreche ich im Namen Emmes und möchte Sie daher bitten, sämtliche Unterlagen an Daxton und mich zu schicken. Vorerst werden wir Emme nach Hause bringen und versuchen, der Sache allein auf den Grund zu kommen.«

»Kann Daxton überhaupt fahren? Oder Sie?«, giftet Linda.

»Wie ich bereits gesagt habe, hat Daxton lediglich ein Glas Wein zum Essen getrunken.« Dennoch mache ich mir Sorgen, weil er so aufgewühlt ist.

»Vielleicht wäre unter den gegebenen Umständen ein Alkoholtest angezeigt.« Linda schickt einen fragenden Blick zu den Officers. »Es geht mir nur darum, dass Emme nichts zustößt.«

Daxton lacht freudlos. »Das ist natürlich deine größte Sorge.« Auch er schaut zu den Polizisten. »Und da Emmes Wohlergehen bei mir stets an vorderster Stelle steht, stimme ich dem Test zu.«

Ich bin erleichtert, dass er sich nicht sträubt. Wir folgen den Polizisten zum Streifenwagen. Dax besteht den Test. Wo sie schon einmal dabei sind, lassen sie auch Emme pusten, gleich zweimal. Es stellt sich heraus, dass sie keinen Schluck Alkohol getrunken hat, aber das erklärt immer noch nicht, woher der Wodka stammt. Dax schäumt vor Wut, als wir über den Parkplatz gehen.

»Bist du in der Lage zu fahren?«, frage ich, als wir beim Wagen ankommen.

»Alles gut«, knirscht er.

Ich mache die Tür auf und schiebe den Vordersitz ein wenig vor – Dax hat heute den Audi genommen, der nicht gerade ein familienfreundliches Auto ist. Emme wirft mir einen flehenden, tränengetrübten Blick zu und krabbelt auf die Rückbank.

»Ich setze mich nach hinten zu Emme.«

Dax zuckt mit keiner Wimper, als ich mich nach hinten quetsche. Dann knallt er die Tür zu.

»Ich hab diesen Wodka wirklich nicht gestohlen. Ich mag nicht mal, wie der riecht«, murmelt Emme unter Tränen.

»Wir kriegen schon noch raus, was wirklich passiert ist.« Tröstend drücke ich ihre Hand. Ich will Emme so gut beruhigen, wie ich kann.

Dax setzt sich hinters Steuer, schaut kurz in den Rückspiegel, schnallt sich an. Als er das Lenkrad anfasst, fällt mir das kaum wahrnehmbare Zittern seiner Hände auf.

Wir nehmen zuerst den Weg zu seinem Haus, doch als er ein paar Blocks früher nach rechts abbiegt, fährt Emme erschrocken auf. »Wohin fahren wir?«

»Wir setzen Kailyn ab«, erwidert Dax kurz.

»Kann sie nicht mit uns kommen? Kannst du nicht mitkommen?« In ihren Augen stehen Tränen, ihre Unterlippe zittert.

»Kailyn hat heute Abend schon genug getan. Wir müssen als Familie damit fertig werden, Emme.«

Die Worte fühlen sich an wie Ziegelsteine, die er mir auf die Brust wirft.

»Aber ich hab doch gar nichts gemacht! Ich hab den Wodka nicht geklaut! Bitte, Dax. Irgendjemand muss ihn in meinen Spind getan haben, als ich beim Tanzen war! Du musst mir glauben. Warum glaubt mir denn keiner?!«

Jetzt strömen die Tränen. Ich lege einen Arm um sie. Als wir an einer Ampel halten, versuche ich Dax' Blick im Rückspiegel zu erhaschen, aber sein Gesicht ist wie aus Stein, die Hände am Steuer, die Augen stur auf die Straße gerichtet.

»Fällt dir irgendwer ein, der die Zahlenkombination von deinem Spind haben könnte?«, frage ich leise.

Emme schnieft, hebt ihren Rucksack vom Boden auf und wühlte darin herum. »Ich hab den Zahlencode in meinem Stundenplan stehen. Vielleicht hat ihn jemand abgeschrieben? Oder ich hab den Plan in einem Kurs liegen lassen?« Sie macht sich Hoffnungen, zieht aber ein enttäuschtes Gesicht, als sie ihren Stundenplan findet. Dann kramt sie weiter und zieht die Stirn in Falten. »Mir fehlt ein Heft. Mein Tagebuch ist nicht da.«

»Ein Tagebuch ist im Moment deine geringste Sorge. Du bist bei einem Ball mit gestohlenem Alkohol erwischt worden, und du bist dreizehn Jahre alt. Hast du überhaupt eine Ahnung, wie schlimm das aussieht?« Wieder flammt Dax' Zorn auf.

»Aber ich war's nicht!«, schreit Emme.

»Wir müssen uns alle mal beruhigen.« Ich mache mir Sorgen, dass dieser Streit eskalieren könnte, wenn ich nicht dabei bin, um zu vermitteln.

Eine Minute später biegt Dax in meine Einfahrt. Er steigt aus und geht bei geöffneter Tür um die Motorhaube herum.

»Kann ich zu dir?«, flüstert Emme.

»Nein, Honey, du und Dax, ihr müsst das in Ordnung bringen.«

»Ich war's aber nicht. Glaubst du mir?«

»Natürlich, Süße.« So wie ich Emme bislang kennengelernt habe, ist sie ein braves Mädchen, und ihre Tränen kommen mir echt vor.

»Warum tut's Dax dann nicht?«

»Er ist im Moment sehr durcheinander.« Die Beifahrertür wird geöffnet, und Dax schiebt den Sitz nach vorn, streckt mir die Hand entgegen, um mir aus dem Wagen zu helfen.

»Bleibst du hinten sitzen, oder setzt du dich nach vorn?« Mit kalter Stimme wendet er sich an seine Schwester.

»Ich bleib hier«, erwidert sie, und es klingt auch leicht bissig.

»Wie du magst.« Er rückt seinen Sitz wieder in die richtige Position und knallt die Tür zu.

»Dax.« Ich streiche ihm über den Handrücken, aber er wehrt mich ab.

»Es ist ganz allein meine Schuld. Ich habe zu sehr an mich gedacht und nicht an Emme, und nun sieht man ja, was dabei herauskommt.«

»Sie könnte die Wahrheit sagen.«

»Oder sie könnte lügen, um Aufmerksamkeit zu bekommen. Nun ja, meine hat sie jetzt. Wir müssen nach Hause.«

Dax schließt mich aus, weil er sich verantwortlich fühlt; ich kann es verstehen. »Schickst du mir bitte eine Nachricht, wenn ihr angekommen seid, damit ich Bescheid weiß?«

»Ja. Mach ich.«

Ich frage nicht, ob ich ihn morgen anrufen soll, weil ich nicht weiß, ob mir die Antwort gefallen wird.

Ich werfe noch einen Blick auf den Wagen, aber er hat getönte Scheiben, und ich kann Emme auf dem Rücksitz nicht sehen. Dax umarmt mich nicht zum Abschied. Die fehlende

Geste schmerzt. Dax geht wieder um die Motorhaube herum. Er wartet, bis ich meine Haustür aufgesperrt habe, dann setzt er sich hinters Steuer und fährt los.

Zehn Minuten später bekomme ich die Nachricht:

Dax: Angekommen.

Ich ringe um eine Antwort und texte schließlich: Danke.

Nach einer Stunde, in der ich nichts mehr von Dax gehört und auch keine Nachricht von Emme bekommen habe, gebe ich auf und gehe zu Bett. Während ich auf meinen Wecker starre und die verstreichenden Stunden zähle, mache ich mir Sorgen, welche Folgen dies für uns haben mag.

Was mir am meisten Angst macht, ist, dass ich vielleicht nicht nur Dax, sondern auch Emme verloren habe.

Denn ich habe mich in beide verliebt.

20

Ich hasse dich

Dax

Emme schweigt den Rest der Heimfahrt.

Sobald ich vor unserem Haus stehe, schicke ich Kailyn eine Nachricht. Ich bin so wütend: auf mich, aber auch auf Emme, weil sie so einen Mist gebaut hat, und auf meine verdammten Eltern, weil sie gestorben sind und mich mit der Verantwortung alleingelassen haben.

Ich öffne die hintere Tür. Emme hat inzwischen vom Weinen einen Schluckauf bekommen. Sie lässt mich vorangehen, ihre Tasche an die Brust gedrückt, ihr Gesicht hinter den Haaren verborgen. Im Wohnzimmer zeige ich auf die Couch. »Setz dich.«

Emme schmeißt ihren Rucksack auf den Boden. »Ich will mich nicht setzen. Ich will Kailyn hier haben, und du hast sie einfach nach Hause gebracht!«

»Nun ja, dafür hast du mich, also setz dich und erklär mir, was zum Teufel du dir dabei gedacht hast.«

»Ich hab mir überhaupt nichts dabei gedacht, weil ich nämlich nichts Falsches gemacht habe!«, schreit sie mich an.

»Tatsächlich nicht? Die Fakten deuten aber auf das Gegenteil.« Ich gebe mir alle Mühe, nicht die Beherrschung zu verlieren, versage jedoch kläglich.

»Ich hab den Wodka nicht geklaut!«, beteuert Emme zum ungefähr millionsten Mal.

»Hör auf, mich anzulügen!«, brülle ich sie an.

»Ich lüge nicht!«

»Wie zum Teufel ist dann eine Flasche verdammter Grey Goose in deinen verfluchten Rucksack gekommen?«

»Das weiß ich nicht! Guck doch in deinem blöden Barschrank nach.« Neue Tränen quellen hervor.

»Sicher, dass ich das tun soll?«

»Ja!«

Emme verschränkt die Arme vor der Brust, während ich die Tür des Barfachs so schwungvoll aufreiße, dass die Flaschen aneinander klirren. Ganz vorn im Zentrum steht eine Flasche Grey Goose, verplombt, weil harte Alkoholika noch nie mein Ding waren, abgesehen von dem einen oder anderen Scotch zu besonderen Gelegenheiten.

»Siehst du! Da steht sie! Ich hab doch gesagt, dass ich deinen blöden Wodka nicht angerührt hab!«

»Und woher stammt die Flasche dann? Hat eine von euch sie bei einer Freundin mitgehen lassen? Und es hat keinen Sinn, mich anzulügen, Emme, denn ich werde alle Eltern anrufen, um mich davon zu überzeugen, dass aus ihren Barschränken nichts fehlt.«

»Ich weiß nicht, wo der Scheiß herkommt!«, kreischt sie.

»Hör verdammt noch mal auf zu fluchen.« Noch während ich es ausspreche, geht mir auf, was für ein Heuchler ich bin. Dass ich die Beherrschung verloren habe, macht die Sache nur noch schlimmer.

»Du fluchst doch andauernd!«

»Weißt du was? Du hast bis auf Weiteres Hausarrest. Leg dein Handy auf den Couchtisch. Deinen Laptop kannst du als konfisziert betrachten, und Fernsehen ist auch verboten, bis du reinen Tisch machst und mir sagst, was ihr heute Abend angestellt habt!«

»Dann werde ich ewig Hausarrest haben, denn ich hab dir die Wahrheit gesagt, aber du glaubst mir ja nicht!« Sie wirft ihr Handy auf den Couchtisch.

»Hör auf, deine Freundinnen zu decken, Emme. Die würden dir auch nicht aus der Klemme helfen.«

»Scheiß auf dich! Du bist nicht mein Dad und wirst es auch nie sein, also hör auf, so zu tun, als wärst du's.« Sie ballt die Fäuste, ihr Blick ist rasend vor Zorn. »Ich wünschte, ich wäre mit ihnen im Auto gesessen. Das wär besser gewesen, als mit dir zusammenzuleben!«

Ihre Worte treffen mich ins Herz. »Emme! Sag doch so was nicht!«

Sie ist schon fast auf der Treppe, dreht sich aber noch einmal um, das Gesicht tränenüberströmt. »Warum denn nicht? Ich sollte doch ehrlich sein, oder? Ich hasse es, hier zu sein. Ich will nicht mit dir wohnen. Ich hasse dich!«

Meine Brust zieht sich unter ihren Vorwürfen zusammen, und ich weiche einen Schritt zurück, als hätte sie mich geschlagen. Noch einmal flammen ihre Augen auf, dann dreht Emme sich um und stürmt mit unterdrücktem Schluchzen die Treppe hoch. Gleich darauf knallt ihre Zimmertür zu.

Ich schließe die Augen und ersticke beinahe an meinen Gefühlen. Am liebsten würde ich Emme zwingen, ihre Vorwürfe zurückzunehmen. Ich will doch nur verstehen, was hier geschieht. Aber die unwiderlegbare Tatsache ist, dass ich Emme nicht genügend Aufmerksamkeit geschenkt habe und zu sehr mit mir selbst beschäftigt war, sonst hätte ich es vielleicht kommen sehen.

Ich lasse mich auf die Couch fallen und presse die Handballen auf die Augen, als könnte ich mit dieser Geste meine

Gefühle am Überfließen hindern. Ich weiß einfach nicht, was ich machen soll, wie ich diesen Mist wieder in den Griff kriegen soll.

Ich ziehe mein Handy aus der Tasche und sehe eine Nachricht von Kailyn. Wie ich beschränkt sie sich auf ein einziges Wort. *Danke*.

Das habe ich nun auch noch vermasselt. Mein Leben ist ein einziges Chaos. Ich möchte sie fragen, was ich tun soll, aber vielleicht ist das gerade das Problem: Vielleicht habe ich mich allzu sehr auf Kailyn verlassen, statt aus eigener Kraft Entscheidungen zu treffen.

Ich starre auf das Display, bis es sich abschaltet. Dann sitze ich auf der Couch und glotze ins Leere, wünsche mir ein anderes Leben.

Ich habe alles vermasselt. Jedes Wort, das ich heute Abend gesagt habe, hat die Sache nur noch schlimmer gemacht. Linda wird das zweifellos gegen mich verwenden, und vielleicht hat sie jedes Recht dazu.

Bevor ich zu Bett gehe, klopfe ich an Emmes Tür, aber sie antwortet nicht. Ich werfe einen Blick ins Zimmer. Sie liegt zusammengerollt unter ihrer Tagesdecke, den Rücken der Tür zugekehrt. »Em? Es tut mir leid, dass ich dich angeschrien habe.«

Meine Schwester schweigt, obwohl ich stark vermute, dass sie noch wach ist. Ich gehe zum Bett und lege ihr eine Hand auf die Schulter.

Sie zuckt weg. »Lass mich!«

»Em.«

»Geh weg.« Zitternd versucht sie, ein Schluchzen zu unterdrücken.

Ich will sie nicht alleinlassen, aber es geht wohl nicht anders, wenn ich es nicht noch schlimmer machen will. Ich schließe die Tür und setze mich in den Korridor, höre sie weinen und wünsche mir sehnlichst, ich könnte sie trösten.

Am nächsten Morgen bekomme ich einen ersten Eindruck von der Unversöhnlichkeit des weiblichen Geschlechts. Ich hatte angenommen, dass wir uns nach einer Nacht, die wir darüber geschlafen haben, beruhigt hätten und vernünftig miteinander reden könnten.

Emmes Laptop liegt im Flur, was ich zunächst mal als positives Zeichen dafür nehme, dass sie ohne Streit bereit ist, die Folgen ihres Handelns auf sich zu nehmen. Außerdem glaube ich naiverweise, dass wir nun miteinander sprechen können, ohne uns anzuschreien.

Wie sich herausstellt, liege ich damit verdammt falsch. Emme weigert sich strikt, ihr Zimmer zu verlassen, sie kommt nicht einmal zum Essen herunter. Am Samstagabend habe ich schließlich die Nase voll, gehe in ihr Zimmer und finde sie auf dem Bett, wieder mit dem Gesicht zur Wand. Fast stellt sich die Frage, ob sie sich überhaupt bewegt hat. »Du musst doch was essen.«

»Ich hab keinen Hunger.«

»Ich gehe nicht raus, bevor du nicht aufstehst und was isst.«

»Dann steh doch die ganze Nacht da, wenn's dir Spaß macht!«

»Du kannst meinetwegen sauer auf mich sein und mich hassen, aber du wirst dich nicht zu Tode hungern.« Meine Stimme bricht bei dem Wort *hassen*.

Sie macht sich steif, lässt dann aber die Schultern sinken und wälzt sich herum. »Okay.«

Ihre Haare sind völlig zerzaust. Der Eyeliner hat Streifen um ihre Augen hinterlassen, die rot und verschwollen sind. Ich sehe mit Sicherheit genauso aus, abgesehen vom Eyeliner.

Emme stampft an mir vorbei, und wir gehen runter in die Küche.

»Ich habe Pizza bestellt.«

»Brauch ich nicht. Ich mach mir Cornflakes.«

Sie öffnet den Kühlschrank, holt Milch und eine Schachtel mit diesem furchtbar übersüßten Zeug heraus und knallt beides auf den Tisch. Ich lehne an der Arbeitsplatte und sehe zu, wie Emme Schüssel und Löffel holt und zur Kücheninsel geht. Sie setzt sich gar nicht erst, sondern macht sich eine Portion zurecht und schaufelt sie in den Mund, fast ohne zu kauen. Ich nehme an, dass sie vor Hunger fast umkommt und mich mit ihrem Fasten bestrafen will. Sobald sie fertig ist, stellt sie das Geschirr in die Spüle und die anderen Sachen in den Kühlschrank, ohne mir auch nur einen Blick zu gönnen.

»Wir können dieses Problem nicht lösen, wenn du nicht mit mir redest, Emme.«

»Warum sollte ich mir die Mühe machen? Du glaubst mir ja doch kein Wort!«

»Ich brauche eine Antwort, die Sinn ergibt, Emme.«

»Tja, und die hab ich nicht, also gibt's wohl nichts zu sagen.« Und damit stampft sie zurück in ihr Zimmer und knallt die Tür zu. Ich habe dieses Türenschlagen allmählich richtig satt.

Obwohl ich selber nicht besonders hungrig bin, schnappe ich mir ein Stück Pizza und lasse mich auf die Couch fallen. Emmes Handy liegt immer noch auf dem Tisch. Auf dem Display leuchtet die Anzeige einer Nachricht auf. Gestern Abend sind Unmengen eingetroffen, eine von diesem Jimmy und ungefähr fünfzehn von Clark.

Nach einem ernsten Gespräch über Privatsphäre und meine Verantwortung für ihre Handyrechnung hat sie mir widerwillig ihr Passwort verraten und die Erlaubnis gegeben, ihre Nachrichten zu checken. Beim Scrollen entdecke ich, dass Kailyn ihr geschrieben hat.

Ich gebe das Passwort ein und öffne die Nachricht. Sie wurde gestern Abend gesendet, vermutlich um die Zeit herum, als ich Kailyn zu Hause abgesetzt habe. Ich habe mich ihr gegenüber schändlich verhalten und demzufolge heute noch nichts von ihr gehört. Wahrscheinlich will sie mir Raum geben.

Normalerweise ist Emme dabei, wenn wir Kailyns Nachrichten durchgehen, und ich komme mir wie ein Spion vor. Und kriege ein schlechtes Gewissen, als ich Emmes letzte Meldungen an Kailyn überfliege.

Emme: Ist Dax sauer auf dich wegen mir

Kailyn: Nein, Honey. Dax regt sich bloß auf.

Emme: Kannst du nicht morgen rüberkommen

Kailyn: Ich glaub, Dax und du, ihr müsst das erst ausdiskutieren.

Emme: Kann ich dir noch texten

Kailyn: Du solltest Dax fragen, ob es okay ist.

Emme: Sorry, dass ich euch den Abend verdorben hab

Kailyn: Du hast gar nichts verdorben <3

Emme: Gleich zu Hause. Schreibe später

Ich lese die Nachrichten wieder und wieder und versuche, mir unsere Zukunft vorzustellen. Was habe ich nur getan? Was hat Kailyn getan? Sie hat so viel Zeit mit Emme verbracht, und wenn es mit uns nicht klappt, was dann? Sobald das Sorgerecht geklärt ist, besteht für Kailyn kein Grund mehr, den Kontakt aufrechtzuerhalten. Wird sie dann noch Anteil am Geschick meiner kleinen Schwester nehmen? *Fuck*. In meinem Kopf geht alles durcheinander. Und Kailyn sollte jetzt meine geringste Sorge sein. Ich sollte lieber scharf nachdenken, woher Emme den Alkohol hatte und wen sie möglicherweise deckt.

Gegen zehn schreibt Kailyn und fragt, ob sich die Lage beruhigt hat.

Ich texte zurück, dass Emme Hausarrest hat und ich sämtliche Unterhaltungselektronik konfisziert habe. Dass ich nun meine ganze Energie und Aufmerksamkeit auf meine Schwester konzentrieren muss.

Zwanzig lange Minuten verstreichen, bevor Kailyn antwortet. Dieses Mal schenkt sie mir zwei Worte.

Kailyn: Ich verstehe.

Ich weiß nicht, warum diese Worte so wehtun, da ich doch derjenige bin, der Kailyn von sich wegschubst.

Am Sonntag das gleiche Spiel: Emme geht mir aus dem Weg. Nur einmal kommt sie herunter, um sich eine gigantische Schüssel Cornflakes einzuverleiben, dann verschwindet sie wieder in ihrem Zimmer. Es ist inzwischen zu einem Kampf darum geworden, wer als Erster nachgibt.

Nachdem ich mich überzeugt habe, dass auch die anderen Eltern keinen Wodka vermissen, bleibt lediglich die Schlussfolgerung, dass jemand den Wodka für die Mädchen besorgt hat. Die Frage ist nur: Wer?

Ich checke die Nachrichten ihrer Freundinnen, weil ich hoffe, in ihnen Antworten zu finden, die Emme mir verweigert. Die größte Sorge der Mädchen scheint jedoch zu sein, dass sie wegen der Geschichte im Netz gemobbt werden. Keine weiß, woher der Wodka stammt. Ainsley stellt Emme doch tatsächlich die Frage, ob sie ihn mitgebracht hat, um »auf ewig Hausarrest zu kriegen«.

Keine ihrer Freundinnen scheint geneigt, diese Art Fehlverhalten zu unterstützen, und ich bleibe weiterhin auf Fragen sitzen, auf die ich keine Antwort finde.

Um vier Uhr kreuzt Felix mit einem Sixpack auf. Das entbehrt nicht einer gewissen Ironie, aber ich werde nach diesem verfluchten Wochenende bestimmt keinen Schluck ablehnen.

»Mann, siehst du scheiße aus!«

»Danke vielmals!«

»Wo steckt denn unsere minderjährige Alk-Diebin?«

Ich versetze ihm einen freundschaftlichen Stoß gegen den Arm. »Halt die Klappe, du Arsch.«

»Sorry. Shit.« Er schaut sich um, als erwarte er, dass Emme jeden Moment auftaucht. »Ist sie hier irgendwo?«

»In ihrem Zimmer.«

»Warum sagst du dann, ich soll die Klappe halten?«

»Gehen wir nach draußen.«

Er folgt mir in den Garten und reicht mir ein Bier. »Siehst aus, als könntest du's gebrauchen.«

»Es war ein höllisches Wochenende, darauf kannst du einen lassen.«

»Ich bin nur überrascht, dass deine Freundin nicht da ist.«

Instinktiv schaue ich zur Tür, um mich zu überzeugen, dass Emme nicht doch dasteht und alles mitkriegt. »Kailyn ist nicht meine Freundin.«

Felix zieht eine Braue hoch, während er die Flasche ansetzt. »Ach, tatsächlich? Denn ich meine mich doch zu erinnern, dass du mir erzählt hast, wie sehr du dich auf den Freitagabend freust, um endlich mal loszulegen. Das ist dann wohl den Bach runtergegangen, was?«

»Tja, wenn ich nicht von einem tollen Vorbau und einem süßen Arsch abgelenkt gewesen wäre, hätte ich vielleicht gemerkt, was mit Emme los war.« Noch während ich das ausspreche, ist mir entsetzlich zumute: Kailyn ist kein Betthäschen, das ich bespringe, und war es auch nie.

Felix wirft mir einen prüfenden Blick zu. »Bist du sicher? Ich meine, wenn du nicht mit Kailyn zusammen gewesen wärst, dann wären wir wahrscheinlich auf die Piste gegangen, und du hättest mir die Möchtegern-Groupies zugeschanzt, von denen du nicht behelligt werden willst.«

Damit hat er wohl nicht unrecht. Aber das ist es nicht allein. »Emme hängt viel zu sehr an Kailyn.«

»Und das ist schlecht? Sie kommt mir doch recht gefestigt vor, und sie verbringt freiwillig Zeit mit Emme, auch wenn du nicht dabei bist.«

Kailyn ist ein gefestigter Charakter. Zwar karrierebewusst, aber sie nimmt sich Zeit für die Menschen, an denen ihr liegt, und für Emme und mich hat sie unendlich viel Zeit geopfert. Vielleicht mehr, als sie sollte. »Ich bin zu abhängig von ihr. Es geht sogar so weit, dass ich glaube, ohne sie nichts mehr stemmen zu können. Seit der Beerdigung ist sie in unsere Familie involviert, sie wurde ja sogar zur Betreuerin ernannt. Und immer wieder suche ich Rat bei ihr, als könnte sie – und nur sie – alles in Ordnung bringen. Was ist, wenn das Sorgerecht geklärt ist und sie sich nicht mehr verpflichtet fühlt, Anteil zu nehmen? Wird sie dann einfach abhauen? Emme wird damit nicht fertig werden und ich wahrscheinlich auch nicht. Es ist ein Schlamassel. Ich muss mich von Kailyn lösen, bevor ich zu sehr verstrickt bin.«

»Ich sage es dir nur ungern, aber ich glaube, das bist du schon.«

»Tja, dann sollte ich spätestens jetzt einen Schlussstrich ziehen. Mich nur auf das Juristische beschränken. Ich habe keine Zeit, um mit einer Beziehung, Emme und meiner Arbeit gleichzeitig zu jonglieren. Schon jetzt werde ich ja kaum

Emme *und* meinem Beruf gerecht.« Und Kailyn ist bei Emme eingesprungen, wann immer meine Kanzlei mir Steine in den Weg legte, was auch ein Problem darstellt, das ich lieber früher als später lösen sollte. Meine Güte, was hat sie überhaupt von der ganzen Geschichte? Was habe ich einzubringen außer einer verdammten Tonne Probleme?

»Vielleicht lädst du dir zu viel auf. Eine Woche nach der Beerdigung hast du schon wieder gearbeitet. Nimm doch 'ne Auszeit. Überstunden hast du ja genug angesammelt.«

Da hat er recht. Es müssten bereits Wochen sein. »Ja, schon. Aber ich weiß nicht so genau. Ich habe auch schon dran gedacht. Kailyn hat einige Male erwähnt, dass ihre Chefin mich gern in der Mannschaft hätte.«

»Willst du wirklich in eine andere Kanzlei wechseln, wenn du so kurz davorstehst, Partner zu werden? Und über wen soll ich mich dann bei den Meetings lustig machen?«

Ich muss lachen, aber es klingt nicht begeistert. »Du könntest jederzeit Gene als Zielscheibe wählen.«

»Den Steuerheini? Viel zu einfach.« Ich spüre, dass Felix mich anschaut. »Du denkst ernsthaft darüber nach, stimmt's?«

»Es ist so: Ich kann es mir nicht leisten, in nächster Zeit Partner zu werden, weil ich flexiblere Zeiten brauche. Wenn ich Partner würde, müsste ich neunzig Stunden pro Woche schuften und ständig vor Gericht erscheinen. Ich brauche größere Freiheiten, und ich habe die Familienvergünstigungen bei Whitman studiert. Bei denen könnte es passen.«

»Würdest du auch eine Gehaltskürzung in Kauf nehmen?«

»Ich weiß es nicht, aber das Gehalt ist nicht mehr das Wichtigste. Und auch nicht das Prestige, das eine Partnerschaft einbringt.«

»Wie willst du es denn schaffen, mit Kailyn in derselben Kanzlei zu arbeiten?«

»So lange läuft das ja noch nicht mit uns. Wir können das Berufliche durchaus vom Privaten trennen.«

»Bist du dir da sicher?«

»Ich krieg das schon hin. So wie jetzt kann ich auf keinen Fall weitermachen.« Denn dieser Zug wird irgendwann entgleisen, und bis dahin muss ich abgesprungen sein.

21

Ein tiefer Fall

Dax

Am Montag fahre ich zum Büro. Es ist schrecklich. Nicht wegen Stau oder miesem Wetter, sondern weil eine schmollende Dreizehnjährige neben mir sitzt, die konsequentes Stillschweigen bewahrt. Es macht mich wahnsinnig. Ich weiß nicht, wie Menschen es schaffen, andere mit Schweigen zu bestrafen. Ich würde den Glauben an die Menschheit verlieren. Und wenn es noch lange so weitergeht, wird das am Ende auch passieren.

»Du kannst dich dort drüben hinsetzen und deine Hausaufgaben machen«, sage ich mit einer Geste zu einem Stuhl auf der anderen Seite meines Büros.

Schweigend lässt Emme ihre Tasche neben den Stuhl fallen und zieht ihren Laptop heraus – ich musste das Elektronikverbot teilweise aufheben, da sie für ihre Hausaufgaben auf das Internet angewiesen ist. Aber sie darf zu Hause nicht in ihrem Zimmer arbeiten, sondern nur in der Küche, wo ich sie beaufsichtigen kann. Emme hasst das. Und mich.

Sie zürnt schweigend vor sich hin, während ich meine Mails checke und den Anrufbeantworter abhöre. Freeman steckt den Kopf zur Tür herein und bemerkt Emme auf ihrem Stuhl. »Haben wir eine neue Praktikantin, von der ich noch nichts weiß?« Er lächelt zwar, aber ich spüre seine Verstimmung.

»Hi, Mr Freeman.« Emmes Stimme ist von langem Nichtgebrauch ganz heiser.

»Emme fühlt sich nicht ganz topfit, also wird sie ein paar Tage mitkommen.« Ich werde meine kleine Schwester ganz gewiss nicht zu Hause lassen, wo sie vermutlich den ganzen Tag vor der Glotze verbringt. Zumindest würde ich es an ihrer Stelle so machen.

Freeman trommelt auf den Türrahmen, ein Zeichen seiner Ungeduld. »Kann ich Sie einen Moment in meinem Büro sprechen?«

»Natürlich.« Ich stehe sofort auf. »Bin gleich zurück.«

Emme nickt nur. Noch bevor ich das Zimmer verlassen habe, sind ihre abgekauten Nägel schon wieder im Mund gelandet.

»Wird das jetzt regelmäßig vorkommen?«, fragt mein Chef, sobald seine Bürotür geschlossen ist.

»Es tut mir leid, ich hätte es Ihnen sagen sollen, bevor ich Emme hergebracht habe. Sie wird aber nicht lästigfallen. Sie wird sich nur in meinem Büro aufhalten, und wenn Konferenzen anstehen, kann ich sie ins Café schicken.«

»Ist alles in Ordnung bei Ihnen? Mir ist schon klar, dass Sie zurzeit private Probleme haben, aber Sie wirken in den letzten Wochen äußerst zerstreut.«

Dass er den Tod meiner Eltern und die Vormundschaft über meine Schwester als *private Probleme* bezeichnet, ist wirklich ein Witz. »Es hat viele Veränderungen gegeben. Ich musste meine Prioritäten neu setzen, da ich nun für Emme verantwortlich bin.«

Mr Freeman legt seine Fingerspitzen aneinander. »Sicherlich werden nun außerhalb der Arbeit viele Anforderungen an Ihre Zeit gestellt. Ich hoffe nur, dass die Anwesenheit Ihrer Schwester in der Kanzlei diesen Umstand nicht noch verschlimmert.«

»Sie wird mich nicht ablenken.« Seine eingeschränkte Betrachtungsweise ärgert mich. Kein einziges Mal hat er mich gefragt, wie ich nun zurechtkomme, wie Emme zurechtkommt. Seine alleinige Sorge scheint der Arbeitslast zu gelten, die in der dafür vorgesehenen Zeit bewältigt werden soll.

Freeman lächelt. »Das freut mich zu hören. Ich weiß ja, dass Sie die Partnerschaft ins Auge gefasst haben, und sähe es ungern, wenn dieses Ziel nun gefährdet wäre.«

Ich überlege kurz, ob ich das Gespräch führen möchte, und beschließe, dass es besser ist, es gleich hinter mich zu bringen. »Darüber, denke ich, sollten wir wirklich reden. Da ich nun neue Verpflichtungen habe, muss ich meine Karrierepläne überdenken, und das betrifft auch die Teilhaberschaft. Natürlich möchte ich immer noch darauf hinarbeiten, aber im Augenblick muss ich mich auf Emmes Wohlergehen konzentrieren. Ich denke, Felix wäre ein ebenso geeigneter Kandidat.«

Mr Freeman blinzelt ein paarmal; es ist das einzige Anzeichen dafür, dass ich ihn erschreckt habe. »Sind Sie sicher, dass Sie das wollen?«

»Emme wird mich nur noch ein paar Jahre brauchen, aber gerade jetzt darf ich sie nicht vernachlässigen. Sie muss jetzt immer an erster Stelle stehen.«

Mein Boss schweigt ein paar Sekunden, dann nickt er. »Ich verstehe. Es ist lobenswert, dass Sie die Interessen Ihrer Schwester vor die eigenen stellen.«

Und höchste Zeit, denke ich, spreche es aber nicht aus. Und während ich ihm so gegenübersitze, denke ich unweigerlich an Whitman und was sie mir dort bieten können. Abgesehen von meinen Gefühlen für Kailyn wäre es besser für Emme und vielleicht auch für mich. »Ich sollte dann wieder an die Arbeit gehen.«

Die Unterredung mit Freeman beschäftigt mich noch den

ganzen Morgen. Emme geht mit mir zum Lunch. Wir bestellen uns etwas zum Mitnehmen und kehren ins Büro zurück. Ihr Schweigen erstickt mich.

»Hast du Probleme gekriegt, weil du mich mitgenommen hast?« Ihre Stimme klingt rau.

Ich schaue meine kleine Schwester an: den gesenkten Kopf, die Finger im Mund. Dunkle Ringe unter den Augen. »Nein, keine Probleme.«

»Mr Freeman sah so aus, als ob er böse auf dich wäre.«

»Er sieht immer böse aus, besonders morgens.«

Sie seufzt. »Es tut mir leid.«

»Ich wünschte, du würdest mir die Wahrheit sagen über das, was bei dem Ball passiert ist.«

»Hab ich doch! Ich schwör's dir bei Mom und Dad, Dax, ich hab den Wodka nicht geklaut. Ich weiß nicht, wie die Flasche in meinen Spind gekommen ist. Ich hab sie nicht reingetan. Wir sind zweimal zu meinem Spind gegangen, einmal, um die Tampons für Sasha zu holen, und dann wegen einem Haargummi für Ainsley, und das war's.«

Ihr Schwur trifft mich mitten ins Herz. Emme meint es ernst. Ich erkenne es an ihrem flehenden Blick und dem zitternden Kinn.

»Es tut mir leid, Kleines.« Ich ziehe sie an mich, drücke sie ganz fest. »Ich hätte dir von Anfang an glauben sollen.«

Emme klammert sich an mein Jackett, drückt das Gesicht an meine Brust. »Du glaubst mir also?«

»Ich glaube dir.«

Wir stehen mitten auf der Straße und fangen die neugierigen Blicke der Passanten auf. Unsere Schultern beben, und Emmes Tränen machen mein Jackett feucht. Als sie mich loslässt, sind ihre Augen rot und ihr Gesicht ganz fleckig. »Heißt das, dass ich mein Handy wiederhaben kann?«

Ich belle vor Lachen. »Ja, du kannst dein Handy zurückhaben.«

»Kann ich Kailyn texten?«, fragt sie zaghaft.

Dass dies ihre erste Frage ist, schnürt mir die Kehle zu. Mir wird klar, wie sehr meine kleine Schwester in den letzten Tagen gelitten haben muss, weil sie keine Vertrauensperson hatte. Wieder mal ein Anfängerfehler in meiner jungen Elternschaft, dass ich einem Mädchen, das schon so viel verloren hat, auch noch den Rest genommen habe.

»Ja. Du kannst Kailyn schreiben.«

Begeistert umarmt sie mich und bricht in Tränen aus, Freudentränen diesmal.

Wir fahren mit dem Aufzug hoch in mein Büro, wo ihr Handy in meiner Kuriertasche steckt. Dank Emmes Heiterkeit ist mir leichter zumute als in den letzten Tagen, aber eine Frage bleibt: Wenn weder sie noch ihre Freundinnen den Alk in ihren Rucksack geschmuggelt haben, wer dann? Und warum?

Die Rückgabe des Handys zaubert ein strahlendes Lächeln auf Emmes Gesicht. In den nächsten zwei Stunden sind ihre Daumen in ständiger Bewegung. Ich möchte zwar fragen, ob sie mit Kailyn textet, halte mich aber eisern zurück.

Um zwei Uhr nachmittags taucht Trish, die Sorgerechtsanwältin, auf und verpasst meiner guten Laune einen herben Dämpfer.

Unauffällig prüfe ich meinen Kalender, ob ich möglicherweise einen Termin übersehen habe.

»Tut mir leid, dass ich unangekündigt bei Ihnen reinschneie, aber ich habe heute Morgen Material auf den Schreibtisch bekommen, das ich Ihnen unbedingt zeigen muss, und außerdem war ich gerade zufällig in der Nähe.« Ihr Lächeln ist ein wenig verzerrt, als ihr Blick zur Couch wandert, wo meine Schwester mit ihrem Laptop liegt. »Hi, Emme.«

Emme winkt ihr zu. »Hi.«

»Können wir irgendwo ungestört reden?«, fragt Trish.

»Em, hast du Lust, dir im Café was zu holen?« Tief in meinem Magen hat sich ein Stein gebildet.

»Klar. Mach ich.« Emmes Blick schweift von Trish zu mir und wieder zurück, während sie den Laptop zuklappt. Dann nimmt sie den Zwanziger, den ich ihr hinhalte. »Willst du auch was?«

»Ich brauch nichts. Hol dir, was immer du möchtest.«

Sobald sich die Tür hinter meiner Schwester schließt, sinkt Trish auf den Besucherstuhl. »Es tut mir furchtbar leid, dass ich Sie so überfalle, aber wie es aussieht, ist Ihre Tante fleißig gewesen.« Sie zieht eine Akte aus ihrer Tasche und legt sie auf den Tisch. »Da drin sind ein paar Fotos von Ihnen, die nicht sonderlich schmeichelhaft wirken.«

»Was für Fotos?« Seit dem College bin ich supervorsichtig, was mein Image in der Öffentlichkeit angeht; mir ist bewusst, dass Promis ständig beobachtet und genau dann fotografiert werden, wenn sie es am wenigsten erwarten.

»Man sieht Sie in einer Bar mit Kollegen und einer Frau, die mit Shots dazukommt. Die Zeitmarkierung belegt, dass es nach Feierabend war.« Trish schlägt den Ordner auf und reiht die Bilder auf.

Es handelt sich um ein halbes Dutzend Aufnahmen des verrückten Fangirls, das mich nötigen wollte, einen Shot zu trinken, während ich mit Felix in der Bar saß, an dem Abend, als Kailyn Emme zum Nagelstudio mitgenommen hatte. Ich hatte nur ein Bier getrunken und den Shot überhaupt nicht angerührt. »Diese Fotos sind aus dem Zusammenhang gerissen.«

Trish hat ein geduldiges Lächeln aufgesetzt, während sie nervös auf die Tischplatte trommelt. »Ich verstehe ja, dass Sie ein Sozialleben haben wollen …«

»Ich war lediglich mit ein paar Kollegen aus.«

»Was Ihnen ja auch zugestanden ist. Unglücklicherweise, zusammen mit diesem Vorfall kürzlich beim Schulball und dem Alkoholkonsum einer Minderjährigen –«

»Emme hat keinen Alkohol konsumiert.«

Trish lächelt mich mitfühlend an. »Aber sie war im Besitz von Alkohol.«

Ich reibe mir übers Gesicht. »Ich weiß, schon allein der Besitz stellt ein Problem dar, aber ich arbeite daran, dieser Geschichte auf den Grund zu gehen. Emme sagt, dass es nicht ihre Flasche war, daher hoffe ich, dass es eine Möglichkeit geben wird, das auch zu beweisen.«

»Es ist lobenswert, dass Sie Emmes Worten Glauben schenken –«

Wieder falle ich ihr ins Wort. »Wenn sie sagt, dass es nicht ihr Wodka war, dann glaube ich ihr.«

»Tja, dann brauchen Sie unwiderlegbare Beweise.« Trish räuspert sich. »Allerdings sind die Fotos nicht das einzige Ass, das Ihre Tante im Ärmel hat.«

Fuck. Das wird ja immer schlimmer. »Welches denn noch?«

»Haben Sie gewusst, dass Emme Tagebuch führt?«

Meine Schwester hat fast ständig dieses beklebte Notizbuch bei sich. »Na klar. Das ist doch typisch für junge Mädchen, nicht wahr?«

»Kann schon sein. Wie es scheint, hat Emme Ihrer Tante einige Einträge gezeigt.«

»Sie hat sie Linda gezeigt?« Das kommt mir sonderbar vor. Gedichte, das kann ich ja noch verstehen, aber ein Tagebuch ist doch etwas sehr Privates, zumindest habe ich das immer angenommen.

Trish sieht mich schmerzlich an, während sie mir einen Stapel Fotokopien herüberschiebt. »Das mag jetzt hart für Sie sein, aber bedenken Sie bitte, dass Emme es für sich geschrieben hat. Und obwohl Ihre Tante darin Einblick hatte, bezweifele ich, dass Emme wollte, dass Sie die Einträge sehen.«

»So schlimm ist es?« Ich versuche zu lachen, werde aber unter ihrem mitleidigen Blick schnell wieder ernst.

Beim Lesen der Aufzeichnungen in Emmes markanter Schrift bricht mir fast das Herz. Sätze springen mir vom Blatt entgegen, manche sogar in wütenden Großbuchstaben, die wieder und wieder nachgezeichnet worden sind, bis das Papier unter dem Druck zu zerreißen drohte. Die zerlaufende Tinte und die Kleckse auf jeder Seite deuten daraufhin, dass sie während des Schreibens häufig geweint hat. Jeder Eintrag ist oben rechts mit einem Datum versehen.

Einer stammt aus der Zeit, als ich anfing, meine Sachen ins Haus zu bringen, und das Zimmer meiner Eltern ausräumte:

ICH HASSE DAS. Ich hasse es, wenn Dax die ganzen Sachen wegwirft und ich nichts dagegen machen kann. Er kommt einfach und übernimmt das Kommando und macht alles anders. Ich wünschte, er wäre nicht eingezogen. Ich wünschte, ich käme alleine klar.

Ein anderer stammt aus den Tagen, als Emme diesem Billy eine verpasst hatte und ich ihr Smartphone konfisziert habe:

DAX IST SO GEMEIN. Ich hasse ihn SO. FUCK FUCK FUCK!!!!! Er hat mir das ganze Wochenende lang mein Handy weggenommen. Jetzt habe ich niemand, mit dem ich reden kann. Und er ist so ein Heuchler! Erst sagt er, er kann verstehen, warum ich Billy geschlagen habe, und dann gibt er mir Hausarrest. Er ist ein ARSCHLOCH!

In dem Stil geht es endlos weiter: Stets beklagt sich Emme darüber, dass sie mit mir zusammenwohnen muss, dass ich ihre Privatsphäre missachte, dass ich versuche, ihr Dad zu sein, wo ich es doch nicht bin. Das ist schwer zu verdauen, und noch weniger kann ich verstehen, warum Emme es Linda gezeigt hat.

Ich schlucke die Gefühle hinunter, die mich zu überwältigen drohen. Ich strecke die Hand nach der kalten Tasse Kaffee auf meinem Tisch aus, um wenigstens etwas gegen die Trockenheit in meinem Mund zu tun.

»Ich weiß, wie schwer das ist, Dax«, sagt Trish leise.

»War mir nicht klar, dass ihr so zumute ist«, krächze ich.

»Das glaube ich gar nicht wirklich. Sie ist ein junges Mädchen, das ein furchtbares Trauma erlebt hat. Sie versucht nur, mit ihren Gefühlen klarzukommen«, betont Trish vernünftig.

»Selbst wenn Emme sagt, dass sie es gar nicht so gemeint hat, wird der Staatsanwalt behaupten, sie sei dazu gezwungen worden.«

»Es besteht die große Wahrscheinlichkeit, dass sie dieses Argument gegen Sie verwenden.«

»Herrgott. Werde ich sie am Ende verlieren?« Ich presse meine Nasenwurzel und reibe mir die Augen, um nicht in Tränen auszubrechen. Meine kleine Schwester hat in zahllosen Tagebucheinträgen niedergelegt, dass sie mich nicht erträgt. »Ich weiß nicht einmal, ob sie noch möchte, dass ich um das Sorgerecht kämpfe.«

»Ich meine, Sie müssen mit ihr darüber reden, so schmerzlich es auch ist.«

Ich nicke, während mir die Tränen in die Augen steigen. Alles, was ich hatte, scheint mir aus den Fingern zu gleiten. »Ich rede mit ihr.«

»Natürlich. Soll ich später noch mal anrufen?«

»Ja, auf jeden Fall. Das wäre gut.«

Trish erhebt sich, und ich stehe ebenfalls auf, mit wackeligen Knien.

»Danke, dass Sie vorbeigeschaut haben.« Ich bringe die Anwältin zur Tür.

»War doch selbstverständlich.«

Emme sitzt im Warteraum, in der Hand irgendeinen Mixdrink – bestimmt voller Koffein, das sie nicht braucht. »Komm rein, Kleines.« Meine Stimme bricht, der Schmerz lässt die Worte abgehackt wirken.

»Alles in Ordnung?« Sie kommt in mein Büro.

Ich bedeute ihr, sich auf die Couch zu setzen. »Ich muss dir etwas zeigen, und du musst mir ganz ehrlich sagen, ob es wahr ist, okay?«

»Okay.« Wieder kaut sie an ihrem Ärmel, das Bündchen ist schon ganz nass. Ihre Nagelhaut ist rot und rissig. Emme kann ihre Angstgefühle scheinbar nur auf diese Art und Weise beruhigen.

Ich schlucke schwer und schiebe ihr Trishs Kopien zu. Zunächst runzelt sie die Stirn, dann blitzt Zorn aus ihren Augen. »Wo hast du die her?« Mit zitternden Händen blättert sie in den Seiten.

»Tante Linda sagt, du hättest ihr die gezeigt.«

Beinahe in Zeitlupe wandelt sich ihre Angst in Verwirrung. »Was?!«

»Das sind Fotokopien. Es ist deine Handschrift.«

»Ich habe sie aber nie Tante Linda gegeben!« Nachdrücklich schüttelt meine Schwester den Kopf. »So was würde ich keinem Menschen zeigen. Das ist mein Tagebuch. Das darf niemand lesen, denn das schreibe ich, wenn ich aufgeregt bin oder wütend oder traurig und mich mies fühle wegen Sachen, die passieren. Ich weiß nicht, wie Linda da drangekommen ist,

Dax, und ich – ich mein es auch nicht so.« Sie überfliegt die zornigsten Worte, die mit schwarzer Tinte nachgezogen sind. »Ich hasse dich nicht. Es ist bloß … Manchmal werde ich so wütend, weil irgendwie nichts zusammenpassen will und weil ich nicht weiß, wie ich das in meinem Kopf geregelt kriegen soll. Die Vertrauenslehrerin hat mir gesagt, es würde mir helfen, wenn ich alles aufschreibe.« Nun kommen die Tränen. Ungeduldig wischt sie sie fort.

»Es war so … Wir hatten immer so viel Spaß zusammen. Bevor Mom und Dad gestorben sind, warst du der lustige Dax, aber jetzt musst du auch noch ein anderer Dax sein, und das ist so schwierig. Manchmal bist du immer noch der lustige Dax, aber wenn du Regeln und so was aufstellen musst, dann erinnerst du mich an Dad, und dann vermisse ich ihn und wünsche, er wäre noch da und alles wäre anders. Ergibt das irgendwie Sinn?«

Jetzt hat sie mich zum Lächeln gebracht. »Das ergibt sogar sehr viel Sinn, Emme. Aber du musst auch verstehen, wie sehr ich mich sorge, wenn du solche Sachen denkst.«

»Ich wünsche mir nicht wirklich, mit Mom und Dad im Auto gewesen zu sein, wenn du das meinst.« Sie atmet lang und schmerzlich aus. »Manchmal vermisse ich sie wirklich und wünsche, ich könnte noch bei ihnen sein. Und manchmal wünsche ich mir nur, ich könnte sie sehen und dafür sorgen, dass es nicht wehgetan hat, als es passierte.«

»Ich verstehe ganz genau, was du meinst, aber du verstehst doch auch, dass diese Einträge nicht gut aussehen, nicht wahr?«

»Ich hab echt nicht gewollt, dass Tante Linda sie sieht. Ich weiß nicht, woher sie die hat.« Plötzlich schaut sie panikerfüllt auf. »Heißt das jetzt, dass sie mich dir wegnehmen kann?«

»Ich werde um dich kämpfen, Emme, falls es das ist, was du willst.«

»Ich will bei keinem anderen wohnen.«

Und gerade, als es so aussieht, als käme alles wieder in Ordnung, erfolgt der nächste Schlag.

22

Hinab und weiter hinab

Dax

Keine zwanzig Minuten später kommt ein Anruf von Beverly: Ob ich auf dem Heimweg mal kurz bei Whitman vorbeischauen könne. Es seien ein paar Papiere zu unterzeichnen. Normalerweise wäre Kailyn dafür zuständig, aber vielleicht will sie mir immer noch Freiraum geben oder aber ihr ist klargeworden, dass ich nichts weiter bin als Kopfschmerzen, die sie nicht gebrauchen kann.

Auf dem Weg zu Whitman kaut Emme an den Nägeln, bis sie bluten. Das Ganze ist schlicht ein Albtraum.

Beverly begrüßt uns mit einem freundlichen Lächeln. »Ich weiß es zu schätzen, dass Sie sich Zeit nehmen. Kailyn will die Dokumente morgen einreichen, also eilt es ein wenig.«

»Ist Kailyn da?«, fragt Emme hoffnungsvoll.

»Tut mir leid, Emme, Kailyn ist nicht im Büro. Sie hat heute bei Gericht zu tun«, erwidert Beverly sanft.

Was ich hätte wissen können, wenn ich sie nicht das ganze Wochenende abgeblockt hätte.

»Oh.« Emme ist schwer enttäuscht. Ich mache mir Sorgen, wie es werden könnte, wenn Linda das Sorgerecht bekommt. Ich kann mir nicht vorstellen, dass sie den Kontakt zu Kailyn zulässt.

»Es dauert nicht lange. Ihr seid im Handumdrehen hier wieder heraus«, versichert Beverly meiner Schwester.

»Okay.« Emme setzt sich brav in den Warteraum; nur ihre Knie zucken nervös.

»Ist alles in Ordnung?«, fragt Beverly, während sie mich zu dem Konferenzraum führt, in dem ich auf Kailyn wartete, nachdem meine Eltern verunglückt waren. Meine Güte, was seitdem alles geschehen ist!

»War ein harter Tag.«

»Ich werde Sie nicht lange aufhalten. Sicherlich möchten Sie so schnell wie möglich heim und Emme ebenfalls.«

Ich nicke und nehme Platz. Beverly legt mir zwei Dokumentensätze vor. Es handelt sich um eine Zusatzbestimmung zum Fonds: Benötigte Gelder können nun schneller transferiert werden. Nachdem wir die Änderungen durchgegangen sind, unterschreibe ich.

»Wie kommen Sie denn so klar?«, möchte Beverly wissen, während sie meine Kopie in einen Umschlag steckt.

»Es ist … intensiv, um es mal vorsichtig auszudrücken.«

Sie erhebt sich gleichzeitig mit mir. »Vielleicht ist jetzt nicht der geeignetste Zeitpunkt, um die Sache anzusprechen, aber ich habe ja schon erwähnt, wie gerne wir Sie bei uns hätten. Wir könnten Ihnen höchstwahrscheinlich flexible Arbeitszeiten garantieren, und Sie hätten somit Zeit, Emme in dieser Übergangsphase so gut wie möglich zu begleiten. Ein Druck besteht nicht, doch ich hoffe, Sie denken vielleicht einmal darüber nach.«

»Kailyn hat es kürzlich erwähnt. Dieser Wechsel ist etwas, das ich auf jeden Fall ernsthaft erwäge.«

Lächelnd begleitet sie mich zur Tür. »Das freut mich zu hören. Das wird auch für Kailyn etwas Großartiges bedeuten, wenn Sie an Bord kommen.«

»Wie bitte? Ich verstehe nicht ganz, was Sie meinen.« Hat sie ihrer Chefin etwa von uns erzählt?

»Es wird ihrer Karriere förderlich sein und natürlich letztlich auch Ihrer Laufbahn, es ist also ein Gewinn für alle. Falls Sie sich für uns entscheiden. Wir würden kein Einstellungsgespräch führen, und Ihr Gehalt wäre konkurrenzfähig. Aber selbstverständlich können wir auch später noch darüber sprechen, wenn bei Ihnen mehr Ruhe eingekehrt ist.«

»Natürlich. Sicher.« Danach höre ich kaum noch zu. Ich bin zu sehr damit beschäftigt, sämtliche Gespräche durchzugehen, die Kailyn und ich über den Wechsel geführt haben. Mit einem Engegefühl in der Kehle wird mir bewusst, dass sie die ganze Zeit darauf hingearbeitet hat.

Hat Kailyn mich für irgendwelche Machtspielchen benutzt? Das erscheint möglich, wenn man in Betracht zieht, wie ehrgeizig sie ist und wie gerne sie Partner werden möchte. Und ich hatte gedacht, dass es ihr um Emme und mich ging … In Wahrheit hat sie nur auf sich selbst geschaut.

Ich zerre an meiner Krawatte, die mich plötzlich fürchterlich beengt.

»Daxton? Alles in Ordnung mit Ihnen?«

»Alles bestens. Danke der Nachfrage. Es war, wie gesagt, ein harter Tag.« Mein einziger Gedanke ist, dass ausgerechnet der Mensch, den ich ganz auf meiner Seite wähnte, die ganze Zeit nur mit mir gespielt hat.

Ich komme in den Korridor und finde Emme immer noch an gleicher Stelle vor. Nur, dass jetzt Kailyn neben ihr sitzt, in einem ihrer Bleistiftröcke, gemusterter Strumpfhose und roten Highheels. Sie haben die Köpfe zusammengesteckt und halten sich an den Händen.

»Ich muss mit dir reden.«

Beide schauen auf, und ihrer beider Lächeln erlischt.

»Geht's dir nicht gut?«, fragt Kailyn.

»Ich möchte dich einen Moment allein sprechen, in deinem Büro. Tut mir leid, Emme. Ich verspreche dir, es dauert nicht mehr lange.«

»Ist noch was passiert?«, fragt Emme, sofort wieder nervös.

»Bin in einer Minute wieder da.« Ich mache eine Geste zu Kailyns Büro.

Es ist ruhig im Gebäude, die Arbeitszeit ist lange vorbei. Kailyn fährt mit den Händen über ihre Hüften und läuft hinter mir den Korridor entlang, sie muss sich beeilen, um mit mir Schritt zu halten. Dann legt sie mir die Hand auf den Arm. »Emme hat mir schon davon erzählt. Wir kümmern uns darum.«

Ich entziehe mich ihrer Berührung und warte, bis wir in ihrem Zimmer sind. Dann schließe ich die Tür und sehe sie eiskalt an. »Was für ein Spiel treibst du?«

»Wie bitte?«

»Du weißt genau, worum's geht, aber es spielt ja auch keine Rolle. Du hast mich und meine Schwester benutzt, um deine Karriere voranzutreiben.«

»Was sagst d–«

Ich mache einen Schritt auf sie zu, die Hände zu Fäusten geballt. Zorn und Elend verschmelzen zu einer Empfindung. »Lüg mich nicht an, Kailyn. Tu das ja nicht. Ich habe dir vertraut. Du bist Teil meines Lebens geworden, du bist Teil von Emmes Leben, und zu welchem Zweck? Was bekommst du, wenn du mich in eure Kanzlei holst?«

»Es geht nicht um …«

»Was bekommst du?«, brülle ich.

»Was immer Beverly gesag–«

»Spar dir den Scheiß«, zische ich. »Du hast mich in mehr als einer Hinsicht verraten, nicht wahr?«

»Es ist nicht so, wie du denkst, Dax. Mir liegt so viel an dir.«

Ich ignoriere ihren flehenden Ton und bleibe auf der Spur der Fakten, denn die brauche ich jetzt. »Was genau hat sie dir angeboten, wenn du mich an Bord holst?« Und dann macht es *Klick* und ich begreife: »Partner? Geht es darum? Dass du Teilhaber wirst?«

Kailyn seufzt und schließt die Augen. »Ja, aber –«

»Stopp. Du hast hier gar kein ›Aber‹ einzuwerfen. Die ganze Zeit, die du mit mir verbracht hast, und mit Emme … Dabei ging es nur darum, dass du Partner wirst.« Jesus. Gleich muss ich kotzen.

»Am Anfang wollte ich sicherstellen, dass du es nicht auf Emmes Fonds abgesehen hattest. Deine Schwester hatte für mich höchste Priorität. Ich kannte dich ja nicht und wusste auch nicht, wie deine Lebensumstände sind oder welche Motive du hattest.«

»Und danach ging es nicht mehr darum, ob Emmes Fonds sicher war, sondern nur darum, dass du Partner wirst. Schon kapiert.«

»So einfach ist es nicht, und das weißt du auch.«

»Ist es nicht? Du hättest mir sagen können, was läuft. Du musstest es nicht vor mir geheim halten … Es sei denn, *das* hier gehörte auch zum Plan.« Ich mache eine vielsagende Geste von ihr zu mir. Dann taste ich in meinem Rücken nach der Türklinke. »Ich hoffe, du bist nun zufrieden. Du hast einem kleinen Mädchen das Herz gebrochen, das ohnehin in Stücken lag.«

»Dax, bitte, du musst mich ausreden lassen!«

»Nein. Muss ich nicht. Ich muss dafür sorgen, dass dieses Miststück von Tante nicht das Sorgerecht für meine Schwester kriegt. Und ich fang damit an, indem ich die Leute aus meinem Leben entferne, die mir mehr Schaden als Gutes zufügen.«

23

Schlechtes Urteilsvermögen

Kailyn

Manchmal entstehen die größten Fehler aus den besten Absichten. Am liebsten würde ich Dax nachlaufen. Aber ich will eine bereits verfahrene Situation nicht noch schlimmer machen, und außerdem kann Emme keine weitere Verunsicherung verkraften.

Also lasse ich ihn gehen. Weil ich keine andere Wahl habe.

Die Ironie daran ist, dass ich morgen mit Beverly über die Teilhaberschaft sprechen und ihr mitteilen wollte, dass ich aus eigener Leistung Partner werden will und nicht aufgrund meiner Überredungskünste. Doch nun haben die Ereignisse mich überholt.

Mir ist übel, als ich mich hinter den Schreibtisch setze. Das Hochgefühl, weil ich heute Nachmittag wieder einen Fall gewonnen habe, bei dem die passenden Adoptiveltern aus den richtigen Gründen das Sorgerecht zugesprochen bekamen, wird durch diese neue Entwicklung zunichte gemacht. Dax hat es voll und ganz verdient, dass er Emmes Vormund bleibt, und nun kommt es mir so vor, als hätte ich alles getan, um dies zu verhindern. Dax hat einen Menschen gebraucht, dem er vertraut. Ich bin gekommen, um die Retterin zu spielen – nur leider habe ich ein noch größeres Durcheinander hinterlassen.

Ich atme ein paarmal tief durch und hoffe, damit den Ansturm meiner Gefühle zu lindern. Ich will nicht weinen, nicht vor Beverly, die noch im Büro ist. Nach dem Brennen hinter meinen Augen zu urteilen, werde ich diesen Kampf aber verlieren.

Es klopft leise. Ich räuspere mich. Ich will, dass es Dax ist, der zurückkommt, um mich anzuhören, aber das ist höchst unwahrscheinlich. »Herein.«

Beverly steckt den Kopf herein und mustert mich kritisch. Ich habe keine Ahnung, wie ich aussehe. Mir ist, als hätte ich die Grippe erwischt. Mit ziemlicher Sicherheit wird meine letzte Mahlzeit noch vor morgen früh wieder den Weg ans Tageslicht finden.

»Sie sehen nicht besonders glücklich aus für jemandem, der gerade seinen zweiten Sorgerechtsstreit gewonnen hat.«

»Doch, doch, ich bin zufrieden.« Ich bringe ein schwaches Lächeln zustande. »Mir geht nur so viel im Kopf herum.«

»Ach, Sie sprechen von Daxton.« Beverly lehnt sich an den Türrahmen und verschränkt die Arme vor der Brust. »Sie hätten mir sagen sollen, wie involviert Sie sind.«

»Ich glaube, davon können wir jetzt in der Vergangenheitsform sprechen.« Ich versuche zu lachen, aber heraus kommt ein schrecklicher, gebrochener Laut. Ich habe es ja so dermaßen versiebt. Nicht nur mit Dax, sondern auch mit Emme. Was wird er ihr erzählen? Wie groß wird ihr Hass auf mich sein? Ich habe ihn in eine schreckliche Lage gebracht, und wozu? Um einen Karrieresprung zu machen? Der mir längst nicht mehr so viel bedeutet wie früher. Nicht, wenn er so viel unnötigen Schmerz auslöst.

»Wenn ich das gewusst hätte, hätte ich das Gespräch mit ihm anders geführt.«

»Ich wollte morgen früh mit Ihnen darüber sprechen. Ihm

sollten keine Hindernisse für den Wechsel zu Whitman in den Weg gelegt werden.« Es ist die lautere Wahrheit: Ich habe mir vor allem Sorgen gemacht, dass Daxtons Bewerbung durch unsere Beziehung beeinträchtigt werden könnte. »Ich habe nicht gewollt, dass es so kommt, Beverly.«

Sie lacht auf. »Niemand verliebt sich mit Absicht.«

Es zu leugnen, erscheint sinnlos – als würde ich versuchen, einen Standpunkt zu stützen, der keine Rechtfertigung braucht. »Ich will nicht, dass meine Teilhaberschaft davon abhängig ist, ob Daxton den Job annimmt. Diese beiden Dinge dürfen nicht aneinander gekoppelt sein.«

Beverly schweigt einige Sekunden. »Das kann ich unter den Umständen gut verstehen«, entgegnet sie dann. »Eines aber kann ich Ihnen sagen, Kailyn: Sie haben bereits Zeit und Arbeit genug investiert, um sich die Partnerschaft zu verdienen. Warum sprechen wir nicht zu einem späteren Zeitpunkt darüber, wenn Sie wieder mehr auf Ihren Verstand hören und nicht auf Ihr Herz. Sie sollten nach Hause fahren und sich ein wenig ausruhen. Ich glaube nämlich nicht, dass Daxtons lästige Tante kampflos aufgeben wird, wenn man sich die Brocken ansieht, mit denen sie wirft – in nächster Zeit werden also alle Hände gebraucht.« Sie wendet sich zum Gehen, hält aber noch einmal inne. »Und falls Sie es nicht wussten: Was das Fraternisierungsverbot angeht, so werden bereits bestehende Beziehungen von Fall zu Fall unterschiedlich beurteilt. Meistens geht es darum, dass Verhältnisse zwischen Chef und Angestellter nicht gern gesehen werden. Denken Sie mal darüber nach.«

Das täte ich – wenn Dax mich nicht bereits hassen würde.

Ich schaffe es nach Hause, bevor ich vollends zusammenbreche. Als ich mich wieder einigermaßen beruhigt habe, rufe ich Holly an. Es ist nach neun an einem Montagabend, und wir müssen beide am nächsten Morgen früh raus, aber als sie meine raue Stimme und mein Schniefen hört, lässt sie alles stehen und liegen und macht sich auf den Weg.

Ich bin kein Mensch, der zu Gefühlsausbrüchen neigt. Bei Moms Tod habe ich geweint, und dann wieder, als Dad ihr wenige Jahre später nachfolgte. Ich hätte fast geweint, als ich auf dem Campus meinen blamablen Zusammenstoß mit Dax hatte, aber ansonsten habe ich nicht sehr nah am Wasser gebaut. Ich bin ein pragmatischer Mensch. Jedoch nicht, wenn es um Dax und Emme geht.

Ich habe eine Riesenangst davor, die beiden zu verlieren.

Eine halbe Stunde später steht Holly mit einer kleinen Reisetasche vor meiner Tür. »Was ist passiert?«

»Ich hab alles vermasselt.« Wieder tropft es aus meinen Augen.

»Ach, Kleines.« Sie lässt die Tasche fallen und nimmt mich in den Arm.

Als ich wieder vernünftig sprechen kann, dauert es eine knappe Viertelstunde, die ganze Geschichte zu erzählen.

»Ich glaube, die wichtigste Frage ist doch die, ob du die Beziehung mit Daxton als dauerhaft betrachtest oder nicht.«

»Ich kann sie so betrachten.«

Holly legt den Kopf auf die Seite und wartet.

»Wir verstehen einander.«

»Bist du dir sicher, dass du nicht einfach die Retterin spielen willst?«

Das ist eine berechtigte Frage. Wenn ich mehr Platz hätte, würde ich wahrscheinlich zehn Katzen haben und nicht zwei. Einmal habe ich einen kompletten Wurf gerettet, den eine verwilderte Katze unter unserer hinteren Veranda zur Welt brachte. Ich wollte die Kätzchen so gern behalten, dass ich sogar vorschlug, ihnen im Garten ein Häuschen zu bauen, weil meine

Eltern unter einer Katzenallergie litten. Doch trotz meiner Bitten beharrten sie darauf, dass ich die jungen Katzen abgeben müsse. Ich hängte also Zettel auf und prüfte die Adoptionswilligen auf Herz und Nieren – gar nicht so verschieden von meiner heutigen Tätigkeit.

»Es ist gar nicht so ungewöhnlich, dass Menschen, die den gleichen Verlust erlitten haben, sich gegenseitig trösten.«

Holly schmunzelt. »Das ist wohl wahr.«

»Ich liebe ihn. Und Emme auch.«

»Sosehr, dass du sogar die Teilhaberschaft aufgeben würdest?«

»Ja.«

»Für die Antwort hast du nicht mal nachdenken müssen.«

»Ich hatte vor, Beverly morgen zu sagen, dass ich meine Partnerschaft nicht um den Preis haben wollte, dass Daxton zu Whitman wechselt. Sondern dass ich sie mir verdienen will. Du weißt ja, ich hatte jahrelang mit Dad diese Wette laufen, aber er hätte sicher nicht gewollt, dass ich, nur um meine Karriere voranzutreiben, eine echte und bedeutsame Beziehung aufs Spiel setze. Und ganz ehrlich, Holls: Fondsrecht ist nicht unbedingt mein Lieblingsfach. Ich möchte also lieber nicht Partner werden und mich stattdessen auf ein anderes Gebiet verlegen, statt so weiterzumachen wie bisher.«

»Und wohin möchtest du dich verlegen?«

»Familienrecht. Ich will Menschen helfen, die wirklich Hilfe brauchen. So wie die Lipsons und die Wilsons und Dax und Emme.«

»Das passt ja wunderbar! Ich glaube, bisher ist dir das Thema zu nah gegangen. Jetzt aber liebst du zwei Menschen, die davon betroffen sind, und sie lieben dich. Also kannst du es angehen.«

Ich fühle einen Schmerz in der Brust bei der Erinnerung an

den zornigen Dax in meinem Büro. »Es kann allerdings sein, dass ich ebendiese Menschen heute Abend verloren habe.«

»Er ist total gekränkt und muss mehr stemmen, als einem Menschen zugemutet werden sollte: der Stress mit seiner Schwester, der Sorgerechtsstreit, die Verunsicherung … Er hat sehr auf dich gebaut.«

»Und ich habe ihn auf die allermieseste Weise im Stich gelassen, Holly. Er glaubt, ich hätte alles nur getan, um Partner zu werden, und nicht, weil ich ihn sehr gerne mag.«

»Denkst du wirklich, dass er das glaubt?«

»Du hast ihn heute nicht erlebt. Er war so zornig und verletzt. Ich habe eine Menge Schaden angerichtet.«

»Und wie willst du den wiedergutmachen?«

»Das weiß ich noch nicht. Ihm dabei helfen, das Sorgerecht für Emme zu bekommen, schätze ich?«

»Du bist einfallsreich, klug und entschlossen. Du findest immer einen Weg, um das durchzusetzen, was du willst.«

Auf keinen Fall will Emmes Tante das Beste für das Mädchen. Sie ist hinter dem Fonds her. Das muss ich jetzt nur noch beweisen und Dax zeigen, dass es mir um ihn und Emme geht und nicht mehr um die Teilhaberschaft.

In den Tagen vor der finalen Sorgerechtsanhörung hält Dax mit mir nur den allernotwendigsten Kontakt. Er schreibt Mails und setzt mich Cc. Alles ganz höflich und professionell. Er textet nicht, ruft nicht an und erscheint auch nicht in der Kanzlei, wenn er weiß, dass ich da bin. Tagtäglich schmerzt mein Herz. Ähnliche Gefühle hatte ich nur beim Tod meiner Eltern. Doch so weh es auch tut, ich bedaure nicht, mich in Daxton verliebt zu haben. Mir tut es nur leid, dass ich ihm nicht früher wirklich reinen Wein eingeschenkt habe, sonst stünde ich jetzt nicht vor diesem Scherbenhaufen.

Herzeleid ist das schlimmste Leid. Es beraubt den Menschen seiner Vernunft, seiner Logik, seiner Voraussicht und seiner Geduld. Es lässt alles Gute schmerzhaft hell erstrahlen und verstärkt das Böse mit einer Intensität, die kaum zu ertragen ist.

Das einzige Licht in meiner Dunkelheit ist Emme, die mir ständig Nachrichten schickt. Was Dax ihr auch erzählt haben mag, es hat sie nicht dazu bewogen, sich gegen mich zu stellen. Das gibt mir Hoffnung.

Emme schreibt, dass Dax oft traurig ist. Wenn sie mich erwähnt, wird er sehr verschlossen und niedergeschlagen. Während ich darauf warte, dass er sein Schweigen beendet, beschäftige ich mich mit seiner Tante; ich analysiere die Mails, die sie mir geschickt hat, und suche nach verborgenen Bedeutungen. Ich sammle viel Information über ihre früheren Jobs und ihre Ehemänner und versuche, Verbindungen zu ziehen, aber ohne einen Beitrag von Dax ist es schwierig, Fortschritte zu erzielen.

Emme hat immer noch Angst, dass sie zu ihrer Tante muss, aber seit den Tagebucheinträgen und Dax' Fotos in den Social Media – alles nicht sehr glaubhaft, da Emme zu der Zeit in meiner Obhut war, und ich habe Fotos von unseren Nägeln und Rechnungen, die es beweisen – hat Linda keinen neuen Schachzug gemacht.

Dennoch kann ich das Gefühl nicht abschütteln, dass sie mehr mit dem angeblichen Alkoholkonsum Minderjähriger zu tun hat, als wir ahnen. Sie war zu selbstgefällig, zu allwissend und hat nur darauf gewartet, dass Dax in die Falle tappte. Und keines der Mädchen hat laut Polizeibericht Alkohol konsumiert. Es ergibt ja auch keinen Sinn, wenn junge Mädchen sich Schnaps besorgen und ihn dann nicht trinken.

Ein paar Wochen nach dem Krach in meinem Büro schreibt Emme, dass sie in einer Schulaufführung mitwirkt, und will wissen, ob ich kommen kann.

Ich weiß nicht, ob Dax eine Ahnung hat, dass Emme und ich uns regelmäßig schreiben. Ich frage nicht nach ihm, auch wenn ich es möchte. Natürlich wehre ich nicht ab, wenn sie von sich aus Infos schickt: Dax verbringt jeden Abend zu Hause. Er ist total lieb zu ihr. Er ist ein miserabler Koch, aber er gibt sein Bestes.

Sie schreibt, dass ich ihr fehle.

Mir fehlen sie beide.

Ich beschließe, dass dieser Austausch allmählich einen Anruf verdient. »Hey, Süße, wie läuft's?«

»Ganz okay, würd ich sagen. Glaubst du, dass du kommen kannst?«

»Weiß Dax, dass du mich eingeladen hast?«

Sie ist ein paar Sekunden still. »Alle bekommen zwei Karten, ich kann also einladen, wen ich will.«

Über ihren trotzigen Ton muss ich schmunzeln. »Meinst du nicht, es wäre besser, es ihm zu sagen, statt ihn zu überraschen?«

»Warum ist er so sauer auf dich? Er will mir ja nichts sagen, und wenn ich nach dir frage, wird er immer gleich mürrisch.«

Ich seufze. »Ich habe einen Fehler gemacht, der ihn sehr gekränkt hat.«

»Kannst du dich nicht einfach entschuldigen?«

»Manchmal ist es nicht so einfach, Emme.«

»Er vermisst dich aber, das weiß ich. Du hast einen Ring hier liegen lassen, und er sitzt jeden Abend vorm Fernseher und spielt damit.«

Nun, damit weiß ich zumindest, dass ich den Ring nicht verloren habe. Er ist nicht besonders wertvoll, abgesehen von den Gefühlen, die mit ihm verbunden sind. »Hoffentlich wird Dax mit der Zeit in der Lage sein, mir zu verzeihen.«

»War er denn wirklich so schlimm? Dein Fehler?«

»War er.«

»Oh.« Sie schweigt einige Sekunden. »Heißt das, du kommst doch nicht?« Am liebsten möchte ich durch das Telefon greifen und sie in meine Arme nehmen.

»Natürlich komme ich.«

»Vielleicht kannst du ihm noch mal sagen, dass es dir leidtut. Oder ich könnte es ihm an deiner Stelle sagen?«

Wie lieb sie ist! Es schnürt mir den Hals zu. Ich muss mich räuspern, bevor ich antworten kann. »Wahrscheinlich ist es besser, wenn es von mir kommt.«

»Ja. Vielleicht. Okay. Ich schick dir das Datum und so. Ich freu mich ja so, dich wiederzusehen! Dann werde ich dich aber umarmen!«

»Ich freu mich auch darauf.« Ich beende das Gespräch und stoße langsam den Atem aus, um zur Ruhe zu kommen. Ich darf mir nicht allzu viel Hoffnung machen, aber das Herz hört nicht immer auf den Verstand.

24

Beweisstücke

Kailyn

Am Abend der Aufführung verlasse ich die Kanzlei ein wenig früher. Zu Hause werfe ich mich in Schale: schwarze Anzughose und eine hübsche Bluse, die zudem ein bisschen sexy ist, denn immerhin wird Dax da sein. Auf dem Weg zur Schule höre ich meine Voicemail ab. Ich bin eine halbe Stunde zu früh dran, da ich offenkundig hoffe, Dax ganz zufällig vor Vorstellungsbeginn zu treffen und dann noch, wenn meine Sterne günstig stehen, den Platz an seiner Seite zu erwischen, bevor er von einer dieser geierhaften Single-Moms besetzt wird. Immer vorausgesetzt, dass Dax überhaupt noch mit mir spricht.

Ich habe eine Nachricht von Holly, kann sie in dem Lärm aber nicht verstehen. Das Foyer ist voller aufgeregt schnatternder Eltern, die darauf warten, dass sich endlich die Türen der Aula öffnen.

Dax kann ich in der Menge nicht entdecken, weil ich zu klein bin, um über die Köpfe zu spähen. Ich bahne mir einen Weg durch die vielen Menschen und suche nach ein wenig Stille. Ich wähle die erste offene Tür und finde mich in der Bibliothek wieder, in der sich anscheinend niemand aufhält.

Nun will ich meine Voicemail ein zweites Mal laufen lassen, höre aber bereits eine Stimme. Einen Moment lang überlege ich, ob ich mich bemerkbar machen soll – doch dann kommt mir diese Stimme verdächtig bekannt vor.

Ich stelle mein Handy stumm und schleiche tiefer in den Raum hinein. Sehen kann ich Linda zwar nicht, aber ausnehmend gut hören.

»Sobald diese Sorgerechtsgeschichte in trockenen Tüchern ist, fliegen wir nach Vegas. Ich lad dich ein.«

Einen Moment herrscht Schweigen, während ich mich heranpirsche. Wie kann Linda einen Trip nach Vegas planen, wenn sie um das Sorgerecht für eine Dreizehnjährige streitet? Ich drücke die Aufnahmetaste meines Handys und hoffe, ich kann die Unterhaltung aufzeichnen, für den Fall, dass sie als Belastungsmaterial dienen könnte.

Ich spähe um ein Regal herum und dann sehe ich Linda: Sie sitzt hinter einem Schreibtisch auf der anderen Seite der Bibliothek; es sieht wie ein provisorisches Büro aus. In der einen Hand hält Linda ihr Smartphone, mit der anderen bedient sie eine Maus, wobei ihre Aufmerksamkeit zwischen ihrem Gesprächspartner und dem Laptop hin und her wandert. Sie hört auf zu klicken und wirft lachend den Kopf zurück. »Darüber mach ich mir keinen Kopf. Sobald ich das Sorgerecht habe, ist genug Geld da. Wir setzen uns an den Blackjack-Tisch und holen das Doppelte vom letzten Verlust wieder rein. Und wenn wir zurückkommen, wird niemand merken, dass etwas fehlt.«

Sie wirft einen Blick über ihre Schulter. »Ich glaube nicht, dass das zum Problem wird. Sie kann an den Wochenenden bei ihrem Bruder wohnen. Das lässt mich entgegenkommend wirken, und ich habe sie vom Hals. Zwei Fliegen mit einer Klappe, was?« Wieder lacht sie. »Sollte nicht mehr lange dauern, bis ich das bekomme, was mir schon längst zustand.«

Bevor ich mich zu erkennen geben oder ihr gegenübertreten

kann, ertönt ein Summen: »Linda, sind Sie frei? Könnten Sie bitte sofort ins Sekretariat kommen.«

»Ich muss los. Ich ruf dich nächste Woche an. Ich glaub nicht, dass wir lange warten müssen, bis Emmes Fürsorge mir übertragen wird. Deine Idee mit dem Wodka war genial, danke noch mal. Wie auch immer: Sobald ich an das Geld rankomme, planen wir die Reise.« Sie beendet das Gespräch und klappt den Laptop zu, erhebt sich von ihrem Stuhl. Ich warte, bis ich die Tür zuschlagen höre, erst dann schaue ich nach, ob sie wirklich fort ist.

Die Luft ist rein. Ich flitze zu dem Laptop, klappe ihn auf und drücke die Daumen, als der Bildschirm zum Leben erwacht. Eine Online-Pokerpartie erscheint auf dem Screen. Mit einem Blick über die Schulter versichere ich mich, dass ich immer noch allein bin, dann klicke ich den nächsten Tab an und grinse, als sich Lindas Mailprogramm öffnet. Das hat man davon, wenn man sich nicht ausloggt.

Schon das Telefongespräch war belastend genug, aber ich nehme an, dass zusätzliche Beweise den letzten Nagel zu Lindas Sarg bilden werden. Ich überfliege die Mailliste und entdecke eine als wichtig markierte Nachricht von einer Privatschule in San Francisco. Sie wird doch nicht etwa umziehen wollen? Ich öffne die Mail und lese eine Korrespondenz von Linda und dem Schulleiter, in der es um einen Internatsplatz geht. Offenkundig hat Linda vor, Emme ins Internet zu stecken, sobald sie das Sorgerecht erhält. Ich mache Fotos und drucke die Mail aus. Dann suche ich nach weiteren Nachrichten mit derselben Adresse. Auch die drucke ich aus.

Als ich Stimmen höre, schließe ich den Browser, klappe den Laptop zu und verlasse die Bibliothek auf demselben Weg, auf dem ich hereingekommen bin. Ich hoffe stark, dass mein Fund Dax dazu verhelfen wird, Emme bei sich zu behalten.

Der Korridor ist leer, die letzten Eltern betreten gerade die Aula. Gleich fängt die Vorstellung an. Ich sage der Frau am Kartenschalter meinen Namen und bekomme die reservierte Eintrittskarte. Offensichtlich sind die Plätze nummeriert.

Zu meinem Erstaunen ist es ein richtiges Auditorium. Diese Schule nimmt, so vermute ich, ein exorbitantes Schulgeld und ist überdies künstlerisch orientiert, deshalb ergibt es schon Sinn, dass sie über einen großen Saal verfügt.

Der Platzanweiser führt mich zu meiner Reihe, und natürlich befindet sich mein Platz genau in der Mitte, und alle müssen aufstehen. Das Licht ist bereits gedimmt und man kann nur wenig erkennen, aber dem Profil nach zu schließen ist es tatsächlich Dax, der da sitzt.

Er wendet sich von dem Zuschauer zu seiner Rechten ab, um sein Jackett von der Armlehne zu nehmen – er trägt immer noch Anzug, ist vermutlich direkt von der Arbeit hergekommen. Seine Augen lodern auf, als er mich sieht, er zieht die Augenbrauen zusammen und senkt die Mundwinkel. Doch dann zeigt er ein kleines schiefes Grinsen. Er mag wütend auf mich sein, doch das scheint die Chemie zwischen uns nicht zu beeinträchtigen, sein Blick streift mich von Kopf bis Fuß mit dem alten Begehren.

Ich schlucke den Kloß in meiner Kehle hinunter und setze mich neben ihn.

Dax beugt sich zu mir, sein warmer, nach Minze riechender Atem streift meine Wange. »Emme hat dich eingeladen.«

»Es tut mir leid.«

Er schnaubt verächtlich und verändert seine Sitzposition, nimmt seinen Arm von der Lehne, damit er meinen nicht länger berührt.

Ich hasse das schreckliche Rumoren in meinem Magen und das Brennen hinter meinen Augen, das seine Zurückweisung auslöst. »Ich weiß, du bist immer noch wütend auf mich ... Aber nach der Aufführung müssen wir dringend miteinander reden.«

»Ich bin nicht an einem Gespräch interessiert.«

Ich lege ihm eine Hand auf den Arm. Langsam wendet er den Kopf und starrt böse auf die Stelle, an der sich unsere Körper berühren. Ich will seinen Zorn beschwichtigen, will ihm zu verstehen geben, dass ich ihm nicht schaden wollte. Also lege ich meine Hand in den Schoß. »Es geht nicht um uns.«

»Dann ist es ja gut. Denn ein ›Uns‹ gibt es nicht.«

Mein Herz fühlt sich an wie durchbohrt. Doch es bleibt nichts mehr zu sagen, denn in diesem Moment verlöschen die Lichter, und der Vorhang geht auf. Die Bühne ist voller Schüler, alle in weißen Hemden und schwarzen Hosen. Emme steht ganz vorn in der Mitte und sucht mit ihren Blicken das Publikum ab.

Als sie ihn endlich entdeckt, hebt Dax die Hand zu einem zaghaften Winken. Emme lächelt, dann sieht sie mich neben ihrem Bruder sitzen, und ihr Lächeln blüht auf. Ich werde diese Vorstellung nicht ohne Tränen überstehen.

Und dann fangen sie an zu singen. Ich habe immer schon gewusst, dass Emme eine wunderschöne Stimme hat. Sie singt im Auto, wann immer ihr ein Song gefällt. Wenn wir *Just Dance* spielen, schmettert sie die Melodien. Aber das hier ist etwas ganz anderes: Musik, die dich im Innersten packt, die deine Seele berührt.

Als Emme vortritt, um ihr Solo zu singen, kann ich die Tränen nicht mehr zurückhalten. Der Song kommt mir vage bekannt vor. Mit eindringlicher Schönheit folgt Emmes Stimme der Melodie, steigt und fällt, nimmt uns mit auf ihre gefühlvolle Reise. So wird sie ihren Verlust letztlich bewältigen, begreife ich plötzlich. Sie hat etwas gefunden, das ihren Schmerz am Ende besänftigen wird.

Ich schiele hinüber zu Dax, dessen Miene fast tragisch wirkt. Ich möchte ihm meinen Trost anbieten, glaube allerdings nicht, dass er ihn annehmen wird. In meiner Tasche suche ich nach einem frischen Taschentuch, weil das alte schon durchweicht ist. Zum Glück gibt es wasserfesten Mascara.

Dax beugt sich zu mir. »Hier.« Er reicht mir ein frisches Taschentuch.

Ich schniefe und sehe ihm in die Augen. »Danke.«

Einen Moment lang hält er meinen Blick fest, und ich sehe in seinen Augen die gleichen Gefühle, die ich empfinde: tiefe Traurigkeit, Reue und Sehnsucht.

Als Emme ihr Solo beendet hat, stehen die Zuschauer auf und applaudieren. Dax pfeift und klatscht wie verrückt. Ich hoffe inständig, dass die Info, über die ich zufällig gestolpert bin, dazu beitragen wird, dass der Kampf mit seiner Tante sein Ende findet.

Dax hebt einen riesigen Blumenstrauß vom Boden auf. Ich warte mit ihm, während das Publikum aus der Aula strömt. Unsere Plätze sind nahe an der Bühne, deshalb werden wir den Saal als Letzte verlassen. Ich spüre Dax hinter mir und möchte seine Hand nehmen, uns zusammenschmieden. Ich will ihn zwingen, mich anzuhören. Er soll verstehen, dass es bei dem, was wir haben – hatten –, nicht um Teilhaberschaft gegangen ist, sondern darum, dass ich mich in ihn und Emme verliebt habe.

Doch ich bezweifle, dass Dax mir Redezeit zugestehen wird, und außerdem gibt es ein viel wichtigeres Thema zu besprechen.

»Ich muss wirklich mit dir reden«, raune ich über die Schulter.

»Ich führe Emme aus, um zu feiern. Das ist kein passender Zeitpunkt.«

Hier jedoch ist es zu laut; zu viele Menschen für ein ungestörtes Gespräch. Als wir die Aula endlich verlassen können, wartet Emme schon im Foyer. Sie ist total aufgeregt. Als sie mich sieht, stürzt sie sich in meine Arme.

»Du warst einfach großartig!«, lobe ich.

»Ich hab dich so vermisst«, murmelt sie in meine Haare.

»Ich habe dich auch vermisst, Süße, und wie!« Ich drücke sie an mich, kämpfe gegen meine Gefühle und verliere den Kampf ein weiteres Mal.

Als wir einander endlich loslassen, muss ich mir die Tränen abwischen. Dax steht ein wenig beiseite. Seine Miene ist undurchdringlich, bis seine Schwester sich zu ihm wendet, und dann erstrahlt sein Lächeln wie ein Feuerwerk vor einem schwarzen Himmel.

Ich habe einen Schmerz in meiner Brust und eine Leere, weil die beiden nicht so zu mir gehören, wie ich es will, und weil ich das ganz allein mir zuzuschreiben habe.

Dax überreicht den Blumenstrauß. Emmes erfreutes Kreischen ist ein Laut, den ich gern öfter von ihr hören würde.

Sie wendet sich mir zu. »Wir wollen in ein Restaurant, kommst du mit?«

Ich werfe Dax einen Blick zu. Sein Mund bildet eine schmale Linie. »Ich glaube, Dax möchte ein wenig Zeit mit dir allein haben.«

Emmes Lächeln erlischt. »Aber ich hab dich doch so lange nicht mehr gesehen! Bitte, Kailyn. Sie kann doch mitkommen, oder nicht, Dax?«

Sie wirft ihrem Bruder einen flehenden Blick zu. Seine Wange zuckt, aber er zwingt sich zu einem Lächeln. »Natürlich kann Kailyn sich uns anschließen. Es ist dein Abend!«

»Ja!« Wieder umarmt sie mich. »Kann ich mit Kailyn fahren? Können wir in das Diner hier in der Nähe gehen? Vor der

Aufführung war ich viel zu nervös, um was zu essen, und jetzt komm ich um vor Hunger!«

Danke, raune ich Dax stumm zu, während Emme mich zur Tür zieht.

Er nickt, aber sein Lächeln ist verschwunden.

In dem Diner ist es sehr voll, andere Schüler und ihre Eltern haben die gleiche Idee gehabt. Emme sitzt neben mir in der Nische und plappert fröhlich drauflos. Kaum haben wir bestellt, da wird sie auch schon an einen Tisch zu ihren Freunden gerufen. »Bin gleich wieder da!«

»Sieht aus, als ginge es ihr wieder ganz gut.«

»Sie hat bessere und schlechtere Tage. Das ist einer der guten.« Dax richtet sein Besteck gerade aus, ohne mich anzuschauen. »Du wolltest mir etwas Dringendes mitteilen?«

Ich schaue mich in dem Restaurant um. »Es hat mit Linda zu tun.« Aus meiner Handtasche hole ich die ausgedruckten Mails.

Dax lehnt sich zurück und verschränkt die Arme vor der Brust. Er mustert mich kalt. »Was soll mit ihr sein?«

»Ich habe vor der Aufführung ein Gespräch belauscht, und es hat reichlich verdächtig geklungen, also hab ich es aufgenommen. Und ich habe das hier gefunden.« Ich schiebe ihm die Mails zu.

»Was ist das?«

»Ein Mailverkehr zwischen Linda und dem Rektor einer Privatschule.«

»Was?!« Dax überfliegt die oberste Mail. »Wie bist du denn daran gekommen?«

»Von ihrem Laptop in der Bibliothek. Sie hatte vergessen, das Mailprogramm zu schließen.« Ich lege mein Smartphone auf den Tisch. »Ich hatte noch keine Gelegenheit, es anzuhören, kann also nicht sagen, ob es nützlich sein wird.«

»Nützlich – in welcher Weise?«

»Als Beweismaterial im Sorgerechtsstreit – damit Emme bei dir bleiben kann.«

»In ihrem Rucksack sind Ohrstöpsel.« Dax deutet auf Emmes Tasche.

Ich ziehe den Reißverschluss des Vorderfaches auf und muss grinsen, als ich den kleinen Beutel finde, den ich ihr geschenkt hatte, damit sie stets einen Vorrat für die kritischen Tage des Monats dabeihat. Neben den Beutel hat Emme die Ohrhörer gestopft. Ich stecke das Kabel ein und gebe Dax einen der Stöpsel, den anderen nehme ich. Er beugt sich vor, legt die Unterarme auf den Tisch und senkt den Kopf, nur Zentimeter von mir entfernt, als ich die Aufzeichnung starte. Ich drehe den Ton so laut, wie es geht, und drücke auf Play.

Es ist nicht die sauberste Aufnahme, und überdies ist sie bei dem Lärm im Diner schwer zu verstehen. Ich überlasse Dax auch den zweiten Stöpsel, und er lauscht der Aufnahme, wieder und wieder, während er mich anschaut und sein Blick immer bitterer wird. Dann reißt er sich die Stöpsel heraus. »Was für ein Mensch muss man sein, um das Sorgerecht für eine trauernde Dreizehnjährige zu wollen, damit man die volle Verfügung über ihre Fondsgelder erhält?«

»Kein sehr guter.«

Er reibt sich übers Gesicht. »Sie darf die Vormundschaft nicht bekommen. Niemals.«

Über die Schulter werfe ich einen Blick auf Emme, die mit ihren Freunden plaudert. Ein Junge sitzt direkt neben ihr und hängt förmlich an ihren Lippen. Ich überlege, ob das Clark ist. Oder Liam. Sie hat echt einen Fanclub.

»Setz dich hierher, zu mir.« Dax rutscht tiefer in die Nische hinein, und ich setze mich neben ihn. Ich zeige ihm die Mails. Dax stutzt über dem Schreiben, wo es um den Internatplatz geht. »Sie will Emme nach San Francisco schicken? Wann hatte sie denn Zeit, all das zu planen?«

Ich tippe auf das Datum. »Wie's aussieht, hat sie sogleich nach der Sorgerechtsklage damit angefangen.«

»Kann ich die Mails behalten?«

»Es gehört alles dir. Ich will nur, dass es Emme gut geht, dass sie bei einem Menschen lebt, der sie liebt und nur das Beste für sie will. Ich wollte ihr nicht wehtun, und ich wollte auch dir nicht wehtun. Was immer ich tun kann, um euch zu helfen, werde ich machen.«

Dax legt seine Hand auf meine und drückt sie. Sein Blick ist sanft. »Ich danke dir.«

Es ist nicht unbedingt Vergebung, aber schon ein Schritt in die richtige Richtung.

25

Vergebung

Dax

Emme ist völlig erschlagen, als wir nach Hause kommen. Sie mag nicht einmal mehr fernsehen und geht sofort auf ihr Zimmer. Zum Glück ist morgen Freitag, und ich nehme an, dass die Schule es nach der heutigen Vorstellung ein wenig gemächlicher angehen lässt.

Ich selber bin total aufgedreht, mir schwirrt der Kopf. Sobald Emme im Bett liegt, hole ich mir ein Bier aus dem Kühlschrank und gehe mit den Mails, die Kailyn ausgedruckt hat, in das Arbeitszimmer meines Dads.

Mit einem Seufzer sinke ich in den Chefsessel. *Kailyn*. Ich weiß nicht, was ich glauben soll. Sie scheint sich unendlich viel Mühe gegeben zu haben, um mir diese Infos zu beschaffen, aber warum? Ist ihre Hilfe ehrlich gemeint? Ich finde es furchtbar, nicht zu wissen, was an unserer Beziehung echt war und was vorgetäuscht, um ihre Karriere voranzutreiben. Zwar glaube ich nicht, dass man die Chemie zwischen uns vorgaukeln könnte, aber nicht einmal darin kann ich mir absolut sicher sein. Und jetzt hinterfrage ich alles aufs Neue, weil Kailyn zu Emmes Vorstellung gekommen ist.

Während Vaters Rechner hochfährt, massiere ich meine Nasenwurzel. Seit der Beerdigung habe ich mich kaum um die

Finanzen gekümmert, nur um jene, die Emme direkt betrafen. Spareinlagen müssen transferiert und Kontoauszüge geprüft werden. Das alles erschien mir nicht so dringlich, weil Lindas Sorgerechtsklage alles andere überschattet hat. Während ich warte, ordne ich die ausgedruckten Mails nach Datum. Die erste an die Privatschule hat Linda an dem Tag abgeschickt, nachdem sie das Sorgerecht einklagte. Sie ist unglaublich!

Endlich wird das Login angezeigt. Ich gebe das Passwort ein, das Dad auf einem Post-it notiert und an den Rand des Monitors geklebt hat. Ich weiß nicht genau, wonach ich suchen soll, hoffe aber, etwas zu finden, das mir verrät, warum Linda dieses Geld so dringend braucht und warum sie der Meinung ist, dass es rechtmäßig ihr gehöre.

Die Ordner mit den Dokumenten meines Vaters sind übersichtlich angeordnet und beschriftet, wie es der Art meiner Eltern entsprach. Ich scrolle sie nacheinander durch. Einer trägt meinen Namen, ein anderer Emmes, und kurz darunter finde ich einen Ordner mit der Bezeichnung »Linda« – was ja einen gewissen Sinn ergibt, da sie bis vor sechs Monaten als Emmes Vormund bestellt war. Ich klicke den Ordner an und sogleich öffnen sich mehrere Unterordner. Einer macht mich stutzig: Er trägt das Label *Darlehen*. Darin finde ich mindestens zwanzig datierte Einzeldokumente, die fünfzehn Jahre zurückreichen. Ich öffne das letzte, das nicht lange vor dem Tod meiner Eltern angelegt worden ist.

Es belegt, dass Linda sich von meinen Eltern fünftausend Dollar geliehen hat. Ich öffne die nächste Datei, die einige Monate davor datiert ist, und stoße auf ein weiteres Darlehen, diesmal über siebentausend Dollar. In einem Dokument, das wenige Monate vor meinem dreißigsten Geburtstag angelegt wurde, ist noch eine wesentlich höhere Summe verzeichnet: fünfzehntausend.

Es scheint eine Pause zu geben, eine Spanne von zwei Jahren ohne Darlehen, aber davor haben meine Eltern Linda immer wieder Geld geliehen. Manchmal waren es nur wenige tausend, aber bei mehr als einer Gelegenheit auch Summen über zehntausend Dollar.

Wenn ich die Kontoauszüge meiner Eltern durchforsten würde, fände ich gewiss die Gesamtsumme, die sie ihr im Laufe der Jahre geliehen haben – insgesamt einen Haufen Geld.

Bevor ich zu sehr ins Grübeln gerate, beschließe ich, Kailyn anzurufen. Sie nimmt schon beim ersten Läuten ab.

»Hey. Alles in Ordnung? Wie geht's dir?«

»Mir geht's … ganz gut.« Das trifft es im Moment nicht wirklich, aber meine Antwort kam ganz automatisch. »Und dir?«

»Ich bin froh, deine Stimme zu hören«, sagt sie leise.

Ihre Ehrlichkeit holt mich aus dem Sumpf, in den ich geraten bin. »Was machst du gerade?«, erkundige ich mich.

»Äh, nichts Besonderes eigentlich. Und du?«

»Ich habe ein paar komische Sachen auf Dads Computer gefunden.« Ich gebe den Druckbefehl für die Dokumente. Im Aktenschrank befindet sich bestimmt ein Ordner, in dem diese Dokumente auch Unterschriften tragen. Die meisten der jüngeren Dateien sind unterzeichnete, eingescannte PDFs, aber die älteren sind sozusagen nur Entwürfe ohne Unterschrift.

»Was für Sachen?«

»Finanzielle Sachen. Sie haben mit Linda zu tun und könnten eine Erklärung dafür sein, warum sie so dringend das Sorgerecht wollte …« Ich verstumme, als ich am Rand des Bildschirms die Uhrzeit lese; mir war gar nicht klar, dass es schon auf Mitternacht zugeht. »Aber es kann warten.«

»Ich werde nicht so bald zu Bett gehen. Wenn du also darüber reden möchtest …«

»Meine Eltern haben meiner Tante eine Menge Geld geliehen.«

»Was heißt eine Menge?«

»Zehntausende über die letzten fünfzehn Jahre. Und das sind nur die Dokumente in *einem* Ordner. Ich hab keine Ahnung, ob da noch mehr sein könnte, was nicht belegt ist.« Ich reibe mir die Schläfen; das dumpfe Pochen kündigt Kopfschmerzen an.

»Ich könnte zu dir kommen.« Sie macht eine Pause. »Wenn du möchtest, dass ich dir beim Sichten der Akten helfe. Ich kann aber auch morgen kommen, dann würde ich ein paar Termine verlegen. Falls du heute nicht besser fändest …«

»Heute ist besser.«

»Ich kann in einer Viertelstunde da sein.«

»Okay.«

Während ich auf Kailyn warte, wühle ich in den Akten. Ganz hinten in einem Schrank finde ich einen prallen Ordner mit Lindas Namen, aber bevor ich ihn aufschlagen kann, textet mir Kailyn, dass sie angekommen ist. Ich mache die Tür auf, und da steht sie: in schwarzen Leggings und einem verschlissenen *It's My Life*-Hoodie, das Haar zu einem unordentlichen Knoten geschlungen, in der Hand zwei Takeout-Tüten und ein Tablett mit Kaffeebechern.

Sie lächelt ein wenig unsicher. »Hab uns Treibstoff mitgebracht.«

»Gut mitgedacht.« Ich nehme ihr die Kaffeebecher ab und trete zur Seite. »Komm rein.«

Einen langen Moment stehen wir da und sehen uns an. Keiner weiß, was er sagen soll. Die Spannung steht zwischen uns, unbeantwortete Fragen hängen wie dichter Nebel. Ich habe Kailyn so vermisst, mehr, als ich zugeben wollte.

»Willst du mir zeigen, was du gefunden hast?«, fragt sie schließlich.

»Ja, komm mit.« Ich deute mit dem Kinn Richtung Arbeitszimmer.

»Oh wow«, murmelt sie beim Anblick der vielen Papiere auf dem Schreibtisch. Ich habe die zahlreichen Darlehensdokumente und Lindas gesamten Mailverkehr mit dem Rektor des Internats ausgebreitet. Mit ihren langen, glänzend polierten Fingernägeln trommelt Kailyn auf die Tischplatte.

»Und kurz, bevor du gekommen bist, habe ich das hier gefunden, hatte aber noch keine Gelegenheit reinzuschauen.« Ich biete ihr einen Stuhl an, und wir rücken nahe an den Tisch heran. Ich klappe den prallen Ordner auf. Darin befinden sich Kopien der Darlehenspapiere, Kontoauszüge meiner Tante, die einen bis zum Limit ausgereizten Dispo belegen, überzogene Kreditkarten sowie Vereinbarungen zwischen Linda und meinen Eltern, dass sie das Geld zurückzahlen wird.

Ich massiere mir die Schläfen. Jetzt ist das Bild klar. »Meine Tante ist spielsüchtig.«

Kailyn nimmt den Stift aus dem Mund. »Ich wollte gerade dasselbe sagen. Das würde den Trip nach Vegas erklären und ihre Bemerkung darüber, dass sie das Doppelte einfahren würden, was sie beim letzten Mal verloren haben.«

»Das ergibt Sinn, oder? Nun weiß ich auch, warum sie mich unbedingt wie einen Schurken aussehen lassen und das Sorgerecht für Emme bekommen wollte.« Mit einer Geste umfasse ich den Dokumentenhaufen, der vor uns auf dem Tisch liegt. Mir schwindelt von der Entdeckung. »Das beweist, dass Linda ausschließlich egoistische Motive hatte. Sie hat einer Dreizehnjährigen eine Flasche Wodka untergejubelt, verdammt noch mal!«

»Jetzt wird sie das Sorgerecht auf keinen Fall mehr bekommen, nicht nach diesen ganzen Beweisen und mit der Tonaufnahme.«

»Ohne dich hätte ich das nie herausgekriegt.«

»Hättest du schon, es hätte vielleicht ein bisschen länger gedauert, aber am Ende hättest du alles durchblickt und die logischen Schlüsse gezogen.« Sie drückt meinen Unterarm. »Ich will nur, dass Emme bei dem Menschen ist, zu dem sie gehört, Dax. Und dieser Mensch bist du.«

Sie scheint es ehrlich zu meinen. Trotzdem bin ich unsicher. Wie viel davon entspringt Kailyns Wunsch zu helfen und wie viel ihrem Bestreben, Partner in der Kanzlei zu werden? »Und das ist alles, was du willst?«

Sie schaut mich verunsichert an. »Was willst du damit sagen?«

»Wie viel von dem hier« – ich tippe auf die ausgedruckten Mails und schaue auf ihre Hand, die immer noch auf meinem Arm liegt und eine Verbindung aufrechterhält, die mir in den letzten Wochen so gefehlt hat – »dient dazu, dich der Teilhaberschaft näher zu bringen? Ich weiß bei dir nicht, was echt ist und was nicht, Kailyn. Ich weiß nicht, ob ich deinen Beweggründen trauen kann.«

Sie lässt die Hand in den Schoß sinken und schlägt die Augen nieder. »Ich weiß, dass ich dein Vertrauen missbraucht habe, und das zu einer Zeit, in der du sehr verwundbar warst. Ich weiß, es wird nicht leicht zurückzugewinnen sein. Aber glaube mir bitte, dass alles, was ich jetzt tue, nur zu deinem und Emmes Besten ist. Ich will, dass ihr einander habt.«

Sie holt tief Luft. »Ich muss es zugeben: Damals, als Beverly mir das Angebot machte, habe ich dich lediglich als eine Aufgabe betrachtet. Ich hatte eine ganz andere Meinung von dir. Außerdem wollte ich sicherstellen, dass Emme nicht übervorteilt wurde. Ich konnte ja nicht wissen, ob du es ehrlich meintest oder ob du nur hinter ihrem Geld her warst, wie es jetzt bei Linda so eindeutig der Fall ist.« Sie sieht mich bittend an.

»Meine ersten Lebensjahre waren nicht besonders schön, Dax. Zum Glück habe ich nicht mehr viele Erinnerungen daran, aber diejenigen, die mir im Gedächtnis haften, sind der Grund, warum ich dafür kämpfe, dass Emme bei dir bleibt. Du sollst wissen, dass die Partnerschaft für mich kein Motiv mehr war, nachdem ich begriffen hatte, dass du nur versucht hast, das Beste für Emme zu tun.«

»Und wann genau ist dir diese Erkenntnis gekommen?«

»Als du mich aus dem Drogeriemarkt angerufen hast.« Sie lächelt ein wenig, vielleicht, weil mein Hilferuf auch eine urkomische Seite hatte. »Da habe ich dein wahres Ich erkannt.«

26

Wiedergutmachung

Kailyn

Er soll jetzt etwas sagen – irgendetwas, das mir verheißt, dass er mir eines Tages vergeben kann.

Die Bestätigung erfahre ich in Form seines Mundes, der sich auf meinen presst. Einen Moment lang bin ich erstarrt und fassungslos, aber mein Körper weiß anscheinend genau, wie er sich verhalten muss, auch wenn mein Verstand noch nicht so weit ist.

Dax zieht mich vom Stuhl hoch und drückt mich an sich. Seine Zunge gleitet in meinen Mund, seine Arme umschließen mich. Es gibt keinen Ort auf der Welt, an dem ich mich sicherer fühle. Und ich weiß, dass es richtig war, die Teilhaberschaft aufzugeben, wenn es bedeutet, dass ich stattdessen diesen Mann bekomme.

Wir besitzen immerhin noch so viel Geistesgegenwart, dass wir sein Schlafzimmer aufsuchen, um uns die Kleider vom Leib zu reißen. Voller Verlangen und Lust gehen wir ineinander auf, Vergebung wird durch Berührung erwirkt. Und als er wieder in mir ist, löst sich endlich auch der Schmerz, der mein Herz so lange umfangen hielt.

»Dax? Bist du wach? Ich muss in einer Viertelstunde in die Schule, und hier riecht es nirgendwo nach Kaffee!«

Ich sitze kerzengerade im Bett, die Decke rutscht mir zur Taille hinab. Mein Mund formt ein stummes *Verdammt!*, Dax blinzelt verschlafen. Doch seine Verwirrung wird beim Anblick meiner nackten Brüste rasch zu Begierde.

Ein Räuspern, dann ruft er: »Komme gleich!«

Ein längeres Schweigen, dann endlich hören wir Emme »Okay« antworten. Ein paar Sekunden später fällt ihre Zimmertür zu.

Dax greift nach meiner nackten Brust. Ich versetze ihm einen Klaps, doch mein Nippel hat sich bereits erwartungsvoll aufgerichtet. »Was zum Teufel mach ich jetzt bloß?«

»Äh, könnte sein, dass noch Sachen von meiner Mom im Schrank sind. Emme hat einiges zurückbehalten, als wir aussortiert haben. Wir können doch so tun, als wärst du heute Morgen überraschend reingeschneit?« Das ist eher eine Frage als ein Plan, aber verdammt viel besser als die andere Alternative.

Ich finde ein schlichtes schwarzes Kleid, das seit ungefähr zwanzig Jahren aus der Mode ist, aber ungefähr meine Größe hat. Man könnte es vielleicht als retro bezeichnen. Ich zwänge mich hinein. An den Hüften sitzt es reichlich eng, und der Saum reicht mir weit über die Knie, weil Dax' Mom einige Zentimeter größer war als ich.

Ich kämme mir die Haare mit den Fingern, da Dax keine Bürste besitzt. Mein Gesicht ist voller Schlafknitterfalten, aber daran lässt sich jetzt auch nichts mehr ändern. Hinter Dax trabe ich hinunter in die Küche. Zum Glück ist Emme immer noch in ihrem Zimmer, ich kann mich also an die Kücheninsel setzen und erst mal durchschnaufen.

Dax brüht Kaffee und grinst übers ganze Gesicht. Ich weiß nicht, wie er es schafft, so ruhig zu bleiben, während mir fast das Herz stillsteht. Die Tüte Donuts, die ich gestern Abend mitgebracht habe, lässt unsere Scharade authentischer wirken. Ich habe kein Problem damit, dass Emme erfährt, dass Dax und ich wieder miteinander reden. Es stört mich nur, wenn sie herausfindet, was wir heute Nacht miteinander getrieben haben, wovon meine zerrauften Haare nur allzu deutlich Zeugnis ablegen.

Dax reicht mir eine Tasse Kaffee. Genau in dem Moment kommt Emme in die Küche. Sie kreischt vor Freude und stürzt sich in meine Arme. »Oh, hi! Hab gar nicht gehört, dass du geklingelt hast!«

»Dax und ich müssen zu einem Meeting und dachten, wir fahren am besten zusammen.«

Sie lässt mich los und tritt einen Schritt zurück. Ein panischer Blick flitzt von mir zu Dax. »Was für ein Meeting?«

»Ein gutes. Mach dir keine Sorgen«, versucht Dax sie zu beruhigen. Zumindest hoffen wir, dass der Ausgang in unserem Sinne gut wird.

»Oh. Okay. Kannst du mich zur Schule fahren, damit ich noch was von Kailyn habe?«

»Klar.«

Emme erzählt mir, was sie am Wochenende vorhat, unter anderem gibt es eine Übernachtungsparty bei ihrer Freundin Marnie. Ich schaue Dax an, und er grinst, denkt ganz eindeutig dasselbe wie ich. Dann flitzt er nach oben, um sich in einen Anzug zu werfen, bevor wir Emme zur Schule bringen. Sobald wir sie dort abgesetzt haben, werden wir hierher zurückkehren, aber so lässt sich die List am besten aufrechterhalten.

Im Korridor stolpert Emme beinahe über ein Paar Schuhe. *Shit.* Es sind meine Toms mit dem Lama-Druck.

»*Die* trägst du bei der Arbeit?« Emme kraust das Näschen.

Offenkundig gibt es mehr als eine Schwachstelle in unserem halbgaren Plan. »Ich habe die Pumps im Büro.«

»Oh. Okay.« Sie zuckt die Achseln und schlüpft in ihre lila Chucks – ich besitze die gleichen –, dann schultert sie ihren Rucksack.

»Wir können meinen Wagen nehmen«, biete ich an.

Emme hüpft die Einfahrt entlang und legt eine Hand auf die Motorhaube. »Wann bist du heute Morgen angekommen?«

»Kurz bevor du runtergekommen bist.«

»So so.«

»Was?«, frage ich, plötzlich nervös, dass sie uns auf die Schliche gekommen ist, was natürlich lachhaft ist.

»Ach, nichts. Los jetzt! Ich will ja nicht zu spät kommen …« Sie grinst über beide Ohren.

Bevor wir einsteigen, sehe ich über der Motorhaube Dax' verständnislosen Blick. Ein paar Minuten singt Emme den Song im Autoradio mit, dann fragt sie unvermittelt: »Heißt das, dass ihr jetzt wieder zusammen seid?«

»Was?«, fragen Dax und ich unisono.

Im Rückspiegel sehe ich, wie Emme die Augen verdreht. »Ach, kommt schon. Ich bin ja nicht blöd. Ich weiß, dass ihr was laufen habt. Eine Zeitlang wolltest du nicht mal mehr mit Kailyn reden, und jetzt tust du's doch wieder. Also, das heißt doch, dass ihr wieder zusammen seid, oder etwa nicht?«

»Ähm …« Hilfesuchend schaue ich Dax an, weil ich keinen Schimmer habe, was ich sagen soll.

»Ja-ah. Kailyn und ich sind wieder zusammen.«

»Also hat mein Plan funktioniert.« Emme kann genauso gut feixen wie ihr großer Bruder.

»Und welcher Plan wäre das?«, fragt Dax, der sich nur mit Mühe ein Schmunzeln verkneift.

»Ich hab Kailyn gestern Abend zu uns eingeladen, damit ihr beiden in Ruhe reden könntet. Und es hat funktioniert. Braucht euch nicht zu bedanken.«

Ich lache, während ich auf den Platz zuhalte, wo die Schüler aussteigen können.

»Danke, dass du auf uns Acht gibst, Em«, sagt Dax.

Sie steckt den Kopf zwischen den Sitzen hindurch und gibt uns jeweils ein Küsschen auf die Wange. »Ach ja, und ich hab gehört, wie Kailyn gestern gekommen ist, ihr müsst also nächstes Mal nicht so tun, als hätte sie nicht bei uns geschlafen, weil es ist nämlich total okay. Oh! Da ist Marnie! Bis später!«

Die Tür fällt zu. Wir starren uns offenen Mundes an, bis der Fahrer hinter uns hupt.

»Tja, wir sind wahrscheinlich nicht annähernd so gerissen, wie wir glauben«, lacht Dax.

»Offensichtlich nicht.«

Nachdem wir Emme an der Schule abgesetzt haben, fahren wir wieder zu Dax, um die Beweise gegen Linda zusammenzustellen. Sobald wir alles geordnet haben, loggen wir uns in den Mailaccount seiner Mutter ein – das hatten wir nämlich gestern Nacht vergessen – und stoßen auf unzählige Mails, in denen Linda um finanzielle Unterstützung bittet. Alles deutet auf eine Spielsucht hin, die Linda in den vergangenen Jahren erfolglos bekämpft hat. Diese Sucht scheint auch ein wichtiger Grund gewesen zu sein, warum ihre jüngste Ehe in die Brüche ging.

Wir können nur raten, wie groß der Schuldenberg ist, den Linda angehäuft hat, aber alles ist nur ein weiterer Beleg dafür, warum sie so bestrebt war, Dax in Verruf zu bringen und sich das Sorgerecht für Emme zu sichern.

»Und – bereit, Linda zu besiegen?«, frage ich, als wir wieder in meinem Wagen sitzen.

Dax trommelt auf die Armlehne. Und dennoch: Wenn man bedenkt, was er in den letzten vierundzwanzig Stunden herausgefunden hat, wirkt er bemerkenswert gefasst. »Aber klar. Rufst du sie an?«

Ich ziehe mein Handy aus der Tasche, gebe die Nummer der Schule ein und warte, bis sie mich zum Sekretariat durchstellen. »Hi, Linda, hier spricht Kailyn Flowers. Hätten Sie wohl einen Moment Zeit für mich?«

Ich lege das Gespräch auf Lautsprecher, damit Dax mithören kann.

»Oh, hallo, Kailyn, was kann ich für Sie tun?«

»Ich hätte einige neue Infos, den Status des Fonds betreffend. Sie könnten auch für die Anhörung im Sorgerechtsstreit von Belang sein.«

»Ach?« Ich weiß nicht, ob ich mir nur einbilde, dass sie nervös klingt.

»Mir ist klar, dass ich Sie ein bisschen überfalle, aber ich hatte gehofft, wir könnten jetzt gleich darüber reden. Es ist wirklich ziemlich dringend.«

Dax trommelt mit den Fingern auf seinen Oberschenkel. Wir halten Augenkontakt, während wir auf Lindas Antwort warten.

»Können wir das nicht am Telefon bereden?«

»Es tut mir leid, aber die Angelegenheit ist zeitgebunden und sollte am besten in einer vertraulichen Umgebung besprochen werden.«

Ein paar Sekunden herrscht Schweigen. Dann endlich antwortet Linda. »In einer halben Stunde habe ich Mittagspause. Soll ich gegen halb zwölf zu Ihnen in die Kanzlei kommen?«

»Das wäre großartig. Vielen, vielen Dank für Ihre Mühe, Linda. Bis später.« Ich beende das Gespräch. Dax grinst ebenso breit wie ich. »Damit rechnet sie auf keinen Fall.«

27

Und ein Nachschlag

Daxton

Wir fahren zunächst zu Kailyn, damit sie sich umziehen und frisieren kann, und sitzen eine halbe Stunde später in dem Konferenzraum, wo wir uns zum ersten Mal nach Jahren wiedergesehen haben. Die Beweisakten liegen fein säuberlich aufgereiht auf dem Tisch. Kailyn und ich schlürfen Kaffee, und ich denke an einen Scotch, der nach diesem Meeting gewiss angebracht wäre.

»Sie wird die Klage fallenlassen, Dax. Alles wird gut«, versucht mich Kailyn zu beruhigen. Ich scheine mein Knie einfach nicht still halten zu können.

»Ich werde mich erst entspannen, wenn es vorbei ist.«

Eine Minute später klopft Kailyns Assistentin. »Miss Flowers, Linda Thrasher ist da.«

»Schicken Sie sie herein.« Weder Kailyn noch ich stehen auf, um Linda zu begrüßen. Cara schließt die Tür hinter ihr. Als Linda mich sieht, stolpert sie vor Schreck.

»Ich dachte, das wäre eine vertrauliche Besprechung.«

»Ist es auch«, erwidert Kailyn in neutralem Ton. »Vertraulich zwischen den Menschen, die ein persönliches Interesse an Emmes Zukunft haben.« Sie weist auf den leeren Stuhl uns gegenüber. »Setzen Sie sich doch, Linda.«

Linda macht keine Anstalten dazu. Stattdessen zieht sie ihr Handy aus der Tasche. »Ich rufe meinen Anwalt an.«

»Das würde ich mir noch mal überlegen.« Kailyn schlägt den ersten Ordner auf, der den Mailverkehr Lindas mit dem Rektor der Privatschule enthält sowie einen Stapel Darlehensunterlagen. »Ich meine, es ist in Ihrem Interesse, wenn Sie uns zuerst anhören, Linda.«

Mit kreidebleichem Gesicht sinkt meine Tante auf den Stuhl. Ihre Augen irren zwischen uns hin und her. »Was soll das werden?«

»Das ist Ihr persönlicher Erleuchtungsmoment. Der Moment, in dem Sie zugeben werden, dass der einzige Mensch, an dessen Wohlergehen Sie interessiert sind, Sie selbst sind.« Kailyn tippt auf den Stapel Darlehensunterlagen. »Wie es aussieht, schuldeten Sie Evelyn und Craig eine Menge Geld.«

»Ich-ich-ich – «

»Nicht nötig, dass Sie darauf eine Antwort geben.« Kailyn legt den kompletten Mailverkehr zwischen Linda und Evelyn vor, der Lindas hartnäckige Fragen um finanzielle Unterstützung ebenso belegt wie Evelyns wiederholte Bitten, sie solle sich professionelle Hilfe suchen.

»Ich bin ein bisschen in Geldnot geraten …«

Ich falle ihr ins Wort. »Ein bisschen? Seit über zehn Jahren borgst du Geld von meinen Eltern, Linda. Es wäre vollkommen okay gewesen, wenn du mich um Hilfe gebeten hättest. Aber das Sorgerecht einzuklagen, damit du an Geld herankommst, das dir nicht gehört, ist moralisch verwerflich.«

»Emme würde es bei mir besser haben. Ich habe bereits Kinder aufgezogen«, wagt sie einen hilflosen Protest.

»Dein Bullshit steht mir bis hier, Linda. Zwei Tage, nachdem du die Klage eingereicht hattest, hast du schon nach einem Weg gesucht, um Emme loszuwerden. Du wolltest sie auf eine Privatschule schicken. Du hast doch den Wodka in ihren Spind geschmuggelt, um Beweise gegen mich in der Hand zu haben, verdammt noch mal!«

»D-das ist lächerlich«, stammelt Linda.

»Ach ja? Kailyn hat gestern gehört, wie du es erwähnt hast.«

Lindas angstvoller Blick sucht Kailyn. »Sie sprachen von Ihren Plänen für einen Trip nach Vegas, und dass Sie Emme übers Wochenende Dax überlassen wollten, weil das gut aussehen würde und er Sie darum gebeten hat.«

Schweißtropfen erscheinen auf Lindas Brauen und Oberlippe. »Das könnt ihr nicht machen ...«

»Jetzt wäre ein guter Zeitpunkt, die Sorgerechtsklage gegen Daxton fallenzulassen«, sagt Kailyn ausdruckslos, während sie ihr Handy über den Tisch schiebt und die Aufzeichnung aufruft.

»Ihr könnt nichts beweisen. Ja, ich hab Geldprobleme gehabt. Ist ja nicht so, als hätte jeder Millionen zur Verfügung, mit denen er spielen –«

»Wir haben alle Beweise, die wir brauchen. Sie sind eine selbstsüchtige Opportunistin und schlimmer noch, Sie haben eine trauernde Dreizehnjährige zu Ihrem finanziellen Nutzen ausbeuten wollen.« Kailyn startet die Aufnahme, und Lindas Stimme tönt durch den Raum.

Sie gerät zunehmend in Panik, während ihr die eigenen Worte wie Bumerangs um die Ohren fliegen. »Ich brauche nicht mehr zu hören. Ich lasse die Klage fallen.«

Kailyn stoppt die Aufzeichnung und lächelt, eisig. »Das hatten wir uns gedacht.«

Wir verstauen unsere Unterlagen wieder in den Ordnern, während Linda die Hände ringt und mich flehentlich ansieht. »Daxton, du musst verstehen –«

»Lass es!«, knurre ich. »Versuch gar nicht erst, irgendetwas zu rechtfertigen. Wir erwarten nur noch die Mitteilung deines Anwalts, dass die Klage fallengelassen wurde.«

Schweigend sitzen Kailyn und ich da, während Linda ihre Sachen zusammensucht und sich beeilt, den Raum zu verlassen. Sobald wir allein sind, lasse ich den angehaltenen Atem ausströmen.

Kailyn drückt meine Hand. »Alles in Ordnung?«

»Ich glaube schon?« Mit der anderen Hand fahre ich mir durch die Haare. »Nach Monaten der Unsicherheit und des Chaos ist die bloße Möglichkeit, dass es vorbei sein könnte … irgendwie beunruhigend.«

»Das kann ich gut verstehen.«

»Mir wird's erst besser gehen, wenn ich den Anruf von Trish erhalte.«

»Ich kann mir nicht vorstellen, dass Linda versuchen wird, die Sache zu verzögern. Denn dann stünde für sie noch weit mehr auf dem Spiel als der Geldverlust. Sie hat Alkohol in den Spind einer Schülerin geschmuggelt – in den Spind ihrer Nichte. Wenn das rauskäme, wäre sie ihren Job los.«

»Sie sollte sowieso gefeuert werden«, brumme ich.

»Warten wir erst mal ab, dass die Klage fallengelassen wird, dann können wir ihr immer noch einen Schuss vor den Bug verpassen.«

Ich nicke zerstreut. »Hast du heute noch Fälle, um die du dich kümmern musst?«

»Nur dich.«

Ich nehme ihre Hand und drücke sie. »Das ist gut, denn ich glaube nicht, dass ich noch irgendwas geregelt kriege, bis dieser Anruf kommt.«

»Warum verstauen wir den ganzen Kram nicht in meinem Büro und vertreiben uns die Wartezeit mit einem Getränk?«

Gemeinsam schleppen wir die Ordner in Kailyns Büro.

Während wir noch dabei sind, ruft Trish an und verkündet die frohe Botschaft: Linda hat die Klage offiziell zurückgezogen. Ich beeile mich, Kailyn davon in Kenntnis zu setzen. »Das ging ja richtig flott.«

»Ist es zu Ende?«, fragt sie und schaut mich liebevoll an.

Ich nicke und ziehe sie an mich. Kailyn schlingt die Arme um meine Taille und schmiegt ihre Wange an meine Brust. Ich senke den Kopf und atme ihren Duft ein. Erst in diesem Moment fällt mir auf, wie leer ihr Arbeitszimmer ist: Nur ein paar kleine Kartons stehen noch auf dem Schreibtisch. Ich trete einen Schritt zurück und fasse mit einer Geste die Einrichtung zusammen. »Was ist denn hier los?«

»Ich ziehe in ein anderes Büro.«

»Etwa ein größeres?« Ich habe das Angebot, das Beverly vor ein paar Wochen auf den Tisch brachte, noch nicht angenommen, will es aber bald tun. Vorgestern erst hat sie mich angerufen und gefragt, wann mir eine Unterredung am besten passe. Die letzten beiden Tage sind jedoch für alle Beteiligten die reinste Achterbahnfahrt gewesen; erst allmählich komme ich wieder zu Atem.

»Größer nicht, nur auf der anderen Seite des Korridors.«

»Aber ich –«

Ein Klopfen an der Tür lässt mich innehalten. »Kailyn, ich … oh! Daxton, hallo!«, begrüßt Beverly mich mit einem Lächeln. Dann wendet sie sich an Kailyn und macht eine anerkennende Handbewegung in den fast leeren Raum. »Sieht so aus, als wären Sie bald fertig.«

»Beinahe. Ich habe Dax gerade erzählt, dass ich auf die andere Seite des Korridors ziehe.«

»Eine aufregende Veränderung für Sie.« Beverly grinst Kailyn wissend an. »Daxton«, sagt sie zu mir, »da Sie gerade hier sind, hätten Sie wohl eine Minute?«

»Äh, sicher.« Über diese Veränderung hätte ich gern mehr gewusst.

»Ich bin hier, wenn du zurückkommst«, sagt Kailyn.

»Okay.« Ich folge Beverly über den Korridor. Zu gerne würde ich sie fragen, worin diese geheimnisvolle Veränderung besteht, doch ich weiß, dass Kailyn es mir selbst sagen muss.

»Wie steht es mit Emme?«, fragt Beverly an ihrer Tür und lässt mir den Vortritt.

Ihr Büro ist völlig weiß mit einem schwarzen Schreibtisch und einem schwarzen Sessel, kaum Akzente oder Farben. »Sehr gut, denn nun ist die Sorgerechtsklage endgültig fallengelassen worden.«

»Ich habe es gerade von Trish erfahren. Sie müssen sehr erleichtert sein.«

»Bin ich auch. Jetzt kann ich in die Zukunft planen.«

»Emme hat Glück, dass sie Sie hat.«

»Sie ist ein liebes Mädchen. Ich habe Glück, dass ich sie habe.«

Beverly schwingt auf ihrem Sessel herum. »Sicherlich brennen Sie darauf, mit Ihrer Schwester zu feiern, deshalb komme ich gleich zur Sache. Ich kann Ihnen nun ein neues, besseres Angebot machen.«

»Ach?« Das ursprüngliche war auch nicht von schlechten Eltern. Ich hätte fünfzehn Prozent Gehaltserhöhung bekommen, weniger Arbeitsstunden, die Möglichkeit, an manchen Tagen von zu Hause aus zu arbeiten, und eine Menge anderer Vorteile.

Beverly stützt die Ellbogen auf den Tisch und legt die Fingerspitzen aneinander. »Ich biete Ihnen an, Partner in dieser Kanzlei zu werden.«

Ich brauche ein paar Sekunden, um das zu verarbeiten. »Verzeihung, könnten Sie das wiederholen?«

»Da Kailyn ins Familienrecht wechselt und nicht Partner wird, ist die Stelle nun frei, und ich halte Sie für einen vorzüglichen Kandidaten. Die Bedingungen des ursprünglichen Angebots gelten natürlich immer noch, ohne Abstriche. Selbstverständlich müssen Sie sich einkaufen, aber auch darüber können wir noch verhandeln, falls Sie sich für uns entscheiden.«

»Aber was ist mit Kailyn?« Ich darf ihr das nicht wegnehmen. Ich werde nicht zulassen, dass sie meinetwegen auf diese Chance verzichtet.

»Aus Ihrem Gesichtsausdruck schließe ich, dass Kailyn noch keine Gelegenheit hatte, es Ihnen selbst zu sagen. Sie hat die Partnerschaft ausgeschlagen.«

»Aber warum sollte sie das tun?« Kailyn hat so schwer geschuftet, um dahin zu kommen.

»Sie können ja mit ihr darüber reden. Jedenfalls hat sie beschlossen, sich auf ein anderes Gebiet zu spezialisieren, und ich unterstütze ihre Entscheidung voll und ganz. Wie dem auch sei ... Ich erwarte nicht, dass Sie sofort einen Entschluss fassen, aber wenn Sie vielleicht ein, zwei Tage darüber nachdenken, bevor Sie mich wieder kontaktieren, würde ich mich freuen«, sagt sie, ganz die Geschäftsfrau mit einem breiten Grinsen im Gesicht.

»Das ist ein unglaublich großzügiges Angebot.«

»Nun, ich muss gestehen, dass ich Sie schon seit fünf Jahren ins Boot holen will. Daher möchte ich Umstände schaffen, die es Ihnen unmöglich machen, Nein zu sagen.«

Ich trommele auf meine Armlehne. »Was ist mit den Fraternisierungsrichtlinien?«

Beverlys Grinsen wird noch breiter. »Greifen nicht, wenn die Beziehung bereits vorher bestand.«

»Und was ist, wenn ich die Teilhaberschaft nicht will? Gilt dann das ursprüngliche Angebot noch?«

»Selbstverständlich.«

»Und es würde bedeuten, dass die Partnerschaft immer noch zu haben ist?«

Beverly nickt. »Das stimmt.«

»Wenn es Ihnen nichts ausmacht … Ich würde gern mal einen Moment mit Kailyn reden.«

»Aber natürlich. Nehmen Sie sich so viel Zeit, wie Sie brauchen.«

Ich stehe auf und schüttele Beverly die Hand. Immer noch halb betäubt kehre ich zu Kailyn zurück. »Du kannst die Partnerschaft nicht aufgeben«, sage ich, kaum dass ich im Zimmer stehe.

Mit sanfter Miene wendet sie sich mir zu. »Ich möchte Teilhaber werden, weil ich es mir verdient habe, und nicht, weil ich jemanden für die Kanzlei an Land gezogen habe.«

»Aber du hast es verdient.« Ich gehe auf sie zu, bleibe dicht vor ihr stehen. »Warum lässt du diese Chance sausen?«

»Weil du mir wichtiger bist, Dax. Außerdem hast auch du deine Position hart erarbeitet. Und ich mag zwar eine gute Fondsanwältin sein, aber diese Arbeit schenkt mir nicht die Erfüllung, die ich brauche. Wenn ich einer Familie helfe, eine Adoption zu bekommen, oder wenn ich Bedingungen für das Sorgerecht und die Rechte der leiblichen Eltern aushandele, bin ich mit Herz und Seele dabei. Ich bin stolz und spüre, dass meine Arbeit etwas bewirkt. Darin liegt meine Leidenschaft.«

»Aber kannst du nicht in eine andere Abteilung wechseln und trotzdem Partner werden?«

Sie streicht mit den Händen über meine Brust und fasst mich an den Jackenaufschlägen. »Ihr beide, du und Emme, sollt diese Sicherheit erhalten. Ich will, dass ihr glücklich seid, und du sollst keinen Zweifel mehr daran haben, dass ich in Bezug auf dich stets ohne Hintergedanken gehandelt habe.«

»Das ist so unglaublich großmütig von dir.« Ich nehme ihre Hände.

Kailyn schüttelt lächelnd den Kopf. »Wahrscheinlich ist es das absolute Gegenteil. Ich liebe dich, Dax. Ich will, dass du Partner wirst, weil es für dich und Emme das Beste ist – und das ist zufälligerweise auch das Beste für mich.«

»Ich liebe alles an dir.« Ich senke den Kopf und küsse sie sanft. »Besonders dein großes Herz. Und deshalb werde auch ich die Partnerschaft nicht annehmen. Ich werde zwar zu Whitman wechseln, aber diese Stelle gehört dir. Abgesehen davon habe ich einen Teenager großzuziehen und eine Freundin, für die ich auch Zeit haben will. Wer will unter diesen Umständen Teilhaber werden?«

EPILOG

Fangirl Nummer eins

Kailyn
Sechs Monate später

Ich sitze eingekeilt zwischen Holly und Emme in einer Uber-Limousine. »Wohin fahren wir eigentlich?«

Holly hat ein nachsichtiges Lächeln aufgesetzt. »Es ist eine Überraschung. Und wenn wir es dir sagen würden, wäre es ja keine Überraschung mehr, stimmt's?«

Ich schaue Emme an: Sie grinst so breit, dass ich praktisch ihre Backenzähne sehen kann. »Komm schon, Emme, einen kleinen Hinweis … Ich gehe auch bestimmt wieder mit dir shoppen, versprochen!«

»Ich habe Emme bereits bestochen«, schaltet sich Holly ein. »Und zwar mit Eintrittskarten für ein Taylor-Swift-Konzert. Was du ihr auch anbieten magst, das kannst du nicht toppen.«

»Sie hat drei Karten, du kannst auch mitkommen.«

Holly presst unwillig die Lippen zusammen und beugt sich vor. »Das sollte eigentlich auch eine Überraschung bleiben.«

Emme hüpft auf dem Sitz. »Ups. Sorry. Ich bin ja so aufgeregt.«

Letzten Monat bin ich bei Dax und Emme eingezogen. Ich hatte gewisse Anpassungsschwierigkeiten erwartet, aber alles lief erstaunlich glatt. Das lag möglicherweise daran, dass ich ohnehin jedes Wochenende und meist auch eine Nacht unter der Woche dort war.

Ich habe mein Haus noch nicht aufgegeben, sondern vorerst vermietet. So viele Erinnerungen hängen daran, und ich bin noch nicht ganz bereit loszulassen.

Emme hat sich in den letzten sechs Monaten prächtig entwickelt. Nachdem Linda die Sorgerechtsklage fallengelassen hat, hat auch ihre Angst nachgelassen, die zu einem großen Teil auf Lindas ständigen Einmischungen beruhte.

Sobald die Schule die Wahrheit über den eingeschmuggelten Wodka herausfand, verlor Linda ihren Job. Danach ist sie in eine Wohnung umgezogen. Kürzlich hat sie einen Job bei einer Zeitarbeitsfirma angenommen, und Dax, der Gute, hat ihr einen Schuldnerberater besorgt, nachdem er gehört hat, dass sie sich wegen ihrer Spielsucht psychologische Hilfe gesucht hatte.

Emme hat das Schuljahr glänzend beendet, mit einem Notenspiegel wie früher. Ab und zu wird sie noch von Trauer heimgesucht, doch im Großen und Ganzen ist sie stabiler geworden. Ich glaube nicht, dass Emme jemals über den Verlust ihrer Eltern hinwegkommen wird, aber Dax ist inzwischen ein hervorragender Vater mit den üblichen Ängsten. Und natürlich spiele auch ich meinen Part. Holly hat recht gehabt: Indem ich mich mit Dax eingelassen habe, habe ich die Rolle der Mom für Emme übernommen. Und nicht nur, dass ich ihr Liebe und Unterstützung geben kann, Emme tut auch mir und Dax gut. Als ich Dax sagte, er werde sich an die leeren Stellen in seinem Herzen gewöhnen müssen, denn andere Menschen könnten sie niemals ausfüllen, habe ich wohl nur die halbe Wahrheit gesprochen. Denn diese beiden, die nun Teil meines Lebens sind, lassen mich meine früheren Verluste leichter tragen. Sie erfüllen mich mit Liebe und Sinn in einer Weise, wie Arbeit es niemals vermag.

Einige Minuten später halten wir vor meinem Lieblingsrestaurant. Es ist ein kleiner Pub in West Hollywood, in dem die weltbesten Süßkartoffelpommes mit Chipotle-Mayo serviert werden. Außerdem haben sie die grandiosesten Burger in der Geschichte des Universums. Vielleicht habe ich das sogar mal auf Yelp gepostet und dafür ein paar Burger umsonst bekommen.

Normalerweise ist dieses Lokal am Freitagabend brechend voll. Mit Erstaunen bemerke ich die leeren Nischen. Vielleicht sind wir gerade vor dem großen Ansturm eingetroffen.

Holly steigt zuerst aus, ich direkt hinterher. Dann warte ich auf Emme. Sie trägt ihr typisches Hoodie-und-Jeans-Outfit, aber kaum noch Pullover mit Löchern. Holly präsentiert sich im Cardigan, obwohl es ziemlich warm ist. Wobei ich zugeben muss, dass sie es mit der Klimaanlage in dem Laden ein kleines bisschen übertreiben.

Sobald die Tür aufgeht, wird mir klar, dass ich übertölpelt worden bin. Das hier wird kein kleines Geburtstagsdinner mit meiner besten Freundin, meinem Freund und seiner kleinen Schwester. An jedem Tisch hängen Luftballons mit der Zahl 30, und unter der Decke prangt ein riesiges Banner mit der Aufschrift: *Auf die Dreißig, Kailyn.*

Aber das ist nicht einmal das Schlimmste – oder Beste, je nachdem. Überall, aber wirklich überall sind *It's My Life*-Memorabilien verteilt. An den Wänden hängen Poster, und auf jedem Tisch steht einer dieser verdammten Dax-Barbiepuppen. Die Showmasterin, die uns willkommen heißt, trägt eines dieser Shirts, das ich früher auch besaß, mit einem Dax-Konterfei darauf.

»Kailyn Flowers?«, begrüßt sie mich mit einem Grinsen. »Folgen Sie mir bitte.«

Ich werfe einen Blick über die Schulter auf Holly und Emme;

sie strahlen wie die Honigkuchenpferde. Meine Eltern haben stets einen Riesenzirkus um meinen Geburtstag gemacht, wahrscheinlich aus dem Grund, weil er vor meiner Adoption überhaupt nicht gefeiert wurde. Sie wollten aber vor allem den Tag feiern, an dem ich das Licht dieser Welt erblickte, um schließlich Teil ihres Lebens zu werden. Seit Dads Tod hat Holly die Aufgabe übernommen, meinen Geburtstag zu etwas Besonderem zu machen – ich bin mir daher sicher, dass sie an der Überraschung, worin auch immer sie bestehen mag, nicht ganz unschuldig ist.

Ich wappne mich für alles, was auf mich zukommen könnte. Doch auf dieses Szenario wäre ich niemals gekommen. Dax würde da sein, das hatte ich mir gedacht – und richtig, da steht er, ganz vorn und im Zentrum. Auch die Anwesenheit einiger Freunde und Kollegen hatte ich erwartet. Was mich aber umhaut, ist eine wilde Meute, die meinen Namen brüllt, als hätte einst ich in einer ungeheuer populären Fernsehserie gespielt und nicht mein Freund.

Ich werde in die größte Gruppenumarmung aller Zeiten hineingezogen. Sie dauert ungefähr zehn verwirrende Sekunden lang, dann zieht sich die Meute zurück, und ich sehe endlich, *wem* ich die Umarmung zu verdanken habe.

»Oh mein Gott!« Und urplötzlich verliere ich die Kontrolle über meine Hände, und sie wedeln wild umher. »Oh mein Gott!«, kreische ich ein zweites Mal und will meinen Körper daran hindern, wie ein Gummiball auf und ab zu hüpfen – ein Kampf, den ich nur verlieren kann.

Ich schlage mir die Hand vor den Mund, im vergeblichen Versuch, neuerliches Kreischen oder weiteres Hüpfen zu verhindern. Mein Blick wird von Dax aufgefangen, der sich durch die Menge drängt, die nichts anderes umfasst als den kompletten Cast von *It's My Life*. Und sie grinsen wie die Irren, rufen meinen Namen und klatschen, als hätte ich gerade die beste Vorstellung der Welt hingelegt. Ich will gleichzeitig vor Scham im Boden versinken und von jedem etwas signiert bekommen, egal was. Ich will wieder zwölf sein, damit ich das Poster an die Wand heften und jeden Tag davor in Ohnmacht fallen kann.

Erst als Dax bis auf einen Meter herangekommen ist, wird mir klar, was da eigentlich auf den T-Shirts steht: Es ist mein Gesicht, dazu der Text *Kailyn Flowers, Fangirl Nummer eins*. Und alle tragen das Shirt. Ich schaue über die Schulter. Emme hat ihren Hoodie abgelegt und Holly ihren Cardigan; auf Hollys Shirt steht *Kailyn Flowers' beste Freundin*. Hinter ihr sehe ich Felix mit den Händen in den Hosentaschen, und er grinst ebenso breit wie alle anderen.

»Alles Liebe zum Geburtstag, Schönheit«, sagt Dax und schließt mich in seine Arme.

»Ich fass es nicht, dass du das getan hast.« Ich vergrabe mein Gesicht an seinem Hemd. Meine Wangen glühen. »Ich hasse dich ja so sehr gerade.«

»Nein, tust du nicht.« Er kippt meinen Kopf nach hinten und lächelt von seiner Höhe auf mich herunter. »Du liebst mich.«

»Das ist einfach irre. Wie hast du das bloß hingekriegt?«

»Ein Wiedersehen war ohnehin fällig, und da dachte ich, es wäre doch eine tolle Idee, deinen Geburtstag mit all den Menschen zu feiern, die mitgeholfen haben, dich in mein Leben zu bringen. Ich sehe es so: Ohne sie wäre vor fünf Jahren kein kreischendes Fangirl über mich hergefallen, und ich hätte vielleicht nie die Chance bekommen, mich in dich zu verlieben.«

Er drückt einen zarten Kuss auf meine Lippen. »Jetzt komm, ich möchte dich allen vorstellen.«

Mir ist leicht schwindelig, und ich bin fürchterlich aufgeregt, während wir eine Runde drehen. Jemand reicht mir einen Edding, und ich muss jedes Shirt signieren.

Dax hat auch eines für mich drucken lassen, auf dem *Daxton Hughes ist mein Fan Nummer eins* steht. Ich bade in seinen Armen und seiner Liebe, sein Kinn ruht auf meinem Kopf, sein Lächeln ist hell und warm und voller Zärtlichkeit.

Es ist mit Abstand die unglaublichste Geburtstagsfeier meines Lebens, ausgerichtet von einem absolut unglaublichen Mann. Die Zukunft an seiner Seite wird vielleicht nicht einfach oder konventionell sein, aber dann wäre sie auch nichts, was das Kämpfen lohnte.

Manchmal schenken uns die schwärzesten Tragödien das hellste Licht. Ich habe Glück, dass ich nicht nur eines, sondern gleich zwei Lichter gefunden habe.

DANKSAGUNG

Wie immer danke ich meinem Mann und meiner Tochter, die mit unendlicher Geduld, Verständnis und Ermutigung meine Arbeit möglich machen. Ebenso meiner Familie für Liebe und Unterstützung – ohne euch wäre ich nicht zu der geworden, die ich bin.

Debra, Salz ohne Pfeffer wäre wie Kanada ohne Ahornsirup oder Hockey.

Ich habe so viele tolle Freund:innen und Kolleg:innen, die mir helfen, aus einer Idee ein Buch zu entwickeln; ohne sie würde ich es niemals schaffen. Kimberley, du bist ein wundersames Einhorn, und ich bin so froh, dass ich dich auf meiner Seite habe.

Sarah, du bist unfassbar toll. Danke dir und den Hustlers dafür, dass ihr mir bei jedem Buch Händchen haltet.

Alles Liebe für Leah und mein Team bei Forever, und danke für den Spaß, den wir miteinander haben!

Nina, meine ganz besondere Superheldin: Danke für all die Jahre und deine Liebe. Jenn, du bist unglaublich; deine positive Einstellung und Einfühlung machen dich zu einer sagenhaften Freundin und Kollegin. Schön, dass du mit an Bord bist.

Meine Bücher-Biber bei Beaver Den: Danke, dass ihr stets meine Begeisterung für neue Bücher und Projekte unterstützt. Ich liebe euren Enthusiasmus für Liebesgeschichten.

Ich empfinde so viel Liebe und Stolz auf die unglaublichen Frauen, die meine Freundinnen, Kolleginnen, Lehrerinnen und Cheerleaderinnen sind: Deb, Leigh, Tijan, Teeny, Susi, Erika, Shalu, Kellie, Ruth, Kelly, Melanie, Kristy, Karen, Marty, Marnie, Julie, Jo, Laurie, Kathrine, Angela, The Pams, The Filets, The Nap Girls, The Holiday's, meine Backdoor Babes: Tara, Meghan und Katherine (und Deb, schon wieder); danke dafür, dass ihr seid, wie ihr seid, und euch mit dieser Verrückten abgebt.

Und nicht zuletzt danke ich meinen Leser:innen, Blogger:innen und Bookstagrammer:innen und all den anderen wunderbaren Menschen und Bücherwürmern, die lesen und sich begeistern und ihren Enthusiasmus weitergeben: Es ist eine Ehre, eine von euch zu sein.

Nur mit ihr an seiner Seite kann er sein wichtigstes Spiel gewinnen

Helena Hunting
LEAN ON ME
Aus dem amerikanischen
Englisch von
Barbara Först
352 Seiten
ISBN 978-3-7363-1285-2

So hatte sich Ethan Kane sein Leben als Eishockey-Profi nicht vorgestellt! Nachdem er vor acht Jahren seine Heimatstadt und seine große Liebe Lilah verlassen hat, ist er nun wieder zurück und hofft auf eine zweite Chance mit der Frau, die er nie vergessen konnte. Doch Lilah hat nicht vor, ihm so leicht zu verzeihen. Auch sie kann sich noch an die glückliche Zeit mit Ethan erinnern – und an die Trauer, die sie nach der Trennung empfunden hat. Ethan muss jetzt in das härteste Spiel seines Lebens einsteigen – und es geht um nicht weniger als Lilahs Herz ...

»Helena Hunting glänzt mit diesem mitreißenden Liebesroman!«
PUBLISHERS WEEKLY

LYX